新世纪
文学观察

小说中的大时代与小时代

段崇轩　著

山西出版传媒集团　北岳文艺出版社
BEIYUE LITERATURE & ART PUBLISHING HOUSE
·太原·

图书在版编目(CIP)数据

小说中的大时代与小时代 / 段崇轩著. —太原:
北岳文艺出版社,2020.7
ISBN 978-7-5378-6229-5

Ⅰ.①小… Ⅱ.①段… Ⅲ.①长篇小说-小说评论-
中国-当代-文集 Ⅳ.①I207.425-53

中国版本图书馆 CIP 数据核字(2020)第 108936 号

小说中的大时代与小时代

段崇轩　著

//
出版策划
王朝军

责任编辑
王朝军

书籍设计
张永文

印装监制
郭　勇

出版发行:山西出版传媒集团·北岳文艺出版社
地址:山西省太原市并州南路 57 号　邮编:030012
电话:0351-5628696(发行部)　0351-5628688(总编室)
传真:0351-5628680
网址:http://www.bywy.com　E-mail:bywycbs@163.com
经销商:新华书店
印刷装订:山西人民印刷有限责任公司

开本:787×1092　1/16
字数:289 千字　印张:20.75
版次:2020 年 7 月第 1 版
印次:2020 年 7 月山西第 1 次印刷
书号:ISBN 978-7-5378-6229-5
定价:49.80 元

序言　置身在文学潮流中

四十年，在一个国家的历史中，只是一个短时段；但我们刚刚经历的四十年，却是一个空前的、特别的历史时期。四十年，在一个人的一生中，可谓是“大半辈子”，不管是落在哪个年龄段，都是影响终身的。对“50后”人而言，这四十年贯穿了他们的青年、中年乃至老年。

蓦然回望，我的文学评论生涯已是整整四十年。1978年，我在山西大学中文系毕业，同时，我的第一篇文学评论《重评〈三年早知道〉》，在刚刚复刊的《山西大学学报》第1期发表。四十年来，我沿着这条道路，孜孜矻矻，不懈求索，发表和出版了数百篇文章、十多本著作，凡数百万字。我们置身在一个深刻而剧烈的社会转型中，置身在一个浩荡而变幻的文学潮流中。社会和文学提供给我们一个广阔的人生舞台，我们在这个舞台上寻找和实现我们自己。尽管我知道文学的力量很有限，我的建树很平凡，但文学评论确实成了我的安身立命之本。

如何认识四十年来的中国历史和文学发展呢？可以有多种多样的立场、角度。从社会学的角度看，当下中国正在经历的这场社会变革，是从传统的农业社会和文明向现代城市社会以及现代工业科技文明的艰难蜕变。经济的变革，带动着政治、社会、文化、道德以及日常生活的全方位改革。改革从来就是一把“双刃剑”，它在推动社会进步、发展、民主、富强的进程中，也难以避免地会出现生态破坏、社会失范、贫富悬殊、官员腐败、人性异化、道德滑坡以及各种精神疾病的发作。社会转型是历史的跨越，也是痛苦的“革命”。文学与社会从来都是相伴相行的，文学来源、孕育于社会，但又作用、推进着社会。从20世纪七八十年代的新时期文学到90年代之后的多元化时期文学，文学与时代、与民众，同频共振，涌现了大批的优秀作家和作品，同时它在一次次的探索、变革中，也一步步地从传统走向了现代。文学评论与文学创作是整个文学事业中的“双翼”，文学评论作为不可或缺的“一翼”，在四十年的社会和文学历程中，得到了前所未有的成长和发展。它追踪创作，激浊扬清，引导实践，有力地推动着文学和社会的前行；它由小到大，由弱到强，有了众多的评论刊物，有了庞大的评论队伍，文学评论成了一个独立、自足的世界。有人说：中国文学进入了一个评论的时代。作为一个文学评论作者，遭遇这样一个时代，是幸运的！

我从1978年开始，先是在大学当教师，后到文学刊物做编辑，又转文学院成为专业作家，文学评论的写作是我的专业，更是我的志业。我从山西作家作品的评论开始，逐渐扩展到全国作家作品的研究；从乡村小说的解读起步，不断渗透到短篇小说文体、文学评论问题、文学思潮和现象等的探索。研究的课题和方向越来越开阔，进入的领域和世界也越来越宏大。我从高等院校调入作家协会，亲身感受了学院派的治学方法和协会派的研究风格，努力取长补短，熔学院派的理性和协会派的感性为一炉，竭力写出一种既富有学术品格又富有艺术神韵的作品。我知道这是一个高远的目标，但我在全力以赴地靠近它。

这本《小说中的“大时代”与“小时代”》，收集了我从2013年到2018年的部分评论文章。共分五辑，一辑五篇，凡二十五篇。大致代表了我当下的评论方向和所能达到的程度。

“文论‘热点’”中的五篇文章，都是近两年写作和发表的，属于文学理论范畴。我从写作开始，就对文学批评和文学理论有同样的兴趣，但由于置身在文学的第一线，面对着纷繁的作家作品和文学现象，因此文学理论文章写得少，文学批评写得多。20世纪七八十年代是一个文学理论蓬勃生长的时代，而90年代之后理论退隐，学术凸显。近年来，我深感文学理论的荒漠化，我们难以提出新颖的重要的文论问题，而旧的文论问题又出现了新危机、新情况。于是从批评领域抽身，写了多篇文学理论文章。其实名为文学理论，又带有文学批评色彩，是一种介乎于理论与批评之间的混合文体。这些问题并不新，过去都有过论述，但在今天新的语境中，又成了新问题。譬如文学经典问题，在今天就遇到了新的危机。譬如现实主义文学问题，现在变得异常复杂。譬如人物与典型问题，似乎已成为文学创作中的一个“顽症”。我力图在梳理和论述这些问题时，立足当下文学现实，揭示问题的来龙去脉，力求对评论家和作家能够有所启迪。

“文学纵横谈”中的五篇文章，切入的都是一些较具体的文学问题，但引申开去却是一些较重要的理论问题。它显然不属于文学理论范畴，应该属于文学思潮、现象、创作等批评文章吧？譬如从赵树理的文学创作中，可以窥见他稳定而独特的文学价值观念，这种价值观决定着作家创作的价值和得失。但当下作家价值观的缺失已成为普遍现象。譬如文学批评方法上，我一直倡导中西文论中的“对话批评”。而现在的文学批评，“捧杀”批评和“棒杀”批评成为最常见的批评，我们要改变批评界的不良风气，“对话批评”不啻是一副“良药”。譬如在小说世界中，既有一个形而下世界，又有一个形而上世界。过去我们谈烂了小说的形而下世界，但对形而上世界却含糊其词。我明确提出小说中有一个形而上世界，并试图深入阐释这个世界。譬如短篇小说的文体特征、历史演变，成为我2006年以来的一个主要研究课题，出版了专著《中国当代短篇小说演变史》，这里我选了关于短篇小说观念、短篇小说文体特征方面的两篇文章。

“实力派作家‘细读’”一辑选了近年来的五篇作家论。从四十年前的第一篇文章开始，作家作品论就成为我的评论写作的主要内容。从山西到全国，从当代到现代，从中国到外国，关注的范围很广，并无一定之规。作家作品论的数量大约占到全部作品的四分之一多。在作家作品论的写作中，我坚持这样几条原则：一是评论对象必须是自己喜欢并能够把握的。二是尽力做到“坏处说坏，好处说好”。三是与评论对象采取“对话式”的探索方式。当然，“违心”的写作也是有的，但极少。这里评论的五位作家，都是全国的实力派作家。譬如莫言，其实我写得很少，只是2017年到2018年之交他的几篇短篇小说新作，在文坛和读者中引起不同反响，我从他对小说文体的坚守和创新的角度，阐释了他的新作的重要价值和意义。譬如王安忆、毕飞宇，我解读的不是他们的小说作品，是他们的创作理论以及与创作实践的关系。这方面的研究似乎还不多，他们的创作理论给我启发很大。此外，储福金写围棋的系列长篇小说，饱含了浓郁的中国传统文化意味；李云雷写故乡和童年的系列短篇小说，渗透着蕴藉的对现代社会的反思。都是我喜欢阅读和解读的。

“短篇小说‘盘点’”一辑，选的是2013年到2017年的五篇年度述评。从2006年开始，这样的年度述评已写了十三年。开头数年，年度述评立意在总结和肯定，力求全面准确。最近五年来，我改变写法，立足于梳理和批评，或有批评有肯定，同时每年力争能找到一个理论的切入点，以理论为标杆，臧否作品。每年的长、中、短篇小说述评，会同时“出笼”很多篇，但像我这样以批评为主的述评，还很少。开头几年，我的年度述评大都发表在《南方文坛》《小说评论》等刊物上，往往默默无闻；最近几年，我转投《文学报》，一是发表快速，二是读者众多，其社会、文学的影响大了许多。这是我有意为之的。文学评论要努力走出去，才会显示它的力量。

“在‘对话’中‘求真’”小辑，遴选的是我与山西评论家以及一些作家、编辑的“文学对话”。版权是共有的，但其中的主持人绝大部分是我，在这里谨向合作者表示感谢！从这些对话中，可以看到我对社会、文学的一些基本观点和思考。

对文学理论问题的思考，对创作现象和规律的探索，对作家作品的解读，对历年短篇小说的“盘点”，对社会和文学问题的“对话”，这正是我近年来文学评论着力的领域和方面。这里需要说明的是，这些文章在报刊发表时，由于报刊版面的限制等原因，有所删节和改动，这次辑集出版，我做了有意识的复原。

四十年探索路迢迢，文学生涯无穷期。我知道我的建树是微小的，能量是有限的，而文学世界是那样浩瀚而复杂。但我愿意以四十年文学历程为新起点，重新出发，探寻新路，为中国社会和文学做出新的奉献。

近年来，北岳文艺出版社打造文学精品工程，出版了大量优秀小说、诗歌、散文和纪实文学作品，引起了全国文坛的关注。文学评论出版的是“新世纪文学观察”书系，我的这本《小说中的“大时代”和“小时代”》，还有另一本《中国当代短篇小说十五家》，有幸列入这个书系，并同时出版，因此特别感谢出版社的总编、责编、美编等诸位同仁们！

是为序。

段崇轩

2019年10月6日于并州

目录

实力派作家“细读”

短篇小说“盘点”

在“对话”中“求真”

文论“热点”

文学经典：在危机中再造

文学经典的“热”与“冷”

文学经典从来也没有像今天这样“运交华盖”，危机四伏。我们正置身在一个剧烈而艰难的社会转型中，文学经典作为一种历史的结晶、精神的灯塔，它必然会遭受质疑、解构、颠覆的命运，也必然会面临抉择、建构、再造的使命。文化上的破与立，是整个社会转型的核心部分。文学经典不仅折射着我们的过去，同时也制约着我们的今天，而且昭示着我们的未来。因此，文学经典问题，就不单纯是一个选择什么样的文学文本，推广什么样的必读书目，吸取什么样的文学经验的问题了；而是一个关乎国家和民众的精神文化生态建设的问题了。

20世纪90年代以来，“文学经典问题”成为学术界、社会上的一个热门话题，而且持续不断。当一个问题成为热点的时候，一定是它遇到了挑战，面临着危机了。最初是1993年，荷兰著名学者佛克马在北京大学做了一个题为“文学研究与文化参与”的学术讲演，对文化研究下的文学特别是文学经典的研究，发表了独到的观点，引起了一连串反响。其实在此之前以及此后的诸多“文学事件”，都与文学经典问题密切相关，如“重写文学史”“20世纪文学大师排座次”“‘断裂’问卷调查”“百年文学经典争论”，以及近年来的“国学进课堂”等等，都表现了转型时代“去经典化”与“建构经典”的历史冲动，体现了文学经典观和文化价值观的深刻变迁。对文学经典更系统深入的讨论与研究，发生在新世纪后的高等院校、科研院所。从2005年到2007年的三年间，北京师范大学、首都师范大学、陕西师范大学等高校的文艺学学科，以及中国社科院文学研究所、《文学评论》和《文艺研究》杂志，分别召开了“文化研究语境中文学经典的建构与重构”“文学经典的承传与重构”“文学经典化问题：文学研究和人文学科制度”学术研讨会，一年一次，而且是国际性的。中外学者们，就文学经典的概念、经典的形成、经典的变动、东西方经典的比较、当下经典的困境等众多问题，进行了深广而富有建设性的探讨。会后还出版了论文集，如北京大学出版社的《文学经典的建构、解构和重构》，如人民文学出版社的《文学经典问题研究》。这些活动和举措，对于文学经典的清理和建设，具有重要作用和意义。

什么是“经典”？过去似乎是不言自明的问题，只要高层钦定、精英选就、历史载入，就是经典，毋庸置疑。东汉班固《汉书》曰：“周公上圣，召公大贤。尚犹有不相说，著于经典，两不相损。”唐刘知几《史通》曰：“自圣贤述作，是曰经典。”南朝刘勰《文心雕龙》曰：“唯文章之用，实经典枝条；五礼资之以成，六典因之致用。”这就是说，从古到今，各个领域中那些权威的、典范性的著作，便是经典。特别是那些圣贤著述的具有原创性、奠基性的著作，更被称为“经”。经典自然包括多个学科领域，譬如政治的、哲学的、历史的、宗教的等等。但更主要的是文学经典。因为它更真实、鲜活、深刻地表现了漫长的历史和其中的人事，更集中、强烈、艺术地表现了一个个时代的生活风貌和精神世界。譬如《诗经》《史记》以及“四大名著”等等。经典的作用是无形而巨大的，它的受众是广大而无界的。因此一说经典，人们就觉得是指文学经典，关于经典的讨论也主要发生在文学学科。现在，经过二十余年的经典问题探讨，人们对文学经典有了更全面、细致的认知。佛克马等指出：“经典是指一个文化拥有的我们可以从中进行选择的全部精神宝藏。”“文学经典是精选出来的一些著名作品，很有价值，用于教育，而且起到了为文学批评提供参照系的作用。”[①] 这段话强调了文学经典的选择原则、文化和精神价值，对文学批评、文化教育的作用等等。关于文学经典的形成和建构问题，也是学者们倾力探索的，文学理论家童庆炳认为建构的要素起码有六个方面：“（1）文学作品的艺术价值；（2）文学作品的可阐释的空间；（3）意识形态和文化权力的变动；（4）文学理论和批评的价值取向；（5）特定时期读者的期待视野；（6）发现人（又可称为“赞助人”）。”[②] 这就把文学经典形成过程中的内部因素、外部因素以及内外之间的中介因素都揭示出来了，是一个简练而科学的理论阐释。

文学经典是从历史流传下来的海量作品中，通过比较、选择、接受而逐渐确立的。因此具有权威性、典范性。但文学经典又是一块不断被动摇、被改写的文化“版图”。因为有些文学经典的确立，并不单纯是由它的艺术质量决定的，而是在政治权力的“操控”下，或是文化思潮的助推下形成的。这样的例子在中国现当代文学史上不胜枚举。同时，文学经典又是一柄“双刃剑”，在它认定某些和某种作品的时候，必然压抑、遮蔽了另外一些和一种作品，形成了文学领域的单调、封闭、独霸格局。因此，当政治权力发生变动、文化思潮出现

---

①〔荷兰〕佛克马、蚁布思：《文学研究与文化参与》，俞国强译，北京大学出版社1996年版，第50页。

②童庆炳、陶东风主编：《文学经典的建构、解构和重构》，北京大学出版社2007年版，第80页。

转向的时候，也正是文学经典解构和重构的时刻。

与文学经典研究“热潮”相对应和伴随的，却是文学经典自身的“冷清”状态。

当下的社会转型，绝不仅仅是政治、经济的转型，更是文化、精神的转型。文化形态已经“三分天下”，政治文化、精英文化和民间文化处于分化和对峙状态。而中西文化在几十年的博弈和胶着中，人们更多汲取了其中的负面的因素，譬如实用主义、现世思想、等级观念，譬如功利主义、自我中心、无情竞争等等，形成一种多元混杂的文化思潮。而这些思潮的实质是“反精英化”“反经典化”的。古今中外的文学经典，则恰恰体现的是人类文化光明、崇高的一面，譬如对真善美的肯定，对民主、自由、科学的追求等等。在一个思想混乱、价值失衡的时代，代表精英文化高度的文学经典，自然会受到质疑、冷落乃至扬弃。尽管出版了浩如烟海的文学经典作品，但真正静心阅读、研究经典的人并不多；尽管权力机构用强制方法把经典推进了中小学课堂，但在应试教育高压下的孩子们距离经典世界是越来越远！文学经典已经丧失了它的权威性、典范性和现实性。更让人忧虑的是，在经济利益的驱动下，文学经典被滥用而变成了各种各样的消费对象。正如陶东风所说：“20世纪90年代开始，中国文坛上出现了消费经典的浪潮。所谓消费经典，指的是在一个中国式后现代大众消费文化的语境中，文化工业在商业利润法则与中国特色文化管理体制的双重制约下，以新兴的网络为主要媒介，通过漫画戏谑的方式对中外文学艺术史上的经典作品进行戏拟、拼贴、改写，消解经典文本的深度意义、艺术灵韵以及权威光环，使之转化为集政治寓意、感官刺激以及商业气息为一身的平面图像或搞笑故事，成为大众消费文化的构件、装饰与笑料。”[①] 中国古典小说《西游记》，可以改编成“大话文艺”式的小说、电视剧；现代文学经典《孔乙己》《一件小事》《背

①陶东风:《大话文学与当代中国的犬儒主义思潮》，见《文学经典的建构、解构和重构》,童庆炳、陶东风主编,北京大学出版社2007年版,第214页。

影》等，也可以戏拟成搞笑故事。文学经典表面看很热闹、很好玩，但骨子里很无奈、很落寞。

学院派式的文学经典研究，注重的是对既往作品的重读、经典化过程的探索等等，却忽视了对文学经典艺术规律、写作经验的发掘，特别是文学经典对当下创作以及文学发展的影响的研究。可以说这种研究是向后的、归纳式的，而不是向前的、预测式的。文学经典自身的“冷清”，一方面是它失去了原有的神圣性、神秘感，被人们所怀疑，所冷淡；另一方面是它失去了典范性、效仿性，被作家特别是年轻的作家们所疏离，所鄙薄。而年轻作家对文学经典的冷淡，更折射出文学经典自身的局限以及它的生存危机。源远流长的文学经典，蕴含着丰富而珍贵的艺术规律和创作经验，它是无数优秀作家穷其一生而总结出来的。一部文学史，就是后人不断地承传和发展前人的规律和经验，艰难而有序地谱写出来的。而当下的“去精英化”“去经典化”文化思潮，在对文学经典“祛魅”的同时，也把真正的经典以及艺术规律给颠覆了。一些年轻的作家特别是70后、80后作家，他们热衷快餐文化、网络文学，匮乏经典文学的修养和严肃文学的写作训练，按照自己的生活和情绪去写作，虽然也表现了他们的才华和个性，但总体上看是一种无根的写作。这种疏离传统、另起炉灶式的文学，是没有生命力和发展前途的。正是从这些原因出发，评论家孟繁华认为：“作家人格力量的萎缩和文化信念的丧失，才是当代小说缺乏力量的主要原因之一。”因此，“‘伟大的小说’或‘经典文学’已经成为过去”，“21世纪是一个没有文学经典的世纪。”①

经典艺术规律历久不衰

文学经典的艺术规律和创作经验，可谓博大精深。它包括现代

①孟繁华:《新世纪:文学经典的终结》,《文艺争鸣》2005年第5期。

的、古代的，中国的、外国的，所有文学经典的规律和写法。文学发展的难度就在于，后人需要了解和继承前人的传统和经验，并从当下时代需要出发，创造出一种新的文学来。文学历史上的古典主义、浪漫主义、现实主义、现代主义乃至后现代主义，都产生过众多的优秀作品以至经典作品，其中蕴含了许多珍贵的艺术规律和表现方法，需要后人整理和借鉴。当然，作为一个作家他不可能全面熟悉并全盘继承经典文学，但熟悉、采纳越多，作家的功底就越丰厚，才越有可能博采众长，创造新我，这也是不言而喻的。那种疏离经典，企图独辟蹊径式的写作，注定是昙花一现的。文学经典的艺术规律和经验，同样是丰富而复杂的，既有属于外部的，也有属于内部的，既有核心的，也有从属的。一个作家在研习和承传中，需要弄清主次、轻重，抓纲张目，悟道得技，才能真正掌握文学经典的精髓和精华。譬如小说文体，在所有的文学文体中，无疑是一种“重器”，它的艺术规律和表现方法，也显得格外丰富、多样、成熟，在表现社会人生方面具有更多的优势，因此被卢卡契称为：“这个时代具有代表性的形式。”尽管文学经典的规律和方法，是丰饶多姿、变幻无穷的，但它的基本规律和方法，却是相对稳定、历久不衰的，支撑着既古老又年轻的小说文体不断生长和前行。小说文体自然需要变革、创新，但却必须是在不动摇它的基本规律的前提下进行。譬如小说的故事情节、人物形象、主题意蕴、表现模式、叙事方式和叙事语言等等。这是小说内部的重要元素，在构建这些要素和创造小说世界的过程中，形成了基本的艺术规律和经验。

文学特别是小说需要具有深广的思想意蕴，凡是文学经典无不有着新颖、丰厚的思想内涵。20世纪90年代以来，在文学“去精英化”“去经典化”思潮的影响下，倡导小说的“无主题”“小主题”，一谈主题思想，似乎就是“教条”、极“左”，导致了小说思想探索的弱化。小说需要思想，这是无须怀疑的艺术规律，也是被文学经典证明了的普遍真理。王蒙讲“文学是对生活的发现”，米兰·昆德拉说小说家是“存在的勘探者”，都说的是小说的思想探索。现实主义小说，需要对当下的社会人生做出宏观精深的思考和批判。现代派后现代派小说，同样需要对大千世界尤其是人的精神世界做出尖锐深邃的洞察和反思。有作家认为，现代派后现代派小说追求的是“无深度”“玩技巧”，这其实是一种误读。正如外国文学学者袁可嘉先生指出的:“现代派在思想内容方面的典型特征是它在四种基本关系上所表现出来的全面的扭曲和严重的异化:在人与社会、人与人、人与自然（包括大自然、人性和物质世界）和人与自我四种关系上的尖锐矛盾和畸形脱节，以及由之产生的精神创伤和变态心理、悲观绝望的情绪和虚无主义的思想。这四种关系的全面异化是由现代资本主义关系的腐蚀作用所造成的，它们是在它的巨大压力下被扭曲的。现代派文学的社会意义和认识价值也正在于此。”① 时下一些小说所以显得平庸浅薄而无人问津，一个重要原因就是缺乏新颖而深刻的思想内涵。

小说创作要努力塑造独特而深刻的人物形象，检视从古到今的经典小说，都是创造了戛戛独造的人物形象乃至典型形象，才彪炳史册的。这是文学经典的一条核心规律。但近二十年来，小说创作忽视和淡化人物形象，已经成为一种普遍现象和“顽症”，这是对文学经典规律的一种致命背离。在当下的小说中，不能说没有人物形象，只是出色的、成功的人物形象很少。我们常常看到的人物形象有两种：一种是形象模糊、没有根底的意象式人物，一种是性格简单、理念填充的理性化人物。而那种性格化的、典型化的人物形象越来越少。不能说我们的作家不愿意去刻画人物，而是我们的“人物观”发生了变化。一些作家以为人物在小说中已不那么重要，好的故事、好的语言同样可以支撑一篇小说。同时还因为，不少作家已不了解、不熟悉多种人物，也不愿意下大功夫走进更广大的社会和人群。心中没有几个模特，创作时自然写不出鲜活、多样的人物形象。其实小说文体并不

①袁可嘉等选编:《外国现代派作品选·前言》(第一册上),上海文艺出版社1980年版,第5页。

要求都写成一种类型的人物，任何一种类型的人物都有自身的价值，乃至成为典型形象。归纳和提炼现实主义与现代派的创作实践，理论家们把小说人物分成多种类型，至少有五六种之多。譬如意象型人物、理念型人物、心理型人物、象征型人物，这几种人物都带有较多现代色彩，更容易被年轻作家接受。譬如类型型人物、性格型人物、典型型人物，这几种人物则富有更多现实特征，尤为中老年作家青睐。要重振当下的小说创作，作家们一定要真正重视起人物形象来，潜心学习文学经典塑造人物的经验，进而写出更多样、更坚实的人物形象来。

在漫长的小说演变和发展中，小说的艺术表现模式越来越多样、成熟，越是经典小说，它的表现模式越独特，运用也越纯熟。当代作家在艺术上要有所建树，就要领悟和借鉴前代作家的表现模式，并力求开拓出一种新的模式来。所谓艺术模式，就是小说的基本样态，即作家以哪种小说元素为主干，营构成一种什么样的小说模型，来体现作家的思想、感情和审美。其实小说的艺术模式并不是很多，譬如故事型小说、人物型小说、意境型小说、心理型小说，还有荒诞、象征、幽默等一些现代表现模式。20世纪七八十年代的新时期文学，小说艺术模式呈现出“百花齐放”的局面，但到九十年代后的多元化文学时期，小说艺术模式出现了萎缩凋零状态，不仅没有产生新的表现模式，原有的表现模式也只剩了故事型、人物型、心理型等数种。这不能不说是小说艺术的一种倒退，这种态势亟待改变。

小说的艺术形式和叙事语言，同样是文学经典格外关注的一个方面，并形成了丰富的创作经验。中国当代的小说理论和批评，立足当下的小说创作实践，取法西方的文学理论，从社会、文化、审美的层面洞察小说，在营造故事情节、提炼主题思想、塑造人物形象，构思结构形式、运用叙事语言等方面，形成了一套表现形式和手法。它孕育出众多优秀作品乃至经典作品，在今天依然保有生命力。但从总体上看，它已显得陈旧、保守，难以完全吻合新的时代和新的读者的需要。西方现代小说叙事学，20世纪八九十年代大规模引进中国。它研究小说叙事主体尤其是视角的构成，发掘小说内在的结构规律，探索小说形成的因素，破解小说从文字到语言到文本的深层奥秘。是对小说内部世界和艺术本体的一种开创性研究。中国的作家在小说叙事学上虽然有所接受、借鉴，但浅尝辄止，远远不够。我们的作家要有对文学经典的敬畏、虔诚之心，深入阅读经典，领悟艺术真谛，夯实文学修养，在文学经典广袤的沃土上，滋养和造就自己。

跨越承传与再造的难关

文学的继承与发展实质上是文学经典的继承与发展。因为经典代表着文学的思想和艺术高度，在经典中蕴藏着永不枯竭的艺术规律和创作经验。文学史是一条奔涌不息的河流，但它会有高潮期，也会有低潮期。当文学史出现高潮期的时候，一定是当时的那一代作家，在生活、思想和艺术上有着深厚的积累并得到了充分的释放；文学经典的承传和变革，具备了天时地利的良好生态。而当文学史出现低潮期的时候，也必然是当时的作家面临着什么困难和问题，文学经典的承传遇到了某种阻碍。因此，文学历史的发展，与此时几代作家的生存状况，与文学经典的生态环境，有着密切关系。

文学史发展到今天，已成为一条壮阔而驳杂的“巨流河”。我们面对的文学传统，或者说文学资源，已然有四五种之多。第一种是以“五四”现代启蒙思想为旗帜的现代文学传统；第二种是多变、多元但深受意识形态支配的当代文学传统；第三种是中国古典文学传统，这一资源是丰富、纯正、精微的，但由于我们对古典传统的继承倡导不力，也由于几代作家古典文学修养的薄弱，我们在汲纳和弘扬古典文学的思想内容和艺术表现方面，欠账太多，严重制约了中国当代文学的生长和发展；第四种是西方浪漫主义和现实主义文学传统；第五种是西方现代主义和后现代主义文学传统。西方现代派文学已有一百余年，后现代派文学也有半个世纪，它在西方社会已经成为影响深远的文学主潮。中国作家从“五四”时期到现在，不断地借鉴和创造性地运用现代派和后现代派的思想艺术精华，产生了众多的优秀作家和作品，有的已经成为文学经典。表现当下时代的社会和人物，格外需要借助现代派和后现代派文学，但从20世纪90年代以来，这种“引进”和“对话”潮流却不断衰弱，这是值得注意的文学现象。面对错综复杂的文学传统和资源，当前的文坛出现了两种倾向。一种是，一些作家认为新时期文学到今天走过了四十年历程，我们把现实主义、现代主义和后现代主义，轮番使用了一番，现在要回到本土的、写实的基点上，从而丧失了回到经典、开创新潮的激情与探索。部分中老年作家多取这样的姿态。另一种是，某些作家认为文学传统太沉重、太复杂，我们承受不了；从自己的体验和内心写起，自由自在，方便而好玩，不也是一种文学创新吗？他们缺乏文学经典的积淀，也没有再造经典的“野心”。有些年轻作家大抵是这样的倾向。从这些倾向中可以看到文学经典地位的下降，文学经典精神的流失。

作家队伍的格局和构成，是决定一个时代文学态势和高度的直接因素。当下的文坛，活跃着从20世纪40年代到90年代五代作家的身影。现在，40年代、50年代的作家逐渐从中心移向边缘，但依然是文坛的重要力量，起着“压舱石”的作用。他们经历了从“文革”到新时期的历史巨变和文学的“复兴”，在生活、思想和艺术上有着丰厚的积淀，共造了新时期文学的“高峰”。这两代作家的艺术生命是最长的，有着浓厚的文学经典情结，他们创作的众多文学作品，有的已进入文学经典序列。这两代作家在思想和艺术上有诸多旧时代的痕迹，同今天市场化、世俗化社会逐渐拉开了距离。60年代的作家是处在时代夹缝中的一代作家。他们经历过“文革”，但记忆并不清晰；他们遭遇了改革开放，却没有深入进去。他们的青少年时代是伴随着社会和经济的转型，伴随着文学的潮涨潮落度过的。独特的社会和文学经历，使他们多了一种怀疑和探求的精神，多了一种叛逆和创新的追求。他们尊重、研习文学经典，却更渴望着拓展和创造。现在这一代人已经走向文坛的中心地带，自觉地承担起了他们的历史使命。70年代、80年代的作家，已成为文坛的中坚力量。他们生活、成长在一个物质丰富、文化多元，但却充满了骚动、挑战的时代。他们不管是出生在农村还是城市，求学、就业、在城市成家立业，成为他们共同的人生道路。他们从事着各种各样的职业，文学往往是一种业余爱好、精神消遣。把文学作为事业的时代已经成为过去。他们更感兴趣的是大众文化、网络文学，对文学经典并不陌生，却难以激发他们的热情和共鸣。他们的写作是率性的、自我的，与传统的文学经典写作很不相同。90年代作家近年来崭露头角，他们的写作比80年代作家更市场化、模式化，还处在探索和成长时期。新时期文学之前，十年一代作家，一代作家就是一种风貌，代际分明。90年代之后，由于社会形态的相对稳定，作家的代际界限已不明显，因此70、80、90年代的作家，创作上呈现出更多的趋同特征，只有仔细辨析才能区分开来。但在对文学经典的态度和承传上，五六十年代和七八十年代的作家，有着很大的差异。

文学的现在属于青年，文学的未来系于青年。因而，文坛和社会都把关注、研究、扶植年轻作家，当作一个重要任务。人们已经认识到，只有70后、80后乃至90后作家，才能真正写出当下的市场经济社会以及各种人物，展示出现实生活的情状与脉动来。他们思想自由，感情细腻，文化素养较高，艺术感觉敏锐，是十分纯粹的一代作家。他们的作品，故事情节逼真、自然，思想情感含蓄、低调，叙事方法雅致、纯熟，充分显示了一代作家的优势和个性。但是，人们也深切感受到这一代作家创作存在的局限和问题。而这些问题又往往是疏离、扬弃文学经典而造成的。譬如人生经历简单，生活领域狭窄，导致了作品世界的空虚，内涵的清浅。譬如文学修养薄弱，经典艺术经验匮乏，以致使一些作家在创作中无规可依，只能信马由缰，自由抒发，背离了文学的基本规律和写法。譬如他们不再把文学当作一种神圣的事业，放弃了对艺术创新的追求。面对现实生活的严峻复杂，面对文学传统的高深枯燥，他们往往会从叛逆转向“乖顺”，在创作上走向随波逐流、迎合读者的平庸之路。我们并不否认年轻作家创作上的优势和个性，但这些问题确实阻碍着他们的成长和强大。

在文学经典的承传与再造之间，是一个幽峻的难关。承传经典的目的，绝不是为了邯郸学步，而是为了超越前人，再造新的经典。从承传到再造，作家需要老老实实地阅读、研习经典，从中把握艺术规律和经验；还需要了解、知晓现实社会和广大读者的需求，对经典规律和经验进行创造性改造；也需要对各种文学主义和流派的创作方法和表现形式，进行“打碎重建”，进而形成一种全新的叙事模式和方式。这是一个“百炼钢化成绕指柔”的艰难过程，没有一种淡泊明志、勇猛精进的精神是难以实现的。今天我们所面临的，是一个前所未有的大变革、大转型时代，社会和民众需要新的经典文学，提升文化，照亮精神。尽管当下的文学有挑战，有危机，但我们对文学对作家，依然怀抱希望和信心。

（原载《文艺报》2017年8月18日）

现实主义：少了什么，多了什么？

——关于现实主义文学的境遇、发展的思考

困境中的“蝶变”

现实主义曾经是文学中的重大问题，但在今天剧烈的社会转型和多样化的文学中，却似乎被淡化了。文艺学教科书中它的“地盘”越来越小，有的甚至没有；文学评论界很少谈论现实主义话题，偶尔论及，不是陈旧说教，就是浅尝辄止。但淡化并不等于不存在，它像看不见的手一样，依然牵动着当下的文学创作乃至发展。它遭遇了复杂而微妙的生存困境，不知如何破局和前行。它正在悄悄地蜕变，在现实主义和现代主义之间艰难抉择，探寻新路。作为审美原则和创作方法的现实主义，乃至其他主义，事实上是文学创作和文学评论的一个基本的、关键的问题。不研究和解答它，就会影响当下的文学创作，削弱目前的文学批评，累及未来的文学发展。

不论是西方文学史还是中国文学史，都是由波澜起伏、生生不息的文学思潮和流派，以及众多的代表性作家作品构成的。西方文学，从17世纪的古典主义，到18世纪的浪漫主义，到19世纪的现实主义、自然主义，到20世纪的现代主义、后现代主义，经历了一个有序的、完整的历史进程。而其中现实主义的发展尤为强劲、漫长，它从古代朴素现实主义至文艺复兴时期成熟现实主义，又到19世纪批判现实主义，在西方文学史上占据着举足轻重的位置。但到20世纪之后，现代主义以及后现代主义成为文学主流，一直绵延至今。现实主义作为一种思潮和流派，已在19世纪终结，成为历史，但作为一种文学精神、审美原则和创作方法，却根深蒂固，绿水长流，并与现代主义结缘，成为一种新的文学潮流，丰富和拓展着文学的汤汤长河。

中国文学史特别是近现代和当代文学史，有自己的发展规律和走向，但同时也受到了西方文学的深刻影响，正如童庆炳所言："在中国文学的发展历程中，没有如西方近三百年来那样清晰、自觉的文学观念与文学思潮的变迁。我们颇难将作为文学思潮的古典主义、浪漫主义、现实主义等概念简单移植到中国文学史的研究之中。……当然，'五四'以后的中国文学发展深受传入中国的西方文学观念、思潮的影响，我们可以看到各种以西方为范式的文学思朝、流派在极短的时间内几乎同时并起在中国文坛的壮观景象。"[①]在中国古代文学史上，古典主义、浪漫主义、现实主义以及自然主义，界限并不清晰，也无这些概念，但作为一种文学潮流和方法，却全部具有。而现实主义是时隐时现的一种主流。到了现当代文学，虽然20世纪二三十年代出现过浪漫主义、现代主义，80年代涌现过先锋、现代写作，以及有自然主义倾向的新写实主义等等；但西方现实主义、现代主义的几次引进，更强化了中国文学的现实主义，丰富了现实主义的表现能力；即便是非现实主义写作，也依然渗透着现实主义的底蕴和精神。中国现当代文学与西方现当代文学，大致上是同步的，不同的是中国文学的现实主义更加凸显、强劲，且在不同时期表现出相异的特色。譬如"五四"文学的启蒙现实主义、解放区文学的革命现实主

---

①童庆炳主编:《文学概论》,北京大学出版社2007年版,第501页。

义、“十七年”文学的社会主义现实主义、新时期文学的现实主义复兴。中国文学与主流意识形态总是处于纠缠状态，始终呼应着时代与社会的变迁，作家虔诚奉行着文以载道的信念。这是中国文学的特色和“宿命”，也是一种局限和不成熟。

关于现实主义的本质和特征，古今中外的众多作家和评论家，都做过精深的论述。现实主义文学是一种自古就有的文学思潮，但直到18世纪末歌德才系统总结了西方文艺发展的两种潮流，即“朴素的诗”和“感伤的诗”，前者即为现实主义，后者即是浪漫主义。同时代的德国评论家普朗什，则明确提出了“在自然和传统范围内进行创作”的文艺称为“现实主义”。19世纪俄国的别林斯基推进了现实主义理论的深入研究，认为“现实的诗”的特点是“真实，最高的真实”，艺术就是要“复制”和“再现”生活。而真正使现实主义成为经典理论的是恩格斯，他的“细节的真实”“典型环境中的典型人物”“对现实关系的真实描写”，揭示“较大的思想深度和意识到的历史内容”等等，奠定了现实主义的理论根基。这些思想理念，构筑了现实主义理论大厦，推动着文学创作的长足发展，创造了19世纪到20世纪初现实主义的煌煌高峰期。

但到20世纪之后，随着西方资本主义国家的巨大变迁和各种矛盾的凸显，随着现代主义文学的异军崛起，现实主义由盛而衰，经受着一系列的冲击和挑战，发生了艰难而痛苦的嬗变，现实主义经典作品受到了怀疑，现实主义经典理论遭到了批评。甚至西方现实主义、马克思主义理论家，也否定了现实主义的基本理论。德国剧作家、戏剧理论家布莱希特认为：“如果我们只原原本本地重复那些现实主义者的写作方法，我们就不再是现实主义者了。”[①]马克思主义者、法兰克福学派代表人物马尔库塞指出：“作为‘现实主义’对象的那个‘现实’实际上并不存在。现实必定是由人去发现和设计的，人的诸

①转引自柳鸣九主编:《二十世纪现实主义》,中国社会科学出版社1992年版,第239页。

种感官必须学会不要以构成事物的那些秩序和法则为中介，去看待事物。必须打碎那种欲图左右我们感性的恶劣的机能主义。”[①]在现实主义衰落的同时，现代主义乃至后现代主义文学风生水起，成为世界性文学思潮和流派。

中国新时期以来的文学，已走过40年历程。这不算短的文学历史，可以划分成两段，前十几年被称为文学新时期，后近三十年可名为多元化文学时期。在这不同的文学时段，现实主义依然是一以贯之的主流。如“现实主义的复兴”“新写实小说”“现实主义冲击波”“呼唤宏大叙事”“回归本土文学”等等，就是现实主义文学的不断强化和彰显，就是现实主义文学的探索和深化。但与此同时，现代主义文学时起时伏，不屈不挠，不懈地探索和生长，深刻地影响和改变着现实主义，形成了某种融合的态势。中国的社会转型，不仅需要现实主义文学的参与和推动，同时需要现代主义文学的启迪和促进，否则文学就难以肩负它的社会历史使命。在数十年来的探索中，当下文学特别是小说，已经形成三种类型。一种是较为传统的现实主义文学，它运用一般现实主义的审美原则，借鉴“十七年”文学的写作经验，受到了多方面的认同和接受。其麾下聚集了老中青几代的众多作家。譬如周梅森、张平、陆天明、关仁山等的长篇小说。另一种是现代主义文学，它汲纳西方现代主义和后现代主义创作方法和手法，努力揭示社会人生中的永恒主题和深层问题，创造出一种中国的现代主义文学，代表性的作家作品有残雪、阎连科、吕新等及他们的长中短篇小说。还有一种是现代现实主义文学，它依然坚守现实主义的审美原则，但同时吸取了现代主义的思想理念和表现形式，形成一种具有现代品格的现实主义文学。譬如王蒙、莫言、贾平凹、王安忆、韩少功、毕飞宇等的小说创作。这类作品最为复杂，也最难阐释，用一般现实主义理论解读往往捉襟见肘；但它代表了当下文学的高度，昭示

---

①〔美〕马尔库塞:《审美之维》,李小兵译,生活·读书·新知三联书店1989年版,第120页。

着未来文学的路向。

少了什么？

在文学各文体中，小说无疑是“重器”。它能更充分地表现作家的审美原则，更有力地体现作家的创作方法。在漫长的文学发展中，现实主义小说逐渐形成了自己的基本特征和艺术经验，譬如深广的思想内涵、独特的人物形象、精湛的情节结构、鲜明的艺术风格等等。这些特征成为现实主义小说的有力支撑，众多经典现实主义小说无不具有这些特征。但20世纪后，现实主义的本质特征受到了质疑乃至否定，现代主义的创作思想和方法风行文坛，文学历史发生了深刻变迁。譬如在真实性问题上，现实主义认为，社会生活中有一种实在的、客观的、不以人的意志为转移的真实存在。而现代主义以为，所谓的“真实”只是一种虚幻的存在，只是作家眼中、心中的主观感受，每个人感受到的真实绝不相同，因此绝没有公认的真实。譬如在文学的表现对象上，现实主义着力的是世界的外部形态、人的行动和性格等；而现代主义认为，文学不应该停滞在社会与人的“外宇宙”上，而应当深入到社会与人的“内宇宙”中，后者比前者更真实，更广阔。正是在这些核心问题上，现代主义的理念和创作，动摇了现实主义的基础，也引发了现实主义创作规律和经验的一系列变动。

中国的现实主义文学源远流长，不像西方文学那样变幻莫测，现代主义一派坐大；但新时期以来自觉地走向世界，西方现代主义文学深刻地影响和改变了中国文学，则是毋庸置疑的事实。中国作家置身在现实主义和现代主义夹缝中，他们往往采取“中庸之道”的做法，兼容二者的精华为我所用。一些优秀作家实现了二者的水乳交融，创造出了别具一格的力作精品。但不少作家顾此失彼，“两面不沾”，现代主义的精髓没有学到，现实主义的特征也大量流失。这样的作品俯拾即是。当下的小说创作依然活跃，作品数量庞大，反映现实敏锐，但却给人一种“缺钙”“贫血”的感觉，其所丢失的正是经典小说的那些重要特征。

首先是“总体性”思想内涵的匮乏。现实主义理论认为，文学就是要通过个性表现共性，通过现象抵达本质，努力揭示现实社会的深层规律和历史的演进轨迹。匈牙利理论家卢卡契发展了现实主义理论，指出：“对伟大的现实主义者来说……主要的是，他拥有什么样的手段，他思维和塑造的总体性有多么广和多么深。”①所谓“总体性”，就是指社会、人类、世界的总体，既包括物质世界也包括精神世界，既涵盖外在形态也涵盖本质规律。但现代主义理论认为，对社会历史的理性把握是徒劳的、不可能的，它们只是一种偶然的、碎片式的存在。文学不追求理性思想，只注重感性呈现。当下的一些中国作家，面对社会发展的沧海桑田、现实生活的扑朔迷离，在现代主义文学观念的影响下，逐渐淡薄了对哲学、社会学理论的研习，放松了对社会现实的深入探索和理性把握，导致众多作品呈现出思想匮乏的严重现象。譬如广受好评的格非的《望春风》和付秀莹的《陌上》，表现了半个多世纪以来，江南水乡和华北农村的历史变迁、日常生活，形形色色的农村人物的伦理道德、精神情感。但在“清明上河图”般的生活风景中，我们难以看到作家对历史、现实、乡村、城市的宏观审视和对乡村未来的洞见。作家并非不想宏观把握他的表现对象，而是作家已失去了理性观照的足够能力。

其次是人物形象特别是典型形象的弱化。比之古典主义、浪漫主义、自然主义等流派，现实主义对文学作品中的人物给予了高度重视，并形成了一套人物塑造理论。现实主义文学在长期的发展中，创造了一批一批、数不胜数的“大写的”人物形象和典型形象。现实主义要求人物形象是真实的、鲜明的、个性的、丰富的、深刻的、典型的，是难度极高的艺术创造。现实主义人物形象容易滑向两个极端：

①范大灿编选：《卢卡契文学论文选》第一卷，人民文学出版社1986年版，第86页。

一个是如实描绘、徒有外表的“恶劣的个性化”，另一个是理念先行、导致“一个阶级一个典型”的“类型化”。这两种倾向损害了现实主义人物的价值和声誉，也动摇了现实主义人物塑造理论。现代主义人物观念与现实主义大相径庭，亦如有学者指出的：“在塑造人物形象上，现代主义文学不注重塑造个性鲜明、性格典型的人物形象，而着重表现人的全面异化，表现人与社会、人与物质、人与自然、人与他人、人与自我的全面异化。”[①]因此，现代主义作品中的人物，大抵是小人物、非英雄、反英雄，他们是虚幻的、抽象的、异化的。正因现实主义人物塑造的种种难度，西方现代主义人物观的深刻影响，再加上作家们不愿去了解、熟悉更多样的现实人物，致使小说中的人物群体化的淡化、衰退。自然不能说所有的小说中都没有人物，而是说这些人物大都是意象化的、理念化的，很难活生生地站立起来。而那种逼真鲜活、丰满有力的人物乃至典型，已经很难看到了。

再次是艺术风格的单一和雷同。现实主义强调作品风格的独特性和多样化。正如有文学理论家所说的：“文学风格通常被誉为作家的徽记和指纹，它是一种具有特征性的文学审美现象，在创作过程中即已发生，最终凝结为文学作品的一种与众不同的审美属性，从而成为人们辨识不同作家的标记。”[②]“十七年”小说，是在“一体化”的文学体制和文学思想的背景下产生的，但文学风格却是多姿多彩的。新时期小说，是在变革和创新的环境下创造的，更显示出一种“百花齐放”的景象。但在今天相对宽松、自由的多元化时代，小说创造却呈现出思想平庸、风格单调雷同的普遍现象。少了文学应有的那种开放、新锐、丰富、博大的创造气势。我们从70后、80后、90后作家的作品中，很难看到那种独树一帜、戛戛独造的思想和艺术个性。其中的原因是值得深入探究的。年轻一代的作家，只有打破那种模式化

---

①刘安海、孙文宪主编:《文学理论》,华中师范大学出版社1999年版,第251页。

②童庆炳主编:《文学概论》,北京大学出版社2007年版,第290页。

的现代生活程式，走进更广大的社会和民众，汲取老一代作家的精神和经验，把握现实主义文学的思想和方法，才有可能形成自己独有的文学风格。

多了什么？

当下小说，少了一些现实主义的特征，但多了某些现代主义的元素。不管怎么说，这是中国文学的一种进步。但不同年龄段的作家，情况又有所不同。三四十年代的作家，主要借鉴的是艺术形式和手法；而五六十年代的作家，汲取的是现代精神和表现方法；七八十年代的作家，则兼容的是现代理念和表现模式了。五六十年代作家依然是当下文学的中坚力量。六十年代作家毕飞宇的话，耐人寻味："就我们受过现代派文学洗礼的作家来讲，重新回到恩格斯所谓的'现实主义'基本上不可能。"[①]又说："我比以往任何时候都渴望做一个，现实主义作家——不是'典型'的那种，而是最朴素的、'是这样'的那种。我就想看看，'现实主义'到了我的身上会是一副什么样子。"[②]在这些"绕口令"式的表述中，折射出作家对现实主义的矛盾态度和认识过程，也标明他运用的现实主义已是一种现代现实主义了。毕飞宇的文学思想和观念，应该说与很多作家是相通的。当下中国的现实主义，已不是传统的现实主义了，它正处在同现代主义磨合、融合的过程中，吸取、增添现代主义艺术元素，也是水到渠成的事情。

一是多了现代思想理念。现代主义、后现代主义文学，是在西方五花八门的文化思想的驱动下发展起来的。譬如神秘主义、存在主义、超人哲学、唯意志论、直觉主义、精神分析学说等等。这些文化

①张均、毕飞宇：《通向"中国"的写作道路》，《小说评论》2006年第2期。

②毕飞宇：《沿途的秘密》，昆仑出版社2002年版，第49页。

思想对中国作家的影响自然有，但很有限。它更多的是一种思想视野的扩展、理性直觉的启迪。袁可嘉20世纪80年代初，就译介西方现代主义文学，并做了精辟论述：“现代派在思想内容方面的典型特征是它在四种基本关系上所表现出来的全面的扭曲和严重的异化：在人与社会、人与人、人与自然（包括大自然、人性和物质世界）和人与自我四种关系上的尖锐矛盾和畸形脱节，以及由之产生的精神创伤和变态心理，悲观绝望的情绪和虚无主义思想。”[①]这一论断对新时期以来众多作家的影响和启发，是深广的。传统现实主义在理性把握社会人生上，基本采取的是社会、历史、道德的思想“武器”，它至今依然是“利器”，自然可以催生出优秀的作品来。但它的单一、僵化也是明显的。而现代主义新颖、锐利、多样的文化思想，无疑给中国作家敞开了思想的大门。尽管他们未必“全盘”吸收这些文化思想，但其中的思想火花，已点燃了作家的思维和灵感，并在他们的作品中得以生根开花。从王蒙等的意识流小说中，可以窥见西方现代心理学对作家思维的解放；从王安忆的《荒山之恋》等“三恋”系列小说里，可以看到弗洛伊德性心理学说对作家意识的启蒙；从苏童等的新历史小说中，可以领略新历史主义对作家观念的改变；从阿城的《棋王》等寻根小说里，可以感受文化学对作家思想的扩展；从陈染等的女性题材小说中，可以体会西方女权主义文化对作家自主意识的强化；从80后、90后作家的小说里，可以感悟存在主义、消费文化的无形熏染…… 从心理学、文化学、新历史学、精神现象学的角度观照社会人生，更逼近了表现对象的深层和本质，扩展了现实主义的思想视域。现代主义反对理性分析，但它的主题思想探求的还是世界的深层底蕴，只不过更强调直觉把握而已。但有的作品的思想和艺术已超越现实主义，变成了现代主义文本。值得注意的是，近十多年来，这种思想探索似乎走向了末路，趋于一种后退、保守状态。

---

①袁可嘉主编:《外国现代派作品选》第一册(上),上海文艺出版社1980年版,第5页。

二是多了对人物精神情感世界的开掘。现实主义与现代主义的一个重要区别，是表现重心的迥然不同，前者着力描绘的是人的性格、行为等，后者集中刻画的是人的精神、心理等。在现代主义看来，人的精神领域才是最本质、最丰富的存在，它的意义和价值远在人的外在性格、行为之上。这一创作重心的转移，被称为文学的“向内转”，是西方现代主义的普遍现象。正如郑克鲁指出的：“19世纪小说在描绘外部世界方面达到了登峰造极的成就。所谓外部世界，既指社会环境，又指人物的言语行动。20世纪的小说家认识到，人物的内心世界同样，甚至更广阔、丰富、深邃，这是一个内宇宙。随着心理学、精神分析的发展和潜意识理论的开拓，现实主义小说家也运用这些新手段去刻画人物的心灵世界。”[①] 新时期文学以来，中国作家吸取了这一文学思想和观念，在坚持现实主义创作方法的同时，加强了对人物精神情感世界的开掘，使人物形象变得更加丰富而复杂。在20世纪90年代之后的小说创作中，表现人物的内心世界成为作家们的自觉实践。譬如近年的长篇小说，阎真《沧浪之水》写一位医药学研究生池大为的奋斗人生和内心悲苦，王跃文《国画》写政府官员朱怀镜宦海沉浮中的内心搏斗，徐坤《春天的二十二个夜晚》写职业女性毛榛在情爱性爱中情感、欲望与理智间的纠葛和冲突…… 这些作品，大都展示的是知识分子、上层官员、现代女性的内在世界，他们的理想追求、情感纠葛、人性变异、深层意识等，被庖丁解牛般地剖析开来，使读者看到了现代人全部的精神风景，令人惊叹深思。但这种“向内转”的创作倾向，也有弊端，它冲淡了人物性格的完整性、立体感，也使阅读变得沉闷、滞涩。

三是多了现代表现方法和手法的运用。现实主义在思想内容和表现形式上，已有一套完整而成熟的模式，但它并不排斥对现代主义艺术形式的借鉴与融合。新时期以降特别是多元化时期以来，现代方法

①转引自柳鸣九主编:《二十世纪现实主义》,中国社会科学出版社1992年版,第133页。

与手法的运用，已成为作家们的自然行为，达到了不露痕迹的程度。譬如王蒙、史铁生等的意识流写法，莫言、贾平凹等的荒诞现实主义方法，韩少功、马原等的元叙事形式，阎连科、范小青的象征主义模式，王安忆、毕飞宇的现代叙事技巧……现代方法和手法的广泛运用，扩展了现实主义小说的表现能力，提升了现实主义小说的艺术品格。但现代方法与手法的使用，又分整体方法和局部方法两种。整体方法的使用，往往导致小说的“变种”，从现实主义演变为现代主义。而局部方法的使用，则会显示出一种守正而创新的特色。现实主义是一种发展中的文学，只有不断地探索、借鉴，才能长青不老。

走向融合的文学

当下中国正经历着一场深刻而剧烈的社会转型，即从传统的农业社会和文明，向现代工业、科技、城市社会和文明的转化。从20世纪90年代到现在，已进入加速转型期。社会学者认为：这场转型是全方位、整体性的，涉及经济、社会、政治、哲学、文化、道德等众多层面和领域。文学作为文化领域中最活跃的元素，作为最“接地气”的艺术形式，它也自然会“与世推移”，“波震于下”，[①]发生变革和转型。其间，现实主义是首当其冲的。因为社会和人已然今昔不同，思想理论也已更新换代，同时人们对现实主义文学也提出了更高的审美需求。现实主义文学的变革发展，已是势在必然。当然，文学需要“守恒”，但更需要“变法”。

现实主义文学的变革，途径只有一条，那就是走向融合。同现代主义融合，同古典主义融合。王忠祥、李嘉宝在20世纪初就说道：“源远流长的现实主义未来走向只能是在与现代主义相互渗透、彼此融合中不断调整自身以求适应时代变化而得到充实、丰富和发展。事

①赵仲邑:《文心雕龙译注》,漓江出版社1982年版,第364页。

实上，这种情况在本世纪上半叶就已经开始。兼收并蓄是本世纪很多大作家创作历程中的共同择选。”[①]中国的文学家们意识到，继承中国的古典文学传统，“推陈出新”，从融合走向创新，同样是一条发展途径。

在众多文学思潮和流派中，现实主义是最基础的一个流派，也是最有生命力的一个流派。同时也是备受质疑、屡遭批评的文学流派。原因就在它的概念以及赋予的本质属性，往往同发展中的社会现实与发展中的思想理论常常发生抵牾、错位。现实主义这一概念，有着与生俱来的局限性，但作为一个母体式的概念，又是难以撼动的。因此，一代一代作家、理论家，常常以现实主义为主体，按照自己的需要，增加一个定语，扩大其概念与内涵，成为一个派生的新概念。据一些理论家的收集，在西方文学中，现实主义的名目就有二三十种之多。譬如批判现实主义、外在现实主义、理想现实主义、反讽现实主义、心理现实主义、魔幻现实主义、超现实主义等等。法国文学理论家罗杰·加洛蒂把这种泛化现象概括为“无边现实主义”。在中国现当代文学中，现实主义则衍生出：“启蒙”现实主义、革命现实主义、社会主义现实主义、现实主义和浪漫主义相结合，乃至现实主义“冲击波”等等。新时期文学以来，还产生过两个值得重视的概念：新现实主义、现代现实主义。这些文学现象标明，现实主义作为审美原则和创作方法是坚实的、永久的，同时又是泛化的、生长的。

一个文学新概念的产生，总是在文学所表现的内容发生较大变化、原有概念难以涵盖的时候。譬如新现实主义，是在20世纪90年代中国社会转向市场经济，关仁山、何申、谈歌、李佩甫等作家，发表了一批反映经济领域变革与转型的作品，杨剑龙撰文，评述了这些作家作品，指出新现实主义小说，描述的是“与经济相关的核心事

①转引自柳鸣九主编：《二十世纪现实主义》，中国社会科学出版社1992年版，第246页。

件”，运用了“全聚焦客观型的叙事模式”。[①]侯合余则在文章中认为，受法国“新小说派”的创作和理论的影响，中国20世纪80年代中后期出现了一些新现实主义小说，代表作家有马原、格非等。[②]论者着重阐释的是小说的思想倾向和表现形式。这些论者的文章，自说自话、主旨不一，也没有对新现实主义概念做出深入、独到的阐释。且“新”这一定语用得太烂，已没有了新意。因此并未在学界和文坛引起反响。现代现实主义概念的出现更早一些，范围也更大一些。柯云路在1986年的一次演讲中，就宣称：“我的艺术宣言：现代现实主义。”并论述了他是如何运用现代现实主义方法，创作长篇小说《夜与昼》的：“现代现实主义将努力继承和发扬那些现实主义大作家的全部创作思想和表现手法，在这个意义上，它是传统现实主义的深化。但它又不是那种一成不变的、僵化的、模式固定的现实主义。现代现实主义在观念上，在文学艺术思想上，在表现手法上，都要融汇汲取现代哲学、社会科学、美学等一切领域的新素质，它对传统现实主义的许多模式、公式、理论、经验都准备作某种突破和超越。”[③]作家着重论述的是，小说在思想内涵上要突破传统，取法现代。十几年后，蒋子龙在一次记者访谈中，认为当时的小说题材，有历史生活题材、情感现实主义题材、现代现实主义题材三种。张平的《抉择》和他的《人气》，就属于现代现实主义小说，其特征是“反映了广阔、复杂的现实生活，也表现出了作家厚重深刻的文化思考”[④]。作家突出表述的是，现代现实主义小说要直面现实社会，强化文化内涵。此后，不少学者如尹鸿、张瑜等，都结合当时的小说创作，论述了现代

①杨剑龙:《论新现实主义的叙事方式》,《山东科技大学学报》2000年第1期。

②侯合余:《中法新现实主义小说形成理路》,《求索》2012年第9期。

③柯云路:《现代现实主义的艺术追求》,人民文学出版社1988年版,第10页。

④辛心:《蒋子龙纵论现代现实主义》,《河北日报》2000年6月23日。

现实主义小说的出现，在内容和形式上的坚守与创新。但30年时间过去，这些作家、学者的论述，并未引起应有的呼应，对现代现实主义的概念和内涵远未做出精准的阐述。

今天的中国文学，有必要重提、确立现代现实主义文学。这是社会转型的需要，也是文学自身演进的要求。现实主义与现代主义，不是简单的相加、胡乱的拼凑，而是更高层面的融合、升华。它将坚持现实主义的基本特征、要素，同时取法现代主义的艺术品格、元素，形成一种新的审美原则和创作方法。这种融合，既包括思想精神层面，也包括艺术方法手法层面。但在思想内容上汲取的是现实主义的积极部分，在艺术形式上采取的是现代主义的局部手法，这是现代现实主义的一个“边界”。它并不是“无边”的，越出这一“边界”，就解构了现实主义的本质属性，滑向了现代主义。它在题材、情节、人物上更具有现实主义特征，在观念、精神、艺术上更富有现代主义品格。现实主义的开阔、厚重和现代主义的新异、超拔浑然一体。现实主义与现代主义是不同性质的文学，但正像物理界的相吸相斥原理一样，它同样可以在张力场中实现融合。用这一标尺去衡量，一些优秀的、杰出的作家，已然达到了这一高度，一般作家还停留在机械拼凑的水准。少量具有原创性的小说作品抵达了这一尺度，许多平庸作品则是不够格的。譬如陈忠实《白鹿原》、贾平凹《秦腔》、莫言《丰乳肥臀》、李佩甫《羊的门》、张炜《家族》、王安忆《长恨歌》、毕飞宇《推拿》、金宇澄《繁华》等，堪称现代现实主义经典作品。而阎连科《受活》、赵本夫《天漏邑》等，在思想艺术上更具现代性，应列入现代主义小说范畴。现代现实主义小说是一种具有探索性、充满内在张力的小说，也是一种真正深入现实、引导文学潮流的小说。

中国文学进入了多元共存的时代。传统现实主义文学，依然具有生命力，拥有广大读者。现代现实主义小说，富有思想和艺术的创新性，代表着一个时代的文学高度，是文学发展的主流。现代主义小说，是文学世界中的“探险者”、引领者，有着不可替代的艺术价值。

不同流派小说之间的竞争、互动、借鉴，才能推动文学的进步和前行。同时，中国文学又进入了一个融合的时代。全球“一体化”的潮流不可阻挡，中国文学与世界文学的接轨已是必然趋势。在这样的社会和文学背景下，各流派文学特别是现实主义文学，向西方现代主义和后现代主义文学的学习和借鉴，是中国文学融入世界文学的必由之路。新时期文学中期，在这条路径上已迈出了坚实的步伐，积累了丰富的经验。但新的世纪以来，这种借鉴有所退潮。中国文学依然要立足本土、面向世界，更积极地引进、汲取西方现代文学，更深入地研究、辨析它的经验和局限，取其之长、补己之短，促进中国文学真正跻身世界文学之林。同与西方现代主义文学的融合相比，与中国古典主义文学的融合，显得更加迫切、重要。中国古典小说博大精深，其文化传统、创作经验、写作理论是一座巨大的宝库。就小说的类型和写法而言，就有史传、传奇、话本、笔记等多种。但中国的几代作家，只有三四十年代的作家有较扎实的古典主义文学修养，从20世纪50年代到80年代的作家，古典文学的修养都是支离破碎的，因此导致了当代小说古典文学蕴含的严重缺失。读者只有在年龄较长的作家如王蒙、宗璞、冯骥才、聂鑫森、孙方友等的小说中，可以看到古典小说的意蕴和技法，而在年轻作家的小说中难见踪影。古典小说的传统与写法，自然属于历史，但它在现代思想的烛照下，完全可以实现现代转换，与当代小说艺术有机交融。中国小说要有民族气象和风格，吸取和融合古典小说的营养，是几代作家的使命。向外“拿来”现代主义，向内取法古典主义，中国的现实主义文学才有望再造新的高峰。

（原载《南方文坛》2018年第3期）

小说文体与“总体性”思想

——兼谈近期中短篇小说创作

从新时期到新世纪，跟踪小说特别是中短篇小说创作多年，一个突出的感觉和认识是：尽管文学体制和机制依然坚挺，尽管出色的作家和作品依然不断产生，但小说在整体上却处于“低谷”时期、衰弱时代。所谓有广度而无深度，有高原却没高峰。其中的原因自然十分复杂，需要深入细致地探究，但一个内在的、重要的根源是，它逐渐疏离了自己的基本特性，不再能全面而深入地切入社会人生的“腹部”，不再能提供新的思想和审美形式。譬如面对城乡社会的巨大变迁，它的把握显得软弱无力；譬如面对各种人物的生存现状和精神困境，它却难以刻画出更多鲜活而扎实的人物形象；譬如面对读者越来越丰富、严苛的审美需求，它在艺术创造上似乎已山穷水尽…… 这种状态1990年代初期就已然出现，至今未见改观，甚至愈演愈烈。

匈牙利哲学家、美学家和文学评论家卢卡契，创造了博大精深的“总体性”理论，这一理论贯通了他的全部学术领域。他对小说文体做过深入系统的研究，“总体性”思想同样贯穿在他的小说理论中，发表和出版有大量著述，如《心灵与形式》《小说理论》等。他提出小说要反映现实、历史和世界的“总体性”，小说文体具有别的文学文体无可替代的“总体性”特征。卢卡契的思想理论在学术界可谓耳熟能详，但在创作圈里却鲜为人知，也许有些作家会觉得他的理论也就是现实主义那一套，在今天已经过时。其实卢卡契的“总体性”理论更是一种哲学观、方法论，它涵盖、超越了现实主义文学理论，不仅深刻地影响了20世纪的思想和文学，同时在21世纪的今天依然有强劲的生命力。“总体性”思想具有鲜明的现代性特征。

当下中国的小说，虽然在整体上呈现出式微态势，但在文学体制和机制的强力支撑下，在众多作家的坚守和努力下，依然涌现出一些高质量的作品，创造了小说生存和发展的广阔空间。而这些优秀的长中短篇小说，遵循的正是小说的基本特征和规律：避“小道”而行“大道”，努力表现社会人生的“总体性”，肩负起文学“兴观群怨”的积极使命。

小说是表现现实“总体性”的独特文体

小说是一种古老、多变、不断生长的艺术，古今中外，人们对它的特性、规律，确有一个感性的、基本的共识。但在理性上、实践上，却有着诸多不同和差异。小说究竟是要说“小”，还是说“大”？或者以“小”说“大”，以“大”化“小”？历来莫衷一是，形成了“小道”与“大道”两种观念和思潮。而长篇、中篇、短篇小说，一个家庭的三兄弟，又有什么样的共性，什么样的个性？这些问题形成了形形色色的思想果实，无不深刻地影响着今天的小说创作乃至发展。

在所有的文学文体中，如果说诗歌、散文更带有个体性、主观性的话，那么小说则更具有社会性、客观性。它形制较大，分量较重，无疑是文学中的“重武器”，因此一部文学史，往往就是一部小说史。有文学理论家如是说：“小说是一种较全面细致地展示人类生存境况，满足人类‘直观自身’的审美需求的叙事性文体，它必须有情节和人物。它是文学体裁的重要类型。”①

然而，小说从来就有“小道论”和“大道论”并驾齐驱，不绝如缕。在中国，“小说”概念的正式出现，大都认为是班固《汉书·艺文志》中的一段话：“小说家流，盖出于稗官，街谈巷语，道听途说之所造也。”这里所谓的“小说”，是指搜集“舆情”的士所获取的言论、掌故和传说等等。但就这段话，也透漏了小说的基本特性。“街谈巷语”道出了小说的社会性、通俗性，“道听途说”点明了小说的虚构性、传播性。这些特性，可以说是小说的根本，直到今天依然未变。但这段话也极易滋生小说的“小道”理论。因为“街谈巷语”无关宏旨，“道听途说”大可不必当真。譬如有人主张小说就是要“小”，不宜“载道”；有人倡导娱乐小说，认为小说的功能之一就是“消遣”；有人号召为艺术而艺术，以为真正的文学是“无功利”的。这些观点并非没有一点道理，但它弱化了小说对社会人生的作用，背离了小说的固有特性。最近，就有一些作家提出“短篇小说需要减负”的观点，有的称：“文学从来不能引领时代，最多只能指出这个时代的失落之处。”②这些观点值得我们重视和思考，但它无疑是一种“小道论”。

小说的“大道论”也恒久不衰，十分响亮。如果说古代的小说，不管是中国还是外国，更带有民间性、娱乐性、教化性的话；那么现代的小说，才真正具有了自己独立自主的品格，具有了至高的社会地位和价值。20世纪初期，西方小说以及观念引进中国，彻底改变了小说的面目和品格，中国才有了真正意义上的现代小说。梁启超是一位革命家、思想家，同时又是一位文学理论家。他大力倡导“文界革命”“小说界革命”，说过一段很著名的话：“欲新一国之民，不可不先新一国之小说。故欲新道德，必新小说；欲新宗教，必新小说；欲新政治，必新小说；欲新风俗，必新小说；欲新学艺，必新小说；乃

①顾祖钊:《文学原理新释》,人民文学出版社2000年版,第169页。

②徐晓春:《短篇小说需要减负》,《温州商报》2016年11月11日。

至欲新人心，欲新人格，必新小说。”[①]认为小说是“文学中之最上乘”，“有不可思议之力支配人道”。在今天看来，他的这些观点是为他的政治改良理想服务的，无限夸大了小说的社会作用，忽略了小说的审美属性和价值。但同时又说明，他看到了小说丰富而强大的社会人生意义，它不仅关乎政治、宗教、风俗，同时关乎人的道德、人心、人格等等。也就是说，小说其实是一种“大说”，具有普世意义，承载着严肃的使命。晚于梁启超十几岁、20世纪70年代初去世的匈牙利理论家卢卡契，对小说做过更完整的研究，并形成了他宏大的小说美学理论，譬如小说的“总体性”特征、“伟大现实主义”理论等。他说：“对伟大的现实主义者来说……主要的是，他拥有什么样的手段，他思维和塑造的总体性有多么广和多么深。”[②]又说：小说“不只是创造总体的真正客观性的唯一可能先天条件，而且也由于小说的结构类型与世界的状况基本一致，就把这种总体即小说提升为这个时代具有代表性的形式。”[③]所谓“总体性”，就是指社会、世界、人类的总体，既包括物质世界，也包括精神世界；既涵盖外在形态，也涵盖本质规律。小说的结构、特性，与大千世界有一种同构同形关系，因此它的内容、形式乃至语言，也具有“总体性”特性，故而它就成为“时代具有代表性的形式”。卢卡契认为现代资本主义社会，具有“总体性”品格的现实主义小说已经衰微，急切期待建构一种全面深刻的表现时代生活的伟大文学。梁启超是从政治功利的角度倡导“小说革命”的，卢卡契是从哲学美学的层面提出小说“总体性”思想的，自然不能类比，但有一点是相通的，即他们都认为小说应该是一

①引自郭绍虞主编:《中国历代文论选》(一卷本),上海古籍出版社1979年版,第408页。

②范大灿编选:《卢卡契文学论文选》第一卷,人民文学出版社1986年版,第86页。

③〔匈〕卢卡奇:《小说理论》,燕宏远、李怀涛译,商务印书馆2012年版,第84页。

种“大说”，具有表现社会总体的独特功能。

作为文学门类的小说，不管是长篇还是短篇，抑或中篇，有着共同的特征，就是都要努力全面、深入地表现社会人生，显示出一定的“总体性”来。但作为不同规模、不同形态的长中短篇小说，又有不同的艺术特点。评论家杨劼从小说的内在构成去辨析长中短篇小说的基本特性，我以为是准确而深刻的。她认为长篇小说的情节结构是“多重动机的积累性结构，浅显地说，便是把诸多单一动机纳入统一的整体情节关系内。”①而“短篇小说，就是单一动机、直接解决的情节结构。”②中篇小说的特性则有点复杂。长期以来，许多作家、评论家，都把中篇小说当成一种不大不小、中等规模的文体，但事实上它有独立的特性，在叙事和方法上更自由。“中篇小说自己的特色：高细节、低强度；过程绵长，而结论弱化。”③譬如那种情感浓郁的书简体小说，自由散漫的意识流小说等。当代作家铁凝，则把小说同人生相比附，认为短篇小说表现的是人生中的“景象”，中篇小说表现的是人生中的“故事”，长篇小说表现的是人生中的“命运”，这同样是独具慧眼的。长篇小说因其规模大、篇幅长，自然要表现广阔丰富的社会人生；短篇小说规模小、篇幅短，同样要切入社会人生的纵深处，只是开口要精巧而狭小，情节要单纯而集中，就像林斤澜说的：“小口子井，井底的地下泉水却深得不知深浅。”④

综观当下的中短篇小说，我们发现，似有两种观念和力量牵动着小说的行进。一种是“小道论”，竭力要使小说变得轻、浅、小，从而导致小说滑向了社会边缘；一种是“大道论”，即努力让小说变得重、深、大，坚守着现代小说的特性，依然受到社会和读者的青睐。

---

①杨劼:《普通小说学》,江苏文艺出版社2011年版,第147页。

②杨劼:《普通小说学》,江苏文艺出版社2011年版,第140页。

③杨劼:《普通小说学》,江苏文艺出版社2011年版,第157页。

④林斤澜:《林斤澜文集》(六),北京师范大学出版社2000年版,第258页。

对当下现实生活的揭示和把握，是现代小说的一项使命。这种揭示和把握越全面、越深入，抵达一种“总体性”程度，其思想和艺术价值就越高。尽管当下的小说有走向“小”的趋势，但也不乏深广表现现实生活的力作和精品。陈河中篇小说《义乌之囚》，表面看是一个商战传奇故事，由三条线索扭结而成。一是加拿大籍华裔商人林生回到国内义乌小城调查弟弟的死因；二是弟弟林杰在生意中挪用哥哥的货款，投入一桩荒唐的“非洲暴动”中；三是巨商杜子岩由商而政，效仿非洲革命家切·瓦格拉，在非洲的纵深地带啸聚黑人掀起了所谓的“革命暴动”。作家把商界的博弈、中国的义乌与北美洲的加拿大以及非洲的部落、各色人物的经商和生存、人的生活经历和精神向往等等，巧妙而有力地融为一体。正如谢尚发所评论的：“类似于侦探小说，又有现实主义传统的影子。小说不属于中国，也不属于加拿大，更不属于非洲，而是属于它们的全体，属于世界性的历史潮流，由此绘制了一幅丰富复杂的‘世界性的现代图景’。”[①]这是一篇具有华人文学“国际视野”，具有现实世界“总体性”品格的小说力作。孙颙中篇小说《哲学的瞌睡》，则是一篇情节完整、构思严谨、人物扎实、内涵丰盈的现实主义之作。小说以有力的笔触，展示了坚持学术真理和求真务实精神的哲学泰斗古教授，与追求名利、弄虚作假的年轻校长莫明的矛盾冲突；同时还以“我”的爱情、婚姻为副线，展现了青年知识分子在金钱、地位、道德、价值等方面的困惑与抉择；表现了现代社会思想文化领域的乱象与矛盾，知识分子人格的异化与坚守。是一篇直面现实、视野开阔、故事引人的优秀作品。

已逝的历史同样是一个值得发掘的领域。卢卡契在论述短篇小说时说，它既能成为当下时代的“先驱”，也能成为过往历史的“后卫”。近年来，表现历史题材的中短篇小说有所增加，这是一个需要关注的现象。叶弥《雪花禅》写的是抗战时期的一幕情景。日寇兵临

---

①谢尚发:《去国与还乡的变奏曲》,《文学报》2016年11月24日。

城下，大批民众在逃难，少数爱国者奋起反抗，而身居豪门、崇尚自由的文人何文涧，却陷入了“我要活，何其难”的困境中，充分表现了战争的恐怖和残酷，文人对现世的留恋和懦弱的天性，让我们看到了战争中战栗的人性。“文革”时代已成为历史，在半个世纪后的今天，作家们对它进行了重新发掘和批判。裘山山中篇小说《隐疾》，写的是“文革”期间，一群男女中学生之间发生的一场关于谈情说爱的玩笑纠葛。主人公青枫作为被羞辱的对象，所以耿耿于怀，成为心灵上的创伤、隐疾，执着地期待昔日的同学向她道歉，就是因为她看到了“文革”极“左”思想对人的毒化，看到了人性中恶的东西依然死而不僵。作家从人的灵魂的角度，对“文革”进行了独到的反思。南翔《远去的寄生》写的是一个荒诞的“文革”故事。表哥寄生失手打碎了领袖石膏像，由此毁掉了这位有才华、有思想的杰出青年，深刻影响和改变了他的父亲、他的女朋友以及多位亲人的生活命运。作家是站在今天的高度，反思“文革”运动给无数的人造成的人生和精神伤害，批判神化领袖、个人崇拜的荒唐和可怕。这对今天依然有着现实意义。

城乡变迁背景下的文学转型

当下中国的社会和文学，正经历着一场前所未有的大变局，即从传统的农业文明与文化向现代工业科技文明和城市文化蜕变，从作为主潮的乡村文学向现代城市文学演变。真是沧海桑田，势不可挡。在这样的背景下，乡村题材文学呈现衰退趋向，城市题材文学呈现繁荣态势，在长篇、中篇、短篇小说文体上莫不如此；但面对这样的文学转型，我们的认识还不够清醒、自觉，我们的应对还不够有力、到位。这正是当下文学特别是小说，出现乱象和迷惘的一个重要原因。评论家雷达把正在发生的城乡变迁，概括为“乡土中国”向“城乡中国”的转型，指出了城乡变迁给中国文学带来的深巨影响，点明了城市文学兴盛的同时，乡土文学还会建构起一种新的思想和审美形态来。[1]这场社会和文学的转型，其实从1990年代就开始了，只是到了今天，才显得更加紧迫、剧烈。尽管不少作家对城乡巨变做出了努力探索和书写，发表了一批不错的作品，但从总体看，我们的文学还没有敏锐、精准、全面地表现出时代转型，我们的作家还未能以更宏阔的视野、更深广的思想把握住历史的走向。在表现现实生活上，我们缺乏有力的“总体性”思想。亦如卢卡契所说的：“真正的、伟大的现实主义就这样把人和社会当作完整的实体来加以描写，而不是仅仅表现他们的某一个方面。”[2]当下的城市小说和乡村小说，都存在着诸多局限和问题。

城市小说已经成为中国文学亮丽的“风景线”。不仅作家队伍在壮大，且多为青年作家、女性作家，而且作品数量剧增，表现形式纷繁，长中短篇小说都有佳作。相比乡村小说，城市小说由于内容的新颖、艺术的精致，更受市场和读者欢迎。当下的城市小说，突出表现了城市世界的膨胀式发展，物质、金钱的“横流”以及由此带来的种种社会问题；错综复杂而又势利、冷漠的人际关系，还有形形色色的精神、心理疾病等；深刻揭示了现代人的爱情、婚姻、家庭的变化及其各种人物的情感、精神世界。从具体作品看，有许多写得细腻、深切、优美，可谓精品；但集中起来看，就会发现这些作品故事雷同、视角狭窄、意蕴清浅，给人“千部一腔、千人一面”的印象。我们的城市小说，历来发育不良，现在还处在盲目、粗放、探索的“初级阶段”。我们还不能从人类文明演进的高度，写出城市自身的伟大创造以及对人的积极意义；还不能用总体的、辩证的思想，写出城市正面的、光明的一面以及负面的、阴暗的一面乃至二者的复杂关系；还不能写出城市自然化、家园化的艰难探索以及城乡融合的历史走向来；还不能写出城市人、现代人更完整和更丰富的性格及灵魂，塑造出独

①雷达:《从‘乡土中国’到‘城乡中国’》,《文艺报》2014年12月15日。

②《卢卡契文学论文集》(二),中国社会科学出版社1981年版,第48页。

特而深刻的人物形象来。

大城市、大都市是城市小说的丰厚土壤，北京、上海、南京、广州、深圳等近年来的城市小说可谓风生水起。张曦的中篇小说《只是朱颜改》，写的是凌青、埃文两位女子与香港男子大卫，在上海求职、打拼的生活经历以及分分合合的爱情纠葛。作品描绘了上海南昌路上陈旧的三层黄色老房子：高大而昏暗的房间，阳台上黑色铸铁卷花栏杆，里弄里萧索的法国梧桐。一路前行，还有昔日法租界宫殿式的主楼、国共合作旧址、孙中山故居、周公馆，还有高大的椰子树、香樟树、整齐的草坪…… 历史遗迹、古老传说，与外来青年的胼手胝足以及万花筒般的现实生活，构成了城市永恒的生活风景。邱华栋是一位现代都市小说的代表性作家，《云柜》揭示了现代科技和生活对人特别是一些白领女性的"异化"现象。精通云计算的女商人施雁翎，经济独立、人格独立，她与同是单身的大学艺术系教授孔东邂逅，本来可以有温馨、浪漫的爱情和婚姻，但她却按照云计算设计、实施了一套让乡村女孩为他们代孕的完整计划，致使孔东望而生畏，临阵脱逃，深刻表现了现代科技对人的"异化"的可怕、可悲！80后作家周李立，长于揭示一代青年的生存和精神困境，她的《刺桐》以"我"为叙事人物，展现了丈夫、婆婆、儿媳——"我"之间，深深的隔膜、怨恨、不信任，直抵人性自身的自私、冷漠、丑陋，显示了年轻作家对社会人生的洞察力。

城市人的爱情、婚姻、家庭生活以及人们的情感、心灵、精神，已经成为一个持久不衰、常写常新的题材领域。赵勤的《海蓝宝石》写现代女性爱与性的分离，两人有感觉、有需求，可以上床；但要相爱，却必须有互相认同的人生观和价值观。张惠雯中篇小说《场景》写上流社会的中年女性，对丈夫、家庭的忠诚，以及出轨后内心的不安、悔恨、自罚，表现了人性与道德的尖锐冲突。

乡村小说的衰微已是不争的事实。近年作家队伍在萎缩，老一代作家逐渐淡出文坛，中一代作家也不再固守乡村题材而兼写多种题材了，新一代作家执着乡村题材的少而又少。作品数量也在锐减，长篇小说着重写历史，情况略好，中短篇小说状况则堪忧。在文学刊物上发表的中短篇小说中，表现农村和农民生活的所占比例不到三分之一。当下的乡村题材小说，自然也不乏优秀之作。譬如在探索农村新的社会问题、农民未来的出路，譬如在反映留守儿童与老人的生活状态，譬如在反思农村历史的成败得失等方面，做出了一定拓展。但从宏观上考察，当下乡村小说存在着思想洞察不力、把握不住农村的脉动与走向，不熟悉各种农民、写不出真实而鲜活的人物形象，缺乏“总体性”眼光、不能在城乡交融的背景下表现农村和农民等诸多缺陷和问题等等。乡村小说面临着城市小说的挑战，它的问题也许比城市小说更为严峻。

但在数量不多的乡村题材小说中，我们依然看到了部分佳作。譬如许春樵中篇小说《麦子熟了》，写乡村三位年轻女人麦叶、麦穗、麦苗到南方城市打工的艰辛经历与悲剧结局，不仅展示了她们艰难的生存、险恶的处境、不懈的打拼，同时书写了她们与孤独、与欲望的搏斗，她们的情感和人格的分裂，家庭对她们的逼迫与伤害，还有打工女人之间的互助乃至背叛，把乡村女人的形象写得深切感人，是对底层写作的一个突破。譬如杨遥《匠人》，刻画了一位小镇上的底层匠人形象。木匠王明，性格木讷、和善，做活精心、卖力，手艺高超、巧妙，且怀着发明创造的美好梦想。但面对镇干部的敲诈、欺辱，他轧断手指、放弃赚钱，自甘贫穷，爆发出一个底层匠人的坚韧、决绝和反抗性格。杨遥谙熟乡村生活，汲取西方现代小说表现日常生活的叙事手法，塑造出了逼真、结实、丰满的农民形象。艾伟《小满》，写的是城市富人夫妇中年丧子，找乡村女孩代孕的曲折故事，表现了城乡巨大的贫富悬殊，乡村与城市、农民与城里人的尖锐冲突和复杂关系，读来让人惊心、深思。

中国文学的转型将是一个艰难而漫长的旅程。在这一过程中，乡村题材小说并不会消亡，它还会继续探索、变革，借鉴城市文学的思想内容和表现形式，在表现农业文明和文化衰落与重建的历史中谱写出杰出的乃至伟大的作品。而城市题材小说则会不断成长壮大，克服自身的局限和问题，取法乡村小说的传统和经验，真正形成具有中国特色的城市文学精神和风格。

人物永远是小说的重心

倘若问：现在小说最缺失的是什么？可如是回答：人物，那种有性格、有深度，真正能够感动读者的人物形象。这已是众所公认的小说“顽症”了，但始终未见好转。韩少功在最近的访谈中说：好小说的标准是“始于情感，终于人物”。“什么叫‘始于情感’？就是对笔下的东西有感觉，有情感，有某种冲动，不是搬个理念或者技巧来哗众。什么叫‘终于人物’？就是要落实于人物，把人物写得鲜活、结实、丰富，不能成为一些华丽的影子和流行的标签。”①倾注自己的情感，写出扎实的人物，韩少功的话值得作家们记取。我们的小说并不是没有人物，那么多长篇、中篇、短篇小说，绝大多数还是写了人物的，但这些人物大抵没有站立起来，走进我们的生活，走进读者的心灵。人物形象的碎片化、平面化、理念化、虚幻化，已经成为普遍现象。

人物对于小说的重要性，已是一个无须讨论的问题。小说的三要素，情节、人物、环境，人物是核心要素。在所有的文学文体中，如诗歌、散文、报告文学等，最擅长塑造人物的，无疑是小说。小说自然经过了漫长的写故事、说故事历史，但到了近现代，已自觉地肩负起了写人物的“担子”，并认为这是它的职责，遂使小说具有了至高的社会地位，平添了强劲的艺术功能。小说人物当然是千姿百态的，

①舒晋瑜：《韩少功：好小说要“始于情感，终于人物”》，《中华读书报》2016年10月26日。

并不要求每部、每篇作品都写一种人物，每一类型的人物，都可以写到极致，成为人物画廊中的一员。文学理论家们把人物进行了分类，至少有如下数种：富有意味的意象化人物，脸谱化的类型化人物，个性鲜明的性格化人物，体现现代理念的抽象化人物，个性与共性高度融合的典型化人物。现在的小说最风行的是意象化、类型化、抽象化人物，匮乏的是性格化、典型化人物。

一个作家要写出成功的人物形象，就要努力把握住他的整体性格和精神，突出他的个性特征，并揭示出这种性格的阶层性、时代性乃至地域性。卢卡契说："现实主义主要的美学问题就是充分表现人的完整的个性。"①这自然是一种传统的现实主义人物理论，但历史证明，这种人物是最富有思想和艺术价值的。姚鄂梅中篇小说《一辣解千愁》，把"文革"历史和当下的市场经济社会，把贫困的农村和繁华的都市，熔为一炉。在广阔的社会背景上，塑造了一位历经沧桑的乡村女性形象。当年的上海知青张大桥到农村插队，爱上纯朴、端庄已经许嫁他人的杨采玉致使怀孕，并在有意无意的"游戏"中害死了杨的未婚夫。这在那个混乱的时代，并不稀奇。恶之花结出了恶之果。此后数十年，杨采玉生子育子，被公公占有，晚年再婚，历尽人间艰难困苦。而张大桥回城，上大学，经商，成为富人，创办慈善事业。旧情未断的杨采玉终生的愿望，就是让昔日的恋人在面前感到羞愧。而这位知青虽未忘却过错但绝不愿低头悔罪。杨采玉有着善良、坚韧、勤劳的农民品格，更有机灵、会事、深藏以及泼辣的个性特点，还有传统女性忠贞不渝、忍辱负重的文化性格。这是近年小说中一位难得的独特而丰满的人物形象。短篇小说同样可以写出鲜明、结实的人物形象。王凯《燕雀之志》中的黄顺利，过分老实，特别勤奋，不懂人际关系，绝无鸿鹄之志。能到政治部当一个小干事，能娶一个城里媳妇，就心满意足了。他被人们视为傻子，他遭遇了许多不

---

①《卢卡契文学论文集》(二)，中国社会科学出版社1981年版，第49页。

公。这是电视剧《士兵突击》里许三多式的人物形象。作者发现和肯定了这样一种人生追求，刻画了别一种军人形象。

现代型的人物，完全可以成为有价值、有魅力的人物形象。这种人物，作家不再追求外在的性格特点，也不再关心人物的真实可信。而注重的是人物生存状态的普遍性、人物性格的代表性，凸显的是人物的一种精神、一种象征。一些意象化、抽象化的人物，就往往具有这种人物特征。这样的人物，也可以成为出色的、不朽的艺术形象。范小青近年来执着地发掘着现代人的“身份焦虑”主题，近期的《李木的每一天》中的城市白领李木，就是一位颇有代表性的现代人形象。小说写南方城市小家庭的生活情景，写苏州女人的性格、土话，很有生活情趣和地域特色。李木这一人物看似写实，但本质上是一个意象化、理念化人物。这位IT精英，在公司面对的是琐碎、机械的工作，冷漠的人际关系；在家里被妻子和岳母指使、聒噪，处于可有可无的地位；在坐出租车和开优步车的时间中，也被淹没在别人的倾诉中。在这些最日常的生活中，显示出一个现代人的放逐感、孤独感。但李木的精神深处，铭记着昔日的妻子扮演杜十娘时的美艳、纯情，铭记着自己当年的痴心和追求。在静夜开车的时刻，恍如见到了杜十娘，正开往瓜州古渡口。恍兮惚兮，不知是尘世还是梦里。这又深切地表现了现代人的分裂感、虚幻感。在李木这一人物身上，饱含了作家对现代生活的反思，对作为主体的人的关切。如前所述的邱华栋《云柜》里的施雁翎，也是一位被现代生活和科技“异化”了的人物。

作家要写出丰厚的人物形象，还要努力发掘人物的文化性格。在新时期文学的“寻根小说”中，就有许多这样的人物形象。储福金近年来痴迷围棋题材小说，创作了一批长中短篇小说，描绘了多位具有文化性格的人物形象。他的《围棋·扑》，刻画了“文革”中的一对知青，从对弈到相爱，从分手到各自走向老年，围棋中的“扑”和“围”两种方法，成为支配他们下棋和人生的一种思维和文化，而“扑”和“围”体现的正是儒家与道家的文化传统和精神。文化性格的彰显，使两个人物显得格外独特、深厚。

艺术形式的回归和创新

刘勰《文心雕龙》曰："文律运周，日新其业。""望今制奇，参古定法。"[①]他论述了继承是创新的基础，创作的法则要参酌古代的经典和今天的需求来制定。当下的小说创作拥有宏富、精深、驳杂的文学遗产。它面对的主要有四种传统，一是中国的当代文学传统，二是现代小说传统，三是中国古典文学传统，四是西方从现实主义到现代派小说传统。这些传统文学和理论又相互影响、交融，形成了一套经典小说经验与写法。当下的小说只有不断地汲取和回归经典，才有可能创造出更新更美的文学。但从1990年代之后，在市场化、世俗化的社会和文化背景下，小说逐渐地疏离了经典文学传统，不再效法和借鉴古今中外的艺术形式和手法，不再探索艺术表现的变革和创新，而是追求一种"快餐式""通俗化"的写作路子，致使小说出现了一种个人化、娱乐化、模式化倾向。这种倾向在"80后""90后"作家的创作中，显得尤为突出。这正是卢卡契尖锐批评的现代社会对文学艺术的物化、异化现象。

小说理论和批评，成果累累。近百年来的主流小说创作理论和批评，立足中国的现代文学特别是当代文学创作，取法西方现实主义文学理论，从社会、历史、道德的层面规范小说，在故事情节、人物形象、思想内涵、结构形式、语言运用等方面，形成了一套方法和手法。它有力地影响、支配着当代小说的创作，出现了众多优秀乃至经典作品。它在今天依然具有生命力，特别是在宏观把握现实生活，塑造个性化、典型化的人物形象等方法上，值得很好继承。但从整体看，已显得陈旧、保守、僵化。现代的小说叙事学，在俄国形式主

①周振甫：《文心雕龙今译》，中华书局2000年版，第276页。

义、法国结构主义等理论的催生下，兴起于1960年代的西方国家，1980和1990年代大规模引进中国。它研究小说叙事主体的构成，发掘小说内在结构的规律，探求小说形成的因素，破解小说从文字到语言到文本的深层奥秘。是对小说内部世界和艺术本质的一种开创性研究。新时期文学中，一些新潮作家接受了小说叙事学，促进了小说艺术形式的创新。而从总体上说，这种接受还是表面的、有限的。小说叙事学过分强调形式和文本，把题材内容和社会现实割裂开来，显然是片面的。传统小说创作理论和现代小说叙事学，已成为小说发展的两块基石，我们需要深钻细研、扬长避短，建构出一种新的小说艺术理论来。

在艺术创新衰竭的土地上，还能看到一些作家的孜孜探求和可喜收获。

叙事视角和叙事语言，是小说叙事学特别重视的两个创作问题。客观讲，当下小说的叙事比新时期成熟了许多，叙事人的设置更为巧妙、恰当，第一人称写法大量增加；叙事视角显得多样，多视角形式已屡见不鲜；叙事语言格外自如、纯净，增加了小说的吸引力和可读性。迟子建中篇小说《空色林澡屋》，有意识地借鉴了古典白话小说的"套中套"结构形式和传奇表现手法，讲述了现实中一支小分队对休养生息的原始森林的勘察，以及山民关长河叙说的皂娘与三个男人的故事；展示了皂娘丑陋的面相与美好的心灵和一生的悲苦命运，呈现了现代人尴尬的生存与精神的困境。作品写得苍茫、空幻、幽远而又蕴含着"色空"的宗教意味。钟求是的《慢时光》写的是儿子对已逝母亲的回忆，写了"我"对母亲的理解、孝敬，母亲对"我"的一片爱心和甘愿献出一切的博大母爱，打动人的正是叙事语言的沉静、温婉、细碎、深情，真正显示了"叙述就是一切"这句名言的真理性。

小说结构模式的营造，是所有小说理论都注重的艺术课题。小说特别是短篇小说的结构模式，有情节式、人物式、心理式、意境式等许多种。现在的小说结构大都是故事情节模式，强化小说的故事性并没有错，但满眼都是这种模式，就暴露了小说创新的衰弱。自然，故事模式也可以写得新颖独特。譬如小白中篇小说《封锁》，写的是抗战时期，日本宪兵队侦破一起汪伪政府特工总部爆炸案的曲折过程，叙事人物选择的是处在矛盾心态中的双料“特工”——“我”，是一个很巧妙的视角人物。而小说里的中心案件以及侦破过程，由三条线索交错推进：主人公鲍天啸创作的通俗小说中所演义的烈女行刺传奇，案件侦破中逐渐显露的事件的来龙去脉，鲍天啸和“我”向日本军官汇报的案件脉络。三条线索真真假假，既互证又矛盾，整个故事疑点重重，波澜起伏。是一篇思想艺术俱佳的侦破小说。譬如刘鹏艳《月城春》，在底层社会贫穷、斑驳的画面上，刻画了两位小乞丐的形象，是用意境结构笼罩全篇的诗意小说。

小说表现形式和手法的借鉴、创新，同样是小说理论关注的艺术范畴。这是一个十分广大的舞台，既可以吸收西方现代派和后现代派小说的表现手法，也可以择取中国古典小说中的艺术技法，还可以汲取民间文艺的创作手段。我们做得还远远不够。但依然有作家在不懈探索，给小说创作增添了生机。譬如方方《天蓝》，写了一个现代社会中的“灵魂附体、母女重逢”的传奇故事，匠心独运地使用了荒诞手法，把母爱主题表现得动人心魄；残雪是一位矢志不移的现代派小说家，新作《与人为邻》以拟人化方法，展现了小喜鹊眼中古怪的人类行为以及人对鸟的侵犯、残害，是作家对人类自身的深刻反思。残雪近年的小说在叙事上写实了，但思想、形式和手法，依然很现代。

卢卡契在小说叙事上，同样遵循“总体性”思想。他认为：内容与形式是不可分割的。内容是形式的内容，形式可以创造内容。当下的小说要更加重视艺术形式的承传和创新，用形式激活内容，再造小说的春天。

（原载《当代文坛》2017年第6期）

社会转型中的乡村小说命运

百年文学主流的变迁

一时代有一时代的文学主流。一百年来的中国现当代文学，都是由奔涌激荡的乡土文学为主流，以时隐时现的城市文学为支流的。但在今天深广、剧烈的社会转型中，文学潮流发生了戏剧性变化，作为主流的乡土文学盛极而衰，由主流降为支流，而本来是支流的城市文学由弱到强，成为文学的主流。如果说，中国文学已进入城市文学时代有点言过其实的话，那么可以说，一个城市文学和乡土文学并行、交融的时代正在展开，城市文学已然处于重要的、领先的位置。文学潮流的这种转换、变迁，其影响、意义和作用，是深刻、巨大而久远的，它不仅支配着当下的文学创作和态势，也波及着未来文学的走向和发展。但文学界和学术界，对文学的这种变化、转型，还缺乏应有的理性认识，更缺乏足够的实践对策。

美国著名文学理论家艾布拉姆斯在他的《镜与灯》一书中，用镜子的意象来说明文学对社会现实的客观映现，用灯的意象来象征文学对人类生活以及自身的主观探照。不管是什么样的文学，它既是对社会、历史的一种真实折射，更是对社会、历史的一种艺术观照。一百年来的乡村小说和城市小说的盛衰沉浮，表现出的是一个世纪以来中国社会的艰难探索和激烈转型，体现出的是小说对转型社会现实与人生的有力把握和烛照。

正如社会学家所指出的：中国社会的现代转型，始于1840年的鸦片战争，历经一百七十多年，至今还在路上。这一转型过程又分为慢速、中速、快速三个时段。1840—1949年为慢速转型期，1949—1978年为中速转型期，1978年至现在为快速转型期。而1990年到今天的二十多年，是快速转型期中的加速跨越期。有学者说："社会转型则是人类社会从一种存在类型向其他存在类型过渡、转变的过程，例如游牧社会→农业社会→工业社会→后工业社会或信息社会的演变。"[①] 中国现在的社会转型，正处在农业社会向现代工业科技社会转化的特殊时期。一百年来的中国现代当代文学，在表现农村的革命、战争、建设，在刻画农民的觉醒、成长、自立等方面，曾做出了艰苦的探索和卓越的贡献，涌现了大批优秀作家和小说，使农村小说成为中国现当代文学一以贯之的澎湃主流。尽管其中也有难以避免的曲折、失误。

1990年代之后，国家破除了计划经济体制，确立了市场经济体制，同时逐步进入全球经济一体化的世界大潮中，极大地推动了中国的现代化进程和社会转型。有些人认为，经济体制的改革只是经济层面的变动，并不会波及全局。但事实上，经济作为整个社会的庞大基础，它的变革来自社会各方面的驱动，它的变革也必然牵动社会各领域的改革。社会学学者刘燕认为：中国社会的转型是全方位、整体性的，涉及经济、社会、政治、文化、哲学等众多层面和领域："社会学视角中的社会转型是从传统农业社会向现代社会乃至向后工业社

① 罗谟鸿、邓清华等著：《当代中国社会转型研究》，西南师范大学出版社2007年版，第1页。

会、从传统封闭性社会向现代开放性社会的变迁和发展；经济学视角中的社会转型是传统计划经济向现代市场经济的转换、从农业社会向工业社会的转化；在政治学视角中，是集权封闭、管制导向的传统政治行政体制向分权开放、透明服务导向的现代政治行政体制的转轨，是从刚性结构社会向弹性结构社会转化，从伦理社会向法制社会的转化；文化学视角中，是从单一同质文化社会向多元异质文化社会的转型，是生存方式与生存模式的转变或重塑，是从农业文明向工业文明、工业文明向可持续发展文明的双重社会转化；哲学视角中，社会转型则是单一价值社会向多元价值社会的全面转型。”[①] 同时，一些社会学家还指出：“社会的发展必须把人的现代化提到首位，只有人实现了现代化，才能加速文化转型的速度和进程，才能完成社会转型，没有人的现代化，工业、农业、科技和国防的四个现代化是难以真正实现的。”[②] 这些论述，深刻阐述了中国社会转型的全面性和复杂性，从传统农业社会向现代城市社会以及现代工业科技社会转型的重大意义，社会发展必须建立在社会和人逐步现代化的坚实基础上等社会学课题。对于这样一些社会问题、理论问题，置身于社会旋涡中的作家乃至评论家，其实有相当一部分是茫然的、盲目的。他们的思想和艺术观念，还停滞在新时期文学阶段，难以理解和认识变幻莫测的社会转型。他们身居大大小小的城市，但同城市却隔着无形的壁障，看不清城市的全貌和本质，看到的往往是城市的问题和阴暗面，以及城市人的生存和精神困境。他们远离衰落中的乡村，但依然固执地写着记忆中的乡村，对农村和农民面临着的新局势、新矛盾，已然不甚了了。诚然，1990年代以来，乡村小说虽然走向式微，但根基深厚，作家众多，不乏精品力作；而城市小说，势头强劲，新人辈

① 刘燕:《当代中国社会转型时期的价值重构》,人民出版社2014年版,第10—11页。

② 罗谟鸿、邓清华等著:《当代中国社会转型研究》,西南师范大学出版社2007年版,第81页。

出，成果累累；但它所达到的思想和艺术高度，距离人们的欣赏需求还有较大差距，同正在进行着的社会转型并不相符。

文学概念的演变，总是蕴含着社会历史的变迁，折射着文体自身的拓展。在所有关于文学题材的概念中，“农村小说”大约是变化最多的。而“城市小说”一经约定俗成，一直没有改变。这里使用“农村小说”这一概念，只是姑且把它当作一个“菜篮子”，可以把相关的概念随意地放进或取出。洪子诚《中国当代文学史》，就采用了这样的策略，专门设了“农村小说”一章。陈继会说：“从‘五四’到30年代批评界普遍使用‘乡土文学’的批评概念，到40年代批评界‘农民文学’‘农村文学’批评概念的交叉使用，直到建国后‘农村题材文学’批评概念的一元化，最后至新时期‘乡土文学’（乡村文学）批评概念的再度使用，概念的嬗变、转化在20世纪乡土文学的研究中，显示出一种有意味的形态，涵蕴着丰富的学术价值。”①

其实，每个文学概念，都涂了时代的色彩，都有自身的局限。“乡土小说”概念着重的是作品的“地方色彩”“地域文化”“土气息泥滋味”，还有知识分子的现代“乡愁”。是鲁迅、周作人这样的作家现代视域中的小说样态。它的涵盖面是具体的、有限的。后来茅盾强调乡土小说要努力表现广大农民“对于运命的挣扎”，要表现作者的“世界观与人生观”，已经超越了乡土小说的范畴，具有了农村小说的特征。“农村小说”和“农民小说”，并不是一个严格意义上的理论概念，它从40年代开始出现，50、60年代也偶尔沿用，它只是对表现某一领域生活的笼统概括，概念不精确，内涵也模糊。但正因含混，反而使用起来显得自由、宽泛。“农村题材小说”是“十七年”时期的通行概念，一个体制色彩很重的概念，它突出的是对农村和农民现实生活的表现，注重的是这一题材的重要性、独特性，是一体化文学体制为了强化文学的组织和管理，创造出的一个概念。“乡村小说”

① 陈继会等著：《中国乡土小说史》，安徽教育出版社1999年版，第474页。

这一概念，是1990年代以降的多元化文学时期涌现出的一个新的概念，赵园、邹平等学者都使用和阐释了这一概念。笔者在《农村小说：概念与内涵的演进》一文中，认为这一概念更吻合社会转型时期的诸多特点，乡村是城市对应下的乡村，乡村是作家思想艺术视野观照中的乡村，具有较强的涵盖力，更富有诗意。[①] 这一概念得到了学界的普遍认可和广泛使用。笔者认为，这一概念依然是当今较为恰当和适用的概念。1990年代初，评论家金汉提出"新乡土小说"[②]概念，强调乡土小说"对生活作整体的文化的观照"，但并未得到学术界更广泛的认同。今天中国社会的转型，已经使乡村和城市交织、融合为一体，乡村小说的发展出现了诸多变化和深层危机，评论界应该创造出新的概念来。

城乡文学的由分到合

文学潮流从来都是有主有次，有起有落，有分有合，由此才构成了文学历史的波澜壮阔、多姿多彩。被奉为文学主流的乡村小说，它的发展却是艰难而曲折的，走过新时期文学的高潮期，到多元化文学时代开始衰微。而被贬为文学支流的城市小说，直到新时期文学才开始活跃起来，进入多元化时期，则一路高歌，蓬勃发展，并与乡村小说形成了某种融合态势。

在中国现当代文学的历史进程中，乡土文学、农村小说始终占据着主流位置。正如评论家孟繁华所说："20世纪以来的中国文学，乡村中国一直是最重要的叙述对象。因此，对乡村中国的文学叙述，形成了百年来中国的主流文学。"[③] 这一主流文学的形成，有两个重要原因。一个是中国有着几千年的农业文明历史，中国现当代的革命、

---

① 段崇轩:《农村小说:概念与内涵的演进》,《晋阳学刊》1997年第1期。

② 金汉:《中国乡土小说的艺术新变》,《浙江师大学报》1993年第4期。

③ 孟繁华:《百年中国的主流文学》,《天津社会科学》2009年第2期。

战争、建设，主要发生在农村，都是由农民来推动和完成的。而执政党始终把表现农村和农民，推动社会主义革命和建设，当作文学的重要任务。另一个是中国的几代作家，绝大部分都出生在农村，有着浓郁的乡土情结。即使是后来的“右派”作家和知青作家，多数都有着农村经历，把农村作为自己的“第二故乡”。因此，书写农村和农民，是他们自觉自愿的行为，甚至就是在写自家和自己。用文学参与农村的社会变革，是他们的一项使命和职责。譬如“十七年”文学时期，梁斌《红旗谱》、赵树理《三里湾》、孙犁《风云初记》、周立波《山乡巨变》、柳青《创业史》等长篇小说，以及沙汀、康濯、马烽、李凖、刘绍棠、王汶石、林斤澜等的农村题材中短篇小说，成为新中国初期当之无愧的主流文学。我们并不讳言这一文学潮流中的“乌托邦”色彩，以及在思想艺术上的激进、粗放。但它毕竟展现了中国农村的一场伟大实验和创举，广大农村对国家工业化、城市化的强力推动，塑造了各式各样的农民形象乃至典型形象。譬如“文革”文学时期，文学园地一片荒芜，但为数不多的小说作品，依然是以农村题材为主的。如长篇小说《艳阳天》（第三部）、《金光大道》、《虹南作战史》、《牛田洋》、《春潮急》、《千重浪》、《万年青》等，如浩然、陈忠实、贾平凹、韩少功等的农村题材短篇小说，构成了“文革”时期的文学主潮。尽管这些作品有鲜明的“左”的印记，艺术上也无多少可取之处，但正是当时农村题材小说的吸引和孕育，才产生了一支坚持写作和思考的小说家队伍。农村小说的主流态势，一直持续到20世纪七八十年代的新时期文学，并在新的时代形成了一个农村小说的高峰期。周克芹《许茂和他的女儿们》、古华《芙蓉镇》、李凖《黄河东流去》、贾平凹《浮躁》、张炜《古船》、高晓声“陈奂生系列小说”等，还有何士光、张一弓、刘绍棠、成一、贾平凹、莫言、铁凝、张炜、何立伟等的大量中短篇小说，成为一个浩浩荡荡的乡村小说创作大潮。这些小说表现了中国农村壮阔的改革开放，揭示了乡村与城市的矛盾与交织，塑造了从传统向现代蜕变的多姿多态的农民形象。尽管80年代中国社会的转型已经加速，城市得到了前所未有的发展，但社会的重心依然在农村，小说的焦点依然聚焦在农村和农民那里。

在一百年的中国现当代文学中，城市文学、城市小说虽然绵延不绝，时有佳作，但它始终发育不良，难以成为文学主流，一直处于支流的位置。这同样有两个重要原因。一个是中国的城市文明和文化发展缓慢，在城市文化中渗透了浓重的乡村文化，在城市人群中掺杂了众多的乡下人以及他们的后代。以农民为社会根基和依靠力量的执政党，始终对城市和城市文化抱着一种怀疑、疏离甚至挤压的态度。另一个是城市文学作家队伍，后继不足，阵容弱小，城市社会似乎很难产生有潜力的作家，即便有崭露头角的，也难以得到文坛和社会的应有扶植。譬如"十七年"文学时期，给人留下深刻印象的，只有周而复《上海的早晨》、欧阳山《三家巷》、李英儒《野火春风斗古城》、老舍《茶馆》等作品。城市在其中并不占主要位置，它只是一个背景，城市人的生活和行为，倒往往成为被批评、讽刺的对象。譬如萧也牧的《我们夫妇之间》、宗璞的《红豆》，都被贴上"小资产阶级情调"的标签，而被贬为"毒草"，遭受批评。一直到改革开放后的新时期文学，城市小说才开始活跃、兴盛起来。城市的高速发展，推动了城市文化的勃兴，从农村进入城市的作家和在城市成长起来的作家，都自觉地把城市和城市人作为自己的表现对象，城市小说终于理直气壮地跻身于新时期文坛。邓友梅的《那五》《烟壶》，接续了古老的"市井小说"传统；冯骥才的《神鞭》《三寸金莲》，提升了"津味小说"的艺术品格；池莉、方方的新写实小说，表现了大城市普通市民的日常生活和他们的精神情感世界；刘索拉、徐星的现代派小说，尽情地展现了城市社会的五光十色，城市青年的叛逆形象。

1990年代之交，是中国历史的一个分界线。市场经济的展开，乃至后来世贸组织的加入、全球经济一体化的参与，以加速度的方式推动着中国社会的现代转型。农村改革的巨大潜力已逐渐释放，大批农民工走进城市寻找生路；城市已成为国家发展的重心，大大小小的城市膨胀式扩张。城市问题不断暴露出来。而在文化、文学领域，大一统的文化形态“三分天下”，政治文化、精英文化、民间文化各自为政，形成一种多元无序格局。文学在市场经济背景下，滑向社会边缘，经过一度的消沉之后，又重新找回了自己的位置。

20世纪90年代的乡村小说，经过80年代的高潮期，随之进入长久的沉潜期。沉潜并不等于衰落，它依然有扎实的探索、精心的营造。乡村小说有着深厚的文化传统，有着几代实力派作家的支撑。在表现农村现实变革方面，有何申《年前年后》、刘醒龙《分享艰难》、关仁山《九月还乡》、王祥夫《雇工歌谣》、谭文峰《走过乡村》、乔典运《问天》等众多中短篇小说优秀之作；在表现乡村历史生活方面，有陈忠实《白鹿原》、莫言《丰乳肥臀》、韩少功《马桥词典》、贾平凹《美穴地》、杨争光《赌徒》、刘玉堂《温暖的冬天》等一批长中篇小说力作；在诗化乡村小说方面，有铁凝《孕妇和牛》、迟子建《亲亲土豆》、阎连科《年月日》、李佩甫《黑蜻蜓》等许多中短篇小说精品。乡村小说依然在关注着农村的现实变革和走向，发掘着农村漫长历史的文化脉动，构筑着作家心中的美好田园。尽管这一时段的乡村小说，在把握农村现实深层规律方面显得有点乏力，在艺术形式和手法方面的创新明显不足。直到2000年之后，随着城乡发展的不断拉大，众多乡村的衰败与消失，农村“三农”问题的日益凸显，作为以农村和农民生活为重要资源的乡村小说，也开始一路滑坡，渐入低谷。客观讲，二十多年来的乡村小说依然有丰硕的实绩。各种类型的乡村小说时有佳作，特别是在表现城乡社会交融的广阔领域，做出了新的开拓和创造。在艺术表现形式和叙事语言方面，显得更加纯熟、精湛。但无须讳言，面对广大农村的沧桑巨变，乡村小说已没有什么突破和作为。它集中描绘的是一个个村庄的衰败、艰难、消失，而没有去表现这种衰败中的转机、新生、重建，更未能揭示出乡村的历史脉动、发展路向。它在敏锐地表现当下乡村社会的变迁，深刻地洞察乡村现实问题和危机，有力地刻画各种各样的农民形象，创造性地借鉴新的创作方法和形式等方面，确实显得被动保守、力不从心。乡村小说与乡村社会一样，真有点“山穷水尽”的景象了。

同乡村小说形成鲜明对比，城市小说却呈现出“柳暗花明”的风景。随着城市的飞速发展，城市人口已超过了农村人口；随着工业、科技和信息的现代化，整个社会的现代化程度迅速提升。城市小说在这样一种背景上，得到了空前发展。不仅有老一代作家开始转向城市小说创作，年轻的“70后”“80后”作家大部分写的是城市小说；城市小说得到了出版社、杂志社的格外垂青，形成了巨大的阅读市场。这里不必列举数不胜数的城市小说作家，也无须辨析城市小说的创作思潮和现象。纵览二十多年来城市长篇小说的优秀成果，就足以领略城市文学的繁荣景象。如王安忆《长恨歌》、贾平凹《废都》，张者《桃李》、阎真《沧浪之水》、苏童《黄雀记》、金宇澄《繁华》、刘心武《飘窗》、徐则臣《耶路撒冷》、王跃文《爱历元年》、路内《慈悲》……城市小说已成为当下文学中最有生机的“重镇”，它取代农村小说的主流位置，是文学的进步，是历史的必然，是中国文学的一次浴火重生。但我们也要清醒地意识到，中国城市小说的“井喷”式发展，同时潜藏着诸多隐忧。它还缺乏自觉的、理性的城市意识；它还没有描绘出更多鲜明丰满的城市人物形象；它还未能形成稳定多样的城市小说审美范式；它还没有形成一个庞大、成熟并有多位杰出作家领衔的城市作家群落。城市小说的发展刚刚迈上正途。

在城市与乡村小说的发展中，出现了一种引人注目的现象，就是城乡小说的交汇和融合。在这一题材领域，不仅涌现了众多新颖独特的艺术佳作，而且提升了乡村小说和城市小说的艺术品格。“分久必合”，乡村小说与城市小说在新的世纪走向了对方。正如雷达所说：“当下中国正经历着城乡转型的巨大裂变，即从‘乡土中国’转向‘城乡中国’，这不是几部描写现代性乡愁的作品可以满足和涵盖的。”[①] 中国社会转型将广大农村和众多城市“搅和”在一起，表现这样一种社会形态的小说，必然会把城市与乡村小说的观念和写法调动起来，形成一种新的小说样式和风格，这是一种水到渠成、自然而然的艺术创造。我们从李佩甫长篇小说《城的灯》，尤凤伟长篇小说《泥鳅》，许春樵中篇小说《麦子熟了》，范小青短篇小说《城乡简史》、吴克敬《油麻地》等作品中，看到了城乡社会和文化的冲突、交融，各种农民工的坎坷命运和他们的成长，看到了乡村小说与城市小说审美表现方式的巧妙结合。这样一种小说样式，是否可以称为城乡交融小说，或者称“城乡小说”呢？这是值得探讨的一个问题。

衰微中的探索

乡村小说在自身的演变中，形成了多种艺术表现模式，或称表现类型。每一种表现模式，都有自己的创作重心和特点，折射出乡村生活的某一侧面和作家对生活的审美观照。在乡村小说研究中，评论家曾给予各种各样的概括和分类，但哪一种分类都有局限，难以涵盖复杂的创作。但这种分类又是必要的。借鉴评论家的分类方式，笔者把乡村小说分为四种表现模式，即现实乡村小说、历史乡村小说、地域乡村小说、诗化乡村小说。2000年之后的乡村小说创作，同样沿袭了这四种表现模式，但呈现出此消彼长、发展不平衡的现象，同时每一种表现模式又隐含着一些突出问题。

现实乡村小说是农村小说中的“重头戏”。它近距离、多方位地表现农村和农民的现实生活，突出现实生活中的焦点、热点部位。它要求作家对所表现的社会人生，做出宏观的、理性的把握。它代表着乡村社会的现实状况和发展方向，过去所谓的现实乡村小说、农村题材小说，就属于这种类型。现实乡村小说又有“主流型”“启蒙型”

---

①雷达:《从‘乡土中国’到‘城乡中国’》,《文艺报》2014年12月15日。

两种形态。在乡村小说的“主流型”作品中，周大新《湖光山色》、关仁山《麦河》两部长篇小说，是为代表作。它们都表现了现实农村的权力斗争和经济变革，写出了历史的沉重、人性的复杂，但都同时表现了乡村变革的发展道路和可以期待的未来。具有某种“史诗”的特征。陈世旭《立冬·立春》《立夏·立秋》，展现了农村现代与传统、民主与专权之间的矛盾冲突，描述了走向市场经济的农村和农民；邵丽《刘万福案件》，一方面刻画了农民工进城的千难万险，另一方面展示了全社会从上到下对农民工的漠视、推诿和关注、援助等复杂生存环境，是乡村小说中的力作。“启蒙型”乡村小说，同样要求宏观地表现现实生活，但它着力的是对社会问题的揭示、对农民的现代启蒙。李佩甫《寂寞许由》，展现了县级官员在政绩观驱动下、盲目的招商引资行为，发掘了农民企业家内心的理想之“桥”和执拗而愚昧的献身精神。贾平凹《倒流河》，则揭示了农村经济发展的复杂性、偶然性，农民在创业中的不由自主和理想的破灭。李锐“农具系列小说”，以古老的农具切入，凸显了中国社会从农业文明到工业文明的痛苦转型，各种农民的悲剧命运和悲凉心态，是一首农业文明的深沉挽歌。在这类现实乡村小说中，还应当包括近年来大量涌现的城乡交融小说，这种小说时空更加开阔、人物尤为多样，如前所论，不再赘述。但我们还不能高估现实乡村小说的已有成就。现在这类小说比之20世纪八九十年代，数量大幅下降。它远离了走向困境的乡村社会，不再能真实、敏锐、全景式地表现农村和农民生活。它已失去了对乡村社会的思想洞察力，难以从更高更新的思想角度，透视现实的深层规律、把握未来的前行道路。乡村小说的“重头戏”已平淡无奇，整个乡村小说自然就“寡汤淡水”。

历史乡村小说是农村小说中的“压舱石”。中国农村有着最悠久的历史，传统文化、农业文化和民间文化，都积淀在乡村的厚土中。因此中国现当代乡村小说，格外重视农村历史的发掘和叙述，留下了大量的经典作品。发掘农村历史，可以认识农村乃至整个国家是怎样一步一步走过来的，可以窥见“大传统”和“小传统”文化中有哪些是精华或糟粕，可以洞察当下农村实践的成败得失，可以预见未来农村的路向和前景。2000年以来，乡村小说中最有实绩的就是历史乡村小说。长篇小说创作上，贾平凹《秦腔》，还原了一个已经消逝的活生生的乡村世界，是对农业文明和小农生活的一首绝唱。铁凝《笨花》，表现了历史上的一代青年，在乡村自由和家国情怀之间的矛盾和选择。格非《望春风》和付秀莹《陌上》，表现了半个多世纪以来，江南水乡和华北农村的历史沧桑、日常生活，形形色色的农村人物的伦理道德、精神情感，可谓农村社会的“清明上河图”。这些作品有的是把历史与现实重叠在一起的，但作品的重心在历史。短篇小说创作上，朱山坡《革命者》、李进祥《讨白》、麦家《日本佬》、葛水平《第三朵浪花》、刘玉栋《锅巴》、秦岭《杀威棒》等，以长焦式的艺术视角，依次展现了民主革命、国共战争、抗日战争、土地改革、“大跃进”、“文化大革命”等不同历史阶段的真实情景、历史隐秘，各种人物的生存命运，对今天的人们依然有着心灵的震动和思想的启迪。由于当下农村社会的急速衰变、难以判断，作家把艺术目光就转向了历史，这是乡村历史小说活跃的主要原因。但现在这类小说也存在着思想薄弱、情节碎片化的现象，这是值得作家们注意的。

地域乡村小说是农村小说中的“精魂鸟”。所谓地域乡村小说，就是学术界始终在关注和倡导的乡土小说。这类小说突出表现的是一方地域的地理状貌、民情风俗、民众的文化心理和性格等。这类小说在整个中国文学中具有独特的地位和价值，但它并不能涵盖、代表整个农村小说。乡村小说艺术地表现了地域特色，就如鲁迅所言“庶不至于千篇一律”，从而形成独特的艺术个性；同时，鲜明的地域特色，亦如周作人说的“强烈的地方趣味也正是‘世界的’文学的一个重大成分”。地域特色和地域文化，是一个地方的“精魂”，也是乡村小说中的“精魂”。近二十年来，随着乡村社会的衰败和萎缩，地域乡村小说也越来越弱、越来越少，但也依然看到一些佳作的涌现。马金莲作为西部少数民族地区的年轻女作家，在她的《一抹晚霞》中，工笔描绘了那方水土的古老、纯净、壮阔，画出了两位纯朴、虔诚、圣洁的穆斯林老爷爷、老奶奶的形象。王保忠“甘家洼风景系列小说”，记录了社会转型期一个晋北山村的衰落情景，同时展现了这里独特的地理环境、民风民俗以及农民的生存和性格。郭文斌“农历节日系列小说”，把西部农村的15个农历节日，写得历历在目、出神入化，不仅具有民俗学意义，也具有民间文化价值。王跃文《漫水》是一篇难得的地域文化小说精品，作家用细腻、从容、蕴藉的叙述语言，描述了湖湘山区漫水村的山清水秀、地灵人杰、古朴的民情风俗；在众多的人物中，突出了多才多艺、忠厚仁义、德高望重的余公公，和出身卑贱、漂亮多情、知书达理、义助乡邻的惠娘娘的感人形象，作家把地域、民俗、人物都融为一体了。在今天城市化、全球化的大潮中，功利的、世俗的现代文化肆意蔓延。地域文化中那种崇尚自然、劳动、节俭、人情等有生命力的精华，具有特别的意义和价值，乡村小说应当强化地域特色和文化，充分表现出传统文化和民间文化的气象和魅力来。

诗化乡村小说是农村小说中的“桃花源”。人类不能没有“乌托邦”理想，文学也不能没有“精神家园”。而诗化小说正是农村小说中的一方“桃花源”。现当代小说中的抒情、浪漫小说，就是这类小说的源头。这样的“桃花源”城市中没有，只能到未被污染的乡村、到作家的童年记忆中去寻找、去营造。这类小说与地域色彩小说是相通的，但它更着力的是乡村世界中的天地之美、人性之美。人们也许觉得这类小说太浪漫、太理想，但它是作家心灵的寄托，民众精神的需求。张炜《东莱五记》写山东东莱神奇的地理状貌，美丽的民间传说，人与自然、动物、植物的亲密关系，让人们感受到了一种天人合一的神秘境界。红柯《大漠》写土地、太阳、劳动、老人、小孩，让人们领悟到了“天地有大美而不言”的朴素哲理。舒飞廉《行人》写农村两位年轻恋人，在乡村与城市之间的纠结、选择，表现了乡村自然的、亲情的、人伦的美，渗透了一种淡淡的感伤情调。创造乡村的诗情画意，就是营造人的精神家园、人类的理想世界，它的意义是不能低估的。

在多元融合中重构

雷达对乡土叙事的发展表示了肯定和乐观，他认为："当下文学面临的是这样巨大的社会转型和人心裂变，在全球化时代，历史的节奏也在由传统的农业文明向现代工业文明跃升，而不是相反。作为对社会生活的表现、想象与建构，乡土叙事为我们提供了一份当代中国人的精神履历。在表现城市化产生的复杂社会问题和各种价值断裂时，乡土文学正在积极书写、建构和谐社会中新的道德、信仰和美学新秩序。"[①] 乡村小说以及城乡小说，要想走出困局，长足发展，作家就要加强思想理论特别是社会学理论的研习，充分认识中国社会转型的现状、走向、路径，深入探索从农业文明向城市文明跨越的种种复杂问题。理论上的清醒才能变成实践上的自觉。城市的泡沫式发展和农村的塌方式衰败，已给中国的社会转型带来种种问题和隐患，中国的社会转型必然会选择城乡发展一体化道路。农村自然需要现代化，农民更需要现代化，但这是一个有序的、漫长的历史过程。我们需要精心保护农村的自然生态，承传农村的传统文化特别是民间文化。从新农村建设、城镇化建设，到乡村振兴战略，正是要稳定农村社会，促进农村的现代化。而城市社会的发展，一方面需要向发达国家的城市看齐，提升现代化品位；另一方面要向传统回归，容纳农村的自然化、生态化、人性化等珍贵元素。钱穆早在1948年就睿智地指出："人类断断不能没有文化，没有都市，没有大群集合的种种活动。但人类更不能没有的，却不是这些，而是自然、乡村、孤独与安

①雷达:《从"乡土中国"到"城乡中国"》,《文艺报》2014年12月15日。

定。人类最理想的生命，是从大自然中创造文化，从乡村里建设都市，从孤独中集成大群，从安定中寻出活动。”[①]他是从人类的本性和生命的角度，看取城市与乡村的不同价值和依存关系的。城乡社会和城乡文化的取长补短、有机融合，才能创造出人类的理想家园。乡村小说以及城乡小说，在书写这样一场卓绝的社会转型中，无疑有着广阔的用武之地。

乡村小说要有所突破，就要努力汲纳城市小说新的创作思想与表现方法，实现二者的互补与结合，提升乡村小说自身的现代品格和表现能力。乡村小说是一种历史深厚的文学品种，更具传统性、经典性；城市小说是一种现代社会的艺术硕果，更具现代性、时尚性。譬如多元化时期以来的城市小说创作中，王安忆在《长恨歌》中，由个体命运切入展现城市历史的精深构思，从容、绵密的叙事方法；阎真在《活着之上》等作品里，对现代城市人、知识分子精神世界的揭示、人性人情的解剖；邱华栋对大都市豪华景象的油画式描绘，象征、荒诞、反讽等现代表现手法的自如运用等；就是乡村小说艺术表现所不及和匮乏的，值得很好借鉴和融合。近年来大量的城乡交融小说，汲取城市小说对社会的敏锐洞察、对人物心理的深入开掘、艺术表现上的多样化手法，有效地增强了小说的表现力和可读性，其经验是值得探讨的。乡村小说的艺术规律和经验，是精湛而丰富的，需要继承和发展。譬如陈忠实那种“史诗”式的宏大构思，莫言那种魔幻现实主义写法和浪漫主义叙事，贾平凹那种自然天成的结构和写法，李佩甫那种深厚有力的塑造人物的功力和技巧等等，同样是值得城市小说创作借鉴的。当然，乡村小说创作过分注重理性分析、表现模式的套路化、艺术手法不够多样的缺陷，也是应当努力克服的。乡村小说与城市小说，是两种不同的文学形态，在借鉴与融合中难免出现抵牾、庞杂的现象，但只要作家敞开胸怀、精心冶炼，就一定能创造出

---

① 钱穆:《湖上闲思录》,九州出版社2016年版,第94页。

更为新颖、丰富、现代的乡村小说来。

乡村小说要提升质量，还要大胆取法西方现代派小说和中国古典小说的创作方法和艺术形式，博采众长、为我所用，促进乡村小说在思想艺术上的全新创造。乡村小说在一个世纪的演进中，已经成为熟透的“老玉米”，无论是表现模式、题材选择，还是故事营造、人物刻画，抑或艺术形式、叙事语言等，都已经形成一套套范式，有形无形中束缚着作家的自由和创造，制约着对转型时期农村和农民生活的有力表现。因此，打破乡村小说固有的艺术范式，融合多样的文学流派和表现方法，已经成为亟待解决的课题。近二十多年来，乡村小说在思想艺术上有探索、有创新，但总体上处于停滞、保守状态。因而稀有的艺术创新，就显得弥足珍贵。八十多年前，鲁迅在讲到文艺的继承和借鉴时，说“采用外国的良规，加以发挥”和“择取中国的遗产，融合新机”是两条可取之路。今天依然还是这两条路子。在借鉴西方现代派文学路子上，许多中青年作家卓有建树。譬如范小青长篇小说《我的名字叫王村》，讲述了一个既真实又离奇的寻找弟弟的故事，但却采用了整体荒诞的表现方法，揭示了现代人、哪怕是农民，主体意识的丧失和无法确认自己的焦虑。譬如余同友短篇小说《白雪乌鸦》《转世》，熟练地运用了象征、荒诞手法，尖锐地揭示了城乡社会的巨大差距以及农民还有后代的艰难命运。譬如杨遥短篇小说《匠人》等，看似写实主义，但作家的社会观已经改变，因而现实生活的呈现具有了一种现代小说平面化、零散化状态。中国几代作家都经历过现代派文学的洗礼，我们还要更准确、更全面地汲纳现代派文学精华，刷新乡村小说的艺术面貌。比之向西方现代派文学的借鉴，对中国古典小说传统的继承，新时期乃至整个当代文学，可谓“欠账”太多，甚至是一片“空白”。中国几代作家，只有三四十年代作家有较扎实的古典文学修养，从60年代到80年代的作家，古典文学修养都是支离破碎的，于是造成了当代文学古典文化蕴含的严重缺失，古典小说写法的几近空白。古典小说的创作规律和经验，可以说精微而宏富，仅小说类型就有史传、传奇、话本、笔记等多种。但这些创作方法和手法，只有在年龄较长的作家如贾平凹、莫言、冯骥才、聂鑫森、孙方友等的小说中可以看到。乡村小说要在艺术上真正具有民族特色和风格，继承和弘扬古典小说传统，是一条必由之路。

随着中国社会的转型，文学也不可避免要转型。未来的中国小说，城市叙事无疑会茁壮成长，变得愈益成熟、精湛、强大，而乡村叙事也将焕发生机，显得更加新锐、丰盈、浑厚，城乡小说将会在更高的审美境界中实现融合和创新。一个以现代城乡题材为主流的文学，将带动整个中国文学走向世界。

乡土小说、乡村小说，并非中国文学的“专利”。美国19世纪二三十年代就出现了“乡土小说”。著名作家、评论家赫姆林·加兰在1894年出版评论著作《破碎的偶像》，深入论述了“乡土小说”和“艺术的地方色彩”等问题，他说：“日益尖锐起来的城市生活和乡村生活的对比，不久就要在乡土小说中反映出来了——这部小说将在地方色彩的基础上，反映出那些悲剧和喜剧，我们的整个国家是它的背景，在国内这些不健全的、但是引起文学极大兴趣的城市，如雨后春笋般地成长起来。”[①] 19世纪末期，正是美国从农业社会向工业社会、从农村向城市转型的重要时期，赫姆林·加兰就预言了乡土小说的崛起，将吸引城市和城市人的关注。他的预言得到了证实，乡土小说在风行半个多世纪中，涌现了马克·吐温、福克纳、约翰·斯坦倍克等众多乡村题材大家，并形成一个世界文学潮流。中国今天的社会转型与一个世纪前的美国有许多相似之处。我们已经有了一批乡村小说大家和乡村小说经典作品，乡村小说在时代大变局中的重振和兴盛，依然是可以期待的。

（原载《中国文学批评》2018年第3期）

---

① 刘宝端等译：《美国作家论文学》，生活·读书·新知三联书店1984年版，第92页。

塑造更多样更丰盈的人物形象

“文学是‘人学’”。小说更是一种以人物为核心的叙事文体。这本来是文学的基本规律和一般常识。但在今天却变得扑朔迷离，难以言说。

这一创作现象，涉及作家与民众的关系，这是个文学理论问题，二者有着深刻而复杂的关系。如果在“十七年”时期，文学“新时期”，都会迎刃而解。但在今天新的社会、文化和文学环境下，无论是思想观念还是创作实践，都出现了许多新情况，遇到了诸多新问题，因此格外值得我们深入探讨。

作家要同民众一道前行

在所有的文学理论问题中，包括外部的和内部的，作家与民众之间的关系，大约是最关键紧要的一个问题了。它决定着作家的题材领域、创作基调、人物形象的选择和塑造等等。

作家与民众的关系，是整个知识分子同普通民众关系中的一部分。什么是知识分子？许纪霖说：“现代意义的知识分子也就是指那些以独立的身份、借助知识和精神的力量，对社会表现出强烈的公共关怀，体现出一种公共良知、有社会参与意识的一群文化人。”① 与一般人文知识分子不同的是，作家不是以科学理论，而是以文学作品面向世界的，提供的是真实鲜活的社会人生图景以及作家独特的情感和思想，这就更需要作家同现实社会和广大民众保持一种零距离、真深入。在庞大的社会阶层中，作家与民众是两个相对独立的阶层，作家只是知识分子阶层中的一个“版块”。作家自然可以表现文人、科学家、官员、商贾等上流阶层，他们当然是人民中的一部分，但更需要表现普通的工人、农民、农民工、士兵、城市平民等。因为作家的职责面对的是全体民众乃至全人类，上流阶层只是社会中一小部分，是宝塔的“塔尖”；广大的普通民众才是社会的主体，历史的原动力，是宝塔的“基座”。而普通民众是“沉默的大多数”，他们需要作家反映他们的生存状态，表现他们的奋斗和追求。而作家也需要在面向底层的写作中，展示更广阔的社会人生，揭示时代的脉动与走向，表现自己的人文情怀和艺术创造。只有走出“小我”的作家才可能成为大作家，只有走向民众的文学才有望成为大作品。作家与民众的社会分工和历史作用不尽相同，但他们的地位是平等的，并不存在谁教育谁、谁“改造”谁的问题。他们各有自己的优势、长处，也各有自己的局限、短处。他们需要相向而行，互助互励，为共同的社会愿景和人生理想而探索和努力。

1990年代之后，随着市场化、世俗化社会的逐渐展开，社会各阶层之间出现了分裂、对峙、矛盾的复杂态势。作家与民众之间的关系也变得模糊而微妙起来。作家逐渐走向了社会边缘，昔日头上的光环消失了，广大民众也疏远了那种“启蒙”式的精英文学。而在作家看来，芸芸众生依然是落后、愚昧的，市场经济更强化了他们的功利和拜金主义；底层社会已然难以深入，真正的文学只能给小圈子里

①许纪霖:《中国知识分子十论》,复旦大学出版社2008年版,第4页。

看。民众厌倦雅文学，作家疏离底层民众，已成为当前突出的社会和文学问题。

应该说广大作家肩负社会使命、坚守人文情怀，关注底层社会、追求艺术创新，为社会和读者奉献了丰富的精神食粮。但我们也不能不看到，在作家群体里也出现了一些令人深思的现象。譬如有些作家随着地位的提高、财富的增加，逐渐进入中产乃至“富人”阶层，远离了底层社会和民众，只能创作一些附庸风雅、吟风弄月的作品。譬如有些作家特别是年轻作家，人生履历简单、生活圈子狭小，形成一种“白领”作家群落，压根不知道社会的广大和民众的艰难，沉浸在一种杯水风波、自说自话的创作套路中。

我们需要重建作家与民众的和谐关系。早在1981年，高晓声就感慨地说：我们“都在农民的重重包围之中”，“你要前进，只有同他们一起前进；你要同他们一起前进，你就必须了解他们，发现他们前进的因素，你才有信心。”[①] 他在长期的农村和农民生活中，反思了作为知识分子的自身，反思了农民阶层，认为二者必须携起手来，一起前进，才有了他那些经久不衰的“陈奂生系列小说”。今天，作家依然需要自觉走向广大民众，与他们同舟共济，共同探索、改造社会和人生，并在创作中反映他们的生活、塑造他们的形象。

人物是小说的重心、灵魂

经典文学认为：小说“三要素”包括情节、人物、环境，其中人物是重心、灵魂。其他文学门类如诗歌、散文、报告文学，可以直接写人物，也可以间接写人物，或者没有人物，并无刚性要求。几笔山水、一幅意境、一个传奇，均可成为传之后世的佳作。唯有小说，却必须是写人的，不管是哪一类型的人物，不管是直接出场的“他”、

①高晓声：《创作谈》，花城出版社1981年版，第310页。

还是隐在幕后的“我”，都要求写得扎实、完整、鲜明，成为整个小说的有力支撑。这正是小说文体的优势乃至价值所在。但是，文学进入1990年代的多元化时期之后，小说中的人物渐渐淡化、退隐、变异，小说的构架乃至大厦出现了倾斜现象。这正是当下小说受到冷落的重要原因。小说的这一“病症”从1990年代初就开始了，而且愈演愈烈，但至今没有得到遏制和改变。

中国当代文学在塑造人物上有着强劲的传统，这是对“五四”小说、解放区文学的直接继承和发展。“十七年”小说创作了多少令人难忘的形象，如朱老忠、林道静、梁生宝、李双双、“小腿疼”、“吃不饱”等等，尽管他们身上有着或者理想主义色彩或者理念化痕迹。新时期小说涌现了无数动人心魄的人物，如谢惠敏、乔光朴、李向南、李顺大、章永璘、冯幺爸等等，纵然这些人物还显得粗放僵硬了一点。但1990年代之后，由于社会的复杂多变和各阶层人们命运的起伏跌宕，作家再难以熟悉和把握人物的性格精神；同时由于受西方现代小说观念和写作方法的影响，传统的经典写法被逐渐扬弃而新的创作范式还未能建立起来。人物塑造于是成为小说创作中的脆弱“软肋”，导致了小说人物的严重衰退，作家刻画人物功力的整体弱化。现在每年出版和发表数千部长篇小说、上万篇中短篇小说，其中自然有写得不错的人物形象，但让我们击节叹赏、铭记难忘的人物特别是典型人物，又有多少呢?

小说人物的衰微并不是中国文学的独有现象，而是世界文学的普遍“风景”。20世纪以来，西方现代哲学、心理学和美学思潮，如尼采的意志哲学、柏格森的生命哲学特别是弗洛伊德的心理分析学等，动摇了人自身的神圣地位和理性主义，人被无情地解构，成为一种动物、生物乃至物质。人在现实中被压抑、扭曲、异化。人与世界、他人、自我的关系都是对立紊乱的。人生不过是一场荒诞剧。这种思潮改变了西方文学中的人物，也波及着中国作家的写人。正如有论者所说的“现实主义作家说人物是人，现代主义作家说人物是人格，而后现代主义作家说人物是影子。现代主义小说中的人物塑造重点已不在其外部描写，也不在道德和心理特征的刻画，而在其社会心理甚至生理本体的不确定”。①

综观当下的小说创作，存在着重故事而轻人物，重意象人物而轻性格人物，重上层人物而轻底层人物的倾向。作家常常缠绕在曲折微妙的故事情节中难以自拔，事件淹没了人物，人物成为木偶。作家不熟悉圈子之外的人物，写人物依靠的是意念和想象，使人物凌空蹈虚，成为飘忽的影子。作家谙熟的是城市人、文化人等上层人物，对底层的农民、工人、小市民等渐渐疏远，小说中那些艰难奋争的普通人物日益减少。当然，也有一些功力扎实的作家，依然在精雕细刻着笔下的人物，譬如陈世旭近作《欢笑夏侯》，以现代审视意识，刻画了一个官场寄生者形象，揭示了他身上世故、愚忠、奴性等国民根性，达到了某种典型的尺度。譬如范小青的《李木的每一天》，描写了一位在喧嚣的尘世中找不到自己的存在、身份的IT白领的形象，虽然是一个意象化人物，但写得独特而深刻，同样是成功的人物形象。从这些小说人物身上，我们看到了一些作家的不懈努力和塑造人物的希望之光。

小说人物需要多样化

衡量一个时代文学的高度，自然有多项标准。而从内容的角度看，塑造了多少种出色的人物形象？作家在写人上达到了什么样的水准？无疑是一个重要方面。正是在这个方面，暴露了当下小说人物单一、淡化、衰退的倾向。当代文学六十多年，现在是写人上最薄弱的一个时期。

中国当代小说发展到今天，人物形象的类型本应是多种多样的。

①胡全生:《后现代主义小说中的人物与人物塑造》,《外国语》2000年第4期。

小说注重人物塑造，但并不强求写成某种形态、模式、风格。作家完全可以按照自己的生活积累和审美追求，创造出独具特色的人物形象来，设置出别出心裁的人物关系来。但小说作为一种源远流长而又不断生长的艺术文体，它积累了一套丰富精深的创作规律和经验，需要很好地承传和创新。归纳和提炼现实主义与现代派的创作实践，评论家们把小说人物分成多种类型，至少有五六种之多。譬如意象化人物，着重表现人物的诗意形态与蕴含的抽象观念，鲁迅《故乡》中的豆腐西施杨二嫂就属于这种人物。譬如理念化人物，突出的是人物身上的某种品格和精神，可以抵达一种象征的高度，海明威《老人与海》里那位硬汉渔夫圣地亚哥就是这样的形象。譬如心理化人物，展现的是人的变幻莫测的意识和潜意识世界，王蒙《春之声》中的工程师岳之峰即是此类人物。如上三类人物，带有较多的现代色彩，更受到年轻作家的青睐。在当下的小说中，最多的是意象化人物，但写得成功的并不多；由于作家缺乏对人物的深入体验和理性把握，人物给读者的印象往往是模糊的、零碎的、飘忽的。带有抽象意味的理念化人物也有一些，而人物的思想涵盖力往往不够，难以站立起来。心理化人物近年来明显减少，那种意识流人物则几近消失了。

譬如类型化人物，彰显的是人物那种阶层的、民族的、地域的独特性格和人格，并加以强化，形象虽嫌单纯，但给人的印象深刻。中国古典小说、当代五六十年代小说，这类人物甚多。譬如性格化人物，作家精心表现的是人物身上那种真实而丰富的性情、气质、禀赋以及性格背后的社会、历史、文化内涵。赵树理《登记》中的“小飞蛾”，马烽《“三年早知道”》里的赵满囤，汪曾祺《受戒》中的小和尚明海等，就是出色的性格化人物。譬如典型化人物，是一种既具有个性生动性又凝聚着社会人生共性特征的艺术形象，它是人物形象中的高级形态。柳青《创业史》中的梁三老汉，阿城《棋王》里的王一生，陈忠实《白鹿原》中的白嘉轩，均为代表性的典型人物。这三种人物，有着突出的现实主义特征，是最具有吸引力、震撼力的人物形象。但在当下的长中短篇小说中，这几种人物形象特别是那种代表艺术高度的典型人物，却少而又少了。

塑造人物需要走出套路，写出人物的新变新质；也需要回归经典，在继承中拓展。西方现代派后现代派作家的人物观念和写法，依然值得我们借鉴，特别是他们对人性、生命、存在的深入勘探，有助于我们写出现代社会人的深层本质来，有助于我们写出更多样的人物类型来。但三十年来的文学实践标明，现代型的人物形象在中国确有点“水土不服”，作家只能有选择地汲纳，还不能全部拿来。因此我们更需要回到现实主义、提升现实主义，以期写出更多的跃然于纸上的性格化、典型化人物。小说人物的崛起之时，才会是中国小说的重振之日。

创造转型时代的人物画廊

中国社会正经历着一场剧烈而深刻的转型，其实质是从传统的农业文明和乡村社会向现代工业科技文明和城市社会的转型。在这一过程中，城市将加速扩张和发展，乡村在衰落中转向城乡交融而实现蜕变。这一转型将推进政治经济、文化道德等各个领域的深度变革。在文学领域，百年来作为主潮的乡村文学将逐渐向现代城市文学以及城乡文学演变。这一转型将改变中国社会各阶层人们的命运和生活。大批的农民和农民工要进入城市成为城里人，众多的落后工厂和企业的工人要下岗、转岗，更年轻的“80后”“90后”一代要走上社会舞台……社会转型改变人们的命运，塑造人们的性格，激发人们的思想、感情和心理。社会主体是由无数的普通民众构成的，但也自然会出现众多的好人、君子、能人，探索者、变革者、创业者，变节者、堕落者、腐败者，当然也会涌现仁人志士、先进人物、英雄人物…… 人们注意到，社会中的知识分子阶层，正逐渐从边缘状态中突围出来，一边反思和改变自身，一边走向广大的社会和民众。而社会底层的普通农民、农民工以及工人等，在进入现代社会的过程中，正在成为有文化、有道德、有思想的新人。中国社会正在上演沧海桑田式的大戏，各种各样的人物都将成为舞台上的角色。现实生活中从来不缺乏性格鲜明的人物，关键在于作家有没有去关注、寻找、发现。

社会转型对文学、对作家都是一个严峻挑战。身居都市，不再关注底层社会的作家，自然难以理解今天的现实和民众，是写不出那种厚重刚健的作品的。拘囿在小圈子里，沉湎在世俗诱惑中的作家，也难以走进广阔复杂的社会，书写不出恢宏大气的小说的。社会对作家提出了更全面的要求，读者对文学开出了更严苛的标准。在今天做一个好的、优秀的作家，难度更高了。他需要有更宏阔的思想视野，更丰富的生活体验，更多样的人物积累，更纯熟的艺术表现能力，才有可能写出受到市场和读者欢迎的优秀作品。现在有些年轻作家，创作上才华充沛，但作品往往显得题材狭窄、人物单薄、格调晦涩，也许在圈子里会有读者，但难以走近更广大的社会和读者群，这样的作品是不会有长久的艺术生命的。“80后”作家霍艳，颇有才情、成果丰硕，但当她前往新疆基层挂职，经历了三年磨砺之后，才深刻意识到：“我生活在象牙塔之中”，“对于更广大的人民，我竟是不够了解的。”“我们这代作家由于太过迷恋个人经验”，“缺乏对生活的阅读能力”，“也就无法创作出有筋骨、有道德、有温度的作品。”[①] 她的话是值得作家尤其是年轻作家深思的。

在塑造人物上，历代作家积累了丰富的创作经验，各种文学流派沉积了独特的表现形式和方法。作家需要敞开胸襟、兼容并蓄、自成一家。譬如中国现代和当代文学，在塑造性格人物、典型人物上，已有一套成熟的经验和方法；譬如中国古典小说，在描绘类型化、个性化人物方面，留下了丰富而精到的手段和技巧；譬如西方现代后现代小说，在刻画意象化、理念化、心理化等现代人物上，形成了独特而

①霍艳：《与真实人物和当下生活建立联系》，《文艺报》2016年12月23日。

新颖的形式和手法。这些都需要作家潜心探索、博采众长，真正形成自己的创作路子和风格。转型时代需要宏大的人物画廊，更需要作家雕塑出姿态纷呈的人物形象。

（原载《文艺报》2017年2月8日）

文学纵横谈

赵树理的文学价值观

朴实、宏大的文学理想

现在的不少作家，已意识到自身文学价值观的匮乏和模糊，由此才导致了作品的浮躁、混乱和软弱，但在这一问题上还缺乏自觉的反思和深入的探索。文学作为作家的一种精神产品，它究竟要起到什么样的社会人生作用？应该体现什么样的思想、信念和理想？在这个既老且新的价值观问题上，不同的作家有不同的认识和观念，但都在以自己的创作和言行做着回答、暗示。往往越是杰出、伟大的作家，其价值观也越清晰、博大。赵树理的文学价值观非常朴素、实在，叫作“老百姓喜欢看，政治上起作用”。他并没有把这句话写进文章里，是由谙熟他的评论家陈荒煤在那篇有名的《向赵树理的方向迈进》中转述的，自然是确凿的。这句话准确地体现了赵树理的文学思想和语言风格，可谓言简意赅、博大精深。把老百姓、政治、文学三种社会存在，构成一个完整的文学体系，它需要多么阔大的文学雄心？需要多么艰难的创作实践？但赵树理凭着他终生的探索和奋斗，实现了自己的文学理想。这对今天的作家依然是有借鉴意义的。

一定的文学价值观总是产生在作家特定的人生经历和思想资源之中的。我曾经提出马烽、赵树理等山西作家“三位一体”身份的观点，即农民、干部、作家三种身份集于一身。赵树理是最有典型性的。他首先是一个如陈思和所说的“有政治头脑和政治热情的农村知识分子”，或者说是一个具有现代思想和知识的农民“领袖”。他终生站在农民一边，代表着农民利益，但他的现代启蒙思想又使他比普通农民站得高看得远。其次是一个国家体制内的农村工作干部，他通晓国家的路线、政策和法令，在工作和创作中努力贯彻体现，但当国家政策违背了农村和农民现实时，他采取了反对和抵制的做法，有时则陷入二者夹击的矛盾和痛苦之中。最后是一个清醒、坚定的现实主义作家，他要用自己的创作真实地反映广大农民的生活情状和心理愿望，提出农村发展中的一些现实问题，创造一种真正为农民喜闻乐见的民族化、大众化的新文学。在他的文学价值观中，为农村和农民服务是宗旨和根本，通过文学和行动参与、干预政治是基本途径，而文学是影响社会和人生的主要武器和方式。而在老百姓、政治、文学三者之间，和谐合作的“蜜月期”并不多，矛盾冲突的“博弈期”倒是常态，因此坚守文学信念和理想的赵树理，就必然要陷入尴尬和风暴之中，经受一次次批判和压力，最终覆灭在那场民族浩劫中。

一个优秀作家的文学价值观，往往是一个多元、复杂、完整的价值体系。正如董大中评价的：“‘老百姓喜欢看，政治上起作用’，不仅仅是赵树理对自己创作的要求，它乃是作家美学思想的最好概括。”[①]赵树理的创作追求有两大要点：一是作品的题材内容要贴近农民的思想情感，作品的表现形式要吻合农民的审美趣味；二是作品的主题思想要有现实敏锐性、针对性，能够影响社会的发展乃至国家的政策。对于前者，赵树理成功地探索出一套大众化艺术范式，虽有狭隘失度之处，但总方向是正确的。对于后者，赵树理奉行的是功利

①董大中：《赵树理评传》，百花文艺出版社1988年版，第162页。

主义策略，是深受主流意识形态影响的。许多作家沿着这条路子走向了一味图解、歌功颂德的歧途，而赵树理却从“问题”切入、进入了一个深广的生活和艺术世界，避免了功利主义的弊端。从而使他的作品在认识、教育、审美三种功能上都得到了充分的体现。在这样一个多元、丰富的价值体系中，赵树理又赋予了种种核心价值观念，使他的价值体系显得丰沛而又坚实。

“老百姓喜欢看”

在赵树理的文学价值观中，“老百姓”是放在前面或者说是高于“政治”的。这并不是随意的书写，而是反映了赵树理的“民本”理念。农民是他心目中的宗教信仰。他在30年代初就“发下宏誓大愿，要为百分之九十的群众写点东西”，做一个专写通俗化小册子的“文摊文学家”。

赵树理一生都在为开创和普及大众化文学而探索、努力。20世纪30年代初他痛感“五四”新文学与广大农民的隔膜，扬弃“学生腔”式的写作，开始了艰难孤独的大众化文学创作。40年代初他已成为太行山抗日根据地的文化宣传干部，先后担任过《黄河日报》《中国人》等报刊的编辑，他与王春、林火等同仁酝酿发起成立了“通俗化研究会”。组织队伍、开展讨论、鼓动创作，在报刊开辟专栏，活跃和推动了根据地的通俗化、大众化文学创作。50年代前后，进入北京的赵树理，在各种场合宣传民间文艺的价值、普及与提高的关系，积极倡议成立了“北京大众文艺创作研究会”，创办了由他起名的会刊《说说唱唱》杂志，与李伯钊担任主编，还兼任了文化部曲艺处处长。他一面发动业余作者创作，一面亲自带头创作，他的短篇小说《登记》和鼓词《石不烂赶车》就发表在《说说唱唱》上，一时间为老百姓喜欢的大众化文学搞得风生水起。他不仅创作短、中、长篇小说，还创作戏剧、故事、电影剧本、鼓词、诗歌等，因为他认为戏剧等艺术有着更广泛的接受群体。陈荒煤在《赵树理小说人物论》序言中动情地说："我回忆起来，他的确是我一生中唯一相识的一个始终保持农民朴素气质的作家。到现在为止，恐怕也还可以说，像树理这样一个如此深刻地熟悉、理解农民，又如此始终如一地充满激情，真实而又生动鲜明地刻画了如此众多的各种农民、特别是新的农民典型形象的作家，在中国半个多世纪的新文艺运动中，还是唯一的一个。"①这话一点儿也不夸张。

中国农民是一个庞大而复杂的群体，许多文学家、政治家都表现出一种既爱又憎的矛盾情感态度。譬如鲁迅、毛泽东。赵树理同样如此。我曾听一位作家如是说："赵树理最关心农民，但他骂起农民来也最狠。"他与农民同甘共苦、息息相通，也深刻认识到这是中国的根本、革命的力量、历史的主体。但同时也清醒地看到，这个群体传统因袭太重、小生产者的缺点太多。要成为新的现代农民，必须经过漫长的教育和改造。因此农民又是赵树理心目中的启蒙对象。赵树理多次讲过："合作化以后，从生产资料的所有权方面看，农村的阶级是消灭了，可是由旧的文化、制度、风俗、习惯给人们头脑中造成的旧影响还没有消灭。"②"我应该向农民灌输新知识，同时又使他们有所娱乐。"③因此，赵树理的笔下，既有老杨、李有才、铁锁、小二黑等先进农民形象；又有满脑子封建迷信的二诸葛、三仙姑；奴性十足的老秦、老驴；自私刁钻的"小腿疼""吃不饱"等落后农民形象。在这后一类农民形象身上，我们看到了作家"哀其不幸，怒其不争"的情感态度，看到了作家闪着光芒的现代启蒙精神。这正是他比同时代许多农村题材作家高超和伟大的地方。

在"老百姓喜欢看"的文学追求中，需要突破两个难点。一是作家的立场情感问题，二是创作的艺术形式和语言问题。这是中国现代

①陈荒煤：《赵树理小说人物论·序》，山西人民出版社1983年版，第3页。

②《赵树理文集》(4)，工人出版社1980年版，第1761页。

③见董大中：《赵树理年谱》，北岳文艺出版社1994年版，第291页。

文学长期难以跨过的门槛。赵树理一针见血地指出：“所谓‘大众立场’，就是‘为大众打算’的意思，但这不是主观上变一变观念就可以解决的问题，因为各阶层的生活习惯不同，造成了许多不易理解的隔阂，所以必须到群众中去体验群众生活。劳苦大众的生活，比起洋房子里的生活来是地狱，我们必须得有入地狱的精神。”[①]作家要真正熟悉农民、描写农民，就首先要“身”入农民、“心”入农民，与农民切实达到水乳交融的地步，进而使自己的立场、思想、情感等转移到农民一边来。这样，作家在作品中表达的主题思想，塑造的人物形象，赋予的情感态度等，才有可能得到农民读者的认同和喜欢。从知识分子的立场转换到“大众立场”，同时又要高于大众的思想和眼光，这是许多作家难以攀登的一个高度。农民群体在长期的历史发展中，已然形成了一种较为稳固的审美习惯和趣味，它甚至比其他群体的欣赏口味更挑剔。赵树理对农民的审美需求自是了然于心，但他不愿意一味去迎合，他要改变和提升它。他继承和改造了古典小说和民间文学在故事结构、塑造人物、叙事方式上的表现形式和手法，汲纳了现代小说在体现主题、刻画心理等方面的艺术技巧，运用了经过提炼的农民口语作为叙事描写的一整套语言，创造了一种融汇百家、大俗大雅的评书体现代小说艺术。它不仅得到了广大农民的真心喜欢，也得到了知识分子读者的击节赞赏，抵达了雅俗共赏的境界。

这使我们不由联想到当下的乡村小说、底层文学，按理说，这样的作品应该表现底层民众的思想、情感、愿望，应该具有普通读者喜欢的表现形式和艺术风格。但恰恰相反，大部分作品，思想内容上要么自然主义地展示落后和苦难，要么想当然地美化愚昧和封建，缺乏应有的思想和升华；而在表现形式和手法上，往往采用的是知识分子钟情的现代派那一套。其根本原因，就是忘却了我们的作品是写给谁读的。文学远离了普通民众，普通民众也抛弃了文学。赵树理“老百

①《赵树理全集》(4)，北岳文艺出版社2000年版，第191页。

姓喜欢看”的文学追求，依然是今天未完成的文学课题。

“政治上起作用”

在一般人的印象中，赵树理是来自解放区的革命作家，被文坛奉为“方向”“旗帜”，是共产党的路线、政策的“紧跟派”。事实上他与五六十年代众多作家不尽相同的是，当路线、政策顺应下情和民心时，他才会坚定执行并用文学去歌颂，而当路线、政策背离农民利益时，他会以实践为依据去衡量、抵制、纠正，充分体现出一个人民作家的勇气和良知。

赵树理所谓的“政治上起作用”，既指对正确政治的支持、歌颂，更指对错误政治的抵制、批评，同时还包括在现实社会中发现问题，用文学的方式起到补偏救弊的作用。这自然是一种功利主义的文学观，在一定程度上有违艺术的规律的。但中国向来就有“载道”“言志”的传统，革命文学更把文学与政治紧紧捆绑在一起，而赵树理又是一个期望通过文学变革和推动社会的人。他坦率地称自己的作品为“问题小说”，说：“为什么叫这个名字，就是因为我写的小说，都是我下乡工作时在工作中所碰到的问题，感到那个问题不解决会妨碍我们工作的进展，应该把它提出来。”[①]用小说提出问题、解决问题，这似乎有点不可想象，但在赵树理、在他的时代却成为一种重要的创作现象。今天的不少作家，一谈起文学的“政治性”，就火冒三丈。其实文学与政治绝不是那样泾渭分明。政治自然可能干预文学，但文学也可以包容和超越政治。我们不必效仿赵树理把创作同政治捆绑在一起，但通过文学揭示社会问题，引起政治家的关注和政策的改变，推动社会的进步，应该是可以做到的，也是一个作家的良知和职责所在。

---

① 《赵树理全集》(4)，北岳文艺出版社2000年版，第425页。

在现当代文学中，赵树理可谓是一个“问题小说”专家。他提出的问题之众多、之尖锐，可以说无人可比。譬如《小二黑结婚》意在揭露、批判混进新政权中的金旺、兴旺这样的“旧渣滓”；《李有才板话》目的在帮助青年干部了解农村的真实状况，不要为有些村庄的表面模范和成绩所迷惑；《地板》旨在回答减租运动中出租土地是不是剥削的经济问题；《邪不压正》意图在写出土改过程中的经验教训、特别是极“左”的教训；譬如《三里湾》是要回答农业合作社应不应该扩大的政治、政策问题；《“锻炼锻炼”》是想批评中农干部的“和事佬”工作作风，探讨解决“小腿疼”“吃不饱”等的人民内部矛盾的方法问题；《套不住的手》《实干家潘永福》则通过塑造脚踏实地的先进人物形象，来抵制那种假大空式的英雄人物形象…… 在赵树理的这些作品中，有些问题是要紧的、重要的政治、政策问题，有些问题则是暂时的、琐细的工作问题。他的作品的发表，在当时确实起到了启发、教育民众，匡正、推动社会发展的多重作用，有时作用是巨大的。更可贵的是，赵树理借助这些“问题”进入创作，凭着他对农村和农民生活的烂熟于心，对社会人生问题的深思熟虑，他在无意识中进入一种自由创作的状态，创造了一个更丰富、深厚、宏大的艺术世界，早已超越了最初激发他创作的具体问题，显示了一种永恒的艺术魅力。

赵树理“政治上起作用”的文学观，不仅体现在他的创作实践中，也反映在他的农村工作中。小说创作、农村工作，在他都是为了农村和农民，只是方式不同而已。他虽是一个专业作家，但把更多的时间和精力，投入到了几十年的农村革命和建设中，创作有时反而成为一种“副业”。关于他在农村的工作和事迹，人们至今还在津津乐道、不断回忆和书写。譬如1951年在农村互助组迅速发展的形势下，毛泽东委托陈伯达在华北召开农业互助合作座谈会，讨论通过《关于农业生产互助合作的决议（草案）》，毛泽东亲自点名要作家赵树理出席参加。赵树理在会上实话实说，一反多数人的意见，说据他的了解农民斗倒地主有了土地之后，并不急于走合作化道路，而是首先想使自己富裕起来。陈伯达不同意赵树理的看法，批评他右倾。但给毛泽东汇报之后，毛泽东说：赵树理的意见很好。草案不能只肯定农民的互助合作积极性，也要肯定农民的个体经济积极性。事后毛泽东吸取了赵树理的意见，对决议做了重要修改，然后下发全国。毛泽东有无读过赵树理的小说，难以考证，但他肯定知晓赵树理是写农村的代表作家以及在全国的声望。赵树理以他的小说创作成果和农村工作经验，影响了党的领袖对农村工作的决策。赵树理在“大跃进”运动中的农村探索和命运遭际更加令人感慨。1958年，为了深入了解农村情况，也为了积累创作素材，他回到故乡晋东南担任了阳城县委书记处书记。不谙政治和官场的他，直率放言批评文艺放卫星活动，愤然写诗讽刺试制土火车“创举”。他在县委工作会议上，对虚报生产计划、对高估粮食产量等“浮夸风”行为当面揭底、严厉驳斥。他越来越不见容于极“左”思潮盛行的政坛，被排挤到老家所在的潘庄公社和尉迟村搞农业试点，很快就在生产管理、社员生活上搞得有声有色，深受农民的拥戴。他向中央领导陈伯达两次上书，反映中央政策、粮食产量、大办食堂等方面存在的严重问题。被认为是跟彭德怀的右倾言论“一唱一和”，“攻击三面红旗”。在上层授意由中国作协党组召开的内部批判中，进行了一轮又一轮的车轮式批判斗争，最终不得不交出一份违心的书面检讨。赵树理曾经戏称自己是一个“通天彻地而又无固定岗位的干部”，意谓他立足于土地、熟悉民情，又可以直通高层反映民情、干预政治，但在激进的、荒唐的时代，他的美好愿望只能是梦想。

赵树理的文学核心价值观

赵树理的文学价值观，是由农民、政治、文学这三个基点构成的价值体系，而围绕这三个基点又生成了六个重要理念，支撑着他的价值体系，这就是赵树理的文学核心价值观念。

首先是围绕“农民”产生的民本理念、启蒙思想。在赵树理心目中，农民是社会的根本，历史的主体。近年来有不少学者已经意识到了赵树理的民本理念，如李洁非在《典型文坛》中指出：赵树理是“有史以来第一个真正从农民本位上表现农民”的，是“以农民为本位的乡村文学叙事鼻祖”。①中国古代根深蒂固的是“官本位”理念，但也有“民贵君轻”“民为邦本”的民本文化余脉，赵树理继承了后者。民本不是民主，民主是一种权力，而民本是一种实质，民本比民主分量更重、地位更高。但对这样一个社会本体，赵树理坚决地认为应该去启蒙、去教育。因为他是一个用现代思想和文学武装起来的知识分子，他看到了农民群体的国民劣根性。民本和启蒙构成了赵树理既对立又统一的一种重要思想。

其次是围绕“政治”构成的参政意识、求实精神。赵树理具有强烈的参与、干预政治的意识，但他绝不是为了官位、名利等等世俗利益，而是期望通过参政、干政推动农村工作的健康发展，解决农民生存中的具体问题。他的求实精神是建立在熟知上情和洞察下情的基础之上的，他深知在农村工作中始终有弄虚作假的“左倾”风潮，他必须通过自己实实在在的现实主义创作，通过自己实事求是的下情上达，来抵制、匡正“左”的路线和政策。参政与求实同样是赵树理坚守的追求和信念。

最后是环绕“文学”形成的民族风格、民间形式的审美理念。赵树理对西方文学、中国现代文学并不排斥，他只是认为这两种文学与中国农民距离太远，不能成为当代文学的主流。他对中国的古典文学也十分熟悉，虽认为有陈腐、僵化的一面，但它是本土的东西，因此有较多的继承。而对民间文学，他情有独钟，认为它受农民欢迎，最有艺术生命力。付出毕生的精力进行发掘、改造、创新，形成了他独

①李洁非：《典型文坛》，湖北人民出版社2008年8月版，第158页。

树一帜的大众化、通俗化文学。民族风格、民间形式是他一生追求的文学理想。

赵树理的文学是一块广袤而丰富的厚土，除了价值体系、核心观念这些主体之外，还蕴涵着诸多传统文化思想和当代价值观念。譬如忠厚诚实、俭朴勤劳、刚正不阿等承袭的就是传统文化思想。而妇女解放、恋爱自由、崇尚科学等则汲取的是当代主流价值观念。这些思想、信念等凝聚成了赵树理小说厚重、斑驳而又统一的文化底色和格调。

现当代文学史上的那些经典作家，如鲁迅、茅盾、老舍、沈从文、周立波、赵树理、孙犁等等，他们所以杰出、不朽，盖因他们都有自己坚实清晰而又自成体系的文学价值观。今天的作家要有所建树、成为大家，就要努力从他们的作品中，把握那些核心思想和理念，在分析、批判的基础上继承和发展，从而形成我们的文学价值观，照亮和升华自己的文学作品。

（原载《创作与评论》2013年第11期）

“对话批评”的发现与创造

批评的忧患

文学批评怎样才能有所发现、有所创造，进而起到引导文学发展、提升读者鉴赏的重要功能？已然成为社会和文坛高度关注的问题了。我们并不缺少文学批评，众多的报纸、期刊每天都在推出一批批的作品，高等院校那些年轻的硕士、博生研究生不断充实到批评队伍中来，中国似乎也进入了一个“批评的时代”。但人们期待的“批评大家”还没有出现，期待的“真正的批评”寥若晨星。当今文坛流行的文学批评，不是惯于歌颂的“鸽派”，就是专门挑事的“鹰派”，或是机械冷漠的“龟派”；而那种平和、深入，富有灼见、境界的文学批评却少而又少。这样的批评应该是有的，但却淹没在平庸、喧嚣的潮流中。我们缺乏一种“对话批评”，一种20世纪80年代就引进、在西方文学中持久不衰的批评理论和方式。

中国社会已进入市场化、世俗化时代。中国文学已走进多元化、个性化时期。面对这样的社会和文学态势，文学批评的使命显得更加严峻，工作也显得更加艰难。它需要真正深入社会和文学，对文学作出准确的判断和积极的应对，对读者进行深入的启迪和有效的提升，从而推动文学的前行和社会的进步。但当下的文学批评远远不能适应社会和文学的变化，出现了诸多问题乃至乱象。扎实的建设和健朗的批评自然有，但问题和乱象确实令人忧患。在喧嚣与浮躁的批评领域里，有三种批评十分盛行。一种是歌颂式批评，批评家按照主流文化的要求，或者是有偿批评的“游戏规则”，对作家作品哪怕是不入流的作家作品，做出“上天言好事”式的颂扬，放弃了批评标准，损害了批评家形象，成为一种“捧杀式”批评。另一种是挑刺式批评，或是出于门户之见，或是为了个人出名，专找成名作家的短处或是走红作品的瑕疵，“攻其一点不及其余”，搅浑了阅读市场，破坏了文学生态，成为一种“棒杀式”批评。还有一种是学究式批评，批评家不去细读和感悟作家作品，而是按照玄奥的理论教条去解构对象，或是依循考证方法去探究背后的细枝末节，得出一些非文学的结论来。现在不少高校研究生走的就是这样的研究之路。这几种类型的文学批评，一个共同的特征是：批评家与作家作品之间，不是一种正常的“对话”关系，而是一种扭曲的“错位”关系，譬如暧昧的“合谋”、有意的“对抗”、冷漠的“疏离”关系。这样一种批评关系，不仅难以做出准确、新颖的评判，而且会伤害双方，造成批评权威的丧失和批评秩序的紊乱。

众所周知，文艺学包括三个领域：文学史、文学理论和文学批评。文学批评虽然只有“三分天下”，但也足够广阔。对作家作品的解读、对文学思潮和现象的辨析、对文学规律和经验的总结、对文学鉴赏的引导等等，都属于它的疆域。文学批评格外重视批评方法或批评模式的“打造”，譬如印象主义模式、社会批评模式、心理分析模式、女性主义模式、新历史主义模式，还有马克思主义“美学——历史模式”等等。新时期文学以来，这些批评模式都得到了借鉴和运用，但使用最多的是印象主义、社会学批评以及美学——历史批评模式等几种。“术业有专攻”，我们在批评模式上并不专业，也不纯熟。

除批评方法外，还有一个批评基点和方式，即你站在什么样的立足点上采取什么样的批评方式的问题，它牵涉到批评家的立场、观念和境界等等，属于批评家的“内功”，但却始终未能引起我们的重视和反思。其实这种批评基点和方式，也大致有这样几种，即俯视的批评、平视的批评和仰视的批评。当下的批评主要是主观的俯视方式和附庸的仰视方式，而恰恰缺乏一种平视式的“对话批评”。这或许是批评问题和乱象的潜在“病因”之一。

一种精深的“对话批评”

文学批评的一个核心问题，是批评家与文学与作家的关系问题，文学是由作家创造的，因此也可以简化成批评家与作家的关系问题。但正是在这一关键链环上，我们的观念和实践出现了偏差。那种独断专行的批评家自认为比作家高明，因此采取的是“我注六经”的方法；而那种牵强附会的批评家总觉得比作家低微，故而采取的是“六经注我”的法子。只有那种谦虚而清醒的批评家，意识到自己与作家是平等的朋友，选择了“对话”和“探讨”的方式，因此他才能深入作家作品，满载而归，这是一种“经我交融”的批评方式，也是西方评论家竭力推崇的“对话批评”。为什么我们的文学批评总是缺少一种“对话”精神？这是值得探讨的一个课题。

“对话批评”不是一种独立的批评思潮和批评模式，它只是一种具体的批评基点和批评方式。但却源远流长、生生不息。中国的春秋战国时代，倡导平等、自由的对话与争鸣，因此才有了思想文化的蓬勃兴起。儒家的经典著作《论语》，实质上就是一部对话体的文本。西方古希腊时期的“苏格拉底对话”，是哲学家与他的学生的一种机智的交流与对谈，对欧洲的对话文化和文学产生了深远影响。

真正使“对话”成为一种文学批评理论和方式，是在20世纪之后。西方文论发展史上的阐释学、接受美学，给予它丰富的理论滋养。阐释学的创立者加达默尔，就哲学中的真理、理解、诠释等范畴，建立了博大精深的思想体系。他精辟地指出："文学获得了与每一现在的同时性，理解它，不是说要首先回溯过去的生活，而是当下介入文本所说的内容。理解不是一个人与人之间，如读者与作者……之间的关系的问题，而宁可说是解释参与与文本与我们之间进行交流的问题。"[①]他对阐释学中的"对话"问题、理解中的"视角融合"、批评中的"超越"现象，都做出了天才的论述。但真正提出"对话"批评概念并进行了开创性实践的是俄国文艺理论家巴赫金，他在对陀思妥耶夫斯基、托尔斯泰、拉伯雷等文学大家的研究和评论中，创造了"对话"理论、狂欢化、复调小说等一系列理论思想，特别是"对话"理论成为20世纪文学理论史上的一座"灯塔"。他给"对话"下的定义是："对话性是具有同等价值的不同意识之间相互作用的特殊形式。"[②]他对"对话"的意义和价值做了这样的评价："真理只能在平等的人的生存交往过程中，在他们之间的对话中，才能被揭示出一些来（甚至这也仅仅是局部的）。这种对话是不可完成的，只要生存着有思想的和探索的人们，它就会持续下去。"[③]他在具体作家特别是陀思妥耶夫斯基小说的阐释中，出色地运用了"对话"批评理论和方式，启迪着无数评论家的探索和作家的实验。

法国文学理论家托多洛夫，是"对话批评"的真正实践者、倡导者，他在《批评的批评》一书中，深入论述了这一批评方式的方法、目的和意义，揭示和批评了"教条论""内在论"等批评形式的严重缺陷。他指出："批评是对话，是关系平等的作家与批评家两种声音

①转引自张首映:《西方二十世纪文论史》,北京大学出版社1999年版,第248页。

②转引自董小英:《再登巴比伦——巴赫金与对话理论》,生活·读书·新知三联书店1994年版,第7页。

③〔俄〕巴赫金:《文本·对话与人文》,河北教育出版社1998年版,第372页。

的相汇。”[①]“对话批评不是谈论作品而是面对作品谈，或者说，与作品一起谈，它拒绝排除两个对立声音中的任何一个。……被批评的作家是‘你’而不是‘他’，是我们与之探讨人类价值问题的对话者。”[②]他用透彻的论述、简洁的语言，展现了“对话批评”的方式与风貌。

我国从1980年代后期，就开始译介加达默尔、巴赫金、托多洛夫等的著作。文学理论家钱中文著书立说，积极倡导“交往对话”的文学理论。但学术界、批评界似乎反应平淡。有些批评家也许在自觉不自觉中使用着“对话批评”，使文学批评发生了一种潜在的变化，但多数批评家依然我行我素，使用着惯用的方法和方式，使批评中的问题日积月累，陷入窘境。

“发现”与“创造”

批评的目的就在于“发现”与“创造”。那种主观独断式的批评，以自己的主观感受和理念，取代、“强暴”批评对象的思想和艺术，得出的结论只能是批评家自己的，与批评对象往往“风马牛不相及”。这种批评凌空蹈虚，显得很唬人，但却不会有什么独特发现。与此相反，那种曲意迎合的批评，放弃了自己的感受和判断，被作家牵着鼻子走，只论长处不说短处，成为无原则的“吹鼓手”。这种批评貌似亲和周全，却更不会有什么创造。唯有那种真诚的“对话”式批评，走进对象的深处，与作家平起平坐、促膝而谈，耐心地探索文本，寻求真理，与作家共建着一种崭新的文学世界，处处闪耀着批评家的发现和创造。

批评家要有所“发现”，就要有一双锐利的“慧眼”，就要真正进

①②〔法〕茨维坦·托多洛夫：《批评的批评》，王东亮、王晨阳译，生活·读书·新知三联书店1988年版，第175页。

入对象的深处。批评发现有许多方面。譬如揭示隐藏在作品内部的思想内涵和艺术“奥秘”，作家创作的基本规律和特征；譬如辨析文学思潮和现象的历史根源、态势走向，文学创作的新变化、新经验、新问题；譬如发现当下文学中的新人新作，指出其长处和特点，评点其问题和局限，等等。而要肩负起这样的“发现”任务，依赖那种独断式的批评和逢迎式的批评，是难以奏效的。只有运用“对话”式批评，才有可能达到“发现”的目的。在细致、耐心的“对话”中，批评家保持着高度的艺术敏感，格外注意那些新变化、新萌芽，并及时做出判断和概括。他自然有自己的文学经验和思想视野，在对话中同“潜在”的作家发生错位和矛盾，但随着对话的深入和展开，这种错位和矛盾在化解，他与作家逐渐达到了如加达默尔所谓的“视界融合”，进入一种更开阔更新颖的文学世界中。文学史上有许多这样的经典例子，譬如巴赫金对陀思妥耶夫斯基的阐释，譬如鲁迅对萧红、萧军的发现，譬如夏志清对沈从文、张爱玲的力荐等等，都是批评发现的典范。

批评家要有所“创造”，就要有一种自觉的创新意识，就要善于对批评对象做出归纳和提炼。批评是一种理性活动，同时也是一种艺术创造，二者兼顾、合二为一，增加了批评的难度。“创造”比“发现”更为困难。坦率地说，当下的文学批评，理性强而感性弱、概述多而创新少。这正是它脱离创作、疏离读者的主要原因。批评的“创造”，同样需要依靠“对话”方式，走进作家作品、文学现场，从广阔纷繁的文学世界中，把握规律，提炼理论，塑造自己。批评的“创造”，同样是一个阔大的舞台。譬如通过解读和阐释批评对象，创造出一种饱含着理性的形象世界，包括批评家再造的作品意象以及呈现的作家形象；譬如在大量的文学思潮和现象的基础上，提取的有价值的创作规律和经验，有的上升为文学理论思想和观念，有的成为文学史中的例证；譬如在长期的批评写作中，逐渐形成一种独特的批评文体和风格，进而影响当下的文学批评和创作。加达默尔在他的阐释学理论中，既重视回到作家和作品，更重视在“交流——对话”中的“超越”，这种“超越”就是一种更高层面上的“创造”，即在阐释中呈现出的新的世界，既超越了批评家自己，也超越了作家作品。如茅盾在文学评论中对短篇小说艺术规律的概括，如王德威笔下的王安忆、苏童、李锐以及他们的文学世界，如钱理群、王晓明、黄子平等在批评文体上的创新等，都是文学批评“创造”的成功范例。

建构强健的批评家主体

有两句老话，一句是“工欲善其事，必先利其器”，一句是“打铁还要本身硬”。前者说的是工具，后者指的是人。在文学批评实践中，选择什么样的批评基点和方式自然重要，但批评家自身的主体建构更为重要。在这里，前者是关键，后者是根本。批评家面对的是各种各样的作家作品，形形色色的文学潮流和现象，他要同批评对象“对话”，做出自己的判断和“创造”，没有一个全面、强健、坚定的批评主体，是不可想象的。正如普列汉诺夫所说：“只有极为发达的思想能力同极为发达的审美感觉结合在一起的人，才可以做艺术作品的优秀批评家。”①

作为一个批评家，他需要多方面的天赋和修养，如艺术感觉、积极情绪、文学修养、文化积累、思想能力、人生经验、社会体验乃至人格境界等等，但其中尤为重要的需要不断建构的是审美感受能力和思想探索能力。

首先是需要保持和培养审美感受能力。作家需要艺术感受能力，批评家同样需要艺术感受能力。因为批评家面对的是鲜活的个体作家和神奇的文学世界，没有审美感受能力，怎么能走进作品、理解作

①〔俄〕普列汉诺夫：《普列汉诺夫美学论文集》第一卷，人民出版社1983年版，第260页。

家？怎么能写出有骨有肉的批评文章？只有具有“极为发达”的审美感受能力的批评家，才能同作家构成平等、自由的“对话”关系。而现在的情况是，一些批评家特别是高等院校的批评家，由于僵化的教育体制的影响，譬如在教育中排斥文学启蒙和审美教育，譬如在学术研究上制定一整套“八股文”规则，严重地压抑和削弱了批评家特别是青年学人的审美感受能力，导致了文学批评的教条化乃至功利化，基本上脱离了当下的文学发展，背离了一般读者的阅读需求。在这样的背景下，重提保持和培养审美感受能力，就是很有必要的了。在这方面，协会派批评家有自己的长处。如雷达、贺绍俊等，他们始终置身文学现场，保持着敏锐的艺术感受，因此他们的文章情理兼备，受到更多读者的喜爱。学院派批评家应当向他们靠近。

其次是需要加强和提升思想探索能力。文学批评扎根于感性和形象土壤，但绽开的是理性之花。批评家徜徉在文学世界中，积累了大量感性和情感体验，他还须上升到理性层面，形成研究成果，才能完成批评课题。因此，托多洛夫在《批评的批评》中，多次强调“对话”的目的是“探索作品中的真理”。但当下的批评现实是，面对越来越多元、复杂的文学态势，批评的思想在削弱、在淡化。批评家不再汲纳最前沿的哲学和社会科学思想，直面变幻莫测的文学景象，只做梳理概括而回避探索评判，表现出批评家在把握和引导文学上的迷惘和软弱；在大量的作家作品评论中，普遍存在着思想乏力的现象。1990年代之后，学界出现了“思想退隐、学术上位”的倾向，文学批评表现得更加突出。因此，批评家加强自己的思想能力，重振探索精神，就成为一个亟待解决的问题。这一方面，学院派批评家自有其优势，如洪子诚、陈思和等，既有学术领地，又有思想体系，建树卓著。他们的经验是值得协会派批评家借鉴的。协会派、学院派批评家的互尊互学、交流对话，就会促进文学批评的突破和发展。

（原载《文学自由谈》2016年第3期）

小说形而上世界的猜想

小说有什么样的特征？小说的灵魂在哪里？对诸如此类的问题，古今中外的作家、评论家发表了大量的论述，但却难有定论。大家各持己见，依然糊涂着。倒是有一位波兰哲学家、现象学美学家罗曼·英加登，在1931年发表了代表作《文学的艺术作品》，阐述了文学作品的存在方式和基本特征等问题，认为文学作品最高的审美价值是贯穿在整个文本中的那种“形而上学性质”。他说：“艺术特别可以使我们得到我们在现实生活中永远不能获得的东西，至少就微观世界和作为反映来说是如此：静观形而上学性质。”①他指的是所有的文学门类，但似乎更针对的是小说。他把文学作品中的形而上学性质、属性专门拎出来进行研究、论述，譬如作品呈现出来的崇高、神圣、怪诞、悲剧性等特征，认为它才是作品的独特审美价值，是构成一部伟大作品的标志。他的这一理论创见至今依然有鲜活的生命力，但却没有引起我们的作家、评论家的足够关注。在一部小说、特别是杰出的

① 引自蒋孔阳主编:《二十世纪西方美学名著选》(下),复旦大学出版社1988年版,第262页。

小说作品中，必然有一个自成一体的形而上世界，它扎根于有形的、写实的形象世界，但却“神游物外”，境外生象，构成了一个虚幻、复杂、深广、独特的精神世界。唯有它，才是一部作品成败的关键；唯有它，才真正显示出一个作家的艺术创造力。

很多论者都认为，小说是一个完整的、独特的艺术世界。譬如歌德说：“艺术要通过一种完整体向世界说话。但这种完整体不是他在自然中所能找到的，而是他自己的心智的果实，或者说，是一种丰产的神圣的精神灌注生气的结果。”[①]譬如艾芜说：“写作过程中，有两个世界，一是现实世界，一是作品里的世界，作者要进入到作品世界，而把其他事情都忘掉。”[②]他们都断定文学作品中的世界，是一个有别于现实世界的艺术存在，是作家心智、心灵的创造。但这个世界是混沌的、立体的，既有有形的、写实的部分，又有无形的、精神的部分。人们更关注的是那个形而下世界的形态，这并不新奇；而较少深入到那个形而上世界的深处，一探它的奥秘。其实，小说作为一个完整的生命世界，具有二重性，既有有形的形而下一面，又有无形的形而上一面，二者是你中有我、我中有你，既合二为一，又分而自治。犹如人自身，既有肉身、又有灵魂，灵肉相融才有了生命的奇迹。一部小说，具有巧妙、结实、完整的形象世界自然重要，它是作品成功的基础；但拥有丰富、超拔、独特的精神世界更为重要，它是作品成功的关键。文学史已然证明，真正有审美价值和艺术生命的小说，往往是那些有着深广而丰富的精神世界的小说，而故事的奇妙、技法的圆熟等，这些形而下层面的长处，倒常常被人们所忽略、所淡忘。譬如二流的传奇小说、通俗小说等。彪炳文学史册、让一代一代读者如醉如痴的，是《红楼梦》《三国演义》等四大古典小说，是鲁迅、沈从文的短、中篇小说，是赵树理、汪曾祺、王蒙等的长、中、

① 〔德〕爱克曼辑录:《歌德谈话录》,朱光潜译,人民文学出版社1978年版,第137页。

② 唐弢等:《谈小说创作》,作家出版社1963年版,第44页。

短篇小说等等，它们无不具有丰盈、幽深、特别的精神世界，才超越了时代，乃至超越了文本自身，成为无数读者的审美源泉的。

用系统论美学观点看，在一个小说文本中，存在着两个支系统，一个是有形的形象系统，一个是无形的精神系统；二者互为互动，才形成了完整的艺术生命体。它们都是作家心智和精神的创造，但一经形成就具有了社会属性，拥有了自主性和独立性。王安忆是一个小说艺术规律的执着探索者。她在长期的创作实践和理论研究中，深刻意识到，小说既具有现实属性又具有精神属性，在《心灵世界》中指出："小说不是现实，它是个人的心灵世界，这个世界有着另一种规律、原则、起源和归宿。但是筑造心灵世界的材料却是我们赖以生存的现实世界。"[①]这是王安忆对小说基本特征的精准概括，也是她恪守不渝的小说理念。这就是说，构筑小说艺术世界的，首先是来自现实生活的一件件的物质性材料。就像一个建筑师盖房子，先要备下足够的木料、砖石、钢筋、水泥一样。但要把小说做成什么样子，选择哪一种材料，体现何种风格？却要遵从作家的审美趣味和理想。这一选择、构筑过程，充分体现了作家的艺术个性和创造力，并在作品中形成了一个生气勃勃的精神世界。越是具有丰富、独特的心灵世界，越能创造出别具一格的艺术世界。作家在复杂而艰难的小说创作中，面临的是双重探索和创造，一重是形象世界、一重是精神世界。我们先说形象世界的创造。这个世界的构筑有它自身的规律，不同于诗歌、散文、纪实文学等。即便是小说，长篇、中篇、短篇，也各有特点和要求。长中篇小说要有好的故事情节作为构架，而短篇小说必须有充沛的精神空间来支撑。既往的众多文学理论和创作理论，着重研究的都在这个领域。譬如题材的选择，故事的编织，环境的描绘，人物的刻画，语言的运用等，都有一定的规律和方法。这一形象世界的营造自然有它的难处，需要作家付出心血和智慧，但毕竟有规则可依

① 王安忆:《心灵世界》,复旦大学出版社1997年版,扉页。

循，有经验可借鉴。我们再说精神世界的创造。小说中的精神世界，是渗透和伴随在形象世界之中的，又是灌注和充溢在文本的时空之中的。它虽然有点虚无缥缈，但同样有规可循。它是作家全部的感觉、情感、思想、境界、人格等，在作品中自觉不自觉的流露和体现。譬如作家对事物的感受，对人物的情感，对社会人生的思考，对理想的信仰，对审美的追求等等，它有时化解在具体描述中，有时又以直露的方式凸显在作品里；这些形而上的东西流动、激荡在文本中，就构成了作品鲜明而独特的精神世界。形象世界与精神世界的创造，前者需要的是经验、技法等，后者需要的是思想、境界等。二者同等重要，无所谓高低，前者具有基础性、决定性，后者具有依附性、超越性。在具体创作中，形象世界的构筑也许较为容易，而精神世界的创造却显得十分困难，这正是造成许多小说流于平庸、贫血的重要根源。

小说中的形而上世界是一个虚幻、朦胧、神秘的世界。就像一场暴雨后挂在天边的美丽彩虹，就像秋夜中宁静而深邃的星空。尽管文艺心理学、美学家们作了多方探索和研究，但依然深入不够、收获较少。罗曼•英加登用现象学美学的思想和方法，把文学作品分为四个层次，依次为语言层、意义层、图式化外观层、意象性世界层。这四个层次包含了作品中的整个形象系统和精神系统，但英加登更着力阐释的是第四个层次，认为它具有形而上学性质和属性，是作品最高审美价值的体现。而这一意象性世界层，正是我们所说的形而上精神世界，它弥漫在文本的字里行间，悬浮在林林总总的形象群之上，让读者感受、领悟、想象，并引导读者向审美的顶峰攀登。这一形而上精神世界，同样可以划分成三个层次，这里，我们试着在做一些或许是“冒险”的猜想与辨析。

首先是作品的感性层次。小说不是理论教科书，它的独特之处就在于以形象感染人。现实生活中的材料，经过选择、加工搬运到小说作品中来，还要按照作家的意愿和艺术规律，再造出一个既源自生活又高于生活的艺术世界。这个世界越是具有生活本来的面貌和形态，越是富有作家的个性和体验，就越有动人力量和艺术韵味。虽然这个世界的每个部件和细节，都保留着固有的“原汁原味”，但整个世界以及氛围、情调、声色等，已是一个全新的艺术世界了。这个世界又作用于接受者的一系列感性器官，如视觉、听觉、嗅觉以及心灵，形成对作品的整体感觉与把握。在人的感性体验中，又有感受、感知、感情等不同阶段。感受是对作品中的生活图画和纷繁人事的目睹耳闻，一步一步展开，还处于初级阶段。而感知是对作品中的故事人物等的逐渐了解和认识，具有了较全面的体察。而感情则是对作品中的人与事等全部内容，产生共鸣、引发感动，已有了读者的情感倾向，处于一种较高的阶段。譬如《红楼梦》，读者一走进这个浩瀚、精微的艺术世界，首先感受到的是贾氏大家族迷宫一样的豪宅华屋，奢靡的日常生活，性格各异的种种人物等等。随着阅读的深入，你又知晓了这个家族的外部关系、内部矛盾、兴衰与危机等等。待到读完全书，你会情动于衷，为其中主人公们的命运感动、叹息，为这个家族的衰败伤感、沉思。《红楼梦》所以伟大，首先就在于创造了一个博大精深、逼真微妙的形象世界。在小说文本中，支撑小说的感性世界的，是环境描写、情节演变、人物个性、细节描写等等，凡是优秀的作家，都特别重视作品的感性形象。莫言说：“作家在写小说时，应该调动起自己的全部感觉器官，你的味觉、你的视觉、你的听觉、你的触觉，或者是超出了上述感觉之外的其他神奇感觉。这样，你的小说也许就会具有生命的气息，它不再是一堆没有生命力的文字，而是一个有气味、有声音、有温度、有形状、有感情的生命活体。”①正是这种呈现感官“盛宴”的创作理念，促使作家写出了《檀香刑》《红高粱》《木匠与狗》等一系列长、中、短篇小说“奇葩”。

其次是文本的理性层次。作家的创作不可能停滞在形象世界外表的渲染上，他必然会深入到描写对象的内部肌理中，做出自己的探

① 莫言:《小说的气味》,春风文艺出版社2003年版,第4页。

索、思考和评判。这就自然而然地形成了作品的理性思想、理性世界。所谓思想性，是文学的基本属性，是作品的全部内容和形象体现出来的思想意义。作品中的理性思想，是形象内容衍生出来的，是随着情节的发展而形成的。它是作品鲜活血肉中的强健筋骨，它是作品繁茂枝叶的挺拔主干。它是作家人生观和社会观的直接体现，是作家思想视野、人格境界的深层折射。文学作品中的理性思想，从来就有深浅、高低、雅俗甚至优劣的区别。把作品中的全部内容归纳为一个简单道理和概念，甚至当下的路线、政策，被视为图解政治的概念小说，大大削弱了小说的艺术价值。作家在创作中与故事和人物息息相通，在深入探索和发现中，做出自己契合社会、人生、历史规律的思考与判断，是一种燃烧着激情的理性思想，这样的作品往往具有社会和艺术的双重价值。作家在创作中跳出具体人事，抵达普遍和抽象，做出关于人性、生命、自然、世界的探索和深思，表现出一种忧患意识和高远境界，这样的作品就抵达了哲理高度。小说中的理性思想，既是作品的形象世界孕育的，也是作家有意无意赋予的。故事情节的曲折、深邃，矛盾冲突的尖锐、复杂，人物性格的丰富、独特，都是加深作品理性思想的源头活水。譬如鲁迅的《阿Q正传》《祝福》，茅盾的《子夜》《林家铺子》，王蒙的《活动变人形》《蝴蝶》，陈忠实的《白鹿原》等等，都是具有广阔而深邃的理性世界的小说杰作。

最后是小说的神性层次。“山不厌高，海不厌深。”小说的奇妙之处，就在它天高地阔，永无止境。从感性层次到理性层次，是一次跨越；从理性层次到神性层次，又是一次升华。感性、理性、神性，一生二、二生三、三生万物，于是有了宏大、复杂、神奇的小说形而上世界。神性层次具有最突出的“形而上学性质”，是艺术境界中的“珠穆朗玛峰”。这也许就是小说的灵魂所在吧！但这里所谓的神性，并非人世中的宗教、有人格的神灵，而是指文学作品中的精神气象、精神形态，审美中的一种至高化境。中国古典美学格外重视文学作品中的精神境界，创造了众多艺术概念去概括、形容它。譬如“气”

“神”“韵”“境”“味”等等，它们都指的是那种具有超越性、意象性的审美特征。正如童庆炳所说：“我们古人所说的‘气’是一种‘总而持之’、‘条而贯之’的东西；‘神生象外’，‘传神在远望中出’；‘韵’在‘笔墨之外’，是‘声外之音’；‘境生于象外’，是‘象外之象、景外之景’；‘味在酸咸之外’，实际上都不是着眼于诗中可见可解的象、意、言这些元素，而是着眼于情境的整体组织。即通过情境整体的创造，使诗在象、意、言之外获得诗的‘格式塔质’——深远绵长的美的极致。”①这个神性世界的构成，对我们也许还是神秘、陌生的。它至少有这样几种核心元素。譬如生命体验，这是一篇小说深切感人、撼动读者的内在力量。作家把具体的社会、自然、人生，上升到一种普遍、抽象的层面，使文本世界陡然间接通了生命的真谛和本质，接通了自然万物乃至世界宇宙。如史铁生、张承志、张贤亮的小说。譬如艺术风格，这是一部小说彰显个性、立足文坛的“资质”，有风格的作品才有艺术生命和审美魔力。如赵树理、周立波、汪曾祺的小说。譬如精神境界，这是一篇作品思想艺术高度的体现，有境界的小说才能化平凡为非凡、化腐朽为神奇，引导读者登上艺术峰巅，看到一种新的天地。如林斤澜、贾平凹、韩少功等的小说。譬如审美意蕴，这是一篇小说充沛的精神和有意味的形式的完美呈现，它可以使作品达到一种哲学和象征的至境。如王安忆、格非、毕飞宇等的小说。自然，这些重要元素只有那些优秀的、杰出的小说作品才会具有，且不一定全部具有。但有一两种、两三种，作品就会脱颖而出、独树一帜。作品中的生命体验、艺术个性、精神境界、审美意蕴等种种元素，构成了小说精神世界的不同侧面，它们相互作用、和谐共生，于是有了小说瑰丽的风景和澎湃的生命。

（原载《作家》2016年第8期）

---

① 童庆炳：《中国古代心理诗学与美学》，中华书局2013年版，第21页。

观念的演变

——当代短篇小说一个侧面的考察

短篇小说的衰弱、迟钝、不景气，从20世纪90年代就开始备受责难与批评了，但至今未见较大改观。其根源是多方面的。譬如整个社会的世俗化、功利化，放弃了对崇高、典雅精神的追求；譬如广大读者在网络、图画、电视剧的熏陶下，审美鉴赏力的普遍下降等等。但还有一个内在的根源，就是作家们的短篇小说观念长久以来难以突破和创新，甚至出现了保守和退步现象，阻碍了短篇小说的发展。似乎该用的思想都用过了，该讲的故事都讲过了，该试的形式都试过了，走到了山穷水尽的境地。在这样的境况下，梳理当代短篇小说观念的演变历程，探索短篇小说的艺术规律，寻求短篇小说的振兴路径，应该说是一件富有实践意义和学术价值的事情。

1

“十七年”文学时期，是当代短篇小说的一个黄金时代。而在艺术观念上，却是封闭单一、强求一律的。毛泽东的《在延安文艺座谈会上的讲话》是唯一的方向、纲领，一切文学门类都必须遵循。短篇小说由于它的敏锐快捷、读者众多等特点，受到了政治意识形态和文学体制的格外重视和扶持。当时其实是有一个无形的、硬性的关于短篇小说的要求和准则的。如要跟踪时代生活的变化和发展，如要塑造新人、英雄形象，如要运用革命现实主义乃至“两结合”创作方法，如要采取通俗化、大众化的形式和手法等等，带有明显的政治性、功利性和狭隘性。只有少数作家、评论家，能够突破主流政治的束缚，表达出较纯粹的艺术观念来。然而，由于全社会对“乌托邦”理想的信仰，对社会主义文学的狂热，竟使众多进步的和革命的作家，在朴素的、激进的“短篇小说观”的支配下，发挥自己的艺术才华，创造出一大批独具特色、富有时代精神和民族风格的优秀作品，这不能不说是一个奇迹！

“五四”文学实现了中国古典短篇小说向现代短篇小说的转型，众多杰出作家共造了一个文学的高峰。鲁迅、胡适、郁达夫、沈从文等关于短篇小说的精辟论述，显示了现代短篇小说的全新风貌和品格。精英思想、突出的人物、多样化结构、简短的篇幅等，是现代短篇小说的基本特征。40年代兴起的解放区文学，在建构革命文学的进程中，率先发展了短篇小说这一文体。它在表现当下的革命斗争和生产建设，在塑造工农兵人物形象，在借鉴民间的、传统的艺术形式等方面，探索出一条宽广的道路。赵树理、柳青、孙犁等的短篇小说，形成了一种质朴新颖的艺术模式。新中国成立后的当代短篇小说，身后主要有两个传统或者说资源，即“五四”文学和解放区文学。应该说这两个传统都有自身的价值和优势，可以同时继承并实现互补。但当代文学却偏向、选择了后者，而轻视、排斥了前者。解放区文学顺流而下成为新中国的主流文学。“五四”文学在艰难的改造中，努力融入当代文学，并发挥着潜在的影响作用。对于外国文学的引进、译介，也采取了严格的控制，作家们熟知的只有巴尔扎克、托尔斯泰、契诃夫、莫泊桑、欧·亨利、高尔基等经典现实主义作家。

一个作家、评论家的文体观念，往往蕴含着他一定的思想倾向和文化积淀。在对短篇小说特性和规律的论述中，就可看出当时两种不同的思想观念和二者的矛盾、转化来。解放区文学的代表性作家赵树理，是以短篇小说闻名文坛的，但他很少就这一文体发表见解，他论述的往往是文学之外的话题，但又与文学的发展紧密相关。他说：民间文艺“这份遗产是人民大众自己创造的，所以在内容上、在风格上都和人民大众没有隔阂。我们的文学要为人民大众服务，自然就不得不重视这份遗产，就不得不以它作为一个开展文艺运动的基础，就不得不从它中间来吸取营养，丰富自己。”[①]从农村生活中发现素材、问题，从民间文艺以及古典小说中汲取艺术形式，这正是赵树理小说的创作命脉。另一位著名作家周立波，则是从精英知识分子立场转变到人民大众立场的，他在谈到自己的小说艺术追求时说：“为了使作品合群众口味，要注重情节；故事要有头有尾，上下衔接，首尾照应；善恶爱憎非常分明；人物要富于行动，尽量避免有关心理的静止的叙述；心理当写，但要使它在人物自身的行动之中透露出来；除开一些属于‘过门’性质的段落不能不用简洁的叙述而外，作者要避免干枯的叙述，着重细致的描画，要让活生生的人物的行为风貌的画面一幅一幅在读者面前耀目地展开。”[②]周立波是深谙西方文学和中国古典小说的，但他却有意识地疏离了前者而走进了后者，使他的短篇小说更具有了现实意义和民族神韵。赵树理、周立波的小说达到了一个新的高度，他们的追求没有错，但自觉不自觉地偏离“五四”新小说的做法却是偏颇的。而这正是当时的政治形势和文学方向使然。

而一些承传了“五四”新文学传统的作家、评论家，热衷探讨的却是短篇小说的艺术特性，发表了大量有价值的见解。他们不能自由地谈论小说的思想、内容等问题，但可以专业地探讨小说的文体、形式等等。这大约是一种文学上的策略。茅盾是一位短篇小说大家，新中国成立后却再没有写过一篇作品。但他凭借自己对现代短篇小说的

---

①赵树理:《赵树理全集》(4),北岳文艺出版社2009年版,第260页。

②周立波:《关于民族化和群众化》,《人民文学》1960年第11期。

谙熟和在文学上的重要地位，发表了大量关于短篇小说艺术的文章，有力地促进了短篇小说的健康发展。他多次谈到短篇小说的特性问题，指出："短篇小说主要是抓住一个富有典型意义的生活片段来说明一个问题或表现比它本身广阔得多，也复杂得多的社会现象的。长篇小说则不同，它的反映生活的手段不是截取生活一片段，而是有头有尾地描绘了生活的长河。短篇小说的人物不一定有性格的发展，长篇小说的人物却大都有性格的发展。"①这一论述揭示了短篇小说的基本特性，对于维护这一文体的现代品格，抑制短篇篇幅越来越长的现象，产生了积极效果。评论家、编辑家魏金枝，不赞成茅盾短篇小说截取生活"横断面"的观点，认为现实生活中的关系是错综复杂的，有大矛盾、有小矛盾，往往自成一个或大或小的纽结。"对作者来说，取用那个大的纽结，就是一部长篇；取用那个小的纽结，就成为一个短篇，这里并没有什么横断面和整株树干等等的分别存在。"②这就更深入地揭示了短篇小说和现实生活的关系，发展了茅盾的思想。在短篇小说艺术上深钻细研的林斤澜，1957年发表了一篇《闲话小说》杂文，表达了一种更加开放的艺术观念，认为短篇小说应该多一些样式和味道，有的可以刻画典型人物，有的可以叙述传奇故事，有的可以描绘独特场景，有的可以抒发诗意情绪……③这就突破了当时以故事为主的小说模式，带有明显的"五四"小说观的味道。

"十七年"文学中的一些中青年作家，并没有在短篇小说的艺术模式上作茧自缚，而是兼容了传统写法和现代写法的优长之处，形成了一种较为灵活和开放的表现形式。譬如王汶石在谈到艺术构思时说："文学艺术的根本规律之一，就是以部分暗示全体，就是解剖一只麻雀；而且刀锋指处，首先是麻雀的心脏，而不是一根根遍数羽

①茅盾:《茅盾文艺评论集》(上),文化艺术出版社1981年版,第307页。

②魏金枝:《大纽结和小纽结》,《文艺报》1957年第26期。

③林斤澜:《闲话小说》,《文艺报》1957年第5期。

毛。掌握了作品的心脏，就掌握住了作品的生命，从而也会顺利解决全部作品结构的各个部分。”[①]譬如茹志鹃在谈到如何体现作家的个人风格时道：“长篇它有个故事情节来吸引人，而短篇要在非常集中的、非常有限的篇幅里给人家更多的东西。我觉得一定要找到这个东西。这东西也就是典型。同时，我又用这双眼睛在大家共见的生活中，去找出单单属于我的东西。什么东西？这里就与我的兴趣、我的美学观都是结合起来的。”[②]譬如王愿坚在谈到短篇小说的艺术特征时说：“‘以小见大’，短短四个字，它把篇幅的小和概括的大这两个矛盾着的东西，一下子在创作中统一起来了。用小的去反映那个大，以部分显示全体，通过一雕栏、一画础，让人们看到整个宏伟的殿堂。”[③]这些观念也许并不新奇，但它们突破了当时的主流观念，确实把握到了现代短篇小说的奥秘，促使这些作家创作出了别具一格、多姿多彩的优秀作品。

黄子平指出：“赵树理、孙犁、沙汀。也许可以说，他们分别代表着短篇小说的各项主要艺术功能——叙事性、抒情性和讽喻性，在那新旧交替的大时代中发挥着作用。”[④]五六十年代的“一体化”文学对短篇小说的艺术模式是有着严格选择的。为什么以赵树理为代表的叙事性小说成为主流文学？就是因为它更适宜表现时代生活，更容易被大众读者接受。当然赵树理1958年之后的创作更偏重揭露社会问题而遭到了冷落和批评。而孙犁的抒情模式和沙汀的讽喻模式，连作者自己都觉得不合时宜，过早地枯萎了。代之而起的是那种充满编造和说教的故事情节小说，在“文革”时期又堕落为极“左”和“阴谋”文学，最终走向了末日。

---

①王汶石:《漫谈构思》,《论短篇小说创作》,人民文学出版社1979年版,第135页。

②见《茹志鹃研究专辑》,浙江人民出版社1982年版,第50页。

③王愿坚:《艺海荡桨》,解放军文艺出版社1999年版,第82页。

④黄子平:《论中国当代短篇小说的艺术发展》,《文学评论》1984年5期。

2

“文革”结束，新时期开始，短篇小说迅速迎来了它的第二个黄金时期。此时的文学，呈现出一面扬弃、一面“回归”的激烈态势。即扬弃那种“政治化”“假大空”的写作方式，回归到“十七年”文学、回归到“五四”文学的道路上去。重建真正的现实主义，肩负起“新启蒙”的历史使命。思想观念引领创作实践。为了实现创作上的突破、变革，作家们凭着改革开放的契机，饥不择食地汲纳着古今中外的思想文化精华，特别是西方现实主义、现代主义的文学营养。荒诞派、象征主义、黑色幽默、意识流以及萨特、海明威、福克纳、卡夫卡、川端康成等，成为作家们钟情的对象。强劲的中国现代文学源流和西方现代主义潮流的相汇，改变了作家们的文学思想和观念，创作了春潮般的伤痕文学、反思文学、改革文学大潮。《伤痕》《班主任》《李顺大造屋》《剪辑错了的故事》《乔厂长上任记》《乡场上》等一批短篇小说杰作，成为这一文学潮流的标志性作品。

诚然，新时期的主流文学，还是以现实主义为深厚根基的。对社会人生的深入观照，人物塑造上的典型化方法，谋篇布局上的中规中矩，都显示了一种现实主义的固有特色。但在具体的、局部的表现方法和手法上，却进行了大胆的借鉴、革新。从作家们的小说观念上，就可以看到这种变化的根源。王蒙是新时期初期重返文坛的重量级作家，他在长、中、短篇小说上都有突出的建树，但对短篇小说情有独钟，研究也格外深入。对这一文体的特性，看得也更加全面、辩证：“短篇小说毕竟和中篇小说不同，它应该是精炼的、单纯的。单纯不是简单。它的人物是单纯的、故事是单纯的、结构是单纯的，但是单纯应该是和无限的东西，和复杂的东西、丰富的东西联系着。”[①]他

---

①王蒙:《王蒙文存》(第19卷),人民文学出版社2003年版,第142页。

在短篇小说表现方法的借鉴上，观念也愈发宽容、开放："小说首先是小说，但它也可以吸收包括诗、戏剧、散文、杂文、相声、政论的因素。有人说某一篇小说像散文，如果不是同时能够论证这篇小说并不是小说，那么，'像散文'的评语，其实是一种褒奖。如果说是'像诗'，那就更加让人鼓舞。"[①]正是这种海纳百川式的短篇小说观，使王蒙创造了最丰富多样的艺术世界。发表过《我是谁》《泥沼中的头颅》等短篇小说的宗璞，曾经说过："西方现代主义、超现实主义的作品并非全是呓语，而有可借鉴之处。"她把自己的作品分为现实主义和超现实主义两种类型，后一类作品"透过现实的外壳去写本质，虽然荒诞不经，却求神似"[②]。宗璞、谌容、茹志鹃等，都在她们的短篇小说中运用了荒诞、象征、意识流等现代手法。汪曾祺是一位天才的短篇小说家，他直接继承了中国现代文学史上以废名、沈从文为代表的抒情小说文脉，又取法外国现实主义文学，并把自己写散文的方法运用到小说中，兼容并蓄形成了一种散文化的抒情小说文体，创作了《大淖记事》《受戒》等艺术精品。他说："散文化的小说一般不写重大题材。在散文化小说作者的眼里，题材无所谓大小。他们所关注的往往是小事，生活的一角落，一片段。即使有重大题材，他们也会把它大事化小。散文化的小说不大能容纳过于严肃的，严峻的思想。"[③]汪曾祺的抒情文化小说，在新时期文学中影响深远，既启迪了"寻根派"作家如阿城等的崛起，又吸引了"抒情派"作家如何立伟等的追随。

新时期文学前期，有两种文学思潮平地突起，波及深广。一是"意识流"小说，一是"寻根派"文学。二者的突起，都与小说观念的改变密切相关。

---

①王蒙:《王蒙文存》(第19卷),人民文学出版社2009年版,第142页。

②宗璞:《小说和我》,《文学评论》1984年第3期。

③汪曾祺:《汪曾祺全集》(第4卷),北京师范大学出版社1998年版,第79页。

“意识流”小说是80年代初期大规模引进中国的。乔伊斯、普鲁斯特、伍尔芙的作品，使新时期作家们看到了一种新颖而自由的创作表现方法。王蒙在他的短篇小说中，率先借鉴和运用了意识流方法，创作了《春之声》《海的梦》《夜的眼》等一批让人耳目一新的作品。他在谈到自己的小说观念时说：“意识流的手法中特别强调联想，这也颇能引起人们的兴趣。联想，反映的既不是思维中的综合、推理、判断，也不是记忆、叙述、想象中实有的或虚拟的事物在时间和空间形式中所发生的连续运动，它反映的是人的心灵的自由想象，纵横驰骋。现实的材料经过联想的重新排列组合，就像万花筒一样花样翻新、大放异彩。看来零乱，其实有内在的统一性。”①这就是说，小说观念的改变，一方面依赖异质文学的刺激，一方面源于对社会人生的体验与领悟。在王蒙同时和之后的不少作家，如李陀、史铁生等，在创作中都运用了意识流方法，有的是整体上的借鉴，大多数则是局部的使用。

“寻根派”小说的冲击似乎更大、更强一些。作为一种文学思潮、流派，它不仅有理论主张，而且有创作群体，创作实绩也相当丰富。既有短篇小说，但更主要的是中、长篇小说。拉美魔幻现实主义文学，特别是加西亚·马尔克斯的《百年孤独》的译介和传播，使中国作家们意识到：回到本民族的文化传统也依然可以具有现代性，足可以同世界文化和文学构成对话关系。这些作家首先对小说观念进行了变革和扩张，把文化引入文学。代表性作家韩少功在《文学的“根”》中指出：“文学有‘根’，文学之‘根’应深植于民族传说文化的土壤里，根不深，则叶难茂。”但寻根“不是出于一种廉价的恋旧情绪和地方观念，不是对方言歇后语之类浅薄地爱好；而是一种对民族的重新认识，一种审美意识中潜在历史因素的苏醒，一种追求和把握人世无限感和永恒感的对象化表现”。②这些论述创造性地把小

①王蒙：《王蒙文存》(第21卷)，人民文学出版社2009年版，第185页。

②韩少功：《文学的“根”》，《作家》1985年第4期。

说与文化融为一体，表现了作家自觉的文化意识。另一位重要作家郑万隆，在《我的根》里，把小说的内涵分成三层，一层是社会生活形态，一层是人生意识和历史意识，更深一层就是文化积淀。他提倡："每一个作家都应该开掘自己脚下的'文化岩层'。"①这对韩少功的观点是一种补充和深化。在寻根作家眼里，小说只是一种可见的形象世界，文化才是它的根基和灵魂。这一观点是偏激的，但也是深刻的。寻根文学代表性的短篇小说有：韩少功《归去来》、阿城《树王》、贾平凹"商州"系列短篇、扎西达娃《系在皮绳扣上的魂》、李杭育《最后一个渔佬儿》等。

"意识流"小说吸取了心理学的研究方法，"寻根派"文学借鉴了文化学的思想理念，这表明"短篇观"的变革还可以从更广泛的社会科学中获得方法和营养。

3

小说文体最深刻、最彻底的"大变革"，发生在80年代中期前后。短篇小说自然首当其冲，因为文体的实验适宜在小的体式中进行。但在狭小的文体中实验往往会捉襟见肘，在比较开阔的中篇小说体式中倒更显得游刃有余。因此这场"大变革"的成果既有短篇小说，更有中篇小说。文学史家把这场"大变革"统称为"现代主义思潮"，包括现代派小说和先锋派小说两部分。而实施这场小说"大变革"的，是比王蒙、汪曾祺、林斤澜等更年轻的一代作家。他们没有太多的历史包袱，思想观念更加敏锐、激进。而此时西方现代主义文化和文学，正汹涌进入中国。米兰·昆德拉、罗布—格里耶、约瑟夫·赫勒、博尔赫斯等现代派小说以及他们新异的文学观念，深刻地激动和改变着年轻作家的创作思想和审美观念。

①郑万隆:《我的根》,《上海文学》1985年第5期。

现代派小说的代表性作家作品，短篇小说有徐星《无主题变奏》，刘西鸿《你不可改变我》，残雪《山上的小屋》《公牛》等，中篇小说有刘索拉《你别无选择》《蓝天绿海》等。如果说王蒙、宗璞等前代作家，是在现实主义框架下，较多地借鉴了现代派表现形式的话；那么徐星、刘索拉、残雪等，则是从思想内容到艺术形式，全面接受了西方现代主义文学，而这种接受又是在他们对现实社会人生的体验和认识的基础上完成的。在他们的作品中，充分表现了年轻一代在社会生活中的叛逆、独行以及他们的自我、孤独、虚无意识。表现了生存世界的压抑、变形、荒诞，展示了人的渺小、变态和丑陋。在表现形式和手法上，则更全面、自由地运用了荒诞派、象征主义、黑色幽默、意识流等艺术手段。有评论家称：这是“真正的中国现代派的文学作品”。

有什么样的文学观念就会有什么样的小说作品。在一般读者看来，刘索拉的小说是对西方现代派作品的模仿，但作者却说：“《你别无选择》中真正重要的东西是真实，是我真正体验的一种生活方式，并不是非得要去模仿外国的某部作品。如果不是有真实的体验，而只是想往那些书上靠，就会没有说服力。”①这就是说，作品中表现的那一群音乐学院的大学生，他们对个性的狂热追求，他们躁动、错乱、荒唐的生活行为，完全是作家的一种真实感受和体验。而小说就是忠实地把这些东西呈现出来。残雪是一个感觉奇异、想象丰富、思想独特的真正现代派作家。她从80年代中期出道，不管文坛风云变幻，矢志不移地坚持现代派创作道路，发表了大量短、中、长篇小说佳作，而短篇小说又是她的强项。她的创作观念也更加自觉、清醒：“在文学家中有一小批人，他们不满足于停留在精神的表面层次，他们的目光总是看到人类视界的极限处，然后从那里开始无限止的深入。写作对于他们来说就是不断地击败常套‘现实’向着虚无的突

①刘索拉:《行走的刘索拉:兼与田青对话及其他》,昆仑出版社2001年版,第156页。

进，对于那谜一般的永恒，他们永远抱着一种恋人似的痛苦与虔诚。表层的记忆是他们要排除的，社会功利（短期效应的）更不是他们的出发点，就连对于文学的基本要素——读者，他们也抱着一种矛盾态度。自始至终，他们寻找着那种不变的、基本的东西（像天空，像粮食，也像海洋一样的东西），为着人性（首先是自我）的完善默默地努力。”①残雪在这里用“精神”“极限”“无限止”“虚无”“永恒”“不变的”“基本的”“人性”“人类”等词语，用来表达她对作家、文学的意义和价值的理解、认识，这正是她的文学观和小说观，从中可以看出米兰·昆德拉、卡夫卡、博尔赫斯等对她的潜移默化。

先锋派小说是与现代派小说几乎同时出现，但延续时间更久、势头更强的一个文学潮流。一般认为，它是指80年代中期涌现的一批具有创新意识、形成了鲜明叙事风格的年轻作家所开创的文学。重要作家有马原、洪峰、扎西达娃、苏童、余华、格非、吕新等。主要作品集中在中篇小说上，短篇小说有：马原《游神》、余华《十八岁出远门》、格非《风琴》、吕新《那是个幽幽的湖》等。

先锋小说的主题内容与艺术形式颇有点“惊世骇俗”。其主题可以概括为两个词：“人性”和“生存”。正如评论家指出的：“先锋小说那里的人性和生存却又非同一般。在人性方面，先锋小说看到的更多的是人性的丑陋和污浊，比如暴力、罪恶等；而在生存方面，先锋小说所看到的则是生存的苦难与荒诞，比如宿命的、神秘不可知的死亡。在这一低沉阴暗的描述中，先锋小说始终弥漫着一种近乎绝望与虚无的情绪。”②而在艺术形式上，先锋派小说家热衷效仿、移植西方现代、后现代小说的叙事方法和手法。对技巧的痴迷，常常大于对作品思想内容的关注，甚至带有“游戏”的味道。因此在一些评论家看来，先锋派小说家大多是形式主义者。譬如对元小说叙述的精心实

①残雪:《究竟什么是纯文学》,《大家》2002年第4期。

②陶东风、和磊:《中国新时期文学30年》,中国社会科学出版社2008年版,第214页。

验，对小说时间的游戏式安排，对叙述空白的巧妙设置，对反讽、戏仿、拼接等叙事语言的大量运用等等。这些都使小说的固有成分发生了颠覆、变化和重组，形成了一种崭新的而又是怪异的文体。

马原和苏童的创作谈代表了先锋派作家的某些艺术观念。马原在阐述元小说叙事方法时明确说："与利用逆反心理以达到与效果有关的，是每个作者都密切关注着的多种技法。最常见的是博尔赫斯和我的方法，明确告诉读者，连我们（作者）自己也不能确切认定故事的真实性——这也就是在声称故事是假的，不可信，也就是在强调虚拟。"①传统小说全力营造的是事件的真实性，而马原刻意制造的是故事的虚拟性。用这种解构手段，表达自己的世界观，挑战读者的阅读经验。苏童是一位特别注重小说叙事艺术的作家，他说："我借到了博尔赫斯的小说集，从而深深地陷入博尔赫斯的迷宫和陷阱里，一种特殊的立体几何般的小说思维，一种简单而优雅的叙述语言，一种黑洞式的深邃无际的艺术魅力。坦率地说，我不能理解博尔赫斯。我为此迷惑，我无法忘记博尔赫斯对我的冲击。"②苏童正是在这种"迷惑"和"冲击"中，探索到了小说叙事艺术的真谛，创造了他雅致而从容、明晰而幽深的短篇小说叙事文体。

现代派小说、先锋派小说在新时期文学中掀起了一场艺术变革的风暴。它的探索、经验和实绩，是值得充分肯定的。但它偏激、灰暗的社会人生思想，艺术形式上的盲目照搬和实验，对普通读者审美经验的无视和挑战，终于使它在90年代末期走向了终结。但现代、先锋小说的出现，打破了新时期文学中的理念化、模式化创作倾向，开拓出更加自由、广阔的艺术空间，今天我们多么需要有这样一场"艺术革命"啊！

---

①马原：《小说》，《文学自由谈》1989年第1期。

②苏童：《寻找灯绳》，江苏文艺出版社1995年版，第3页。

4

1990年之后，中国进入市场经济时代，一个物质化、世俗化的社会全面展开。文化“三分天下”，政治的、精英的、民间的各据一方。在这样的形势和语境中，文学逐渐滑向了社会边缘。长篇小说、报告文学等迎合市场和读者，有所升温。短篇小说却依然坚守精英立场，探索着世俗化时代的社会和人生，进入了一种长时期的消沉状态。现代派、后现代派似乎已是明日黄花。雷蒙德·卡佛小说叙述中的“极简主义”、卡尔维诺小说结构中的“晶体模式”，受到了作家们的喜爱。短篇小说已丧失了对宏大叙事的兴趣，也淡漠了对表现形式和手法的热情；回到了现实生活、底层社会，回到了民族传统、本土经验，实现了一次无奈的“软着陆”。短篇小说观也因势而变，不再那样上下求索、想入非非，而是回到文体本身，回到作家经验，力图在坚实的基础上实现再一次振作。

对短篇小说特性和规律的发现、阐释，始终没有停止，比之八九十年代，却显得务实、深入多了。王安忆短、中、长篇小说创作并举，后以长篇小说为主，而对短篇小说一直情有所系，发表过很多真知灼见。她说：“小说不是现实，它是个人的心灵世界，这个世界有着另一种规律、原则、起源和归宿。但是构筑心灵世界的材料却是我们所赖以生存的现实世界。”①她又说：“短篇小说的大道在于找着本来就是短篇的故事，长篇则是找着本来就是长篇的故事，故事本身就确定了规模，规模本身也确定了故事。”②这些论述，充满艺术思辨，耐人寻味。铁凝同样短、中、长篇小说兼写，但对短篇小说更看重、更“痴迷”，她的所悟所见，形象而透辟。她说：“短篇小说好似体操项目中的吊环和平衡木，吊环和平衡木给运动员提供的条件较之其他

---

①王安忆:《心灵世界》扉页,复旦大学出版社1997年版。

②王安忆:《漂泊的语言》之四,作家出版社1996年版,第337页。

项目更为苛刻，但那些技艺不凡的健将却能在极为有限的场地翻跃、腾飞，创造出观众意想不到的潇洒和美。……我甚至不断以一位美国作家的话给短篇小说助威，他说他终生喜欢短篇小说，是因为人生不是一部长篇，而是一连串短篇。”[①]铁凝把短篇小说同人生的一个个“景象”联系起来思考，是对人生和艺术关系的宝贵发现。

短篇小说的艺术特性和规律是一个永恒的话题。它值得永远言说，但也许永远说不清楚。它被赋予无数种概念和说法，但万变不离其宗的“道”就隐藏其间。这个“道”其实是需要作家自己去领悟的，他人的说法只能是一种参考，作家悟出了这个“道”，并能转化成自己的创作实践，就可以写出好的作品。因此，90年代之后，作家们很少再对短篇小说作形而上的思考了，他们更多谈论的是自己心目中的、自己理解的短篇小说。而在这种理解中，蕴含更多的是作家的人生经验和中国传统文化元素。

从几位代表性作家的小说观念中，就可窥见文学思潮的“回归”趋势。

贾平凹说：“我的小说越来越无法用几句话回答到底写的什么，我的初衷里是要求我尽量原生态地写出生活的流动，越实越好，但整体上却极力去张扬我的意象。我相信小说不是故事也不是纯形式的文字游戏，我的不足是我的灵魂能量还不大，感知世界的气度还不够，形而上与形而下结合部的工作还没有做好。”[②]贾平凹这里谈的是小说创作的体验与追求，自然包括长、中、短篇小说全部文体。追求小说的本真状态和形神的合一，折射出的是道家的文化精神。

莫言说：“作家在写小说时，应该调动起自己的全部感觉器官，你的味觉、你的视觉、你的听觉、你的触觉，或者是超出了上述感觉之外的其他神奇感觉。这样，你的小说也许就会具有生命的气息。它不再是一堆没有生命力的文字，而是一个有气味、有声音、有温度、

①见贺绍俊:《铁凝评传》,郑州大学出版社2005年版,第133页。

②贾平凹:《我心目中的小说》,《小说评论》2003年第6期。

有形状、有感情的生命活体。”[①]把小说当作一个人一样的生命去体验、去描写，这种观点中同样渗透着中国的古典文化。

刘庆邦说：“真的，一篇好的短篇小说就如同一首诗，离开短篇小说本身，再说一句就是多余。……我愿意拿短篇小说与瀑布相比照，除了觉得短篇小说的开头、中段和结尾与瀑布有许多对应之处，还因为觉得好的短篇小说是自然的造化，是神来之笔，不可多得。它的美像瀑布一样，只可体会，不可言传。”[②]瀑布，自然天成，气势浩浩，短小而壮美。刘庆邦从自然景象中领悟了短篇小说的特征，赋予了短篇小说一种天然品格，可谓独出心裁。

毕飞宇所：“与小说有关的一些东西中，我特别感兴趣的是小说的生成，或说小说创作的第一动因。人在写作时，身体里会有一些柔软的部分，这些柔软的部分一旦被触动，就会有一些调皮的东西迸发出来，这些迸发出来的东西很可能就是一部作品。从我个人来讲，作品的产生大多来自自己身体里迸发出来的东西，它们是经验、情感和愿望。”[③]认为小说表现的是人的经验、情感和愿望，这种观点并不新鲜。但毕飞宇抓住了全部情感中的“柔软的部分”，认为它既是触动作家创作的动因，又是作家表现的重心，这就是一种天才的发现了。他的那些诗意丰盈而又意蕴深远的短篇小说精品，正是这种小说观生长出的果实。

短篇小说遭遇了一个复杂的生存环境，面临着文体自身的危机。它需要总结60年来走过的道路以及积累的经验和教训。认识和把握现实社会的脉动、走向，重新寻找自己的位置、优势，调整和变革自己的艺术观念、表现形式，它才有可能走向重振和繁荣。

（原载《作家》2013年第7期）

---

①莫言：《小说的气味》，春风文艺出版社2003年版，第4页。

②刘庆邦：《说多了不好》，《当代作家评论》2005年第1期。

③毕飞宇：《情感是写作的最大诱因》，《文学报》2007年7月1日。

短篇小说：庞大乐队中的第一小提琴

中国当代文学史就像一部众声合奏的交响曲，而短篇小说如同其中的第一小提琴，它形体小巧、音质清雅，但却往往起着引领、规范、提升整个乐曲、整个创作的特殊作用。短篇小说60年的发展历程，可谓一路坎坷、一路辉煌。它探索出一种具有中国特色的短篇小说审美范式，带动了中长篇小说乃至其他文体的创作实践，涌现了一批又一批优秀作家和作品，形成了一种强劲的文学传统和丰富的创作经验。同时，它前期受政治文化的支配、甚至蜕变为极“左”文学，后期受商品经济文化的冲击、退居边缘一蹶难振，常常找不到自己的文化位置和自主品格，深刻地制约着它自身的发展，有许多负面经验和沉痛教训。短篇小说是一种特别的文体，它的历史、现状、未来，对中国小说以至整个文学，有一种“四两拨千斤”的作用。它已走过了整整一个“花甲”，应该认真回顾、总结一下它的演变历程了。

当代文学史家一般把20世纪70年代后期到80年代称为文学新时期。那是一个短篇小说的时代，无论是思想内容还是艺术形式，都得到了空前的变革和发展，它所达到的深度、广度和高度，足可与“五四”现代小说相比肩。当代文学史家则把90年代之后称为多元化时期。这是一个文学走向边缘、开始分化，短篇小说进入消沉、寂寞、探索的时期。它的“失宠”，有着深刻的社会、文化、文学等复杂原因。从社会发展看，90年代之后中国进入一个市场化、世俗化时代，坚守精英立场的短篇小说，受到了大众读者的冷淡和放弃。从文化局势看，大一统的主流文化已不复存在，大众文化、政治文化、精英文化多元共存。而短篇小说既不能融入前两种文化，又难以坚守后一种文化，文化之根的动摇使它难以“根深叶茂”。而从文学环境看，长篇小说对现实的及时反映、纪实文学对时代的近距离书写、散文随笔对世俗人生的自由抒发，实际上侵占了短篇小说固有的优势和长项，甚至瓦解着短篇小说的本质特征。而面对越来越复杂的生存环境，它还没有找到自己的新路和对策。在这样一种社会、文化和文学背景下，深入地探索、梳理短篇小说的发展历史、成败得失，一定会对作家和评论家，真正把握它的深层规律、寻求它的新生之路，有所启迪和裨益。

短篇小说的“不景气”，不仅仅是中国的文学现象，也是世界的文化现象。19世纪的现实主义、浪漫主义以及批判现实主义，创造了一个文学的“黄金时代”，短篇小说具有崇高位置，诞生了莫泊桑、契诃夫、欧·亨利等一大批短篇小说巨匠。而20世纪后的现代主义和后现代主义，则把文学推上了一条“离经叛道”之路。这与现代社会的发展，与人们思想观念的激变，有密切关系。正如陈众议所说：“文学从摹仿到独白，从反映到窥隐，从典型到畸形，从审美到审丑，从载道到自慰，从崇高到渺小，从庄严到调笑，从高雅到恶俗……观念取代了情节；小丑颠覆了英雄；‘阿基琉斯的愤怒’蜕化为麦田里的脏话；‘路漫漫其修远兮，吾将上下而求索’变成了‘我做的馅饼是世界上最好吃的’；诸如此类，不一而足。此外，世界文学走到今天，恰好于20世纪末化合成形形色色的后现代思潮，而后现代思潮的出现客观上又正好顺应了跨国资本主义的发散。”“然而，奇怪的是过程中始终不乏奇崛的背反及由此化生的特殊的丰碑…… 因此无论背反还是坚守，经典作家貌似厚古薄今，本质上却与希望相同，即必定蕴含着某种乌托邦式的理想主义精神。”① 在当前的世界文学中，同样是长篇小说独占鳌头，短篇小说偏安一隅。但边缘化的短篇小说，依然有众多的杰出作家在耕耘，同样呈现出姿态纷呈的瑰丽景观。特别是在那些文学传统深厚的国家，如美国、英国、德国、法国、俄罗斯、意大利、加拿大等，短篇小说依然居于重要地位，依然受到普通读者特别是作家们的喜爱。新时期文学以来，中国的一些专业出版社与杂志社，致力于世界短篇小说的译介，如人民文学出版社、译林出版社、译文出版社以及《外国文艺》《世界文学》杂志，做出了很大贡献。有众多外国短篇小说作家，为中国的作家和读者所谙熟，如英国的沃尔夫、格林、莱辛、麦克尤恩，法国的加缪、勒克莱齐奥，德国的黑塞、弗兰克、米勒，加拿大的阿特伍德、门罗，美国的福克纳、契弗、厄普代克、福特、摩尔，俄罗斯的普宁、巴别尔，日本的川端康成、小川洋子等等，其中不乏获诺贝尔文学奖的小说大家。特别是海明威的“冰山”理论，马尔克斯的魔幻现实主义，博尔赫斯的“迷宫”叙事，卡尔维诺的“晶体”艺术结构，卡佛的“极简主义”等，更为中国的年轻作家所“追捧”和借鉴，给中国的短篇小说注入了新的活力和生机。同时，中国一些优秀作家的短篇小说，也在不断译介到国外，走进世界文学格局，形成了一种互动、对话关系。尽管世界文学中的短篇小说处在“低谷”之中，但它的成就是不应低估的，它的未来是充满希望的。

中国当代短篇小说的发展与中国现实社会的变迁几乎是同步的。匈牙利思想家卢卡奇在谈到小说与时代的关系时指出：“它不只是创造总体的真正客观性的唯一可能先天条件，而且也由于小说的结构类型与世界的状况基本一致，就把这种总体即小说提升为这个时代具有

①陈众议:《文学中的文学·总序》,高兴主编:《小说中的小说》(欧洲卷)。译林出版社2010年版,第2、3页。

代表性的形式。”[①] 这就是说，小说的内在结构与社会的深层规律有一种一致性，因此小说就成为时代的代表性形式。而以敏感、及时地表现社会现实为特征的短篇小说，更是如此。短篇小说作为审美创造可以超越社会人生，但它却不能割断同社会人生的联系。这是文学的一种宿命！

中国当代六十年的短篇小说，就穿行在中国当代波澜激荡的历史“隧道”中。它同样经历了“一体化”文学时期，极“左”、阴谋文学时期（“文革”时期），变革和创新文学时期（“新时期”），多元化文学时期四个文学阶段。且由于社会变化与文学演进相互作用的结果，每一阶段又形成了迥然不同的文化特征。1949—1966年为“一体化”时期，短篇小说最先兴起，真正起到了带动、规范、提高整个文学特别是长中篇小说的重要作用。不管是来自解放区的赵树理、孙犁，还是来自国统区的沙汀、路翎，抑或刚刚成长起来的李準、王汶石、王愿坚等，都在努力建构一种民族化、大众化的短篇小说范式，竟创造了中国当代文学史上短篇小说的第一个高潮期。这一时期短篇小说的文化特征，是题材的凸显。把文学创作分成优先发展的工业、农村、革命战争题材，以及次要关注甚至调控的知识分子、古代历史等题材，这种做法显然是违背艺术规律的，但它客观上促进了国家主流文学的建构。“十七年”短篇小说带有鲜明的政治化、功利化色彩，是一种典型的乌托邦文学。但它质朴、刚健、宏大，显示了一个时代一个民族的思想和精神风貌。1966—1976年是“文革”时期。大部分文学门类几近枯萎，唯有短篇小说表现活跃、影响广大，既有沉痛教训也有可贵经验。这一时期短篇小说的重要特征是政治性，为政治服务演变成了为“文革”的战略部署充当工具，短篇小说走向异化、沉沦之途。这是中国文学最惨痛的教训。但与此同时，短篇小说也在艰难觉醒，有些作家不自觉地写出一些富有思想艺术价值的作品，有

---

①〔匈〕卢卡奇：《小说理论》，燕宏远、李怀涛译，商务印书馆2012年版，第84页。

些作家在矛盾的写作、思考中，逐渐成长起来。其创作经验值得发掘和研究。1977—1989年称为文学新时期。短篇小说再一次充当了时代序曲中第一小提琴的角色。它不仅参与了改革开放的社会进程，同时也开始了自身的反思与变革。这一时期短篇小说的文化特征是浓烈的思潮性，各种思想观念、各样艺术创新，推拥出一批批优秀作家和杰出作品，形成了短篇小说史上的第二个高潮期。刘心武、高晓声、蒋子龙等的现实主义力作，掀动了伤痕、反思、改革文学的一系列浪潮；王蒙、宗璞等借鉴西方现代派表现方法，开创了中国小说的意识流先河；韩少功、阿城、李杭育的“寻根小说”，力图建造一种民族文化小说，并同西方文学形成一种对话、交流的关系。刘索拉、残雪、格非等的现代、先锋小说，使中国的现代派终于“落地生根”，小说真正具有了独立的审美品格。而汪曾祺的抒情文化小说、林斤澜的“怪味”小说，在小说的艺术空间开辟出一方独异、深厚的天地。新时期短篇小说丰富、新锐、奇崛、博大，是当代短篇小说史上的一座丰碑。尽管它还存在着浮躁粗放、鱼龙混杂的时代局限。1989—2009年是短篇小说的多元化时期。这一时期有二十余年，时长已超过既往的每个时段，且还在继续延伸。面对市场化、世俗化的社会形态，面对多元化的文化格局，它逐渐失去了应对能力，滑向社会和文学的边缘。它力图把握复杂多变的现实生活，但思想资源匮乏难有新的洞见；它自觉坚守精英知识分子立场，往往受到大众读者的冷淡；它在艺术形式和叙事语言上精益求精，却缺乏本质性的变革和创新。短篇小说这一时期的文化特征，是思潮退隐，现象浮出。多种多样的文学现象，支撑、丰富着短篇小说世界。譬如范小青、刘庆邦、王祥夫等的底层叙事，譬如曹乃谦、郭文斌、刘亮程等的乡村系列小说，譬如陈染、徐坤、潘向黎等的女性写作，譬如毕飞宇、邱华栋、徐则臣等的城市小说，譬如聂鑫森、孙方友、谈歌等对古典小说传奇、笔记写法的承传与创新。文学现象的不断涌现，标志着社会生活和文化观念的多元共生。短篇小说在边缘地带，获得了广大的生存、发展空间。

西方叙述学和文体学认为，每一种文学文本都是一个完整、独立的“有机体”，内容与形式相互依存，是不可分割的。这种观点有其合理性，但却有点绝对。事实上，评论家解读文本，往往把内容与形式剥离开来，分而论之。短篇小说60年的历史，在思想内容上跟踪时代、千变万化。经历了不同时期：题材“圈定”、思想强暴、思潮喷涌、现象迭出等一系列变化和遭遇。但在艺术形式上，其变化却要缓慢、微小得多，它同样经历了四个时期的艰难探索、起伏沉浮。它从“十七年”时期的单纯、浪漫、教条模式，发展到“文革”时期的极“左”、阴谋、工具模式，从新时期文学的变革、创新、恢宏形态，演进到“多元化”时期的多样、幽深、精微乃至复杂形态，可谓一路坎坷，脱胎换骨。短篇小说发展尽管还存在诸多问题，但它终于有了自觉的主体意识，有了自己的独立品格。当然，内容的变化和形式的演变，有时是分头进行的，更多时候则是相互促进的。

关于短篇小说的特征和规律，历来众说纷纭，未有定论。鲁迅用形象的比喻揭示它的特征：是“巍峨灿烂的巨大的纪念碑底的文学之旁”的“一雕阑一画础”，是“时代精神的大宫阙”。卢卡奇同样用比喻显示了它的功能，是社会变革历史的“尖兵”和“后卫”。卡尔维诺却说得很明白：“……我们有相当活跃的新闻业，也有在环境和现象方面都颇具实况效果的电影艺术。文学于是就有了另一项任务：揭示历史转折点，揭示重要时刻，揭示钟表结构上将来未知的一步跳跃，而不是今天那种滴答声。”[①] 他们揭橥的都是短篇小说的核心问题——现实性。何谓现实性？简单说就是短篇小说在表现生活时，不仅要描绘出社会人生的种种情状和变化来，还要揭示出现实深层的脉动与走向来。哪怕是描述想象世界、历史故事，也应当渗透一种现实思想和精神。这就要求作家对现实生活要有真切体验和感悟，还要对

①［意］伊塔洛·卡尔维诺：《短篇小说集》（上），马小漠译，译林出版社2010年版，第6页。

现实生活具有思想洞察和把握能力。使小说立足于生活前沿和思想前沿。这样的文学才会有价值、有魅力。90年代之后的短篇小说，所以同现实、同读者发生了脱节现象，就在作家和急剧变动的现实生活产生了隔膜，而新的理念、思想的匮乏又直接丧失了对现实生活的透视和把握能力。“以其昏昏，使人昭昭”，自然使读者失去了兴趣。从90年代到新世纪，中国社会进入一个复杂而艰难的历史转型期，从计划经济到市场经济，从古老的农业文明到现代工业科技文明，将是一个漫长、痛苦的转变过程。短篇小说遭遇这样一个时代，就要求作家以更自觉的行动深入正在变化的现实生活，以更新锐的思想观照历史的动向，才有可能写出切中当下而又贯通古今的精品和力作来。时代给文学、给短篇小说提出了更严、更高的要求。在这方面，新时期短篇小说的经验，依然可供借鉴。

现在，中国当代文学已成为一门显学，出版了几十部当代文学史，但短篇小说史是一个“空白”。《中国当代短篇小说演变史》以纵横交错的基本构架，较全面而深入地展示了短篇小说60年的演变过程和深层规律。纵线上，把60年短篇小说分为四个时期，每一时期都做了宏观论述。对当代文学史忽略的“文革”时期，也进行了较细致的发掘和梳理。绪论一章，则以当代短篇小说的发生，历史分期和高潮期，短篇与中长篇的文体比较，短篇观念的演进四个方面做了集中探讨。形成了一个较完整有序的短篇小说发展脉络。横线上，以四个时期的不同文学概况进行布局，从题材、思潮、现象等角度归纳作家，着重解读了15位代表性作家、50个重要作家、数百篇重点作品，显示了当代短篇小说多姿多彩的艺术景象。本书着力探索了短篇小说的文体演变、艺术规律，始终把它作为全书的主旋律，同时揭示了它同政治、社会、文化、人生等复杂而微妙的关系。本书重点评述了数十位重要短篇小说作家，尽可能做到全面把握、突出重点，让读者从中大致可以“一窥全豹”。本书努力寻求一条理性与感性相融合的写作路子，学院派治学的严谨、宏观、理性，协会派写作的灵动、鲜活、感性，均不偏废、努力融通，以期达到一种寓情于理、雅俗兼备的治学之境，能够让专业的和普通的读者所接受、所认同，进而在当下的小说创作、文学发展中起一点润物无声的微薄作用。

（原载《教育研究与评论》2015年5期）

实力派作家“细读”

重构文学“重器”的形质

——莫言近期短篇小说综论

从“传奇”到写实

2017年岁尾和2018年年头，歇笔五年的莫言以新作重现文坛，陆续发表了一批诗歌、短篇小说和戏曲剧本，而五篇短篇小说是其中的重要实绩。不能说莫言的短篇小说就超越了过去的短篇小说，但近作依然保持了作家的思想艺术高度，且在某些方面有着突出的探索和新变，启迪我们重新认识和反思当下的小说发展。他已然褪去了那种标志性的魔幻、传奇色彩，转变为一种现实的、写实的风格；他更锐利地切入乡村社会和各种人物的深层世界，揭示了更深广的社会人生底蕴；他以一个作家的主体身份进入小说世界，呈现出一个真实而可亲近的作家形象。这些对当下的小说和文学，意味着什么呢?

在所有的文学门类，如诗歌、散文、小说、报告文学中，小说历来是被称为“重器”的。如梁启超认为小说是“文学之最上乘”；卢卡契指出小说是“这个时代具有代表性的形式”；鲁迅认定“要改造国人的精神世界，首推文艺”，这里的文艺也指的是小说。历史进入现代以来，小说的地位得到了提升，功能得到了强化。中国的现代文学和当代文学，始终把小说作为举足轻重的文体，一部文学史几乎就是一部小说史。但20世纪90年代以来，随着整个文学的边缘化，小说的地位在下降、功能在弱化，“重器”逐渐沦为“轻器”。尽管文学体制和机制仍然把小说当作首要文体，优秀作家和作品不时涌现；但小说在整个文学中已不能“独领风骚”，更难以引导一个时代的精神潮流，已是不争的事实。作家们的小说观念也在发生深刻变化，经典小说的规律和经验逐渐被消解和扬弃，小说滑向了轻、软、小的途径。百年来的中国现当代文学，始终是以乡村小说为主潮的，但从90年代以来，城市小说兴盛而乡村小说衰微，主潮的转换更导致了小说的渐趋疲软，乡村小说面临着深刻危机和诸多问题。

莫言是以多部优秀长篇小说《红高粱家族》《丰乳肥臀》《檀香刑》《生死疲劳》等享誉文坛的，但同样是以短篇小说起家，并用短篇、中篇、长篇小说共同构筑他的“高密东北乡”文学世界的。日本作家大江健三郎说：“如果在世界上给短篇小说排出前五名的话，莫言的应该进去。”[①]同莫言的中长篇小说比较，他的短篇小说有更多的现实主义特色，创作时间集中在80年代，代表作有《民间音乐》《枯河》《白狗秋千架》《木匠和狗》《月光斩》等。他前期的短篇小说创作，表现了如下几个方面的艺术特色。一是创造了一方温暖、壮烈、魔幻的“高密东北乡”天地。二是塑造了一种率真、野性、强悍的乡民形象。三是熔铸了一种兼容并蓄、自成一家的讲故事模式和叙事语言。[②]而近期的短篇小说创作，如《天下太平》《故乡人事》《等待摩西》等，一方面延续了他的创作方法和手法，如荒诞、象征、反讽等等；另一方面又强化、突出了现实主义创作特征，如对现实问题的关注、对各种人物形象的塑造、对写实手法的加强等等。现实主义运用得炉火纯青，而现代主义表现得不漏痕迹。这不能不说是作家创

①莫言:《白狗秋千架》,上海文艺出版社2012年版,封底引言。

②见段崇轩:《中国当代短篇小说演变史》,中国社会科学出版社2015年版,第237页。

作的重大变化。当然，向写实、理性的回归，也使他的一些作品出现了某种人工斧凿的痕迹，这也是值得警惕的。他继承和发展了经典现实主义文学手法，重构了小说中的重要元素，使小说再次呈现了作为“重器”的形态和质地，使人们看到了经典现实主义文学的永恒魅力。

莫言小说的标志性特征是“魔幻现实主义”，但他更认同“民间传奇”这样的概括。栾梅健说：“在《红高粱》翻译成英文以后，有一些评论家把这部小说理解为一部民间的传奇，莫言感到：‘真是说到我的心坎里去了。’其实，我们觉得，几乎莫言的所有作品，从他的叙事立场、故事、结构、情节乃至语言方面，都一以贯之地坚持了他的民间视角与趣味。”①魔幻是一种“变现实为幻想而不失其真实”的艺术形式，传奇则是表现生活中离奇和不寻常情节的创作方法，二者有异曲同工之处，但前者是西方文学中的概念，后者是中国古典小说中的名称。莫言喜欢“民间传奇”的说法，表现了他古典的和民间的一种“情结”。但在他近期的短篇小说中，人们却看到了他从“传奇”向写实的倾斜。他不再采用更多的虚构、夸张、浪漫等艺术手法，而大量运用了写实、具象、客观的描写手段。在叙事语言上也力求朴实、简练、严谨。除《天下太平》是第三人称叙事方法外，其余诸篇都是第一人称叙事方式。而其中的“我”与作家本人有更多的重合。从“传奇”到写实，从虚构到“非虚构”，标志着作家对社会现实和底层民众的高度关注，标志着作家对小说现实性的深广拓展。

努力表现乡村社会的“总体性”

小说所以被称为文学的“重器”，就在于它的空间和形式与现实世界有着某种同构性，可以把现实世界的完整性、复杂性充分地表现出来。而这种功能，是其他文学文体难以具有的。因此，匈牙利著名

①栾梅健:《民间的传奇》,《当代作家评论》2013年第1期。

文学理论家卢卡契创造性地提出了文学特别是小说的“总体性”理论，说：“对伟大的现实主义者来说……主要的是，他拥有什么样的手段，他思维和塑造的总体性有多么广和多么深。”[1]这里的总体性，是指世界的、社会的、人类的总体。既包括物质世界，也包括精神世界。既涵盖世界的外在形态，也涵盖世界的本质规律。既涉及文学的思想内容，也涉及文学的表现形式。对小说而言，不管是长篇小说，还是中篇小说，或者短篇小说，都应该、都可以表现出生活的这种总体性。莫言把小说比喻为河里的鱼，风趣地说：“我的手伸进故乡，抓出来的是一条小鱼，那就是一篇短篇小说，如果抓出来的是一条不大不小的鱼，那就是一个中篇小说，如果运气好，抓出来的是一条大鱼，那就是一个长篇了。”[2]这番话，不仅反映了莫言的创作源泉，就来自永不枯竭的故乡生活；而且表现了生活素材的多样性，就决定着作家所选择的小说文体。但不管是短中篇小说，还是长篇小说的题材，都是一个完整的世界。所谓“一沙一世界，一花一天堂”。

对莫言来讲，故乡“高密东北乡”既是他生活的根据地，又是他观察中国农村的一面“窗口”。他在这里看到了农村发生的巨大变化，也看到了种种危机和问题。他在一篇记者访谈中，谈到土地的荒芜、土壤的被污染，认为“人类总有一天要受到逃离土地的惩罚。”谈到科学技术高速、畸形的推进，“是一种商业利润的鞭子抽打着的病态发展。”谈到农村城市化进程太快，出现了种种问题，以为“会受到历史的惩罚。”谈到农村伦理道德的滑坡，指出“将会导致许多轰轰烈烈的闹剧和悲剧。”[3]他是站在审视、揭露的立场上，观察和表现农村、农民问题的。表现了他的赤子之心和忧患意识。

---

①范大灿编选:《卢卡契文学论文选》第一卷，人民文学出版社1986年版，第86页。

②引自童庆炳:《莫言的硕士论文与高密东北乡文学王国》,《北京师范大学学报》2013年第5期。

③莫言:《莫言对你说》,《新民周刊》2012年第40期。

莫言在近期的短篇小说中，把他的锐利之笔，深入到了农村的现实、历史层面，揭示了乡村生活的总体性乃至某些本质规律。《天下太平》以一个农村孩子的一次奇遇，展示了这个村子的种种现实问题。如政治生态，现任村干部张二昆，用非正当手段把原村干部拉下台，但新村干部也不是一个清官，正在借种种机会贪腐。如经济发展，村里没有什么资源、企业，只有一个养猪场不仅没有多少收入，排出的污水反而把土地、水湾也给污染了。如文化道德，新村干部带领村民用手机拍摄视频随意转发，成为人们的一种宣传和娱乐。新村干部生活作风不正，与女村医关系暧昧。还有留守儿童与老人问题，多数年轻人都外出打工谋生了，留下的老老少少面临着种种生存问题。小说结尾有一个耐人寻味的情节，那只被抓又被放的老鳖，人们突然发现背盖上有“天下太平”四个象形字，与村名正好巧合。人们纷纷赞叹、鼓掌。这是作家的一个神来之笔，一个机智的反讽。还有整个小说的核心情节，是一个孩子的手指被老鳖咬住最后终于获救的过程，这个情节蕴含着人与自然、鱼类的关系，人与环境保护的大主题，带有浓厚的夸张、荒诞色彩。所有这些都显示了作家的艺术匠心。

如果说《天下太平》旨在揭露现实问题的话，那么《等待摩西》就意在探索历史得失。后篇以一位20世纪50年代出生的农民为主人公，描述了他半个世纪的人生历程，折射出中国农村的历史变迁以及农民的悲剧命运。60年代的“文革”，使一个农村青年成为造反者；80年代的农村改革开放，使这位有胆略的农民变身企业家，旋即又沦为逃亡者；新世纪的市场经济时代，归来的农民转变成诈骗者、基督徒。历史在探索、在进步，但中国农民却没有成为有文化、有思想的现代农民，而是在不断地折腾、冒险、沉沦。其中蕴含了多少历史奥秘和教训啊！

疾风暴雨式的阶级斗争已经成为历史，但关于阶级斗争的记忆和影响，却并没有消失。莫言在他的近作中切入了这个领域。《地主的眼神》中描写了五六十年代村干部同地主孙敬贤的尖锐斗争。但八九十年代之后，地主的儿子、孙子成为占有全村五分之一土地的大农户。历史开了一个巨大的玩笑。《斗士》里老支书同村里的恶人斗得你死我活，表面上看是一种阶级斗争，实质上是人性之恶的冲突。《左镰》中的几个成分不同的孩子，在阶级斗争时代，竟在无意间酿成惨痛的悲剧。地主家庭出身但品学兼优的田奎，因此造成终身残疾，穷困潦倒。莫言揭开了历史和现实中触目的伤疤，让人惊醒、深思！

乡村社会中的文学青年，已是一个被遗忘的群体。莫言在《诗人金希普》和《表弟宁赛叶》中，刻画了两位乡村“文青”形象。他们不再像八九十年代的文青那样，立足乡村、为农民代言。而变成了游手好闲、骗钱骗色、扰乱社会的文痞、骗子。从他们身上，不难看出乡村文化道德的沦丧。

在中国社会的现代转型中，乡村社会的蜕变是尤为艰难、痛苦、沉重的。莫言近期的短篇小说启迪作家，要从更深广的视野观照农村和表现农村，发现农村的新变化、新矛盾、新问题，这样才能促进农村以及整个国家的变革和进步。

在写人物中“讲故事”

在小说创作中，怎样讲述故事？怎样塑造人物？故事与人物是一种什么样的关系？这些在经典现实主义理论中早已解决了的问题，今天却被模糊、搅乱了，再次成为新的问题。20世纪90年代以来，为了让小说走进读者，文坛上风行“好故事”主张，但强调过头就导致了对人物形象的冲击。现在很多作家、评论家都在呼唤人物形象的塑造，但由于人物理论的改变和作家特别是年轻作家对生活中人物的不熟悉，小说人物形象乃至典型人物的薄弱，已成为一个严重问题。莫言谈过许多小说创作问题，但让人们印象最深的一句话是：“我是一个讲故事的人。”其实关于故事和人物他讲过很多。他说：“我一直强调小说的第一因素是小说应该好看，小说要让读者读得下去。什么样的小说好看？小说应该有一个很好的故事、精彩的故事。因为所谓思想，人物性格的塑造，时代精神的开掘，所有的微言大义，都是通过故事表现出来的。”[①]最近他再次重申和补充了自己的观点：“我曾经说我是一个讲故事的人，实际上我是一个观察人、研究人，包括观察我自己、研究我自己的人。只有理解了别人才能理解自己；当然，也只有理解自己，才能更好地理解别人。而小说从根本上说写的是人与人之间的关系，只不过更错综复杂。”[②]在莫言看来，一部小说有一个精彩的故事十分重要，但讲故事并不是最终目的，讲故事应当为体现主题、塑造人物服务。人物高于故事。然而，莫言小说中的故事，并不是那种离奇曲折、完整有序、循环封闭的故事模式；而是一种零散有趣、巧妙连缀、自由开放的故事形态。他往往是按照人物塑造的需要，来选取和建构故事情节的。

莫言刻画了众多的农民形象。有的寥寥几笔就跃然纸上，但较为单薄。如村干部张二昆、青年农民孙雨来、老基督徒柳彼得、铁匠老韩及徒弟们等等。而出色的有如下几类。

塑造具有社会历史内涵的人物形象，是莫言长袖善舞的。《斗士》集中刻画了两个人物形象，老支书方明德和老光棍武功。方明德是一个老革命式的人物。1948年入党，参加过抗美援朝，三等残废军人。他长期担任村支书，在历次运动中都是紧跟派，有功劳也有苦劳。但就是这样一个老革命，在村里实行家长制统治，私设公堂，批斗不听话的村民。随意夺取他人所爱之物，占有普通村民的妻子；重用家人亲信，构成一个家族权力阶层。他一生信奉阶级斗争哲学，直到晚年还宣称“我要战斗！”这是漫长的阶级斗争塑造出来的人物，一个具

---

①莫言：《用自己的情感同化生活——与〈文艺报〉记者刘颋对谈》，《说吧，莫言》中卷，海天出版社2007年版，第84页。

②莫言：《一切来自土地的都将回归土地》，《小说选刊》2017年第12期。

有浓重的农民思想性格的基层党支书形象。武功是另外一类“强人”。他出身不好，家境贫寒，孤身一人，处于社会最底层。他不好劳动，吊儿郎当，嘴臭手贱，又好揭人短处，成为村里的恶人。老支书方明德所以批斗、吊打他，就是因为他不仅不取悦领导，还公开揭露领导的生活作风问题。二人斗来斗去，两败俱伤。在老支书看来，这是一种阶级斗争，实质上是人性中恶的冲突和较量。武功集底层人身上的懒散、无赖、强硬、狠心等性格特征，成为一个独特的人物形象。

刻画具有悲剧命运的人物形象，是莫言驾轻就熟的。《地主的眼神》中的孙敬贤，是一个别有意味的人物形象。土改之前，他是一位种庄稼好手，喜欢土地，买了很多薄田被错划为地主；大集体时代，他内心不平，消极抵抗，受到村干部的严厉惩罚。新时期之后，他的儿子孙子成为种田大户，真正成为一个“地主”，并在死后“享受”了儿子们举办的隆重葬礼。这是一个虽然不坏但并不善良，遭受冤枉而值得同情的地主形象。在他的命运中蕴含了复杂的农村历史。《左镰》里的地主子弟田奎，从小学习好、爱劳动、胆子大。但因成分不好，不能继续上学；又因小伙伴们的“诬赖”，被父亲剁掉右手，以致终生坎坷，家业难成。这是一个被时代牺牲了的优秀青年，在农村屡见不鲜。《等待摩西》中的基督教家庭出身的柳卫东，在半个世纪的历史浪潮中沉浮起伏。从背叛家庭的造反者，到财大气粗的农民企业家，到皈依宗教的基督徒。从摩西到柳卫东、又到摩西的改名过程。充分表现出底层农民身上的一种才华、智慧和胆略，同时也折射出一种盲目、冒险和愚昧。

描写富有鲜明个性的人物形象，也是莫言纯熟自如的。《诗人金希普》中的金希普，是一个市场经济时代的乡村“文青”形象，他恃才傲物，流窜在城乡，以诗人为幌子，巴结上层，骗钱骗财骗色，是一个打着诗人旗号的骗子。《表弟宁赛叶》里宁赛叶，与金希普是同类人物，他馋吃懒做，狂妄自大，抱怨亲人，怨恨社会，却对文学始终抱有幻想。是一个叛逆的“文青”形象。借用世界著名诗人的名字，正好表现了他们的无知和狂妄。这两个人物个性鲜明、强烈，但作者过分渲染了他们的外在性格，却忽视了对他们精神、心理的开掘，致使人物缺乏应有的深度和广度。这是现实主义个性人物容易出现的一种缺憾。

恪守作家的民间情怀

莫言近期短篇小说中，出现了一个作家“我”的较完整形象，这在他过去的短篇小说中，是从未有过的。

作家“为什么人”的问题，是一个被政治化了的文学问题，也是一个复杂的学术问题。一个作家，未必会明确表白他为什么人写作，但他的写作必然会忽隐忽现地蕴含着为什么人写作的倾向。为政治写作、为精英知识分子写作、为民众或人民写作，是过去常见的几种写作类型。当然，三者之间会有交叉、融合的现象。莫言明确地讲：“我认为真正的民间写作就是‘作为老百姓的写作’……他在写作的时候，没有想到要用小说来揭露什么，来鞭挞什么，来提倡什么，来教化什么，因此他在写作的时候，就可以用一种平等的心态来对待小说中的人物。他不但不认为自己比读者高明，他也不认为自己比作品中的人物高明。”①在民间社会体验和观察生活，站在老百姓的立场和利益上进行写作，创造一种能够被普通读者喜爱的讲故事形式和语言，不受社会潮流的影响乃至政治形势的左右。这就是莫言所谓的“作为老百姓的写作”的内涵吧？但莫言并不等同于一个普通老百姓，他是一个具有现代思想和文化的知识分子，是一个坚守民间情怀的当代作家，他的身份、视野是超越普通老百姓的。他继承了鲁迅、赵树理、高晓声等的创作传统和精神，但他的创作更具有纯粹的民间性。他在小说中展示了“高密东北乡”历史上的贫穷、蛮荒以及现实中的

①莫言：《文学创作的民间资源》，《当代作家评论》2002年第1期。

种种乱象，袒露了普通乡民的强悍、义气乃至野性、丑陋、愚昧，使很多上流人物难以接受、提出批评。但他是坦然的、大度的，因为他是站在民间和民众一边去写作的，一个“赤子”的批评、揭露、讽刺，是能够被故乡和乡民接受、欢迎的。莫言是“高密东北乡”也是中国农村的“儿子”！

莫言前期短篇小说和近期短篇小说中，都有“我”的形象出现。但前期中的“我”，是一个又黑又瘦、贫穷孤独，在大自然中自由生长的黑孩子，是作家童年的原型。在近期的五篇小说中，只有《天下太平》中有一个视角人物——留守儿童小奥的形象，与前期作品中那个黑孩子有相通之处。小奥父母亲进城打工，与爷爷相依为命留在村里，他孤独、敏感，听话、懂事，知道亲大人、喜欢大自然，但他面对的是乱糟糟的农村，经受了一场被老鳖咬手的险情。而在其余四篇小说中，都是以现在的作家“我”为视角和叙事人的。

小说本质上是虚构的，因此不能把莫言近期小说中的“我”与作家本人混为一谈，但二者确有许多共同和重合之处。这种写作方法大大强化了小说的写实性、逼真感。小说中的“我”，是一位身居京城、功成名就的中年作家。“我”出生在山东高密农村，从小家庭贫困，又逢乱世，小学没读完就回乡劳动，但却不是一位好劳力。“我”去桥梁建筑工地上干过活，到棉花加工厂做过工。二十余年的乡村生活，使“我”认识了农村和农民，亲历了时代的变迁。当“我”成为一个作家、名人之后，依然心系故乡，把故乡作为终生的“根据地”。那里有“我”年迈的父亲以及亲人、乡亲、朋友，每年总会回去几趟；那里有“我”梦牵魂绕的故土，“我”需要知晓那里的发展变化，滋养自己的写作。只有这样，“我”才有可能实现自己“作为老百姓的写作”的文学追求。《天下太平》是以留守儿童小奥作为视角人物的，但在小奥的眼睛后面，还有一双作家的眼睛。

小说中的作家“我”，是一位真诚忠厚、谦虚低调的人。“我”与小学同学柳卫东是朋友，这种友情终生不渝。当柳在顺境时，“我”

鼓励帮助他；当柳在逆境时，“我”同情关怀他，包括他的妻子女儿。地主孙敬贤的孙子孙来雨，成为农业大户，“我”很喜欢这位胸怀坦荡、雄心勃勃的年轻人，决心帮他到县领导那儿说情，包下原县农场那八百亩土地，实现他做一个农场主的梦想。“我”常常想起童年的生活和经历，为当时的一些幼稚和错误而后悔。上小学时，“我”写了一篇作文《地主的眼神》，把孙敬贤当阶级敌人去丑化，导致老人受了很多苦，现在“我”认识到：“作文确实也写得过分”，“这是我至今内疚的。”比“我”大五岁的地主子弟田奎，本来是很有前途的苗子，但“我”与二哥为逃避责任，把哄打傻子的过错推到了他的头上，导致田奎被父亲剁掉右手，毁掉了他的一生。这更让“我”终生不安，用忏悔的心情写下《左镰》这篇小说。

小说中的作家“我”，也常常会遇到一些作难、尴尬的事情。狂傲自大的诗人金希普，“我”不仅不想帮助他，还在一些场合揭露他的真相，导致他对“我”怀恨在心，用“依然为名煞费心”“到底还是一俗人”的诗句来讽刺“我”。让“我”如鲠在喉。表弟宁赛叶，怀揣文学梦想，但“我”知道他在文学上路子不正，因此没有给他“走后门”荐稿荐人，但却在就业和经济上给予他很多帮助。使得表弟与“我”反目成仇，公开叫骂，“我”也无可奈何。这里又显示了一个作家在故乡、在家里的懦弱、无奈。就这样，在这些作品中，一位忧国忧民、扎根民间、重情重义、达观风趣的作家“我”的形象，一点一点地站立起来。也许莫言无意写出自己的形象，只是把自己当作一个贯穿故事情节的线索人物；但在不经意间，人物脱离作家，渐渐羽翼丰满，成为小说世界中一个独立的人物形象。

（原载《扬子江评论》2018年第2期）

文学转型时期的探索与构建

——评王安忆的小说理论及创作

面对文学的“裂变”

从新时期文学到多元化时期文学的40年文学发展中，王安忆无疑是尖端作家群中的一位。她不仅在小说创作上成果卓著，同时在小说理论上建树丰硕。创作孕育了理论，理论推进了创作，形成了她自己的小说美学。她在漫长的小说之路上，秉承了现实主义经典小说的创作传统，汲纳了现代主义小说的艺术元素，并通过她独有的悟性和创造，开创了一种“新经典”小说道路，代表了当下小说的某种思想和艺术高度，影响着小说的创作和走向。对她的小说创作，已有大量的研究成果；但对她的小说理论，研究还很少，这是值得深入开掘的一个理论课题。

社会转型牵动着文学的转型。现在的中国社会正处在剧烈而深刻的转型期，其重要标志，就是从传统的农业社会和农业文明向现代城市社会以及现代工业科技社会的蜕变。这一社会转型是全方位、整体性的，涉及经济、政治、文化、道德、日常生活等众多领域和层面。

文学特别是小说，是文化领域中最活跃的一个“部位”。40年中，它经历了痛苦的“裂变”和艰难的转型，这一转型至今还在路上。小说的变迁表现在很多方面，譬如在题材上从奉为主流的乡村叙事，向多元共存的城乡叙事转换；譬如在创作方法上从“一统天下”的现实主义，向众声喧哗的现实、现代、写实、通俗等多种表现形态演变。在小说的变革和转型中，传统经典小说的批判性继承和新经典小说的融合性建构，是小说发展的深层主题。正是在这个方面，五六十年代的那些尖端作家，始终引领着变革的潮流。譬如莫言，他立足民间和农民，借鉴现代魔幻主义，使乡土叙事走向了世界文学；譬如贾平凹，他扎根三秦大地，从传统文化和自然山水中汲取营养和灵感，创造了一种具有民族特色和神韵的小说品种；譬如韩少功，对社会人生的思想探索，驱动着小说文体的艺术探索，形成了一种熔现实主义和现代主义为一炉的小说文体；譬如毕飞宇，从对现代主义的钟情到对现实主义的执着，升华出一种新颖别致而又诗意盎然的小说样式。王安忆把小说创作和小说理论紧密结合在一起，在小说艺术规律的探索上走得更为自觉和深远，构建了一种更为严密而丰盈的小说诗学。尽管这些作家的小说理论各具特色、多种多样，有的并不成熟，但他们的目标是一致的，就是寻找和构筑一种当下时代的新的小说范式和路径。

王安忆是一位勤奋严谨、极富开拓精神的小说家。她长、中、短篇小说皆擅。长篇小说有《69届初中生》《流水三十章》《纪实与虚构》《富萍》《长恨歌》《启蒙时代》《天香》《匿名》等十多部；中篇小说有《流逝》《小鲍庄》《大刘庄》《荒山之恋》《叔叔的故事》《乌托邦诗篇》《伤心太平洋》《我爱比尔》等三十多部；短篇小说有《雨，沙沙沙》《命运》《墙基》《本次列车终点》《舞台小世界》《鸠雀之战》《天仙配》《发廊情话》等百余篇。长、中、短篇小说创作上的累累成果，或多或少遮蔽了她的小说理论研究和实绩。比起同时代的作家特别是女作家，她对文学理论有着更浓厚的兴趣。20世纪80年代，她就发表了《挖掘生活的诗意》《感受·理解·表达》《难的境界》《我做作家，是要获得虚构的权力》《我看长篇小说》等一批见解新锐的文学评论，这种评论写作她坚持不渝，成为她文学评论中的重要部分。1994年她主动要求到复旦大学中文系开设“小说研究”课程。2004年正式调入复旦大学中文系任教授，给本科生上课，带研究生，开文学讲座。她的课程，全部是关于小说文体的。她结合自己的创作实践，探索小说的艺术规律和表现方法；她解读经典作家和作品，归纳小说的基本原则和历史演变；她评述当下的小说创作和现象，阐发自己的文学思想和观念。她认真备课，撰写教案，这些讲稿大部分成为小说理论著作。此外，她还应评论家相约进行文学对话，受文学机构邀请去做文学讲座，受国内外大学聘请开设文学专题课，这些文学和教学活动中的讲授稿，都转化成了她的小说理论成果。她的小说理论著作已出版十余种，如《故事和讲故事》《小说课堂》《小说与我》《麻将与跳舞》，特别是围绕“心灵世界”这一主题所做的十三堂小说课教案《心灵世界——王安忆小说讲稿》，与评论家张新颖的文学对话《谈话录——我的文学人生》，在台湾中山大学的文学对话、讲座实录稿《小说家的十四堂课》，体现了她对经典作家作品的精辟阐释，对小说艺术本质和规律的深入把握，对当下小说以及作家作品的坦诚褒贬，展现了一位小说理论家的无穷风采。

王安忆首先是一位杰出的小说家，她在40年的文学生涯中，独辟蹊径，精益求精，创作出大量的长中短篇小说力作和精品。同时又是一位出色的小说理论家，她把自己丰富的小说创作经验，对经典作家作品的理解，还有中外理论家和作家的小说理论观点，通过自己的“心灵世界”的熔铸，形成了独具异彩的小说理论。正如吴秀明指出的：“作为一个严肃的作家，王安忆在走上文坛之初就自觉地将自己的写作与生活对应起来，直面现实，不断地寻求自身的突破。在新时期文学的每一发展阶段，她始终是一位有活力的探索者，她的创作不断地受到读者和研究者的瞩目。”[①] 这段话，既是对她小说创作的评论，也是对她小说理论的概括。当然，王安忆不是一个纯粹的文学评论家。她的小说理论虽然精辟，但缺乏理论的严谨性、系统性；虽然鲜活，而少有理论的普遍性、适用性。文学以及小说的基本理论，如中国古典小说理论、西方现代小说理论，她掌握得还不多、不深。可以说，她是一位实践性、感悟性的小说理论家。

文学以及小说的“裂变”和转型，集中地表现在小说的经典理论问题上。经典小说理论，自然包括浪漫主义、现实主义、现代主义等各种文学思潮和流派的理论。但事实上，经典现实主义理论已然一派坐大，取代了其他种种主义。新时期文学的十几年，几代作家奉行的大抵是经典现实主义文学思想和方法，王安忆自然也难以例外，并在这种创作方法的支配下，写出一批优秀作品。但“时运交移，质文代变”，新时期文学后期到多元化文学的90年代，随着中国社会变革向纵深推进，随着文学自身创新的内在要求，文坛上出现了现代派、先锋派小说潮流。从此现代主义思潮由弱到强，与现实主义思潮并驾齐驱。传统的经典现实主义理论逐渐被打破，新兴的现代主义小说理论日见风行。王安忆在这一现代主义潮流中算不得活跃，但她的小说思想观念却发生了深刻变化。关于现实主义小说理论，她在20世纪90年代中期发表了《我的小说观》，提出了颇有点“惊世骇俗”的“四不要”原则，即“不要特殊环境和特殊人物”等等。这“四不要”观点，质疑和批评的正是经典现实主义的重要特征和基本元素。陈思和说：王安忆不是一个理论家，她的艺术主张“总是词不达意”。但她的这些含混观点，确实反映了她对现实主义的反思和改造。关于现代主义小说以及思想，王安忆也有自己的清醒认识：“现代小说非常具有操作性，是一个科学性过程，它把现实整理，归纳，抽象出来，然后找到最具有表现力的情节再组成一个世界。这些工作完全由创作者

---

① 吴秀明主编:《中国当代文学史写真》(下),浙江大学出版社2002年版,第1037页。

的理性做成，完全由理性操作，因此现代小说最大特征是理性主义。……而它的致命的，改变了20世纪艺术景观的缺陷也在此，它终究难以摆脱现实的羁绊。从这点说来，现代主义小说本质上是不独立的。这也是我对现代艺术感到失望的地方，它使我感到，我们已经走入了死胡同，应当勇敢地掉过头，去寻找新的出路。”① 她对现代小说强劲的理性力量，机智的艺术构思，都很赞赏。但对它艺术上的不独立、格调上的灰暗等等，却不满意。王安忆正是在对现实主义的承传、扬弃，对现代主义的容纳、剔除中，通过自己的小说实践和理性感悟，不断建构自己的小说思想和理论的。

与众多同代优秀作家一样，王安忆执着探寻的，是一条新经典小说的艰难道路。她承传了经典小说的现实精神和艺术构架，但却变革了人物塑造的传统方法，强化了小说对物质世界的展示。使她的小说既具有现实主义的基本属性，又超越了现实主义小说的艺术面貌。她汲纳了现代主义小说的一些理念和手法，但只是选择性地“拿来”，理性的加强、精神世界的营造，使她的小说氤氲着现代主义的气息，但又难以化入这个文学流派之中。她说：“与一切艺术一样，小说不仅是思想的生产物，也是物质的生产物，具有科学的意义。因此，我们应建设一个科学的系统。”② 这就是王安忆小说创作和小说理论的高远理想。

经典小说特征的取舍

新时期文学初期，作家面对的是一种混杂的现实主义文学传统，其中有“十七年”文学中的革命现实主义，有“五四”文学中的启蒙现实主义，还有从西方引进的现代主义。经过作家们的选择和整合，

---

① 王安忆：《心灵世界——王安忆小说讲稿》，复旦大学出版社1997年版，第261页。

② 王安忆：《故事和讲故事》，复旦大学出版社2011年版，第9页。

形成了一种以启蒙现实主义为主体的文学思潮和方法。是谓“现实主义的回归”。经典文学重新得到遴选、确立，其艺术特征和经验被广大作家认同、奉行。经典现实主义小说的基本特征，譬如要有生动完整的故事情节，要有个性和共性结合的人物形象乃至典型形象，要有巧妙多样的结构形式，要有深刻揭示社会人生本质的思想意蕴等等，被作家们视为小说创作的“金科玉律”。正是在这样的小说方法和观念的指导下，新时期小说蓬勃发展，形成了一个文学的高峰期。众多小说在当时就是被视为经典的，几十年后真正进入经典行列。王安忆在现实主义文学大潮中崭露头角，她遵循的是规范的现实主义创作套路，发表了一大批引人注目的中短篇小说，在她不断变革的创作历程中，这种现实主义创作并未中断，且时有佳作。但与此同时，她同现实主义又发生了某种疏离，开始探索一条新的创作通衢。

王安忆的人生和读书经历，影响和制约着她的创作历程。她是20世纪50年代生人，少年和青年时期正逢十年“文革”。但她却奇迹般地完成了自己的读书“使命”。国家在“十七年”时期已经积累了丰厚的古今中外的经典文学，她这一时期就阅读了大量的西方浪漫主义、现实主义的经典作品。譬如托尔斯泰、屠格涅夫、普希金、陀思妥耶夫斯基、雨果、福楼拜、罗兰·罗曼、大仲马、小仲马等的代表性小说。王安忆青年时期没有接受过正规的大学文学教育，成为终生的遗憾。因此她特别注重对经典作家作品的阅读，对文学理论与批评的学习。此后，她又阅读了中国现当代作家作品，譬如鲁迅、沈从文、孙犁、茹志鹃的小说，譬如王蒙、汪曾祺、高晓声、张洁、莫言、贾平凹、史铁生、阿城、张承志、张炜等的代表作。这些作家作品，深刻地影响着她的小说创作，也丰富着她的小说理论。她特别神往雨果那样的浪漫主义作家，喜欢美英的劳伦斯·布洛克、阿加莎·克里斯蒂的推理小说，但更崇拜的是托尔斯泰、曹雪芹那样的现实主义巨匠。她坦承自己是一位现实主义或批判现实主义作家，说：“我们好像老是逃不脱那个批判现实主义，我现在就不知道什么时候能让我走到浪漫主义那里去。”①

1996年，王安忆的创作走过十八年时间，她发表了《我的小说观》，宣示了她新的小说观念。对王安忆前期的创作来说，有两个重要的转折节点。一是1983年参加美国爱荷华大学“国际写作计划”，打开了她的思想解放之门，促使她用现代的社会和文化眼光去审视社会人生；二是20世纪八九十年代之交的一系列变化，改变了她的世界观乃至现实主义小说观，逼迫她在小说的思想和艺术上进行新的变革。在她的“四不要”宣言中，“不要特殊环境特殊人物”，指的是人物塑造问题，“我怀疑它会突出与夸大了偶然性的事物，而取消了必然性的事物。”她并没有轻视或者否定人物塑造，只是认为个性化、特殊化人物是有缺陷的，应当突出人物的普遍性与必然性。“不要材料太多”，指的是故事情节的选取问题，“材料太多会使人被表面复杂实质却简单的情节淹没，而忽视了具重要意义的情节”。她并不怀疑故事情节的重要性，而是以为情节应当单纯、自然，具有内在的逻辑性。“不要语言的风格化”，指的是小说语言的风格问题，“风格性的语言还是一种狭隘的语言。它其实缺乏建造的功能，它只能借助读者的想象来实现它的目的，它无力承担小说是叙述艺术的意义上的叙述语言”。她反对的是刻意追求的个性语言，这是有一定道理的。但一概反对语言的独特风格，也是偏激的。“不要特殊性”，指的是作家的艺术个性，“它容易把个别的东西无限止、无根据地扩大，忽略了经验的真实性和逻辑的严密性”②。她没有全盘否定作家独特的艺术个性，只是担心这种独特性伤害了经验和理性。王安忆“四不要”的“利剑”所指，正是现实主义经典小说的重要特征和基本元素，如人物、情节、语言、作家个性。但事实上她是既有取也有舍，在取舍和

① 王安忆、张新颖:《谈话录——我的文学人生》,人民文学出版社2011年版,第163页。

②王安忆:《我的小说观》,《王安忆自选集之六——漂泊的语言》,作家出版社1996年版,第33页。

重构中，努力探索一种新的现实主义。陈思和精辟指出："王安忆在她的'四不要'中努力地寻找自己的叙事风格，一场转型中的叙事风格。尽管她对自己所要寻找的诗学并不十分清楚，但通过艰苦的创作实践，正在逐步地接近着这个理想的精神之塔。"①

王安忆对经典现实主义小说，不是革命，只是改良，但却触动了小说从内到外的嬗变。

故事情节是小说的"基础工程"，传统现实主义小说要求故事情节要巧妙、曲折、完整，以此来体现主题，突出人物，但它往往造成情节的偶然性、故事的封闭性。王安忆对这样的故事情节进行了反思、变革。她把故事情节分为"经验性情节"和"逻辑性情节"两种。认为前一种往往是由作家的亲身经历生发出来的，它生动感人，但狭隘、浅薄。只有后一种情节才是理想的小说情节。她说："小说的情节应当是一种什么情节？我称之为'逻辑性的情节'，它是来自后天制作的，带有人工的痕迹，它可能也会使用经验，但它必是将经验加以严格的整理，使它具有一种逻辑的推理性，可把一个很小的因，推至一个很大的果。"②这就是说，故事情节要突破作家的个人经验，突破事件的外在连接；而要把作家的体验上升到人们的共同经验，把情节用理性逻辑推导和联系起来。譬如作家80年代的《从疾驰的车窗前掠过的》，写一个女知青将要调动回城，告别农村时的行为和感受，就是一种经验性情节，显得单薄而狭窄。而90年代后写的《喜宴》，同样是知青生活题材，写一个庄十位知青到外庄参加一位农村教师的婚礼，环境集中、情节琐碎，是由虚拟的知青视角来展开画面的，就可以明显感到作品内在的理性逻辑，丰富的生活内涵。王安忆90年代后的小说，生活画面广阔，故事情节松散，但内在的

①陈思和：《营造精神之塔——论王安忆九十年代的小说创作》，《文学评论》1998年第6期。

②王安忆：《心灵世界——王安忆小说讲稿》，复旦大学出版社1997年版，第298页。

因果逻辑是严密的、完整的，显示出一种博大精深的气象来。

人物塑造是小说创作的重心，是决定作品优劣成败的关键。经典现实主义小说理论，始终主张人物形象要有鲜明个性，又要有深刻的共性，塑造出“典型环境中的典型人物”。在这种理论引导下，曾经出现过众多卓越的人物形象，但也产生出大批“有问题”的人物形象。譬如那种浅薄而“恶劣”的个性化人物，譬如那种僵化而教条的概念化人物。王安忆深切意识到了这种个性化、典型化人物的局限和弊端，因此孜孜不倦地探索着人物塑造的理论与方法。她明确说“不要特殊环境特殊人物”，又说：“我写小说的目的，却是希望我的人物能够超拔出常规的生活，从普遍性里到达特殊性，可我又不能让他背离人之常情的轨道。”① 现实主义人物，是从个性进入共性，而王安忆所写的人物，是从普遍性抵达特殊性。这样的反拨是有深刻意义的。她逐渐放弃了现实主义人物的个性、共性等，而转向了人物的人性、命运等，塑造出一些更为丰富、深刻、阔大的人物形象。譬如80年代的《舞台小世界》，刻画了一个保守、落后，但却有着深厚的群众基础的剧团职工福奎的形象，采用的是传统现实主义写法，同样十分成功。新世纪后创作的《民工刘建华》，描绘了一位农民工木匠的形象，作家没有着力写他的个性，而把笔墨集中在他作为现代农民工的精明、狡黠、执拗、自尊等共性性格上，一样非常出色。其实人物塑造的观念与方法，是十分复杂、多种多样的，不管什么主义和流派，都可以塑造出出众的人物形象的。王安忆对现实主义人物的看法，或许是偏颇的。

结构形式是小说的一种内在构成、表现模式。传统现实主义在长期的发展中，已经形成了多种模式。但这种模式一旦固化，就会束缚作家的思想和创作。王安忆在几十年的小说创作中，驾轻就熟地使用着现实主义小说的种种结构方法。譬如《墙基》《绕公社一周》等，

①王安忆：《小说家的第十四堂课——在台湾中山大学的文学讲座》，河南文艺出版社2016年版，第58页。

就是以故事情节为主干的情节型小说。譬如《命运》《鸠雀一战》等，就是以刻画人物为重心的人物型小说。譬如《回旋》《蚌埠》等就是以环境和场景为主体的情境型小说。但她更重视大千世界、日常生活给人带来的审美感、形式感；如共时态下的城乡联系，如城市街道的网状构成等，都给她启迪与灵感，转化成她小说中的结构形式。这种零散状的、自然型的结构形式，成为她长、中、短篇小说的惯用结构。

主题思想是小说的骨骼、内核，现实主义小说特别强调要关注时代生活，揭示社会人生的本质规律。这一规则没有错，但强调过头，就会出现图解化、概念化弊病。王安忆形象地讲道："我们要再更进一步，就是思想。我们从壳子进到了内容，就是瓤，然后就要把核敲开了。我为什么很喜欢用'核'这个词呢？因为我觉得对一个果子来说，核是生命的种子，种植下去，长出苗来，最后结成果实。小说的核我是这么命名它的，叫思想。"[①]她的这一理解是新颖的、精准的。但王安忆对社会现实的认识，却与很多作家不尽相同。她觉得自己的经历、个性等，决定了她写外部社会现实，不是"第一主题"。坦陈："我承认它的合理性，我不打算去和事实做对抗，我可能是一个很犬儒的人。"[②]因此，在她80年代的小说中，还可以看到对社会的揭示、批判，如《苦果》《麻刀厂春秋》等等。而到90年代之后的创作，逐渐转向了写各种人物的人生、人性，日常生活的涟漪、脉动，漫长历史的演变、诡异等等。她在现实的社会人生之外，找到了一个更加幽深、广阔的人世空间。小说主题思想的转移，使她的小说呈现出新异的风貌和特性。

①王安忆:《小说课堂》,商务印书馆2012年版,第278页。

②王安忆:《小说家的第十四堂课——在台湾中山大学的文学讲座》,河南文艺出版社2016年版,第57页。

现代小说元素的培育

在20世纪80年代中期之后的现代主义文学潮流中，基本没有王安忆的身影。有评论家把她的《小鲍庄》《大刘庄》划入“寻根小说”范畴，其实也很勉强。她是一位现实主义作家，但却始终在寻求对现实主义的突围。她不是一个现代主义作家，但却有着敏锐的现代主义意识。她密切地关注着当下作家的创作，其中很大一部分属于现代派作家，如莫言、余华、苏童、毕飞宇等，她在创作上自觉不自觉地受到了他们的感染。对现实主义小说理论和现代主义小说观念，她都努力“慎思之、明辨之”，谨防一些观念走向偏颇，伤害了小说艺术。她比同时代一些作家无论是创作上、还是理论上，要清醒、自觉得多。

中国的现代主义文学思潮，既是内生的，更是外发的。西方现代主义文化思想和文学作品的大规模引进、传播，深刻地影响和改变着中国作家的思想和创作。从王安忆的文学评论著作中可以看到，她从80年代到90年代，一直在关注和研究着西方现代主义作家和作品，譬如海明威、马尔克斯、卡尔维诺、米兰·昆德拉等。关于马尔克斯她给予极高的评价，说：“我以为马尔克斯给我们思想的启发，是从更广阔的背景上寻求当今政治的答案，在方法上则提供一个摹本，就是在虚拟空间中演出现实故事。我想这是我们受马尔克斯的影响，这是不能够推诿的。马尔克斯在我看来是了不起的作家，我曾经在课堂上讲述《百年孤独》，做案头准备，再一次分析小说的文本，更觉得《百年孤独》了不起。他所虚拟的那个空间，不只是映射拉美的历史和现状，还是对所有生命周期，发生和消亡，演进和异化，描绘了一幅基因图谱。他的能量比我们大，因为出发不一样，我们只是在文学阶段性发展中借鉴了他的某一个特质，而马尔克斯本人，可能有着更为强大的动因。”① 马尔克斯在处理虚拟与现实、魔幻与政治等关系

①王安忆:《小说家的第十四堂课——在台湾中山大学的文学讲座》,河南文艺出版社2016年版,第134页。

上的原创性，启迪和激发着王安忆的创作。关于米兰·昆德拉她做了辩证的解读，说："米兰·昆德拉的《生命中不能承受之轻》，是赋予性极大负荷量的隐喻的，托马斯是个滥交者，他给他的性活动，性对象，性体验，都予以体制批判的解释，可说引导了整个社会主义批判的现代化写作。倒是《玩笑》他写得很好，以后的写作模式此时还没有形成，经验性的东西占了上风，这是最可宝贵的。"[①] 米兰·昆德拉小说中隐喻方法的运用、个体经验的表现，同样打开了王安忆的创作思路。

王安忆首先是小说家，其次才是小说理论家。她对西方现代主义文学的研读，并不系统、完整，也难说细微、深入。她像多数作家一样，看到自己喜欢的作家作品、理论著作，就拿来阅读、琢磨。即便是被很多作家奉为圭臬的，她也不去盲从，总要通过自己的感悟、理解乃至实践，才去认定、选取，融入自己的小说理论框架。西方现代主义小说理论丰富而混沌、高深而矛盾。现代主义理论是理性的，到后现代主义理论却走向了反理性。王安忆披沙拣金、提纲挈领，把握到了现代主义小说的一些基本特征和表现元素，并谨慎地在自己的小说中进行培育，使她的小说具有了一种现代主义精神。这种现代性主要体现在两个方面，一是小说的理性思想和品格，二是小说的艺术表现方法和手法。

增强小说的理性思想和品格，是王安忆不懈追求的一种创作目标。这种追求给她的小说融入了一种现代性特征。现代主义小说从本质上讲是一种理性的产物，是在西方各种哲学、文化思想的催生下出现的。譬如意识流小说与现代心理学和直觉主义哲学，荒诞派小说与存在主义哲学，魔幻现实主义小说与印第安古典文化传统等，都有密切关系，后者是前者的思想理论土壤。王安忆既主张小说要有扎实的情节、环境、人物——即物质基础，又强调小说要有丰沛的感情、诗

①王安忆、张新颖:《谈话录——我的文学人生》,人民文学出版社2011年版,第252页。

意、思想——即精神世界，她甚至称为“神界”。因此她在构思和创作过程中，总是从哲学、历史、文化的层面观照生活，并把自己的理性思想灌注在作品中。譬如80年代中后期创作的“三恋”及《岗上的世纪》，就是几部具有浓郁的理性色彩的中篇小说力作。作家在创作这些小说时，无疑受到了弗洛伊德性学说的启发，譬如人的性本能、俄狄浦斯情结、力比多的升华等等，在作品中得到了艺术的表现。《荒山之恋》写的是拉大提琴的青年与金谷巷女孩儿的爱情，二人都有美满的家庭，但男青年厌倦了死水一潭的生活，女孩子渴望寻求新的情感和精神刺激，于是二人走到一起并陷入了新奇的性爱之中，直至以死殉情。王安忆对这个故事的认识是：“爱情虽然发生在两个人之间，但其实是社会性的，它的最后造成由时间、空间来决定。”小说揭示了婚姻、性爱、社会之间的矛盾与错位。《小城之恋》写的是“文革”时期，县剧团年轻的男演员与女演员的一场悲剧爱情。他们没有文化、理性，只有蓬勃的青春与欲望，以致沉湎在性爱中不能自拔，女孩子怀孕无法处置，最终双双殒命。王安忆说：“在这里我却要做一个不同的实验，就是将一对男女放在孤立的环境之中，他们需要面对什么？于是，排除一切外在因素，余下的，只有性。面对性，他们又将命运如何？”小说表现的是，青春、性爱、母性、命运，在文化浩劫时代的严酷真相与悲剧结局。《锦绣谷之恋》写的则是两位知识分子，一位女编辑与一位男作家，萍水相逢的庐山之恋。王安忆说：“我企图让一个人独立完成一场爱情。你看，那里面的男性，面目非常模糊，女主角实际是自己和自己恋爱，完全是妄想，是一场心理剧。”小说表现的是现代人特别是年轻女性的精神和情感困境。《岗上的世纪》写的是一个女知青和生产队长的“不正当”性关系。女知青急切返城，以色诱人，生产队长贪恋肉体，以权谋色。但他们在情爱和性爱中，假戏真做，功利退居幕后，年轻的生命在性爱中成熟、升华。王安忆说：小说“是将社会生活铺张开来，情欲只是内里的核。”[①]作品的思想意蕴十分复杂，表现了社会、道德、功利、性爱等之间的纠缠与矛盾，但其中的内核、动力是性。这几部中篇小说都写了性，因此在当时反响强烈，实际上小说写得非常干净、理智，毫无色情的渲染，因为在整个作品中，始终有清晰的思想理性的支撑和烛照。

取法现代小说的艺术表现形式和手法，更自由、有力地表现社会人生，给王安忆小说赋予了更多的现代审美质感。她是一位真诚的现实主义作家，从不随波逐流，去写那种“照猫画虎”式的现代派小说，现代表现形式和手法到她手里，都要经过她的“内化”，变成一种与内容相吻合、不漏痕迹的艺术方法。譬如小说的结构形式，她不满足于中规中矩的情节型、人物型小说，而喜欢采用那种零散状、自然型的结构形式。如《小鲍庄》，同时写了一个村庄众多的人物、事件，维系、笼罩世间万象的是自然环境和文化传统，采用的是散点透视的结构方式。如《大刘庄》，一笔写了两个地域空间，一是乡村、二是城市，以三段为一单元，交替运行，运用的是立体块状的结构形式。90年代之后，作家则更多使用一种复调小说结构。譬如小说的叙述方式，第一人称、第三人称、多视角人称等，已不够王安忆使用。她在《叔叔的故事》《伤心太平洋》等作品中，大量运用了后设小说叙述，即把故事的编织过程也写到文本中，从而解构故事的真实性。还有虚拟叙述，即叙述人“我”已不是一个真实的作者自己，而是某类人、某种人的一个化身。他讲述的故事有真假、有推断、有想象，需要读者去判断、补充。这些都是很先锋的叙述方法。此外，一个真实的事物、真实的人物，赋予一种象征寓意；在有序的叙事中，突然插入一段凌乱的意识流描写。都是作家经常采用的艺术表现手法。

①王安忆、张新颖：《谈话录——我的文学人生》，人民文学出版社2011年版，第244—245页。

“新经典”小说的构建

一个时代有一个时代的经典文学。传统的现实主义经典文学，是19世纪和20世纪的产物，它代表了那个时代的文学高度，体现了那个时代的文学规范。它在今天依然是富有生命的，值得作家们去承传和发展。但无须讳言，它的规则和经验，已不能完全适应今天的社会生活，已逐渐脱离人们的审美趣味，需要改造和创新，以建构“新经典”文学。新时期以来40年的文学历史，正是传统经典文学向现代经典文学的转型。40年文学已是一段不短的历史，它已积累了海量的文学作品，沉积了丰富的文学理论和经验。在这一基础上，形成新经典文学或现代经典文学是水到渠成的事情。历史中有定型的经典，现实中有生成的经典。莫言、贾平凹、王安忆等50年代的一代作家，已在新经典文学的创造中，做出了宝贵的贡献，形成了各自的小说理论和美学。特别是王安忆，在小说理论的探索方面有着更突出的建树，需要评论界系统、深入地去梳理、总结。

王安忆在小说创作和小说理论的实践中，逐渐形成了她的小说理想。凝聚成这样一段话：“小说是什么？小说不是现实，它是个人的心灵世界，这个世界有着另一种规律、原则、起源和归宿。但是构筑心灵世界的材料却是我们所赖以生存的现实世界。小说的价值是开拓一个人类的神界。”① 这是王安忆小说理论的核心、精髓。它来自作家几十年的小说创作实践，来自她对中外古今经典作家作品的解读，更来自她对世界和小说的一种佛教式的“觉悟”。这一小说理念，包含着现实主义特征，如对现实世界真实、细微的描绘，也包含着现代主义的元素，如对理性的、精神的形而上世界的营构。这一小说理念，体现着作家坚持启蒙与批判的精英知识分子思想，也体现着作家

①王安忆：《心灵世界——王安忆小说讲稿》，复旦大学出版社1997年版，扉页。

表现普通民众的日常生活和生存命运的民间情怀。这一小说理念，既揭示了小说艺术的深层规律和构成，也昭示了小说理论走进批评对象的方法和路径。对小说的认识，还从来没有作家和评论家这样表述过。在王安忆那里，小说真正成为一种“生长的艺术”。

在王安忆大量的小说对话、讲演、著述里，涉及了众多的小说理论与创作问题。如对古典主义、浪漫主义、写实主义、现实主义、现代主义文学的看法；如对当下的小说创作和作家作品的评论；如对小说创作的现实性、历史性、逻辑性、文体特征、艺术虚构等问题的思考与认识等等，都是很有见地的。而其中最有意义和价值的，是她对新经典小说的探索和营构，它体现在小说创作和小说理论中，主要表现在如下几个方面。

建构物质世界和精神世界高度融合的小说艺术世界。传统现实主义一直强调小说是现实世界的反映、再现，它虽然也重视情感、思想、境界这些精神的蕴涵，但只是当作现实世界的派生物。现实主义是唯物的。而现代主义则始终认为小说是作家主体的创造，它当然也关注故事、人物、环境这些现实要素，却一直把它视为思想意识的创造物。现代主义是唯心的。王安忆把小说艺术世界分为两个层面，一个是小说中的物质世界——现实世界，一个是小说中的精神世界——心灵世界。二者的水乳交融构成了小说完整的艺术世界。她打通了唯物主义与唯心主义的壁障。她认为优秀的经典小说，都是在坚实的现实世界之上建构了一个超然的精神世界。譬如托尔斯泰的《复活》，她说：作家“建筑心灵世界的材料也是巨大的结实的坚固的，因此他的心灵世界也是广阔和宏伟的”①。譬如曹雪芹的《红楼梦》，她说：“曹雪芹既是一个神秘的天命主义者，也是一个伟大的现实主义者。他以神秘的天命主义世界观来建筑小说的整体结构，而其建筑材料则

①王安忆:《心灵世界——王安忆小说讲稿》,复旦大学出版社1997年版,第173页。

是现实主义的。"[1]这就是说，在这些伟大的经典小说中，都是由形而下的现实世界和形而上的精神世界相辅相成的，而构筑这个艺术世界的是作家杰出的心灵世界。王安忆的这种小说思想，同样体现在她的长、中、短篇小说里。如《天仙配》中，有一个解放战争中牺牲的小女兵的曲折而完整的故事情节。但在这个故事中还蕴含着一个精神世界，即村长为小女兵配阴亲的思想世界，小女兵当年的男友如今的老革命要接走小女兵遗骸的情感世界，还有代表政府的领导干部对此事的理性世界，这三种世界错综复杂地组成了小说的形而上的思想精神世界。小说给人以无尽的想象和思索。再如《叔叔的故事》，是由"我"讲述的叔叔的故事和"我"的故事，这故事破碎、模糊、幽暗。但故事深层却蕴含着一个沉重而悲怆的精神世界。对作为知名作家、精英分子的叔叔的重新认识与无情解剖，对"我"一个年轻作家文学写作和思想信仰的反思与否定。它是20世纪90年代之交两代知识分子的一幅精神演变图画，是"对一个时代的总结和检讨"。

塑造历史长河中的"共名性"人物形象。不论是现实主义小说或是现代主义小说，无不重视人物形象的塑造。但在塑造什么样的人物，用什么方法去塑造上，却存在很大差异。传统现实主义在长期发展中，形成了完整的人物塑造理论，即人物形象特别是典型形象，须有鲜明而独特的个性，并由个性表现出集中而深刻的共性来。现实主义最注重的是人物的外形、个性、行为等外在特征。王安忆所以批评、扬弃人物的个性描写，就是意识到这种个别的、特殊的性格描写，可能导致人物的自然化或概念化。因此她转向了对人物的人性、精神、命运这些深层属性的书写。她的认识是深刻而有意义的。在这样的理念支配下，她塑造的人物往往成为一种类型化、思想型、精神型人物，我们可以称为"共名性"人物，即具有共同本质特性的一类人物。当然，有些人物也有个性，但不再是人物的主要特征。譬如

①王安忆:《故事和讲故事》,复旦大学出版社2011年版,第97页。

《富萍》中的富萍，是一个从外乡来到上海，通过自己的勤劳与打拼成为城市人的底层人物形象。她木讷、柔顺、聪慧、倔强的性格较突出，是一个富有进取精神的普通女性人物。譬如《我爱比尔》里的女主角三三，她风骚、大胆、叛逆，她对美国领事馆外交官的狂热追求，完全是建立在攀附出国的功利目的之上的，是一个代表第三世界女性精神人格的类型人物。而年轻潇洒的比尔，他赞赏三三的东方女性之美，享受三三的浪漫之爱，但却从来没有想过娶她、帮她，是一个代表第一世界男权思想的类型人物。譬如《长恨歌》中的女主角王琦瑶。汪政、晓华解读说：她“是上海弄堂里走出来的典型的上海小姐，她似乎被动地被上海所塑造，所接纳，自然而然地、按部就班地走着上海女性走过的或期望走过的路，而在这漫长的路上，她领略并保存着这城市的精华，她的存在是一个城市的存在，她时时提醒人们回望日益阑珊的旧时灯火，即使当王琦瑶飘零为一个街道护士时，她依然能复活人们的城市记忆。”[①] 王琦瑶表现了上海人的精神性格，浓缩了城市的历史沧桑，折射出一个市民的普遍生存，成为一个象征性人物。王安忆人物理念的变革，使她塑造出了众多结实、深厚、大气的人物形象。但这种“共名性”人物，也存在着不够鲜活、清晰，缺乏自主性、立体感的局限。致使她的一部分人物，难以具象地、长久地活在读者的记忆里。其实现实主义个性化人物，虽有缺陷，但也有优势，关键在于怎样去塑造。那些现实主义大师，不是塑造了众多杰出的人物形象吗？王安忆不是也有许多成功的性格人物吗？这些是需要作家深入思考、做出适当调整的。

打造一种兼容并蓄的叙事方法和叙事语言。90年代之后，西方叙事学大量涌进中国，它几乎囊括了小说理论的全部内容，同时又衍生了许多新的课题。它推进了小说理论的研究，也影响着作家们的创作实践。王安忆在建构自己的叙事方式和叙事语言方面，一是大量运

①汪政、晓华：《论王安忆》，《钟山》2000年第4期。

用了复调小说形式。复调小说是俄国理论家巴赫金提出的，他认为陀思妥耶夫斯基的小说："有着众多的各自独立而不相融合的声音和意识，由具有充分价值的不同声音组成真正的复调。"[①] 这是一种新的叙事方法和结构模式，王安忆在《纪实与虚构》《伤心太平洋》等作品中，运用了这种叙事方法，使她的小说变得更为精致、复杂、幽深了。二是创造了一种多元融合的叙事语言，她把描写、叙述、议论、独白、抒情、意识流等各种语言修辞糅合在一起，形成了一种"交响乐"式的语言格调和审美效果。叙事语言中充满了矛盾的因素，朴素中有奇崛，绵密中有健朗，严肃中有鲜活，深沉中有阔大。折射出一个作家丰富、细密、深广的"心灵世界"。

王安忆在她的小说艺术大厦旁，又建构了一座小说理论大厦。特别是她关于新经典小说的思想理论，正是中国小说从传统向现代转型的宝贵营养。怎样把她和莫言、贾平凹等的小说理论进行整合、提炼，形成一种新的时代的小说范式和方法，是摆在众多评论家面前的文学使命。

（原载《中国女性文化》2020年第12辑）

①〔俄〕巴赫金:《陀思妥耶夫斯基诗学问题》,生活·读书·新知三联书店1988年版,第29页。

倾心营造小说的形而上世界

——毕飞宇的小说理论与创作

2017年毕飞宇出版课堂讲稿集《小说课》，让人们看到了一位思想丰沛、直觉敏锐的小说理论家形象。此前他留给人们的印象，是一个既有现代派精神又有现实主义功底的新潮小说家形象。他穿越在理论与创作之间，把二者水乳交融、出神入化，在小说上进入一种自由之境。在当代文坛上，不乏既有创作实绩、又有理论建树的优秀作家。但像毕飞宇这样，能够真正深入小说“王国”，把握住其中的深层规律和艺术真谛，并化为自己的理论思考和具体创作，进而形成自己独特的小说理论乃至小说美学的，似乎还不多见。作为起步于1990年代的“60后”作家，他的人生、创作与理论，具有“标本”的意义。我们从中可以窥见，“60后”作家在思想和艺术上的探索轨迹，多元化文学时期小说创作遭遇的困境与突围，未来小说发展的路径选择。

理论与创作的互动

文学史上有一个耐人寻味的现象，即作家与思想理论的关系。有的作家专注于小说创作，没兴趣甚至不屑于招惹理论，也写出了独树一帜的优秀作品；有的作家兼顾小说创作和小说理论，以两种形象展示给人们，同样写出了引领潮流的杰出之作。创作与理论，是两种不同的思维活动，有人只能“单挑”，有人可以兼顾；但一般说来，善于兼顾的作家，更容易写出新颖、丰厚的作品，更富有创作生命力。当代文学史上作家的理论建树，是一个值得关注和研究的课题。“十七年”时期，在“一体化”的文学体制和思想的支配下，作家在思想理论方面探索的空间极小，一般只能在创作规律和表现方式上做些文章。“新时期”文学以降，作家在思想理论特别是小说理论方面的建设才真正开始，涌现了一大批创作与理论并驾齐驱的重要作家。老一代作家中的王蒙、汪曾祺、林斤澜，中青年作家中的韩少功、王安忆、残雪、马原、格非、毕飞宇等，他们或发表创作谈文章，或与评论家进行对话，或解读经典作家作品，或出版讲座、课堂讲稿集辑，不仅促进和提升了作家自身的小说创作，同时也推动和深化了小说文体的发展。

毕飞宇是一位兼有艺术才华和理论思维的作家。他在一次访谈中低调地说：“我没有什么理论素养，我能知道的都是一些常识性的东西。但是，我有理论兴趣，这个也是实情。如果我不搞创作，也一定会搞批评，无论是文学创作还是文学研究，都足够吸引我。说起理论素养，我觉得西方的作家要比我们强得多，这个绝对不是外国月亮与中国月亮的问题，而是一个实情。”①在“60后”作家群中，毕飞宇是一个独特的存在。他走上文坛的时间要晚许多，1991年才发表中篇小说《孤岛》，在此之前虽然写过诗歌、小说，但只是一种练笔。而那时与他同龄的余华、苏童、格非、迟子建等，已在文坛上名声赫赫。他志向高远，但生性淡泊，绝不急于求成，创作速度也慢，二十五六年时间发表文字二百余万，可以说是一位低产作家。但他的作品

①沈杏培、毕飞宇:《“介入的愿望会伴随我的一生”——与作家毕飞宇的文学访谈》,《文艺争鸣》2014年第2期。

以独特、精湛的题材内容，鲜活、深邃的思想意蕴，雅致、超然的艺术形式，很快赢得了读者的青睐和文坛的关注。短篇小说《蛐蛐 蛐蛐》《地球上的王家庄》《哺乳期的女人》《是谁在深夜说话》，中篇小说《青衣》和俗称“三玉”的《玉米》《玉秀》《玉秧》，长篇小说《平原》《推拿》等，成为风行文坛的名篇，有的已进入经典文学的行列。毕飞宇的小说创作一步一个脚印，充满了对社会、人生、文学的探索和反思。毕飞宇的小说不仅密切关注脚下土地的真实情状，同时执着仰望星空一般的形而上世界，呈现出一种天人一体的艺术至境。毕飞宇短篇、中篇、长篇小说皆擅，但他最得心应手的是短篇小说文体，代表了当下短篇小说的一种发展和高度。

在毕飞宇的文学生涯中，小说理论同样是不可或缺的双翼中的一翼。他发表有二十余篇谈生活与创作的“创作谈”短文，还发表有四十余篇与编辑、记者、评论家的访谈对话；新近出版的《小说课》，是他在南京大学文学院课堂上的讲座讲稿集辑。十篇文章解读的都是古今中外的经典作家和作品，其中蕴含了他对小说艺术规律的深入洞察和理性总结。如果从理论的严谨性、系统性来考察，毕飞宇的小说理论也许是“不合格”的，但他的理论来自研习经典的深入发现，来自创作实践中的艰苦探索，来自对当下文学的不断反思，用宏取精、融会贯通，因此是敏锐、鲜活、珍贵的。包括他那些创作谈和访谈录文章，共同构成了他初具规模的小说创作理论和小说美学理论。2013年毕飞宇正式调入南京大学文学院任教授，把更多的精力投入到了教学和研究中，相信他一定会建构起一种更完美、坚实的小说美学理论来。

理论与创作，由于特性的不同，在许多作家那里，常常发生“打架”现象，譬如理论制约了作家的感情和直觉，概念误导了作家的思维和判断等等。在毕飞宇那里，虽然也有议论失度、情理脱节的现象，但整体上看，二者处于和谐相处、互动互补的状态。在毕飞宇的创作历程中，思想理论始终推动着他的创作探索和前行。1990年代初期到中期，毕飞宇创作了一批解构、反思历史的新历史小说，如《孤岛》《楚水》《叙事》《祖宗》等，这是他借鉴当时国内的先锋派文学和西方的新历史主义思想创作的成果。但到1995年，他开始检讨自己的创作，说："博尔赫斯曾经是我心目中的一个文学之神，但是，在那一个凌晨，我对博尔赫斯产生了强烈的厌倦。……我对博尔赫斯的厌倦联带了我对自己的怀疑与厌倦。"[①]他要扔掉这柄大家都在依赖的西方的"拐杖"，重新寻找自己的路子，从历史回到现实，回到生活。此后1990年代中期到后期，他转移阵地，努力在"'文革'叙事"和"乡村叙事"两个领域开拓，创作了多篇直面现实的优秀作品，如《写字》《白夜》，如《生活在天上》《五月九日和十日》等等。他深入揭露"文革"的惨烈、荒诞，描绘各种人物的悲剧命运，书写乡村的自由、广阔，以及贫穷、落后等斑驳面貌，使他的创作向现实主义靠近了一步。2000年之后，毕飞宇放弃了在题材上的"恋战"，而把注意力集中在了对更广阔、更深入的城乡生活的表现上，集中在了对现实主义和现代主义两种创作方法的融合、创新上，从而使他的创作进入一个爆发期、成熟期。这一时期的短篇小说《地球上的王家庄》《彩虹》《相爱的日子》《虚拟》，中篇小说《青衣》和"三玉"，长篇小说《平原》《推拿》等，轰动文坛，大受好评。同时，这一时期他对理论问题也做了更深广的思考，譬如重新认识现实主义，譬如现实主义与现代主义怎样融合，譬如中国文学的本土化问题，譬如小说的基本规律与写作技巧等等。小说创作丰富和深化着他的理论感悟，思想理论又调整和推进着他的创作历程。

毕飞宇的小说理论是丰富而精微的，涉及小说的外部和内部、作家和作品、规律和特征、方法和技巧等等问题。其中有一个课题格外引人注目，那就是小说形而上世界的特征和建构。小说作为一种完整而有机的艺术生命体，自然会有形而下和形而上两个层面。长期以

①毕飞宇:《轮子是圆的》,江苏文艺出版社2004年版,第1页。

来，现实主义文学虽然也研究小说的内涵、理性、意境等问题，但往往浅尝辄止，难以全面深入，而更强调的是小说的故事、环境、人物、结构、叙事等等。致使小说形而上世界的探索和研究，成为一个神秘的“黑洞”。而众多作家的创作，也往往注重的是小说有形的、形而下世界的建造，或多或少忽视了无形的、形而上世界的创造。物质的东西总是有规可循，精神的东西总是虚无缥缈。也许正是这样一种文学理论和创作现状，促使毕飞宇在小说形而上世界问题上倾注了大量心血，在创作中倾力营构着一种形而上艺术世界，在理论上细心探索形而上世界的规律和奥妙。早在2000年，吴义勤就精辟地指出：“在迄今为止的小说创作中，毕飞宇虽然进行过多种多样的艺术尝试和探索，但他的作品所呈现出的总体风格却基本上是统一的，那就是感性与理性、抽象与具象、形而上与形而下、真实与梦幻的高度和谐与交融。他的小说有着丰满感性的经验叙事的特征，但同时他对于抽象的形而上叙述又有着更为浓厚的兴趣。”①吴义勤所阐释的毕飞宇小说中的矛盾交融现象，也许正是他的小说的奥秘、魅力所在，值得我们深入研究。

经典文学厚土上的生长

文学的继承与发展，是一个老问题。但在这一基本问题上，常常出现困惑、曲折。许多作家、理论家在这一问题上，都发表过观点，但鲁迅的观点更精辟、到位：“总之，我们要拿来。我们要或使用，或存放，或毁灭。那么，主人是新主人，宅子也就会成为新宅子。然而首先要这人沉着，勇猛，有辨别，不自私。没有拿来的，人不能自

①吴义勤：《感性的形而上主义者——毕飞宇论》，《当代作家评论》2000年第6期。

成为新人，没有拿来的，文艺不能自成为新文艺。”[①]这番话表明，文学创作必须从传统中有所“拿来”，没有这种继承就没有“新文艺”，作家也不会成为“新人”。同时这种继承和发展又要求作家，有清醒的辨别能力，有勇猛的精进精神。经典文学是古往今来传统文学中的精华，因此对传统的继承与发展，也往往聚焦在经典作家作品上。但经典文学在当下的转型时代，正遭遇着一场严峻的挑战和重构。在多元化思想潮流的冲击下，众多经典作家和作品被颠覆、改写，经典文学传统和经验被怀疑、丢弃。我们的一些青年作家特别是“80后”“90后”作家，他们更钟情的是通俗文学和网络文学，不再把经典文学当作一种资源和基点，他们的创作大抵是一种个人的、自发的、随意的“自由写作”。这种“去经典化”倾向，其实是在割断文学的历史。

“60后”作家毕飞宇，在人们的印象中，似乎是一个“先锋”“现代”作家，但如果对他的创作和理论稍加辨析，就会发现，他是在研习了大量的经典作家和作品的基础上，逐渐地形成了自己的小说理论，趟出了自己的小说路子。他说：“……说到底，小说的审美能力是在一次又一次的阅读当中建构起来的，经典的意义就在这里，它们的内部存在着小说美学的标准与尺度。”[②]就拿毕飞宇的《小说课》来说，他解读的都是中外古今的经典作家和作品，涉猎的都是中国尤其是外国理论家的思想和著述。譬如中国古典小说有《红楼梦》《水浒传》《聊斋志异》等，现当代作家有鲁迅、茅盾、沈从文、张爱玲、汪曾祺、莫言、王安忆、苏童等；譬如西方的作家有哈代、莫泊桑、海明威、卡夫卡、博尔赫斯、奈保尔等；论及的理论家以及思想，譬如有西方的鲍姆嘉通的审美概念、布洛的“心理距离说”、别林斯基

---

①鲁迅：《拿来主义》，《鲁迅全集》第6卷，人民文学出版社1981年版，第40页。

②沈杏培、毕飞宇：《“介入的愿望会伴随我的一生”——与作家毕飞宇的文学访谈》，《文艺争鸣》2014年第2期。

的悲剧观、福斯特的小说理论等；譬如中国孔子的“兴观群怨”思想、钟嵘的诗歌理论、金圣叹的小说评点等等。这些小说家、理论家以及他们的作品、思想，都是中外文学史、美学史上的经典、峰巅。毕飞宇立足于这样的厚土之上，潜心研读、运用于实践，才形成了自己厚积薄发的小说理论和小说作品。当然，严格说来，毕飞宇的小说理论并不规范、系统。他没有接受过完备的文学理论研究训练，也没有写过中规中矩的学术论文。但他有一种敏锐的理论直觉，对经典文学和理论一旦接触，就会抓住其中富有生命力的精华，融入自己的理论思考，化入自己的创作实践。打通理论、直觉、创作的壁障，化成一种鲜活、实用的小说理念和经验，这是毕飞宇独特的艺术天赋和才能。

在中国，任何一个作家，都躲避不开现实主义的巨大存在。作家的出路，关键在于“拿来”什么样的思想和方法，与现实主义融合，规避固有的“短板”，形成一种全新的创作方法和形式。毕飞宇是从西化的“先锋派”“现代派”文学上起步的，但他很快意识到了这柄借来的“拐杖”，不切合脚下的土地，且是众多作家共用的。于是在鲁迅、汪曾祺等前辈作家的启示下，决心重新寻找自己的创作路子。他和众多新锐青年作家一样，开始是“鄙视”现实主义的，但后来意识到，现实主义是富有生命力的，就看你怎样改造、使用它。1995年之后，他多次谈到对现实主义的理解和认识。2000年他在一次访谈中说：“我比以往任何时候都渴望做一个‘现实主义’作家——不是‘典型’的那种，而是最朴素的、‘是这样’的那种。我就想看看，‘现实主义’到了我的身上会是一副什么样子。”①2006年他在另一次访问中说：“我理解的现实主义就两个词：关注和情怀。……我指的关注是一种精神向度，对某一事物有所关注，坚决不让自己游移。福楼拜说过，要想使一个东西有意义，必须久久地盯着它。我以为，这

①毕飞宇：《沿途的秘密》，昆仑出版社2002年版，第49页。

才是现实主义的要义。简单地说，我所理解的‘现实主义’，就是一颗‘在一起’的心。”①其实毕飞宇对现实主义的认知并不全面、深入，但他感受到了其中意识形态的独断专行，作家像一位全能上帝一样的指手画脚，这是他不能接受的。但他同时又意识到，现实主义是求实的、开放的，鲁迅、汪曾祺不也写出了很了不起的作品吗？他还多次指出，现实主义就是要表现日常生活、“世态人情”，人们所受的“伤害”、内心的“疼痛”、情感中“柔软的部分”。他把现实主义拉回了最坚实的地面。毕飞宇坚持了现代主义注重个人体验、直觉把握，赋予哲理思辨、人文情怀的精神宗旨，又融合了现实主义文学关注当下、针砭时弊、直面人生、揭示人的情感“痛点”的求真品格。探索出一条切实的、自由的、包容的小说之路。这样一种创作方法，我们是否可以称为“现代现实主义”呢？

作为文学“重器”的小说文体，究竟要创造一个什么样的世界呢？是物质的？还是精神的？抑或通过物质世界看到更广阔的精神世界？其实小说中的物质世界只是一种物象或载体，它的指归是精神世界——形而上世界。波兰哲学家、现象学美学家罗曼·英伽登说过这样一段话：“艺术特别可以使我们得到我们在现实生活中永远不能获得的东西，至少就微观世界和作为反映来说是如此：静观形而上学性质。”②这里所谓的文学作品的形而上学性质，就是指作品呈现出来的那种崇高、神圣、怪诞、悲剧性等精神特征，它构成了一个无形的但又强烈的形而上世界，成为一部伟大作品的标志。毕飞宇在《小说课》中，解读了鲁迅《故乡》、汪曾祺《受戒》、莫泊桑《项链》、海明威《杀手》等经典短篇小说。他发现在这些作品中，作家描述的故事情节是平淡的、简单的，但作品背后的世界却是浓郁、阔大、复杂的，构成一个让人遐想、深思的形而上世界。正因有了这样的理性自

①张均、毕飞宇：《通向‘中国’的写作道路》，《小说评论》2006年第2期。

②罗曼·英伽登：《文学的艺术作品》，蒋孔阳主编：《二十世纪西方美学名著选》（下），复旦大学出版社1988年版，第262页。

觉，他在小说创作中，特别注意形而上世界的营造。我们读他的《地球上的王家庄》《雨中的棉花糖》《平原》等作品时，往往会心神飞越，沉浸在一种更宏大、更瑰丽的无形世界中，同时触动我们的想象、思维、感情、意志等一系列精神活动。

经典文学代表了文学史上的一座座高峰，凝聚了丰富的艺术规律和创作经验。阅读和研究经典，就是要把其中的规律和经验提炼出来，变成作家自己的文学思想和写作能力。毕飞宇的小说理论，不仅有宏观上的理论问题探讨，如对文学如何介入现实社会的思考，如对现代主义和现实主义的比较，如对中国文学的本土化问题的思索，如对作家的人格、思想建构的反思等等；同时有微观上的艺术规律的研究，在这方面更表现了作家的直觉能力和艺术悟性。譬如小说故事情节的“逻辑与反逻辑”描写，他认为优秀的作家注重的是逻辑的严谨性，只有伟大的作家才敢于在反逻辑描写中隐含深层的逻辑性。譬如在人物塑造上，他认为短篇小说由于空间狭小，不利于塑造人物性格，而适宜刻画人物的情感和精神特征；而中长篇小说由于空间阔大，可以充分展开人物的性格发展。譬如在表现方法和形式上，他更偏爱象征、变形、荒诞等，他在小说创作中运用了这些表现手段，并形成了自己成熟的创作经验。譬如对中国传统的写实手法、白描技巧，他越来越情有独钟，真正认识到了它们的妙处，使他在语言上逐渐从华美向质朴靠近。毕飞宇对小说艺术规律和创作经验的把握和研究，是天才的、精微的，它可以引导读者深入经典作品，可以启迪作家领悟艺术真谛。

筑实形而下的基础

如前所述，一部优秀的小说，应该是由形而下的物质世界和形而上的精神世界交融而成的。用系统论美学观点看，这是一个大系统中的两个子系统，二者的互为互动，才生成了完整的艺术生命体。他们都是作家智慧和精神的创造，一旦形成就具有了社会和艺术属性，拥有了独立性和自主性。王安忆在长期的创作实践中，深切认识到了小说既有现实属性又有精神属性，在她的小说讲稿《心灵世界》中说道："小说不是现实，它是个人的心灵世界，这个世界有着另一种规律、原则、起源和归宿。但是筑造心灵世界的材料却是我们赖以生存的现实世界。"[①]这段话揭示了小说中心灵世界和现实世界、即精神世界和物质世界的辩证关系。小说整个世界都是作家心灵的产物，而构筑和支撑这个世界的，却是来自现实世界的物质材料，如建筑一座大厦所需要的木料、钢筋、砖石、水泥等等。毕飞宇是一位具有现代观念和思想的作家，但他没有像一些"先锋派"作家那样，丢弃经典文学特别是现实主义经典文学的规律和经验，去搞什么"无情节、无人物、无主题"的"三无小说"，而是努力遵循现实主义的创作规律，在作品中编织故事情节，设置自然和社会环境，塑造人物形象，同时用心营造结构形式，探索个性化的叙事方式，使他的小说具有了深沉的现实主义底色，坚实的形而下基础。在这样的基础上，毕飞宇又倾注全力，创造了一种抒情、诗意、隐喻的形而上精神世界，使他的小说又呈现出一种浓郁的现代主义品格。

毕飞宇用"工匠"精神和方法，构筑小说的基础工程。

营造一种自由、变幻而又大体完整的故事情节。故事情节是一部小说的基石、平台，作品的内容、思想和艺术，都要由它来承载。因此，毕飞宇十分重视故事情节的选取、提炼、编织。读他的小说，读者总是惊叹其中的故事情节自然天成、出人意料，那是作家付出了辛勤劳动的结果。譬如《地球上的王家庄》里，描述童年的"我"，放鸭子中的有趣经历和冒闯乌金荡的惊险遭遇，故事完整巧妙，充满童趣和诗意。但毕飞宇又不像有些现实主义作家一样，把故事情节写得那样有序、完整、强烈，这种"戏剧化"情节其实是有违生活真实

---

①王安忆：《心灵世界》，复旦大学出版社1997年版，扉页。

的，是窒息艺术生命的。他总是把故事情节打碎重组，体现出生活本身的偶然性、自然性来，而在情节自由、变幻的演进中，又让人们感受到生活底层中的怦然脉动。譬如《蛐蛐 蛐蛐》与蒲松龄的《促织》，写的都是捉蛐蛐斗蛐蛐的故事，但前篇显然不像后篇那样完整曲折，毕的小说只是写了“文革”时期的农村，人与人之间斗得你死我活，死后托生蛐蛐，继续搏斗撕咬。作家集中写了三个“异人”的非正常死亡，和两个“怪人”的捉蛐蛐行动。故事是破碎的，但通过想象就可以连成一体。作品只有九千余字，但它的社会人生内涵却是丰富而深沉的。传统现实主义小说，在描述故事情节时，大都采用叙述和描写交叉进行的方法。而毕飞宇的小说，则以叙述为主体，把描写融入叙述，竭力将叙述形象化，这样就使作品的篇幅可以大大压缩，作家的调度更加自由。

刻画细腻、深邃而富有思想寓意的人物形象。毕飞宇多次谈到对人以及小说人物的思考，说：“在我的心中，第一重要的是‘人’，‘人’的舒展，‘人’的自由，‘人’的神圣不可侵犯的尊严，‘人’的欲望。我的脑子里只有‘人’，他是男性还是女性，还是次要的一个问题，甚至，是一个技术处理上的问题。”①他还说：“当然，抽象的‘人’是不存在的，存在的反而是人的‘关系’。‘关系’才是前提，根本。”②毕飞宇既认识到了个体生命的神圣性、人性的复杂性，也认识到了人的社会性以及人与社会的矛盾性。他的人物观中显然有着“五四”启蒙思想和西方的人本主义思想。毕飞宇在他的短中长篇小说中，塑造了大量的人物形象，譬如短篇小说《哺乳期的女人》里的惠嫂，是一个勤劳、淳朴、聪慧而具有博大的母爱情怀的感人形象。譬如《怀念妹妹小青》着力刻画了内向、胆怯、仁义而又颇有艺术天赋最终无辜丧命的小女孩形象。譬如中篇小说《青衣》里的戏剧演员筱燕秋，有一种与生俱来的孤高、哀怨、古典之美。她把自己的人生

①②汪政、毕飞宇:《语言的宿命》,《南方文坛》2002年第4期。

寄托和艺术追求，全部献给了舞台上的神话人物嫦娥，最终却身心崩溃倒在了剧场外的雪地上。在她身上寄寓了个体生命同现实环境的重重矛盾，人对艺术和精神的永恒追求。譬如长篇小说《平原》中的两位主要人物端方、吴曼玲。前者是一位坚韧、鲁莽、无知，但在权力面前卑躬屈膝、没有人生方向的回乡青年形象；后者则是一个诚实、泼辣、热情，迷恋权力而最后导致人生悲剧的插队知识青年。在他们身上，有青春的骚动、人性的幽暗，更有“文革”对人的扭曲和“异化”。

构筑多种多样而又灵动自然的小说结构形式。所谓结构，其实就是以什么样的小说元素为主干，组合成什么样的艺术样态。现代小说的结构模式是多种多样的，譬如故事型、人物型、意境型、复线型、心理型等等。毕飞宇在小说创作中，每篇作品都努力找到一种最佳结构形式，但又不会被某种结构束缚了手脚，而是又纳入自己惯用的结构模式中。这种结构模式是熔情节、人物、意境等为一炉的，再加上象征、荒诞、哲理、抒情等表现手法，显得格外自由、精微、丰富。这使他的每篇小说，在结构形态上既有个性特征，又有共性风貌。譬如《九层电梯》是一篇故事型结构小说，写了一个城市家庭养猫的故事，但女儿以及父母三人的形象也较生动鲜明，那只猫的变态也蕴含着某种社会寓意。譬如《生活在天上》是一篇人物型结构小说，但故事情节依然完整有趣，人物与故事相辅相成。譬如《是谁在深夜说话》是一篇意境型结构小说，而情节、人物等安排得也很恰当，荒诞手法的运用可谓神来之笔。毕飞宇在小说结构上的探索、创新，提升了小说的表现能力和艺术品位。

探索多视角融合的新的叙事方法和叙事语言。现实主义在叙事理论上较为简单、粗略，现代主义在叙事理论上有了很大的拓展，但都是围绕“我”“你”“他”三种视角展开的。毕飞宇在创作实践中，意识到了这些叙事视角都有局限，开始探索一种新的“‘第二’人称”叙事视角。他说：“这个‘第二’人称却不是‘第二人称’。简单地说，是‘第一’与‘第三’的平均值，换言之，是‘我’与‘他’的平均值。”[①]他认为“第一人称”视角不仅狭窄，而且太过主观；“第三人称”视角有点隔膜，高高在上。所谓“第二”人称视角，是“我”和“他”两种视角之间的“第二”种视角，是自己创造的另一种视角。这种视角融合了“第一”“第三”两种视角，避开了双方的局限，兼有了“我”的贴近和“他”的开阔，使“我”——叙述者与“他”——小说人物同时在场，构成了二者之间的一种对话关系。可以更逼真、深入地描述生活和人物，可以更便捷、自由地表达作家的思想和感情。譬如除“三玉”之外，那些以写人为主的小说《彩虹》《家事》《虚拟》等，均采用了这种“我”“他”交织的叙述视角。青年学者艾春明对毕飞宇这种叙事方法给予了很高评价：“……这些小说以‘第二’人称叙述视角来看世界，介入文学，保证了叙述者、主人公的在场性特征，使叙述话语、审美距离、社会干预程度，价值的隐含判断以及情感传递程度等都产生了巨大的变化，具有了更为丰富的表现方式与更为深刻的表现力。”[②]其实，小说叙事视角、人称上的探索，在许多作家那里，都曾出现过，但他们都没有从毕飞宇这样的内在机制上，进行过理论上的解析。

给小说插上形而上的翅膀

毕飞宇在给学生讲课、解读作家作品时，常常津津有味地讲到自己的阅读感受。有一次讲到《红楼梦》，如是说：“这本书比我们所读到的还要厚、还要长、还要深、还要大。可以这样说，有另外的一部《红楼梦》就藏在《红楼梦》这本书里头。另一本《红楼梦》正是用‘不写之写’的方式去完成的。另一本《红楼梦》是由‘飞白’构成

---

①毕飞宇：《玉米》，作家出版社2005年版，第276页。

②艾春明：《毕飞宇小说创作研究》，中央编译出版社2016年版，第134页。

的，是由‘不写’构成的，是将‘真事’隐去的。它反逻辑。《红楼梦》是真正的大史诗，是人类小说史上的巅峰。”[①]这是在讲小说理论吗？当然不是。但他用形象的讲述，昭示了小说的艺术规律。这种感悟式的、启发式的教学，据说“效果奇好”。那么，小说的这一艺术规律是什么呢？就是：一部优秀的或伟大的小说中，总是隐藏着一个深广的无形世界，它不着一笔却赫然存在，它超脱世外而联通万物。面对这样的形而上世界，读者自然会像走进桃花源中，“豁然开朗”，流连忘返的。

小说的形而上世界，根植于有形的、写实的物象世界，但却“神游物外”，境外生象，衍生出一个虚幻、丰富、独特、深广的精神世界。这个世界是作家智慧和心灵的创造，是决定一篇作品艺术价值的关键。关于这个世界，中外作家、理论家多有探索、论述。譬如罗曼·英伽登用现象学美学的思想方法，把文学作品分成四个层次，依次为语言层、图式外观层、意义层、意象层。其中的意义层和意象层就属于文学作品中的形而上世界。譬如黑格尔给美下的那个著名定义：“美是理念的感性显现”。言简意赅地肯定了艺术要有感性因素，更要有理性因素，同时二者还要成为水乳交融的统一体。他揭示的同样是艺术美的深层结构。譬如王国维的“意境说”理论，认为作家只有把情感与景物有机地表现在作品中，作品才能“自成高格，自有名句。”这种情景合一的美的意境，正是文学中的形而上世界。当代文学理论家顾祖钊，构想了“艺术至境论”，认为：“艺术至境，便是人类艺术理想的天国。当思想随着必然的逻辑升腾时，便可进入艺术至境的天国。原来，这里既非一峰插天，也非双峰对峙，而是三足鼎立——由意象、意境和典型三位美神三分天下。”[②]文学作品中的形而上世界，已经成为文学理论中的“哥德巴赫猜想”。尽管人类已然轻骑突进，但还远远没有深入它、弄清它。毕飞宇对小说形而上问题

①毕飞宇:《小说课》,人民文学出版社2017年版,第47页。

②顾祖钊:《艺术至境论》,百花文艺出版社1992年版,第41页。

没有做过专门的、系统的研究，但他的多篇谈创作、读经典的文章，都涉及了这一课题；他的小说创作，用心最多的正是文本背后的形而上世界。借鉴古今作家、理论家的思想观点，结合毕飞宇的小说理论和创作，我们或可撩开形而上世界的神秘面纱，窥见它的某种内在结构和规律。其实这个形而上世界是由感性、理性、神性三个层次构成的，它们之间交错、推进、化合，才诞生了美好而神奇的艺术世界。毕飞宇在小说创作中，特别着意这三个层次的营造，因此才有了卓尔不群的形而上世界。

首先是呈现丰富、独特的感性形象。一部小说给读者的第一印象，是作品显现的各种各样的具体形象，以及这些形象汇聚的整体形象。这些形象来自现实生活，具有原生性、物质性，但它们一旦进入作品，就带上了作家的个性色彩。是本真形象与作家个性的一种遇合。毕飞宇在创作生涯中曾经几次反思、改变自己的语言，说他一开始追求的是朦胧、华丽、“让人看不懂”，后来执着的是恰当、还原、“得意忘言”。这里不仅仅是语言表达和修辞的问题，而是作家对人和物的理解与观念问题。大千世界是客观存在、沉默不语的，作家对它的描述既不能由我做主，也不能变客为主。最佳状态是打通物我，一面保持事物的本来状态，一面体现出作家的固有个性。在毕飞宇后来的小说中，可以明显看出作家在描述语言上的调整与努力。在小说作品中，构成感性形象的，是环境描写、情节演进、人物性格、细节刻画等。它林林总总，充塞在作品中。随着小说时空的推进，形象世界不断丰富、浓郁、扩大，把读者带进一个更高的艺术天地中。从毕飞宇笔下的村庄、小镇、河流、田野，城市、高楼、马路、车流，以及农民、市民、女人、男人、孩子、盲人中，我们看到南方城乡几十年来的世事沉浮，感受到了作家那颗真诚、细腻、忧郁的心灵。

其次是赋予新鲜、深邃的理性内涵。在小说作品中，随着感性形象的展开，必然会显示出某种思想来，倘若没有，作家也会竭力赋予。这就是所谓的主题思想。20世纪90年代以来，在文学回归本体的潮流中，作家忽视或说放弃思想探索，成为一种普遍现象，导致了大量“无主题”“轻主题”小说的出现。毕飞宇创作的可贵之处，突出地表现在他对“意义”的寻找上，他说：“追问意义是一个普世的行为，并不是作家所独有。可是，如果你是一个作家，我觉得你对这一点应该有更加清醒的认识，更加自觉的努力。这个不需要理由。这就是你的工作，你的职业。”[①]他把开掘主题置换为“追问意义”，更表现出一个作家的理性自觉和使命意识。他在小说创作中，营造了一种新锐、丰盈、强劲的理性世界。他揭示“文革”的荒诞、强权的残暴；历史逻辑的虚妄、修补历史的荒唐；反思现代社会的种种弊端、人在现实中的生存和精神困境；彰显普通人特别是女人的真善美品格、批判人性的丑陋与灵魂的“异化”…… 毕飞宇小说的思想内涵，又往往是模糊、多义、矛盾的，给读者的欣赏和理解创造了广阔的空间。譬如《武松打虎》，以童年“我”为视角人物，想象了大宋时代武松打虎的英雄壮举，描述了“文革”时期乡村社会的混乱、堕落，其中既有对现实的批判，又有对历史的彰显，还有“我”对社会发展的反思。譬如《推拿》同样是一部思想内涵复杂的作品，正如有评论家指出的：“《推拿》已经超越了简单的盲人生活的忠实记录，它已然包含着毕飞宇对现实中国的隐喻，对于所谓常人世界的映射与批判，令我们透过盲人的世界去反思自身的局限。”[②]在这些作品中，作家对现实社会的关注，对历史演变的反思，对社会人生、城乡自然的哲理思辨等等，凝聚、缠绕在一起，成为支撑形象世界的骨骼。

最后是孕育阔大、超拔的神性境界。丰茂的形象、有力的思想，还需要一种神性境界来提升、笼罩，才能构成理论家所说的艺术至境。它是整个小说形而上世界中的“珠穆朗玛峰”。毕飞宇说，他读不懂霍金的《时间简史》，把它当小说阅读，但却无端地进入一种圣境：“每一次读《时间简史》我都觉得自己在旅游，在西藏，或者在

①汪政、毕飞宇：《语言的宿命》，《南方文坛》2002年第4期。

②艾春明：《毕飞宇小说创作研究》，中央编译出版社2016年版，第13页。

新疆。窗外就是雪山，雪峰皑皑，陡峭、圣洁，离我非常远。”[①]杰出的、伟大的小说中，都有这样一种神性境界。但这里的神性，并非人世中的宗教、有人格的神灵，而是指文学作品中的生命体验、艺术风格、审美化境等等。它是作品中全部的形象、思想孕育出来的，弥漫在无声的字里行间，悬浮在活跃的形象群之上。这种神性境界，对我们还是神秘的、难解的。譬如生命体验，这是一篇小说深切感人、撼动心灵的内在力量。作家把个体生命的现实困境、命运挫折表现出来，却升华为人的一种普遍处境和生命悲剧。如《婶娘的弥留之际》写婶娘生命的孤独、母爱的悬空，如《虚构》写祖父生前的期盼与死后的冷清，都深切地表现了一种生命的悲凉和虚幻。譬如艺术风格，这是一部小说体现个性、立足文坛的“资质”。毕飞宇在小说创作中，追求一种“轻盈与凝重”兼容的风格，这种风格成为他的小说的一种标志。譬如审美境界，这是一篇小说独特的思想内容和新颖的艺术形式的完美呈现，可以使作品抵达一种隐喻和象征的至境。毕飞宇的那些代表性小说，都具有了这种审美境界。

新时期文学已走过了四十年历程，当下的小说发展面临着诸多局限与问题。梳理、研究毕飞宇的小说理论和创作，对于走出小说困境，实现文学转型，有着多方面的意义。

（原载《当代作家评论》2018年第4期）

①毕飞宇:《小说课》,人民文学出版社2017年版,第179页。

黑白世界中的文化“风景”

——评储福金长篇小说《黑白》《黑白·白之篇》

对传统文化的深广探幽

2007年冬，福金兄惠赠长篇小说《黑白》，2014年夏，又寄姊妹篇《黑白·白之篇》。两本书搁置案头，很想静心读读，写点文字。可我是一个纯粹的棋类艺术门外汉，能走进他创造的那个陌生的围棋世界吗？一直踌躇着。最近，终于下决心捧起了这部写围棋题材的大书，这一读竟使我深陷其中，流连忘返，感想万千。小说是写围棋，但更是在写历史、写文化，透过小小的围棋世界，对传统文化进行了深广的探幽发微。比之三十年前的寻根小说派，作者抵达了一种新的境界。小说写了四五代棋人乃至棋王的生存和命运，突出地表现了他们身上传统文化的兴盛、裂变、衰落乃至西方现代文化的滋长……储福金以复杂沉郁的思想情感，凭借围棋故事表现了中国现当代历史中传统文化的演变历程。

20世纪80年代中期，在新时期现实主义文学的高歌猛进中，涌现了一个令人瞩目的文学流派：寻根小说派。这一派的作家们，深受拉美文学中浓厚而“魔幻”的民族文化表达的启迪，痛感当下文学中传统文化的丧失，决心重新寻找中国文学的文化之“根”，期望同西方文学形成一种平等对话的关系。寻根派作家们的理想是宏大的，精神是可贵的。但他们自身的文化知识是片面、残缺的，思想方法是简单、功利的。一味地讴歌传统文化以及地域文化的“优根”，或偏激地批判民族文化乃至民间文化的“劣根”，都使他们不可能真正走进中国文化的纵深之处，也不可能真正体验传统文化的精髓和魅力。因此，寻根小说只热闹了三四年时间就退潮了。

三十年时间过去了，对传统文化的反思、发现、重构，在社科界、文学界乃至政治领域，始终没有中断。直到今天，我们才可以说，中国的传统文化才真正被认为是国家和民族的文化根基与精神家园，有了一种文化的自觉和自信。当然，距离中国文化的复兴和强大，道路还很漫长。在这样的政治、文化背景下，一批旨在表现传统文化意蕴的文学作品应运而生。储福金的《黑白》《黑白·白之篇》无疑是颇有代表性的作品。可以说，储的围棋系列小说，是对寻根小说的承传与发展，甚至超越。他通过围棋文化这条路径，进入了整个中国传统文化的腹地，即儒、道、佛三教一体的肌理层面，并努力写出了“风云际会”的文化“风景”。他从20世纪20年代写到八九十年代，在七八十年的历史中又突出了抗战时期、“文革”时期两个大变动时段，书写了咫尺围棋所折射出的世事沧桑、文化变迁，特别是四五代棋人的围棋生涯、文化人格、心灵历程，表现出的是中国传统文化在现当代历史中的悲剧命运和不朽价值。他是用自己的人生体验、感性生命去写传统文化的，对各种文化的探索、认知以及评判，是建立在感性与理性相融合的基点之上的，因此表现在字里行间，就显得格外真切、从容、鲜活，使烦琐的围棋技艺、虚幻的文化形态，变得有形有神，生动感人。可以说，储福金小说中的传统文化，其深广度、形象化，已然超越了寻根小说。当然，储福金小说在传统文化的思考与表达上，也有一些局限和问题，但在当下的文学中，无疑是出色的、独特的。

青年学者李春华指出："储福金扛鼎之作《黑白》是一部写围棋的小说，围棋是中国文化传统中的一项技艺，乃'雅人'所为，'棋艺'牵连的是'棋道'，蕴藉的是'文化'，往高了说，'棋魂'体现的是'国魂'。"①这一观点没有错，但不到位。储福金的小说绝不仅仅表现的是棋文化，而是整个传统文化的浮沉、兴衰，显示了他对文化反思与重构的一种"野心"。他在一次访谈中，明确地说："围棋不是黑，就是白，很难写，以往市面所看到的书籍，大都是写围棋知识，或者是人物传记。我想通过这种独特的表现形式，把中国传统文化揉进小说。""我是和传统文化精神、人生境界的追求联系在一起描写的。中国传统的琴棋书画，唯有棋是有对手的，坐照、手谈、纹枰论道，高雅中包含着丰富的对立冲突的意味。"②他自觉地承担起一种文化使命，前后用十几年时间，完成了他的围棋系列小说。他把在一般人看来繁复无聊的围棋对弈，写得饶有兴味，通俗易懂，甚至惊心动魄。把大多数人觉得虚无缥缈的文化精神，写得有虚有实，可感可触。小说不仅在思想内容上有丰富的认识价值，同时在叙事艺术上融会古典与现代方法，形成了一种典雅、温润、抒情的审美特色。

围棋中的文化演变

咫尺天地，两人对弈，天地悠悠，世事沧桑。在中国的琴棋书画中，围棋因为是一种由二人构成的艺术、体育活动，因而显得更为独特、复杂一些。亦如民间广泛流传的神仙下棋传说：一个农人到深山峻岭砍柴，忽见两位鹤发童颜的老翁在一块青石上下棋，呆看一阵弄不明白，下山回到村里，故乡面貌大变，孙辈已成白发老人。这些传

①李春华:《棋道与中国人的"文化心灵"》,《小说评论》2012年第1期。

②蔡震:《储福金:"黑白"道两手都厉害》,《扬子晚报》2012年12月8日。

说隐藏着一个道理，即在围棋博弈中，是蕴含了无限的时空的，它牵连着广阔的历史、文化、社会、人生、人心的。正如古代诗人所吟咏的："世间甲子须臾事，逢着仙人莫看棋。"

围棋的起源，它与文化的关系，可谓神秘莫测、源远流长。

《黑白》开头写主人公陶羊子住在苏城小舅家里，闲得无聊上街转悠，偶遇一位相貌和蔼的老人弯眉毛，见他身背围棋就问道："你知道围棋是怎么来的？是谁造的？……尧帝的儿子丹朱脑子不灵光，尧帝造了围棋来教他，丹朱学了围棋，就变愚蠢为聪明了。"

尧帝是数千年前的历史人物，中华民族的远祖。围棋竟然是他创造的。这使从小酷爱围棋，但不知它从何而来的陶羊子，受到了一种心灵震撼，并朦胧地意识到自己的一生将与围棋紧紧相连。

中国古代文献就有："尧造围棋，丹朱善之"的记载。这样看围棋的历史就有三到四千年之久。尧和朱丹的故地在晋东南。晋东南在中国文明起源和文化生成中具有突出的历史地位，有着深厚的围棋文化土壤。陵川县棋子山现存多种有关围棋的民间传说和遗迹，因此专家认为是中国围棋文化的发祥地。

围棋规则简单易学，但棋路变化多端，比中国象棋更为复杂，也更具魅力。围棋蕴含着古代哲学中"一元生两仪、两仪生四象、四象生八卦、天圆地方、十九农节气、三百六十周天之数"等等含义。《易经》思想产生更早，据说在五千年到七千年，但形成文字则在商末周初，所谓"文王演易，周公祖述"。其核心哲理是："无极生有极，有极生太极，太极生两仪（即阴阳），两仪生四象（即少阳，太阳，少阴，太阴），四象演八卦，八八六十四卦"。二者产生在相同的文明和文化时代，其哲学思想是息息相通的。

《易经》是中国传统文化的源头，被誉为"群经之首，大道之源。"中国漫长历史中产生的儒家、道家和先外来后本土的佛家思想，既是《易经》思想的孕育，又是《易经》思想的裂变，都囊括在《易经》宏大的思想体系中，丰富和深化着中国的传统文化。儒、道、佛作为中国文化中的三种形态和传统，又有各自的特点和功能。儒家主张“入世”“治世”，积极进取、有所作为、经世济民。道家倡导“自然”“出世”，全真保性、顺其自然、清静无为。佛家则主张“解脱”“涅槃”，无私无欲、慈悲为怀、超脱自在。三家的思想大异其趣，各执一端。但共通的一面是：人如何修炼自己、如何实现理想人格，可以说都是一种有关生命的哲学。围棋和围棋活动，作为一种古老的文化载体，必然会蕴含丰富的文化思想，也必然会激发棋人的文化追求和文化心理，从而浓缩更广大的社会人生。业余的、低层次的围棋爱好者，也许下围棋只是一种娱乐、游戏。而专业的、高层次的棋手，在他们的博弈中，自然会折射出各自的文化人格和思维智慧，呈现出一定社会和时代的文化风尚和价值追求。储福金在他的围棋小说中，不仅表现了中国传统文化在历史进程中的命运变迁，更表现了几代棋人的文化心理积淀以及他们的生存命运。这是他对当代文学的一份独特贡献。

围棋的兴衰同历史的变迁有着密切关系。两部小说的时间跨度很长，从民国初期写起，到进入90年代市场化时期为止。作者在叙述过程中，不时点出时代背景，给人以阔大的历史纵深感。小说第一部开头，就间接写道：“都是民国啦，没有皇帝啦。”“听说县上有学校了，男女都在一起识字。”“又听说京城里已经取消了科举考试。”“还听说总统，也就是皇上，要靠选举。”这自然是民国早期的情景了，围棋作为国粹还在上层、民间流传着。到第三节，作者写道：“听说什么直系和奉系的军阀在开战，江北本来就有饥荒，灾民加难民，四散着。小镇上平常宁静的气氛给打乱了。”此时，五四运动爆发不久，民国进入军阀混战时期，民众的生活处于动荡、贫困状态。围棋作为文人“雅事”，受到了巨大冲击。到全面抗战时期，是中国最昏暗、最艰难的时期，作者做了浓墨重彩的描写：军阀芮总一下子把桌子都掀动了，骂道：“这个该死的小日本，我操他小日本的娘！连盘棋都不让我看完！”“俞参谋对棋士宣布了淞沪战争的消息。”“战事到了南城，攻城战进行了几天，南城失守了。”“他（陶羊子）从来没见过有这么多的死人，走到此处，就仿佛在一个死人世界里穿行。”残暴恐怖的南京大屠杀，毁掉了整个文化古都，杀害了二三十万中国平民。偌大的城市，再摆不下平静的棋盘，一大批棋人风流云散。在第二部小说中，作者细腻地描述了海城“文革”的爆发：“海城的马路上，出现了一队一队套着红袖套的红卫兵。居委会出进多的也是红卫兵，这些年轻学生脸色与红袖套一样，显着兴奋的红色。‘荡涤一切污泥浊水，打倒一切牛鬼蛇神。’陶羊子理解这句口号的意思，是让世界变得红彤彤的，让社会一片光明，这是年轻人的理想，理想是美好的。”在暴风骤雨般的“革命”面前，围棋显得多么微不足道，老一代棋王在内心深处否定着自己的职业：“红卫兵给他们戴上了高帽子。他不想看也看到了，她的高帽子上写着她的罪名：汉奸特务的小老婆。……而他自己头上高高的纸帽子，黑墨水还在往下滴，会写的是什么？他的罪名应该是国民党芮总府包养的棋士。”浩劫用暴力摧毁着棋人的心灵、身体和自尊。从小小的围棋上，我们可以痛切地感受到，在近一个世纪的现当代历史上，中国传统文化和艺术，所遭受的一次次冲击和悲剧命运。

围棋的变化与文化的运演有着更复杂的关系。首先，围棋作为一种古人的创造，其本身就蕴含着古人的一种思想和智慧。它的核心理念就是“调和”，即通过黑白双方的博弈，相互退让，达到一种和谐共生的状态。从这个角度讲，它与《易经》的“天人合一”、和谐中庸的思想是相通的。小说中，陶羊子的师父任守一说：“棋也合着天人合一。黑白阴阳之分，五行转化。有取势有取地，变化多端。可养性，可练智，皆在一心。应乎天地之道，多为智者所好。”这是对围棋文化的深刻领悟。其二，围棋文化又因一社会一时代大势的不同，呈现出不同的文化取向与风格。譬如上世纪初期、民国年间，围棋对弈中还保留着更多的古代文化中的中庸和君子风范。而在“文革”中，围棋比赛场就充满了你死我活的决战气氛。到90年代的市场化时代，围棋竞赛又俨然成了一种你争我夺的名利场。而同样是围棋，在日本与中国，又表现出迥然不同的风格。小说主人公陶羊子、彭行，多次与日本棋手对弈，就深刻感受到了这种不同。日本近现代经济、军事的振兴，激发了一种强大的民族精神，表现在围棋上，就充满了一种进取、搏杀、必胜的精神。而中国由于长期以来的战争、革命、运动，传统的棋文化屡受冲击，体现在棋路上，虽然根基深厚，但棋风已显出一种凌乱、犹疑和乏力来。棋运与国运是相连的。其三，围棋文化更突出地体现在棋手的文化人格和行棋方式上，二人的博弈，其实也是人生历练、文化境界、聪明才智的较量。譬如陶羊子，儒、道、佛文化兼有，但主体是道家和佛家文化，因此棋风就显得超然而开阔，成为一位世外高人。譬如彭行，历经“文革”磨难，生存没有保障，他下棋就是为了生存和发展，因而总是进攻、搏杀，弘扬的是儒家自强不息的进取精神。而在市场经济时代脱颖而出的侯小君，一方面继承的是传统文化中的实用主义，另一方面吸取的是西方现代文化中的功利主义，同样使他疯狂搏杀、驰骋棋坛。中国以儒、道、佛为主流的传统文化，在现当代历史中风雨飘摇，但依然蕴藏着强劲的生命和生机。

棋人的生存命运

人具有什么样的属性，是哪一类动物？是政治的、阶层的、经济的？还是种族的、文化的、道德的？历来众说纷纭。德国著名哲学家卡西尔着力从文化的角度分析、判断人，认为与其说像亚里士多德认为的“人是政治的动物”，不如说“人是文化的动物”。政治究其本质也只是文化的一种组织形式。而人类文化的各种形式，如神话、宗教、语言、历史、科学、艺术等等，无一不是人以自己的符号化活动创造出来的“产品”。人类文明和文化的创造历史，正是人类精神成长的历史。

围棋只是人类艺术、体育里的一种，它的发明创造饱含着人的文化思想和想象，它的操作实践同样表现着人的文化修养和性格。正如《黑白》中日本棋手宫藤所说：“棋与文化相通，棋本身便是文化。一般下下，可以乱战乱斗，只要能赢就行，但要到高的境界，非得有文化底子支撑。”储福金塑造了一系列的棋人形象，有普通围棋爱好者，有专业技术棋手，有功夫高深的棋王，林林总总有几十位，构成了一个鲜活而多样的棋人画廊。而其中的十几位主要人物，都有一定的文化修养和性格。当然，作者的人物，并不是那种现实主义式的个性人物，而是一种具有文化精神和特征的人物，我们可以称之为文化型人物。在这些人物身上，文化成为他们的精神支撑，文化制约、支配着他们的人生命运乃至行为心理。在他们的文化构成中，传统文化中的儒、道、佛以及现代的实用主义，成为一种主要思想资源。但几种文化元素又处于变动沉浮状态，构成了他们多姿多彩的人生形态。其中塑造得成功的是陶羊子、彭行、柳倩倩、侯小君以及任守一、梅若云、任秋等多位形象。

陶羊子是整个小说的主人公，是作者精心塑造的一号人物。这是一个承传了儒、道、佛文化精神的人物，是一个兼有传统文化和现代意识的文人形象。是一个德行高洁、棋艺高超但又不与世与人争的世外高手。是作家苦心塑造的理想化文人形象。陶羊子的一生，经历了民国、抗战、解放、“文革”、新时期等一系列历史变迁。童年时期，母亲早丧、寄人篱下、苦读诗书；但他聪慧、内向，偶然机缘迷上围棋。少年时期，流落苏城，街头当报童、戏园子做杂役，饱尝了人世和生活的艰难。但因他天才的棋艺，他有幸上了贵族学校，汲纳了新文化新知识，又成为军阀门下的棋士，出入于上流社会。青年时期，遭遇战争，家破人亡，逃亡西南，在贫病交加中，遇到阿姗，成家立业，偏居昆城一隅。中年时期，幸逢建国，寓居海城，退出棋坛。遭遇“文革”风暴，沉入社会底层。新时期以降，隐居民间，依然关注棋坛，在四代棋王联赛中，挫败年轻棋王、他的徒孙侯小君，然后溘然而逝。在陶羊子的一生中，有几位重要人物，影响和改变着他的人生命运。师父任守一，通《易经》、懂佛教、学富五车，关心社会民生，但却不愿与政客军阀为伍，剃度为僧。是一个闲云野鹤般的人物。他是围棋高手，引领陶羊子走上了围棋道路。中学同学梅若云，出身富家，亮丽、聪慧、高雅，对围棋有着独特的理解，是陶羊子棋艺上的知音和精神上的恋人。妻子任秋，是任守一的女儿，天性活泼自由，珍爱平常生活，一个贤妻良母式的女人，她使陶羊子真正懂得了家庭、社会和人生。梅若云和任秋，构成了陶羊子的精神之恋和世俗之情。在陶羊子的文化积淀中，既有儒家的努力进取、诚实守信，更有道家的随遇而安、超然隐世，还有佛家的向善慈悲、超脱涅槃，但更突出的是道家佛家的自由圆融境界。他的“血水里泡三遍、盐水里煮三遍、碱水里浸三遍”的苦难人生，成为他滋养、领悟棋道的丰富资源，而黑白世界中的博弈、陶冶，又拓展和升华了他的人格和境界。这是作家钟情、向往的理想形象。

彭行是《黑白·白之篇》中的主要人物。这是一位在逆境中探求人生道路，在顺境中建立功业的强者形象。陶羊子是在战乱、流浪中书写了独异人生的，而彭行是在“文革”乱世中成就了有为人生的。他是20世纪60年代千千万万知识青年中的一员，因为棋而改变了他的人生。储福金也曾经是“知青”，感同身受，因而笔下的彭行显得格外逼真、深切、传神。彭行中学毕业遭遇“文革”，一边参与运动，一边拜陶羊子为师学围棋。师父不仅教他学棋艺，更教他读古典、学文化，使他在动乱中找到了一束精神之光。插队江南农村，生活之苦、农活之累，让他不堪忍受。因有围棋特长而闻名，又因与棋手下棋打伤了对方，从南方逃亡到北方。落脚台山镇煤矿，在全国比赛中荣获冠军，终于改变了他的命运。他成为南城体委棋院的教练，热诚培养围棋新人，精心组织围棋比赛，为国家、为社会积极贡献着自己的力量。彭行承传了陶羊子的文化精神，但体现更突出的是儒家的“入世”“进取”精神。最初，他只是喜欢下棋，后来，当下围棋可以改变他生存命运的时候，他紧紧抓住机遇、克服困难，终于成为国家体制内的围棋教练。在前一阶段，他的棋以进攻为主，下得既狠又准。下棋的目的是为了求得生存。表现出一种坚韧、向上的文化精神。当他达到目的成了棋院教练之后，又认真教学、扶植新秀，体现的则是一种“达则兼济天下”的献身精神。

柳倩倩、杨莲是小说中的第三代棋人。她们与围棋的关系，绝不像教练、师傅彭行一样，是为生存而下棋，而是出自一种与生俱来的喜欢。刘倩倩秀气、聪颖、文静，而杨莲土气、抠门、沉郁。正值青春期的她们，先后陷入了爱情的漩涡。乡下姑娘杨莲，与台湾来的风流青年萧然搞上了恋爱，竟使她的棋力大增，人也变得漂亮，让棋艺较高的柳倩倩屡屡败北。而柳倩倩也与才子姚钧产生了爱情，棋艺也迅速见长。于是她们相信：“棋是情感”。下棋给她们带来了爱情，爱情激发了她们的智慧。围棋与情感紧紧相连。这成为她们的一种信念。但是，柳、杨最初的爱情无果而终，她们又一次次地去寻找爱情，又一次次地失败。于是她们的棋艺、成绩也因此起伏不定，对围棋产生了一种虚幻感。后来，杨莲死于白血病，临终前把徒弟侯小君托付柳倩倩。而柳倩倩急流勇退，办起了“方圆棋校”。编写《快乐围棋》教材，认真培养围棋新人，扶植了围棋奇才侯小君。像她的师傅彭行一样，做着甘为人梯的工作。作者似在表达，围棋自然需要喜欢、需要才气，但更需要文化作为根底。没有文化的棋手，是难以行远的。

侯小君是另一类棋人。他成长在20世纪90年代之后的市场化、世俗化时代，没有接受中国传统文化的熏陶，吸纳的只是中国文化中的务实主义、现世主义，还有西方现代文化中的功利主义、拜金主义等等。他也许不是自觉地接受这些负面文化的，但整个社会的商品化潮流改变、异化了他。他有着特殊的性格和思维，敏感、孤独、简单，是天生的围棋怪才。师傅柳倩倩慧眼识珠，决然地把他推向北京的围棋“道场”去历练，他的母亲计星月看到了儿子未来的前景，一边用母爱抚慰、鼓舞他，一边用不断增长的收益刺激他，使他成为拼命赢棋、拼命敛钱的狂人。在同学兼记者胡多导演的记者招待会上，他直言不讳地讲："什么是围棋的美？效益就是美！赢棋就是美！"这样的围棋理念导致他下棋以搏杀为主，常常制造无理棋，在乱中取胜。作者在这一人物身上，融入了鲜明的批判意识，揭示了市场化社会中围棋的一种异化和危机。

小说结尾设置了一个"大团圆"结局。记者胡多和方圆棋校校长柳倩倩，共同策划了一个四代棋王大联赛。高手云集，轰动南城。棋赛前段分别由陶羊子与彭行、柳倩倩与侯小君下棋。但在比赛过程中，很快变成了陶羊子和侯小君直接对阵。90多岁依然精神矍铄的陶羊子，每一步都是那样平实而飘逸，而目空一切的全国青年冠军侯小君，却采用了搏杀、混战、出无理棋的策略，但陶羊子以静制动、以围克攻，终以半目取胜。人们看到，平静的陶羊子睡着——涅槃了，身上飘出一缕檀香气息。陶羊子以他的生命、以他的棋艺，昭示了中国传统文化的强劲生命和力量；侯小君以他的偏激和狂傲，显示了现代功利文化的"贫血"与病态。作者的情感倾向和思想态度，尽在其中。

寻找一种新古典式叙事

储福金在谈到他的围棋小说创作时说："围棋是简单的，然而这简单的黑棋白棋，落在象征天圆地方的棋枰，却能衍生出无尽的变化。它被形容为包含着天地万物、人世百端的至理，历时数千年而不衰，表明了民族文化的生命力。……十多年中，我不断地把构思打到电脑上去。有时一个令人激动的灵感，几乎让我立刻想动手写这部作品，但我还是忍住了，我怕不能表现出那种深深的在内心里的东西——内核是要充分地表现中国的传统文化。我很想写出真正的中国形式的作品来。”①

储福金既是一位扎实成熟的小说家，又是一个出色的业余围棋手。小说与围棋相遇，成就了一部难得的、杰出的围棋小说。“十年磨一剑”，作家就是要在小说中表现出博大精深的中国传统文化，创造出真正的中国叙事形式。

阅读储福金的围棋小说，你既能感受到中国现当代文学，特别是南方当下小说对他的深刻影响，譬如对现实社会人生的关注，对文化演变和问题的思索；同时又能领略到中国古典文化、古代小说对他的无形浸染，譬如对《红楼梦》《儒林外史》叙事形式和语言风格的有意借鉴。这使他的小说既今且古、或者说不今不古。这正是他的小说格调高雅而终难大红大紫的重要原因，但又恰恰表现出他的独特追求：寻找一种新古典小说的叙事形式。

在叙事视角上，储福金形成了一种既是全知视角、又是半知视角的模糊叙事视角。小说创作中，叙事人的确立至关重要。古典小说往往选择全知全能的“说书人”视角，而现代小说大多选择有限度的半知视角。储福金小说中叙事人自然是作者自己——一个具有丰富文化修养的现代作家，他了解全局，推动故事，支配人物，可以穿越现实触摸文化的“脉动”，可以进入人物内心把握他的心灵变幻，具有极大的自主性。譬如前部小说着力描绘陶羊子从少年到中年几十年间的坎坷人生，后部小说则侧重讲述了三代棋人的不同道路，作者纵横捭阖，叙事从容、到位。同时，作家又是一个受到限制的特定的讲述人，他不能做到无所不知、无所不讲，他总是紧贴着人物、特别是主要人物的人生和命运轨迹讲述，努力发掘着他们的精神情感历程，在重要人物身上尽情挥洒，而在次要人物身上总是删繁就简、一笔带过。譬如写前辈棋人陶羊子，作家是用一种敬重、抒情的笔墨去写的；而彭行是作者的同代人，采用了一种写实、刚劲的笔调去展开。

---

①储福金:《黑白世界话人生》,《人民日报》2011年4月12日。

全知与半知视角的自如运用，使小说显得开阔、丰厚，又深切、细腻。

在情节结构上，储福金努力融多种“版块”为一体，构成了一种开合有致的结构形态。《黑白》《黑白・白之篇》两部小说，横跨几个朝代七八十年时间，故事线索大大小小许多条，人物形形色色几十个。怎样把它构成一个井然有序而重心突出的艺术整体呢？作者的原则是：以主要人物的围棋人生为主线，揭示现当代历史中传统文化的演变。作者抓住了小说之纲，提纲挈领，于是全盘皆活。譬如第一部，以陶羊子的人生为主线，写围棋如何改变了他的人生，人生又怎样升华了他的境界和棋艺。围绕这一主线，展开20世纪上半叶的历史变迁，特别是艰难的八年全面抗战，还有苏城、南城、昆城这些南方城市的社会风貌，以及各阶层人们的日常生活。小说的主干是突出的，人物是集中的，其他情节如围绕红花的绿叶，处理得各得其所。譬如第二部同样是以人物为主线，但四个章回分别写了陶羊子、彭行、柳倩倩、侯小君四个主要人物。是以人物的辈分大小，有序而集中地刻画一个个人物，由四个章回连缀而成。小说尾声，四代棋王同台“出演”，形成一个戏剧化的“大团圆”结局。这就颇有点《儒林外史》一环套一环的情节结构样式了。整个围棋小说以四代棋人的命运为主干，清晰完整。而围绕主干，依序展开了战争、革命、城市、乡村、家庭、婚爱等种种生活情景。显得宏大而幽深、完整而灵动。体现了储福金对生活、对小说的驾驭能力。

在叙事语言上，储福金运用了叙述、描写、抒情、哲理以及心理刻画等多种手法，使他的小说既写实又超然，既纯净又丰富。他的小说写南方的历史沧桑、棋人的命运沉浮，用笔从容、典雅、蕴藉，带着一种南方文学的阴柔之美。他大量采用了通感描写，譬如写陶羊子与梅若云下棋：“梅若云的棋又走到了空间，仿佛在飘舞着。陶羊子紧跟着。但她的棋越发飘忽，飘忽中仿佛有着一点悲哀的调子。陶羊子一时竟觉得，她的棋从低处飘忽到空中，仿佛是飞升了。”这哪里是黑白棋子的对弈，分明是灵魂的追逐与相会。譬如写比赛场上柳倩倩观察徒弟小君下棋：“柳倩倩似乎能从他眼光的声音中，听到他棋子落处的想法。她觉得很奇怪，她也就意识着自己的想法，投射到他的身上，更奇怪的是，小君仿佛从身体上触觉上，清楚了她的意识，准确地落子在那一点上。”在师徒之间，竟然有这样的心灵感应。譬如写陶羊子与小君下最后几步棋，老人手执棋子，神游物外：“世事繁复，眼花缭乱的变化他看得多了，积累到一定的程度，不是负重，而是圆融，圆融之界，一片清明。他只是行着自己的步子，不惊不辱，不争不随……”真正的棋王与人对弈，已不再是力量、技术之类，而是一种文化、精神、境界的体现了。这些描写，是储福金对围棋世界的感悟，更是作家道家、佛家乃至禅宗修养的一种透射。

古老而博大的中国传统文化，历经坎坷走到今天，或许正遭遇到了一个重建和复兴的历史契机。文学天然地肩负着凝聚、重构民族文化的使命，这是一项困难而浩大的工程，我们在储福金的小说中，看到了这种探索和希望。

（原载《扬子江评论》2015年第2期）

重返故乡、重温童年的意义

——评李云雷的小说创作

“我”：一个“70后”的执着探索者

很久没有读到这样朴素、诚正的作品了。阅读李云雷的短篇小说集《再见，牛魔王》，让人们犹如看到了20世纪八九十年代中国农村静水深流般的生活图景，看到了一位“70后”青年执着探索的身影。

当下的小说“版图”，是由几代作家共同绘制的。从“50后”“60后”作家的作品中，感受到的是那种历史的沉重、理性的焦虑；从“80后”“90后”作家的作品中，读出的是物质的堆积、感性的泛滥。李云雷是“70后”作家，这一代作家既与革命、运动无缘，也与市场、经济相隔，处在历史的夹缝中，因此称为“被遮蔽的一代”。正如刘艳所说：“‘70后’既无法形成‘历史共同体’，也无法形成‘情感共同体’，只落得一个代际的‘身份共同体’。”[①]混杂在这代作家中是尴尬的、落寞的，但正是在这种历史的和代际的缝隙中，生成了一个独特的、充满张力的空间。李云雷在他的小说中，逼真地呈现

①刘艳:《文学代际研究的尴尬处境》,《光明日报》2017年12月25日。

了八九十年代特别是80年代农村乍暖还寒的独特情景，自如地开拓出一种返璞归真的小说形式和手法。这在五六十年代作家、八九十年代作家那里，也许是不能为的。

李云雷是一位双栖作家。在过去的十几年中，他以文学评论鸣世，发表了大量文章，出版了《如何讲述中国的故事》《重申“新文学”的理想》《新世纪底层文学与中国故事》《当代中国文学的前沿问题》等多部著作。他率先倡导和建构“底层文学”理论，努力阐释和推介“中国故事”概念，他反思“五四”以来的“新文学”，重构现实主义的艺术内涵，展望全球化进程中中国文学的艺术追求和审美理想。他继承了“五四新文学”和“左翼文学”传统，但又汲纳了大量现代思想文化精华；他不回避主流意识形态文学思想，但他的思想理念是自主的、学术的。他的社会和文学思想，受到了一些评论家的质疑、批评，也确实有待深化、系统，但在中国社会和文学的转型时期，是有着独特而重要的意义的。在从事文学研究与评论的历程中，2010年他开始小说创作，陆续发表了《父亲的果园》《舅舅的花园》《花儿与少年》《巧玲珑夜鬼张横》等十多部中短篇小说。这些作品大部分是写故乡和童年生活的，且逐渐形成了作者简练、质朴、诚挚的创作风格。从2015—2017年，李云雷精心构思，凝神静气，一鼓作气，创作了十七篇短篇小说。这些作品以系列化的形式，以“我”作为叙事人。全方位、多侧面地展现了山东故乡日常生活和社会变革，记叙了“我”的童年和少年经历。如同莫言的山东高密故乡，贾平凹的陕西商州故乡，李云雷同样也创造了一方鲁西北的故乡世界。他在这个世界中表现了那块土地的古老、优美，贫穷、变革，众多父老乡亲们的生存、打拼，人性、人情；体现了他作为一个游子的怀念、关切、感恩、思索等复杂的思想感情。石一枫说：“云雷希望通过短篇小说的写作来延续、丰富、完善他在‘底层文学’乃至整个左翼文学层面的思考，他试图通过‘真切’和‘亲历’这种化繁为简、化巧为拙的写作策略来实践他的上述思考。”[①]理论与创作，本来是矛盾的，但在李云雷这里，却实现了较好的统一。他从现实生活和当下文学中思考理论问题，又从理论的高度反观、支配自己的小说实践，但在具体创作中又忘掉思想理论，回归自己的生活感受和生命体验，创造出一种朴素的、丰厚的艺术世界。他穿越在理论与创作之间，享受着思想和艺术创造的双重乐趣。

在中国的现当代文学史上，描写故乡和童年的作品很多，但其创作目的却不尽相同。有的是为了回忆故乡之美，进而歌颂自然造化和地域特色；有的是为了展示社会人生，发掘社会问题和人生不幸。李云雷的创作目的却另辟蹊径，他说：“我们总是在发展，在进步，偶尔停下来细想想，竟然无法记起自己的来路，忘却了初心，又胡为乎来哉？我们走了那么久，又要到哪里去呢？我们真正想要的生活是什么？这些都是时常萦绕在我心中的问题，我也没有答案，但我想以小说的方式进行探讨。”[②]这就是说，李云雷是想通过小说的形式，探讨中国乡村这一庞大的底层社会，一些有关乡村乃至整个国家的重要问题，譬如传统乡村社会有哪些优秀的文化和精神？我们的改革目的是为了什么？我们要向哪里发展？当然，他知道，这些问题是难以回答和表现的，但他愿意用小说的形式，揭示问题，促使人们惊醒、思考。这也正是对“左翼文学”、革命文学中“问题小说”的一种继承。我们知道，中国农村从20世纪80年代初期的改革开放，到今天已走过三十多年的路程，而80年代初期到末期的十几年间，是一个至为重要的转折时期、革命时期。李云雷把他的笔深入到这一时段，就是要力图弄清当时的社会形态，后来的发展走向，其中的经验教训等等。为了达到这样的创作目的，李云雷在所有的作品中，都采用了第一人称“我”的叙事方法，“我”就是重返故乡、重温童年的当事者、亲历者，“我”的形象、经历，保持了最大程度的真实。读者从小说

---

①石一枫:《再见，牛魔王·序二》，作家出版社2017年11月版，第13页。

②李云雷:《再见，牛魔王·后记》，作家出版社2017年11月版，第308页。

中不难读出这样一个形象：一个土生土长的农村孩子，出生在一个大家庭里，阖家和睦，家规较严。他单纯、善良、真诚、仁义、上进。在家里是好孩子，在学校是好学生。他上完农村小学、初中、县城高中，有幸考取北京的大学，留在京城漂泊。但他每年都要回到故乡，同故乡、乡亲、家人保持着密切关系。想来这一形象同作家本人有着较多的重合，当事者、叙事者的真实，才保证了他写的生活、故事、人物的真实性、可信性。当然这只是小说创作的一个策略而已。

小说艺术的创新，追求现代是一种创新，退回传统同样可以成为创新。李云雷的小说乍一看朴实无华，既无新锐思想，也无新潮手法。但细琢磨就会发现他的良苦用心，孜孜探索。首先是打破了真实和虚构的界限，使他的小说呈现出一种原汁原味的写实特色来。其实他写的故事、人物、环境等，有许多是借取、融合、虚构的，但在创作中以真实的“我”为基点，努力使表现对象逼真化、客观化，就使他的乡村世界，具有了最大的可感性、可信性。其次是他摒弃了那种戏剧化、推理化的结构形式，采用了自由、多样的结构形式。就使他的小说显得朴素、单纯、好读。其实他谙熟现代表现方法，譬如前期的《假面告白》和近期的《再见，牛魔王》，就自如地运用了荒诞、象征手法，但在绝大部分作品中，使用了散文化结构方法。此外在人物刻画上，他承传了现实主义注重人物形象的传统，但他的人物淡化了个性，突出了人物的个体生存命运，显然受到了西方现代主义文学的影响，成为一种扁平化人物。在人物形象塑造上，作者还需要继续探索和实践。

铭记80年代的乡村历史

李云雷的故乡系列小说，对当下文学的突出贡献是，描写了北方农村的一段重要历史，刻画了众多的乡村人物形象。我们知道，20世纪八九十年代的农村历史，是一段极不平凡的历史。延续了三十余年的社会主义集体经济体制，终于在20世纪80年代初期被打破，广大农村逐渐实行了土地承包责任制，这一制度性变革开启了中国农村改革的大潮，带动了整个国家的现代化转型。农村从土地承包制的实行，到乡镇企业的兴起，到农民工进城，到乡村的衰落和城市的膨胀……每一步历程，都充满了艰辛、阵痛。但在这整个历程中，80年代的农村改革，是破冰式的、奠基式的，是一个隆重的序幕。李云雷的乡村系列小说，向前涉及20世纪六七十年代的农村历史，向后延伸到20世纪八九十年代的农村现实。但聚焦区是80年代实行土地改革的那一时段。这一时段是别有意味的。“文革”结束，农村积弱积贫，百废待兴，农业生产责任制在探索中推进，农民还停滞在古老传统和革命传统混杂的生活方式中。之后农民的生产和生活一步步地发生变化，同时又出现了新的社会民生问题。李云雷小说的重心，表现的正是农村的这段历史风景。他出生于1976年，80年代是他的童年和少年时期，农村的历史变迁，深刻地烙印在他的心灵和生命中。

一个作家在看取社会和人生时，要有宏观的理性把握能力。李云雷说：“没有历史感，就没有现实感，我们只有在历史脉络的细致把握中，才能够更深刻地感知和把握到‘现实’。”[①]李云雷的故乡山东冠县，位于鲁西北黄泛平原，是华北平原的一部分，地势开阔平坦，土地肥沃，以农业和林业为主业。作家就在这样一片土地上，创造了一个故乡世界，蕴含了80年代那样一段特殊历史。而追溯历史的目的，是为了更好地把握现在，谋划未来。

李云雷笔下的故乡世界，是贫穷的而又是美丽的、是社会的而又是日常的，是不变的但又是变化的、是传统的但又是现代的。作家遵循的是写实主义手法，却在一些关节点上，采用了虚化模糊手法，就使写实遭到解构，变成了艺术。譬如他写到围绕故乡的许多村庄，如上初中的直隶村，常住的姥娘家张坪村，还有萧化村、七里佛堂，五

①李云雷:《如何讲述新的中国故事》,北京十月文艺出版社2017年6月版,第331页。

里墩、吴家村等等，但他就是不给故乡一个村名。为了叙述的方便，我们权称之为李家庄，因为作者是李姓，且有一个较大的家族。譬如小说中有一个贯穿始终的“我”，而“我”同样无名无姓，他自然是作者的“化身”，但又不完全等同于作者。如《纵横四海》里的“我”，是一位混迹江湖、流浪乱世的小地痞，他肯定与作者无缘。文本中的“我”与作家主体的“我”，同样是真真假假的。这个李家庄就坐落在鲁西北平原上，距县城不远，村子不大不小，历史传说久远，百年来风风雨雨，但村子面貌依旧，只是在80年代的农村变革中，才风生水起，由小变而走向大变。中国的农村，“麻雀虽小，五脏俱全”，同样是由经济、政治、历史、文化、道德、日常生活等构成的。作为“70后”作家李云雷，他的农村生活经历并不长，就连刚刚结束的“文革”也未赶上；他的农村知识也有限，对政治、经济等比较隔膜。譬如在他的17篇小说中，只有《三亩地》深入到了李家庄的政治、经济、历史层面。三亩地是村里的一块好地，半个世纪中几易其手，先是地主家的土地，后成为村小学驻地，最终又回到地主的后代手里。围绕这块土地，老支书占理大爷与地主二礼爷爷，经历了漫长的斗争。作家艺术地表现了农村的政治、历史斗争，刻画了不同阶级人物戏剧般的人生命运。但在作者的绝大部分作品中，并没有涉及农村的政治、经济方面；譬如村政权、村干部，他只写到占理、继春、小四儿三任支书，除老支书外，其余涉笔甚少。政治、经济内容的匮乏，削弱了这一系列小说的深广度。这不能不说是李云雷的一个“短板”。李云雷故乡小说最出色的，是对优美的自然环境、温暖的人伦关系、坚韧的底层社会的细腻而动情的描绘。这也是他的小说最有艺术魅力的地方。

作家营造了一个天人合一的自然世界。20世纪80年代初期的李家庄，虽然改革的春风已然吹拂，但这里似乎行动迟缓，依旧延续着集体化制度和生产，村里实行分田分地，也没有引起什么波动，而一旦分田到户，人们的生产积极性就高涨起来。村里确实很穷，没有通电，人们过着代代相传的小农生活；也没有什么现代农具，种地依然是老祖宗的刀耕火种套路。但贫穷掩盖不了这方土地的自然之美。《林间空地》中描绘，整个村庄隐藏在郁郁葱葱的绿树中，村里村外到处是大大小小的树林子，种满了各种各样的树木，“浓荫蔽日，花果飘香”。村东杨树林边有一棵被雷劈成半边的老槐树，有一泓清澈的小水潭，还流传着村民救助小青龙、狐狸报恩老猎人的美丽传说，让年幼的“我”和小伙伴们百听不厌、心驰神往。《梨花与月亮》写的则是人与自然的和谐美，大片的梨园，繁花如雪，阡陌纵横，“我”与表哥住在窝棚里，吃着新鲜梨子、烧烤玉米、毛豆，看着古代小说。表哥则与穿长裙的上班女孩相爱了，小路上留下他们的串串脚印，花香中飘散着他们的喃喃情语。难怪贺绍俊说：“在李云雷的小说里，始终隐含着一种现实与理想的矛盾。事实上，他是用少年和乡村记忆构筑起一个精神的乌托邦，在这个乌托邦里，承载着他的社会理想的全部内容。”[①]李云雷在这些小说中，讴歌着自然之美、天人交融的美好境界，暗含着他对人与自然对立现实的忧虑与批判。

李云雷描绘了一个人伦道德的文化世界。传统乡村是一个家族社会、人伦社会，有一套根深蒂固的伦理道德观念。同时也特别重视传统文化和民间文化的教化作用。尽管持续不断的农村革命，冲击着乡村文化，但它依然顽强地存在着、生长着。《电影放映员》里，李家庄放电影成为盛大的文化节日；《红灯笼》中，写俊江大爷擅做红灯笼，且无偿地送给村里的孩子们，点缀着平淡的世俗生活；《乡村医生》里，写一中一西两位医生，不仅悬壶济世，同时把医学知识和科学观念传播到村民中。《并不完美的爱》描写了一个家族里感人至深的人伦亲情。一家三代数十口人，长幼有序，家风纯正，和睦兴旺。但爷爷、奶奶早已去世，是续弦的后奶奶支撑着这个家庭。这个家庭靠的是传统的伦理道德，使后奶奶引领着全家度过危机，使儿孙们恪

①贺绍俊:《真诚的李云雷和真诚的小说》,《湖南文学》2011年第5期。

守着孝道支持着奶奶。而作为孙辈的“我”深刻认识到了家庭伦理的重要，奶奶对“我”的真爱以及她的伟大。

作家书写了一个“穷则思变”的底层世界。李家庄村风纯正、民性善良；村民勤劳、节俭，坚韧、达观。但在改革大潮的推动下，贫困的村民唤醒了致富的愿望，村子的面貌一步一步地发生着改变。李云雷在《界碑》《三亩地》《林间空地》等多篇小说中，写到了故乡和村民的变化。村里建起了化肥厂、造纸厂、铸造厂等各种各样的工厂，村边开通了四通八达的柏油路乃至高速路。由于离县城很近，城镇化推进迅速，过去的老房子变成了楼房，现代化小区也矗立起来。村里的年轻人有的到远方的城市打工，有的成为新工厂的工人。昔日的少年小四儿当了村支书，踌躇满志地规划着村里的未来。而地主的孙子二礼成为著名企业家，财大气粗，买地盖楼，威震一方。随着现代化的实现，新的社会民生问题也蜂拥而出。贫富两极分化日益加剧，土地河流被严重污染，家庭矛盾层出不穷，人们的精神情感大幅度失衡…… 面对故乡和乡亲们的种种问题，“我”再难以找到童年时代的古树、小路、界碑，也再难以预测故乡的前景、道路、命运，陷入了深深的困惑中。

书写历史变迁中的乡村人物

在李云雷的“底层文学”思想中，描写底层民众是其中的核心内容，他明确指出：“从总体上来说，正是‘底层’这一群体从根本上决定着中国的将来，‘人民，只有人民，才是创造历史的动力’。这样的历史观才是正确的，才是真理，而并不像某些精英所想象的那样，底层是社会发展中的累赘，是可以牺牲、可以抛弃、可以忽略不计的因素。‘底层叙事’的先锋作用在于，它不仅要打破意识形态、市场、精英在文学上的垄断，讲述底层的故事，发出底层人的声音，而且要以文学的变革为先导，唤起民众的觉醒，在政治、经济等领域中真正体现出底层的利益与力量，从而改变现实秩序中不公正、不合理的部分。”①

李云雷秉承了“左翼文学”和革命现实主义文学的人物观念，但在新的时代又有了进一步发展，融入了现代思想文化与表现方法。他剔除了传统现实主义为了突出人物，把人物与环境割裂甚至对立起来的思想倾向；摒弃了传统现实主义注重人物个性和共性，致使人物往往滑向外在化或理念化形象的创作弊端。他汲纳了现实主义和现代主义人物塑造的思想精华，在创作实践中努力把历史环境与人物形象水乳交融，在历史潮流中刻画人物，使众多人物构成一种群体性形象；他不排除人物的个性和共性，但更注重表现人物的个体生存和个体命运，以及单一和简单的性格特征，使他的人物大多数成为扁平化人物。这种人物的命运与性格得到强化时，便成为具有较强概括力的类型化人物。这种扁平人物同样可以成为有价值的艺术形象。他在写人上，不采用“全景式”的“油画”方法，而运用“散点式”的“国画”方法，几段白描，留有空白，让读者在阅读中联想、补充、完成，这倒颇像中国古典笔记小说的路子了。但值得思考的是，李云雷刻画了众多的人物形象，但真正能够站立起来，留给人们深刻印象的人物并不多。传统现实主义的个性化、典型化人物虽有局限，但其创作方法依然是富有生命的。今天应当怎样赓续、重构现实主义创作方法？

《再见，牛魔王》小说集中，作家刻画了老年一代、中年一代、青年一代的很多人物形象，这些形象有的单薄、有的丰满、有的坚实。总体而言，老年人物和青年人物形象，塑造得更为成功。

老年一代农民，是作者“我”的爷爷奶奶辈，作者总是用敬重、理解的心态描写他们。他们历经漫长的历史，坚守着传统思想性格，在时代变革中落伍了，依然坚韧、乐观地劳动、生活着。如治病救人、热心宽厚的老中医顺德爷爷，如生活艰难、以命护子的老族长武

①李云雷：《如何讲述新的中国故事》，北京十月文艺出版社2017年6月版，第259页。

爷。如多才多艺，用做灯笼、用登台演戏带给乡亲快乐的俊江大爷。《并不完美的爱》刻画了一个感人的小脚奶奶的形象，她出身贫寒，卖给大户人家做丫鬟，后来有幸嫁给“我”爷爷，但丈夫早逝，她用脆弱的肩膀扛起整个家庭，抚养三个后儿子长大成人、成家立业，支撑起一个和睦兴盛的大家庭。她勤劳节俭、坚强自尊、治家有方，受到了儿孙及全家人的钟爱与孝敬，是传统女性中的杰出母亲。作者在多篇小说中描写了老支书占理大爷，他在“土改”“文革”等历次运动中都是积极分子，领导村民批斗地主分子，英武一生。但在晚年却生活窘迫，成为地主孙子的看门人。而他依然抱着理解达观的态度看待社会人生。是一个令人深思的老前辈形象。《三亩地》中作者还勾勒了一个老地主二礼爷爷的形象，他一面是曾有大片土地靠剥削发家的地主，一面又与哥哥很早就参加了革命事业。他在历次运动中被批判、被斗争，虽然内心不解、不服，但并不怨天尤人，谦恭做人、劳动改造，体现出一种顺应时势、开明进步的思想性格。在乡村小说的地主形象中，这一人物是有所突破的。

中年一代农民形象，是作者“我”的父亲辈，这一代人是社会和家庭的主角，背负着更重的人生担子，命运也更为曲折。也许是因了代沟的关系，作者对父辈不很了解，这类人物就写得较少、较弱。《哑巴与公羊》中的老黑方，妻子早亡，女儿天生哑巴，养了一只大公羊配种赚钱维持生计。但老天不公，他与寡妇幽会引来一场暴打，哑巴女儿被人强奸怀了孩子。他努力应对，设法化解，表现出底层民众历经苦难、顽强生存的生命力量。《乡村医生》里的西医医生铁腿他爹，是村里的一个异端人物，他有文化，医术好，家庭完美。但却与一个年轻女孩相爱并同居，导致了妻亡家破。而他不思悔改，干脆与女孩子私奔他乡。是一个接受了现代思想观念，为爱情抛弃一切的殉情者形象。此外，作者还描写了故乡几位另类人物。如心灵手巧、但天生哑巴，备受侮辱与损害的女人英；如家庭贫寒，没有母爱父爱，一步一步陷入盗窃团伙的小偷小杰。作者寄寓他们深深的同情，写出了他们身上美好的人性之光。

青年一代农村孩子，是作者“我”的同代人。他们出生在同一块土地上，但由于家庭、环境、教育、经历、性格乃至各种偶然因素，却导致了截然不同的人生道路、命运沉浮。“我”并不认为自己走出故乡、考取大学、留在京城，就是一种优秀和成功，而是因为各种机缘际会，才使自己走了别样的人生道路。他与故乡的小伙伴们是平等的，他们在故乡同样可以成就人生的灿烂。他写了约有二十多位农村男女青年形象。如《织女》中温柔的芳枝、泼辣的桂枝姊妹俩；如《泉水叮咚响》里俊美、勤劳、爱家，终于获得美满爱情的亲姐姐；如《梨花与月亮》中因恋爱受挫、决意参军成就自己的表哥；如《纵横四海》里没有人生目标而成为黑道人物的二猛、小东。有些青年人形象写得鲜活、结实、富有个性。譬如《三亩地》中“我”的小学同学二礼，出身不好，但聪明、淘气，人生道路遇阻，却使他在农村改革中成为敢闯敢干的企业家。买祖田盖别墅、隆重安葬爷爷，显示了他的逞强性格和勃勃雄心。譬如《我们去看彩虹吧》里的女孩小锐，家庭、人生都处于困境中，却没有放弃对人生的幻想，自学英语、城市打工，终于成为一位国际导游。譬如《暗夜行路》中的小霞，活泼大方、多才多艺、坚强进取，小小年纪就成为英国大学的教师，投身马克思主义理论研究。是“70后”一代中的独特形象。李云雷在创作中格外钟情年轻女性形象，她们聪慧、率真、坚强、上进，散发着一种刚柔美和青春美。

正是这些不同年龄、经历、性格、命运的底层人物，他们对美好人生的不懈追求，对真善美精神品格的坚守，汇聚成浩大的力量，推动着社会的进步和历史的前行。

文章收尾，突然萌生一个问题：李云雷的故乡小说，朴素、真诚，通俗易懂，它能像当年赵树理的作品那样，走进广大的农村和农民读者吗？有什么样的机制和渠道，能把这些小说输送到底层社会呢？想来农村读者特别是青年读者是喜欢这样的文学作品的。

（原载《小说评论》2019年第1期）

短篇小说“盘点”

题材的兴衰与文学的转型

——2013年短篇小说述评

文学转型中的短篇小说

2013年的文学“气候”依然“风调雨顺”，短篇小说依然成果累累。比之往年，既无突破，也无退步。但当你仔细梳理、分析这一年的收获，会逐渐发现，短篇小说的题材比重发生了变化。这种变化并非现在才有，而今年显得格外突出。那就是乡村题材小说数量锐减，且质量有所下降；而城市题材小说明显增加，且质量呈上升态势。乡村题材小说自然不乏厚重、成熟之作，但它在内容、主题等方面，似乎已找不到新的“生长点”。城市题材小说整体显得清浅、琐碎一点，但它视野开阔、内容丰富、写法多样，一片生机盎然的景象。我们并不赞同“题材决定论”，但在某些时候，题材的兴衰、变化，又确实反映了社会的变动和文学的走向。乡村题材和城市题材的一衰一兴之间，又恰恰表现了中国社会从乡村文明向城市文明的时代转型。社会在转型、文学在转型。这种转型早已开始，正在进行。这是文学的宿命。短篇小说是时代的“风向标”，社会和文学的转型，敏感地体现在它的“摆动”中。正如贺绍俊所说的：“中国是一个农业大国，在文学上引以为自豪的是乡土文学。但21世纪以来，情况悄悄发生了变化。当下的文学创作，不仅早已不是乡土文学的一统天下，而且都市文学迅猛发展，大有取而代之的势头。中短篇小说代表着小说的文学性标杆，因此可以从中短篇小说的现状判断都市文学的走势。翻开各类文学期刊，反映都市生活的中短篇小说占有大多数。从年轻作家的选择重点看，近些年涌现出的年轻作家，他们多半选择的是都市生活题材。这一点特别突出表现在70年代出生的作家以及80后的身上，这与他们的生活经历和知识结构有关。”①中国文学已进入一个乡村文学衰微而城市文学兴盛的时代，这大约是毋庸怀疑的了。

社会的转型影响、带动着文学的转型。文学的转型又深化、校正着社会的转型。如果说，80年代农村的改革开放，打破了保守、僵化的计划经济体制，使农村和农民走向了市场经济大潮的话。那么，90年代之后的城市发展，则推动了中国的现代化进程，并使国家进入了全球化格局。而今天，城乡协调发展、加速推动城镇化战略，又将中国推向一个新的发展时期，启动一个规模更广、难度更大、时间更长的特大型举国工程。八九十年代的文学特别是短篇小说，完成了自己的历史使命；而21世纪以来的短篇小说，城市题材不断成长、壮大，已然渐成主角，而乡村题材虽然还在坚守，但衰弱之势已现。新农村建设、城镇化建设还没有得到足够的关注和表现。

乡村题材短篇小说毕竟有着强劲的传统，佳作还是不少。一年来，中青年作家不懈耕耘，涌现了贾平凹《倒流河》、朱庆和《回乡曲》、王保忠《安魂》、马金莲《项链》、付关军《回乡记》、杨遥《刺青蝴蝶》、温亚军《崖边的老万》、余同庆《白雪乌鸦》、张国增《唐二狗的两次死亡》、阎连科《把一条胳膊忘记了》等一批优秀作品。值得注意的是，它虽然保持着一定的思想和艺术水准，但从内容到形

①贺绍俊：《从地域文学到文学社区》，《光明日报》2013年11月19日。

式，已很难看到新的拓展。城市题材小说近年来有一种勃发之势，一年来中青年作家特别是七八十年代的新锐作家，潜心创作，出现了毕飞宇《大雨如注》、邓一光《轨道八号线》、鲁敏《当我们谈起星座》、孙频《掮客》、刘树生《丙午八月祭》、付秀莹《醉太平》、徐则臣《成人礼》、贺奕《五道口贴吧故事》、蒋一谈《林荫大道》、刘庆邦《我有好多朋友》、邵丽《小舅舅死了》等一系列精品力作。它的题材领域在拓展、思想内涵在深入，表现方法在不断丰富。但也存在着不容忽视的局限和问题，特别是思想视野的狭窄和文化意识的匮乏，已成为严重的“瓶颈”，阻碍着城市小说的发展。

乡村题材的衰退与新的“生长点”问题

对独尊文坛近百年的乡土、乡村文学的衰退，许多评论家、作家都表现出一种很复杂的思想情感。贾平凹在最近一次记者访谈中说：“至于说乡土文学将来具体怎么发展，当然以前的写法估计就不可能再有了，中国的现当代文学过去多少年取得成就的主要是在乡村文学上，我估计将来慢慢再过一两代人，这种文学类型慢慢就消退了。”他又说：“不过消亡我觉得不可能。乡土的东西肯定不会再成为中国文学的主流了，但乡土文学也不是很快就会消失，大量农村还在，更重要的是中国农村文明的思维、生活方式还在，只要土地在、思维在，那农村的东西都还会在。”①农村是一个巨大的存在，农民是一个根基性的群体。有农村、农民在，就会有乡土、乡村文学产生。但这一地域和群体正在逐渐城镇化、城市化，就势必会出现乡村文学的衰落。但这一过程是漫长的、悲壮的，它同样会孕育杰出的文学。贾平凹、莫言的代表性小说正是表现乡村陨落的“挽歌”文学。而未来的城镇化、城市化，是城市文明与乡村文明的纽结与融合，乡村文化

①贾平凹:《不要嘴说，要真操那个心》,《南方周末》2013年11月7日。

还会以另一种形态存在，乡土、乡村文学就依然会延续下去。

从2013年的乡村题材短篇小说中，我们看到了作家对农村和农民生活的多方面展示，特别是对农村和农民命运的揭示，它昭示了农村不可阻挡的衰落之势以及对发展的寻求，表现了农民在市场经济中的多变命运。贾平凹在长篇小说间隙中创作的短篇小说《倒流河》，虽然篇幅较长有18000字，艺术上也不够精雕细刻，但它无论如何是乡村题材创作上的一篇力作。小说讲述了市场经济时代的农村，一条倒流河南岸的河南农民跑到河北岸的河北山里挖煤、当煤老板的曲折故事。倒流河是一方地域风景，也是一个文学象征。它暗示了社会有时并不会按照预定方向发展，常常会出现倒流现象。就像农村和农民，人们怀揣理想去追求、打拼，有时理想实现了，但倏然间又破灭了，历史又回到了过去。在变幻莫测的社会运行和市场经济中，农村、农民都很难主宰自己的命运。小说用质朴的写法，刻画了立本与顺顺一对农民夫妻形象。他们能吃苦、敢冒险，从挖煤工到煤老板，由穷变富，实现了经济、人格的自尊。他们善良而慷慨，大行善事，支援教育、出资修路。他们固守着传统观念和行事方式，丈夫要弄一个县政协委员，妻子要在村里广结善缘，还要修一座祠堂似的老屋光祖耀宗。但在全球化的经济危机中，他们忽然间就陷入了经济、信誉乃至人际的重重困境里。贾平凹深刻地揭示了农村和农民发展的艰难性、偶然性，揭示了农民自身的文化心理和性格，同现代社会的巨大差距。是一篇从正面表现农村和农民的写实主义之作。朱日亮的《野猪泡，野猪跑》也是一篇描写农村发展的作品，但却充满了一种喜剧性和荒诞感。深山里的野猪泡村还处在原始状态，连电也没有通，可谓一穷二白。村干部一边打纸牌一边商议在天然湖上修小水电站的事情，但资金问题让村里和乡里一筹莫展。一个流浪汉式的青年人小国，随口虚构说湖里有怪物，立刻引起了村、乡、县领导的重视。信以为真，实地考察，登报宣传，要把这里开发成“摇钱”的旅游景区。小说故事情节有趣，乡土气息浓郁，真实地写出了偏远山村的生存情状。杨小凡的《梅花引》，以“我”回故乡为母亲上坟烧纸为线索，展示了农村的破败、空寂，还有曾经风云一时的大队治保主任三弄叔晚年的凄凉、悔恨和悄然死去，写出了农村“骨子里”的败落。我们的作家看到的是农村和农民的一幕幕悲剧，再难以找到农村的光明和新生之路了。

书写农村的种种现状、现象和问题，也是当下短篇小说着力的重心。温亚军的《崖边的老万》，展现的是城市化进程，给农民家庭造成的严重伤害和一系列问题。老万本来有一个和睦、安静的家庭，但老伴猝然去世，儿子进城打工，儿媳也不甘寂寞进城打工跟着有钱男人跑了，留下上初中的孙女由他照顾，但没有父母管理的孩子成了问题学生。老万既要操心儿子的再婚大事，又要担负孙女的生活和管教，弄得焦头烂额、身心疲惫。留守农村的老人、孩子，已成为当下农村的一个严重社会问题。青年作家马金莲近年来在描写西部农村和农民生活方面，显示出丰富的生活积累和出色的表现能力。《项链》以一条金项链为道具，既表现了西部农村结婚要财礼的风俗习惯，又表现了这一习惯的时代变化。所谓“三金”：耳环、戒指和项链，最初是流行在城市的，但现在普及到西部农村了，且农村实行得更坚定。其中有诸多经济的、面子的因素在。但就是这一条金项链，给男女双方以及家庭造成了莫大的影响。男方马家卖掉了一大一小两头牛，父亲马万山卖牛钱遭到抢劫，大病一场，心病沉重。而新媳妇麦香虽争得了彩礼和自尊，但金项链后来的偶然丢失，弄得内心忐忑，又影响着她与丈夫和公婆的关系。作品深刻地表现了西部农民在追随现代生活方式中付出的沉重代价，让人感慨万端。王保忠执着于乡村题材短篇小说，发表了《借宿》《心爱的儿子》《安魂》等多篇作品。在他的后篇小说中，把笔触深入到了乡村的民情风俗和人际关系中。主人公陈树，莜麦垛被人放火烧掉，本该让人同情、帮助。但不谙乡情的他把全村人当嫌疑犯，怂恿派出所民警盘查，于是引起了全村人的愤怒和敌对。他盲目接电线被电死，村人不仅不同情，还集体上坟去唾他，以驱鬼魂。只有好心的顺莲为他烧纸安魂。通过这一故事情节，作家揭示了乡村社会看不见的人际关系和道德规范，驱鬼风俗是一种根深蒂固的乡村文化。

农民工的生存与精神状态，是近年乡村题材小说着力的领域。但农民工横跨乡村和城市两端，侧重点在表现农村的可以放在乡村小说中，侧重点在表现城市的可以放在城市小说里。2013年，依然有大量的农民工题材小说，且思想和艺术质量有了提升。阎连科的《把一条胳膊忘记了》是一篇难得的力作。小说以惨烈的情节、滞重的语言、悲痛的情感，描述了17岁的打工少年银子送老乡金棒的一条胳膊回故乡的故事。金棒死在倒下来的楼墙事故中，一条胳膊留在工地上。包工方匆匆火化了他的尸体运回故乡，根本不理睬遗漏了的胳膊。金家得了一大笔赔偿，隆重而安心地安葬了金棒的骨灰，也不愿接受节外生枝的一条胳膊。一个鲜活的生命，一条完整的胳膊，在现实生活中竟遭到了如此的漠视、冷遇。只有纯朴、善良、仁义的少年银子，带着一条胳膊千里迢迢送回老家，默默埋葬。小说强烈地表现了农民工生命在现实社会中的无足轻重，一个真诚少年对生命的关切、呵护和尊重。是一曲悲怆的生命之歌。朱庆和的《回乡曲》描写了农民工刘泉梦醒之后的无路可走。城里打工多年，既没有赚下钱，也没有找到女朋友，而公司即将倒闭，他再次面临失业。回到故乡，昔日的美好田园已经破败，父亲、哥哥、同学都活得很艰难。城乡两边的梦想都破灭了，他不知何去何从。但他内心涌动着一个念头："多想成为一个农民。娶陈艳或像她一样的女人当老婆，每天日出而作，日落而息……""他哪儿也不想去了，他就想跟他的亲人在一起，看着他们劳作、痛苦、微笑、悲苦……"小说尖锐地提出了青年农民工最终的出路问题，他们中间有的留在、融入了城市，但大多数依然要回到故乡、家庭。他们为国家的发展付出了最沉重的代价。余同庆的《白雪乌鸦》同样写的是农民工的还乡，但不是身体的还乡，而是灵魂的还乡。年轻媳妇王翠华是村里最后一批进城打工的，但她绝不愿与同乡姑娘媳妇们开洗头房、做皮肉生意，因误导了外乡姑娘小芳沦为了卖淫女，她几次上访请求公安局解救，最后竟变成了乌鸦，跟着丈夫回到村里，整日在空中盘旋，嘴里叫着："苦哇！苦哇！开洗头房丧天良，我对不起小芳，我要上访！"乌鸦是王翠华灵魂的化身，她虽然成为卑微的打工者，但依然坚守着善良、纯洁、正直的品格，用自己微弱的力量和不屈的精神，反抗着现实社会的污浊和人性的堕落。作品成功地运用了荒诞和象征手法。

乡村题材短篇小说在表现当下农村的衰落命运，揭示农村社会的种种现象和问题，刻画各种农民特别是农民工的生存和精神境遇等方面，确实产生了不少优秀作品。但存在的问题也是不言而喻的，它看到了农村衰败、农民不幸的一面，但忽视了农村发展、农民奋争的一面。它关注了部分农村无可奈何的破败乃至消亡，却没有昭示出这是现代化进程中的痛苦蜕变。对于正在进行的新农村、城镇化建设，当下的短篇小说涉猎甚少，表现不力，而这恰恰是中国农村的新生之路，乡村题材小说的"生长点"。

城市题材的兴盛与文化意识的匮乏

在乡村题材小说逐渐衰退的同时，城市题材小说却不断生长、壮大，改变了乡村文学独步文坛的格局，形成了乡村文学与城市文学二元并存的文学态势。随着时间的推移，城市小说将取代乡村小说的主流地位，迎来中国文学真正的转型时代。但目前的城市小说还处在探索、发展时期，存在诸多问题。首先是缺乏自觉的文化意识，大部分作家的创作还处在感性的、自发的状态，凭借的是个人感受、生活诱发去创作；而没有把城市作为一个整体存在，从历史的、文化的角度去观照、去表现。也没有去探索一座城市以及城市人的文化精神和性格。其次是作家对城市的认知普遍存在着偏见，认为城市是丑陋的，需要审视、批判，而乡村是美好的，应当美化、歌颂。这些问题，都阻碍着城市小说的健康发展。

在2013年的城市题材短篇小说中，我们看到了一些中青年作家，努力从宏观视野，对城市问题、现象乃至城市人心理等的探索和把握。城市社会比之乡村社会，更加复杂、隐晦、多变，把握也显得更加困难。但只有一步步地深入城市的深层和内核，文学才能显示出它的力量和价值。毕飞宇的《大雨如注》，切入的是当下中国特别是城市的社会难题——下一代的教育问题。小说描述师范大学管道工大姚以及妻子韩月娇对女儿姚子涵的抚养、教育、管理等一连串故事情节，逼真而鲜活地表现了当下“教育竞争、成龙变凤”意识，不仅深入到了作为父母的心理和行为中，也植根在了孩子的灵魂和成长中。这种残酷的竞争，改变了父亲母亲的人生和生活，也摧残了孩子的心灵和身体，成为城市社会愈演愈烈的文化病象。毕飞宇的小说写得敏锐而雅致、调皮而锐利、精微而夸张，形成了自己的鲜明个性，充分显示了短篇小说的美妙与魅力。范小青的《五彩缤纷》写的是城市中随处可见的造假现象。大学毕业生吴中奇——“我”——在城里买房子，却遭遇了一系列匪夷所思的事情。“我”丢了身份证，有人弄到手，竟以“我”的名义买了首套优惠房。“我”要买房，新规定要求必须有结婚证，“我”托老家的村长办了证，寄来的却是假结婚证。真真假假、以假乱真、假象横行，让人处处碰壁、欲哭无泪。深入地揭示了当下城市的一种时代特征，城市人特别是年轻人在虚假世界中生存的艰难。小说颇有点黑色幽默的味道。此外，作者的《梦幻快递》《真相是一只鸟》，也都是不错的城市小说。青年作家贺奕的《五道口贴吧故事》，表现的则是城市网民的社会心理。一帮网民在网上围观、议论俄罗斯女孩柳芭被杀一案，参与者众多，时间长达三个多月。楼主是“随处是终点”。案件扑朔迷离，公安局结案之后依然留下种种疑点。网民的议论分析头头是道、独出心裁，充分显示了他们的公民意识和聪明才智。既是一个错综复杂的案件，又是一个引人入胜的故事。这是一篇真正具有城市感和现代感的作品。

表现现代人的生存与精神困境，是城市短篇小说长袖善舞的一个领域。本年度这方面的优秀之作可谓俯拾即是。首先是现实的、环境的、物质的生存困境。吕魁的《朝九晚不归》写年轻律师马山一天多的时间安排，真实表现了一个大龄白领疲于奔命的工作、麻木的情感精神、世俗的生存欲望。城市生活已经把他异化成一个没有自我、激情、理想的机器人了。裘山山的《对影成三人》写音乐教师包晓妮假日旅游，她、男朋友、旅游地司机，都置身在一个复杂的利益、人际关系网络中。看似活得潇洒，其实都没有个人的自由和空间。孙频的《掮客》写某公司的四男一女五个白领，公司的裁员决定使他们都觉得利剑高悬，他们相约吃最后一顿晚饭、到按摩中心放纵，把他们生存的艰难、内心的孤独乃至爱情的幻灭，展示得淋漓尽致。青年作家蒋一谈的城市题材小说写得敏锐、严谨而沉郁，发表了《透明》《故乡》等多篇作品，《林荫大道》描述的是刚刚毕业的女博士夏慧，在职业、爱情上的无奈选择，真切地表现了年轻知识分子面临的生存窘境和对事业理想的放弃，精辟地揭示了现代人在五光十色的物化时代的心灵博弈和精神痛楚，令人感慨、深思。

其次是情感的、心灵的、良知的精神困境。李治邦的《给我一个理由》刻画了一位小公司的副总经理李重，年近不惑，人生不顺，他固执地要人们给他一个“理由”，但总是难以得到。活得认真因此就分外艰难。甫跃辉的《饲鼠》写了一位商界精英顾零洲，幼年时全家同住一屋老鼠的作乱，年轻时住筒子楼与老鼠的搏斗，竟深刻地影响着他的心理、生活乃至爱情。反映了人生中的某些经历对人命运、情感的微妙作用。鲁敏的《当我们谈起星座》描写了文学艺术圈外表的风光、热闹、浪漫，内在的空虚、无聊、隔膜。没有专业特长，甘愿做联络、服务工作的大林，突然跳楼自杀，才使那些所谓的名家、大师们，开始反思“江湖”的堕落、人生的虚幻。付秀莹是一位视野开阔、富有才华的新锐作家，她的《醉太平》同样表现了文化学术圈外强中干的颓废景象。人到中年的老费，既是知名学者又是名刊主编，但春风得意的人生中，却掩盖着婚姻的破裂、情感的空虚，以及对圈子的厌倦、对学术的怀疑。学术圈沦为了名利场，高尚的学术变成了世俗的工具。作品写得细微、感伤、流畅、抒情。她的另一篇《曼啊，曼》写北京白领的日常生活和内心纠结，蕴含着现代都市的新鲜气息，表现了城市人生命中的难以承受之轻。

如上所述的作品，深入地表现了城市社会的种种现象、问题乃至阴暗，揭示了城市人的生存与精神困境，显示了文学的审视、批判作用，这是值得充分肯定的。但是，正如卡尔唯诺在《看不见的城市》中所描述的，城市有两种形态，既有“乌托邦城市”也有“地狱城市”。其实这正是城市既对立又统一的深层特征和性格。文学就是要表现出城市的这种两面性、完整性来。而当下的城市小说，只表现了“地狱城市”的一面，忘却了“乌托邦城市”的一面。作家常常站在乡村文化的立场，用理想化的纯朴、自由、和谐的乡村特征，去反观城市的虚伪、压抑、冷酷的种种“病症”，强化了城市的丑恶，掩盖了城市先进、开放、文明的一面。付秀莹在一篇文章中写道：“如果说，乡村是我的过去时态，那么城市，则是我的现在进行时。我身处其中，每天与她晨昏相对，耳鬓厮磨。虽然，我常常念及乡村的美好，然而，我却实实在在地，享受着现代城市的种种便利之处。作为一个写作者，我常常想，我该如何与城市相遇？在城市生活浩浩荡荡的河流中，我的文学想象，从何处开始，在何处结束？从某种意义上，斑驳丰富的城市生活，或许能够更清晰地映出大时代的投影。如果把乡村比作梦里念里的情人的话，那么与城市，则是日夜相守的世俗夫妇。”①这些话是值得作家们品味、思考的。

城市底层民众与打工者，是宝塔型的城市社会的庞大基座，表现这一阶层已经成为当代文学的一个传统了。在2013年的短篇小说中，依然涌现了描述这一阶层的众多佳作。苏童的《她的名字》刻画了一

①付秀莹：《在城市灯火中回望乡土》，《光明日报》2013年8月23日。

个工人家庭出身的女子段福妹，为了与命好的女朋友一样有美好的人生，三次煞费苦心改名字，但并未改变了自己曲折艰苦的命运。表现了底层女性同命运的不懈抗争。刘庆邦近年来营构“保姆在北京”系列小说，写活写透了城市保姆群体的生活遭遇和情感命运。新作《我有很多朋友》，描写了一个工作尽职尽责，向往城市生活，不愿再回到农村，虚荣心很重，渴望城市爱情婚姻的小保姆形象。徐则臣的《成人礼》塑造了两位打工者形象。主人公行健是一个从蒙昧走向觉悟的年轻人，而“她”则是一位在打工生涯中化蛹为蝶的完美女性。“她”给予他的关爱、性爱、勉励，使他迅速地成长起来，懂得了打工、奋斗、人生的真正意义。他们在打工生涯中收获的不是金钱和物质，而是经验和智慧、思想和精神。这是从正面表现打工者和他们的人生的。小岸也是一位善于书写底层人物的青年作家，她的《寻父记》描写了父子俩光棍，父亲在街头干修车活儿，儿子韩宝军在澡堂做搓澡工，两人相依为命、父慈子孝，勤奋干活、憧憬未来。而人有旦夕祸福，面对父亲的重病，儿子要动用全部存款为父治病，父亲为了儿子的未来悄然失踪，充分表现了底层民众人生的艰辛、亲情的真挚、人性的美好，使读者在无言的悲伤中，感受到了底层社会的纯朴与温暖。

城市小说可以写城市的现在，也能够写城市的过去，后者不妨称为：古城叙事。我们有一批年龄较长的作家，始终在发掘着古城的旧人旧事，捕捉着其中的传统文化和城市性格，源源不断地创作出一些优美篇章来。王雄的《八宝印泥》，以御用八宝印泥为故事线索，展示了半个世纪的历史传奇，书写了民间艺人为承传文化所付出的努力和代价，所体现出来的高洁人格和精神。刘树生的《丙午八月祭》，讲述的是“文革”年代，一张沉香条案与一只名贵信鸽的悲剧遭遇，凸显了昔日市民的生活情趣和文化性格，揭露了“文革”运动的荒诞、疯狂和残暴。小说有浓浓的“京味”。聂鑫森的《典当奇闻》写的是湖南湘潭三四十年代的典当行业，刻画了一位学识渊博、有仁有义、外柔内刚，在日本浪人面前大智大勇的英雄形象。黄咏梅的《八段锦》写的是现代城市一景，描写了梧城老中医傅少杰与他的宝芝堂中医馆，在市场经济的冲击下，在体制式的群众药店的排挤下，怎样一步一步地萎缩、消亡。作者实际上写的是古城传统文化、传统人格在今天的悲凉命运。我以为，这些作品虽然写的是城市的旧人旧事，但它恰恰是真正的城市小说，其中有人物、有文化、有思想，值得年轻作家研读、借鉴。

城市小说风生水起，强势登场。但由于根基不深，又缺乏理论引导，因此还有许多问题需要解决。譬如在思想观念上，还没有确立一种自觉的文化意识。什么是城市意识？就是把城市当作一种描写主体，发掘和表现出它的现实情状、历史演变、文化性格，以及各种各样城市人的现实生存、性格命运等，彰显出作家对城市的深入洞察和宏观把握。既写出城市“地狱”的一面，也写出城市“乌托邦”的一面。但这样的城市小说我们还很少看到。而源远流长的乡村小说，始终具有自觉的文化意识，城市小说应当从乡村小说中汲取经验。譬如在艺术表现上，还没有形成一种丰富的、成熟的写作方法和范式。存在着普遍的类型化、碎片化现象。应当说，城市题材是最丰富多彩的，但我们在作品中看到的，常常是“千部一腔”“一地鸡毛”的景象。这种现象源于作家的思想资源匮乏和流行文化的同化，也源于作家文学准备的不足和艺术追求的狭窄。譬如在作家特别是青年作家的自身修养方面，普遍存在着思想理论的欠缺，特别是对城市历史发展、对城市深层矛盾的认知方面，缺乏理性认识和思考。这就必然导致城市小说的浅薄、雷同、冗杂、碎片等种种现象。城市小说尚处在突发期、探索期，还需要克服诸多问题，还需要走很长的道路，还需要几代作家的努力。

在城乡交织地带的探索

乡土、乡村文学的衰退，并不意味着它的完全消亡、退出舞台。作为一个依然是农业大国的中国，作为一种根深蒂固的文学传统，它自然还会存在、绵延下去。在一定的社会、文化环境中，甚至还会“老树新花”、再度振兴。而中国的现代化历程就提供了这样的契机。那就是新农村建设、城镇化战略的展开给文学创造的火热现实和文化语境。新农村和城镇化建设，绝不只是政治、经济的发展，同时也是文化、思想的创造。在当下的短篇小说中，表现这一内容的作品还不多，但在有限的篇什中，我们看到了新的萌芽、新的因素的生长。

城镇作为一种独特的地域，它既包含着乡村文化，也渗透着城市文化，在这种城乡交织地带，更可以折射出两种文化的冲突、交融来。付关军的《回乡记》是一篇正面展示新农村建设图景的小说。故事以城市企业老板宋词为躲债回到故乡的所经所见为线索，展示了宋庄在城镇化建设幌子下出现的乱象。盲目上马工业项目，土地、河水、空气严重污染；村干部贪污腐败，民风民性堕落；强拆传统民居，引发了村民的暴力反抗。宋词以一个城市人的眼光，目睹了故乡的衰变，传统文化和现代工业科技文明的剧烈冲突，痛感自己已经无家可归。这是一篇直面农村现实的小说，提出了新农村、城镇化建设中的政治、经济和文化中的一些尖锐问题。杨遥是一位有着独特的艺术追求的青年作家，《刺青蝴蝶》描述了80年代初期一个小镇上发生的青春故事。来自大城市的初中女孩段雯丽，虽然学习不好，又有点风骚。但她漂亮、大方的英姿，擅跑步、会画画的特长，十足地表现出一种城市文化和做派。深深吸引着众多的农村男学生，改变、提升着他们的观念和行为。一个叫刘满意的不起眼的男生，竟暗恋上了城市女孩，大胆地追求、保护着女孩，甚至退学要去城里寻找她。小说表现的是城市文明对农村孩子的巨大吸引力，一个农村孩子在两种文化交织中的成长，城市在他们心里还是一个“乌托邦”。

当今的农村与城市，已犬牙交错地结合在了一起。各种阶层的交往、多种文化的碰撞，使现实生活变得斑驳陆离、意味无穷。只要深入观察，就会发现一些深层规律和奥秘。邵丽的《小舅舅死了》就是一篇重新审视城乡关系的力作。作品从一个城乡交错的家族历史中，从亲人之间的关爱和无意伤害中，一点一点地发掘和凸现了一个卑微、屈辱而又本性善良、纯朴的小舅舅的形象。小舅舅窝囊的一生，折射了城里亲人们的冷漠、虚伪，农村家庭传统文化道德对人的扭曲、压抑，整个家庭对一个年轻、自由生命的漠视和戕害。而事实上，正是“小舅舅在家伺候老人，支撑门面，为这个家族默默地垫背和牺牲，哪还有什么家族的荣耀?”这是对乡村文化、特别是城市现代文化的一种反思与批判，对乡土人生以及文化性格的发现和哀悼。作品富有纪实特色，写得扎实、刚健而沉郁。

城镇的社会与人生是一座文学富矿。城镇化建设将加速中国现代化步伐，促使数亿农民完成身份上的转变和人格上的提升，在更广大、深入的层面上实现传统文化和现代文化的对接与交融。现代城镇、城市依然需要传统文化、农业文化的滋养与支撑。在这样一个社会、文化的大转型中，乡土、乡村文学依然大有用武之地，依然有浴火重生的历史机遇。短篇小说也将承担起自己的“前锋”角色来。

（原载《小说评论》2014年第1期）

文学转型中的潜滋暗长

——2014年短篇小说述评

中国文学正在转型。这是当下的政治、经济、文化乃至社会生活推动的结果，是文学自身发展的需要。而文学转型最突出的特征，是乡村题材的衰退和城市题材的兴盛。文学题材的转换标志着一个新的文学时代的开始。短篇小说作为一种对社会人生最敏感的文体，社会的变革、文学的转型，必然会在它身上体现出来，因此有理论家把它称为一个时代文学的“前锋”。

检视2014年的短篇小说，似乎与往年没有什么不同，还看不到它在内容、思想和艺术上的重要突破和创新。但仔细梳理、辨析就会发现，它在许多方面正在进行着艰难转型。譬如题材上，过去占主流地位的乡村题材已让位给城市题材。但乡村题材并没有因衰退而质量下滑，反而在思想艺术上有所提升。城市题材强劲发展，但内在的“贫血”现象并未改变。底层文学还在继续，已然显得从容、理性、艺术了。官场小说热度未减，但已从重在揭露黑幕的倾向，转向了表现反腐败斗争。“80后”作家的创作，受到社会和文坛的关注，这一群体在短篇小说上也表现不凡，但自身的缺陷也凸显出来，亟待克服。变化自然不仅仅是这些方面，但这些新变和滋长却是深刻的、重要的，它将一步步地推进短篇小说的进步和发展。

每一年度的优秀短篇小说，代表着这一年度的创作高度，也反映着这一文体的创作倾向。2014年，毕飞宇《虚拟》、蒋一谈《在酒楼上》、蔡东《通天桥》、杨少衡《酒精测试》、吴克敬《油麻地》、周李立《八道门》、尤凤伟《金山寺》、朱文颖《虹》、叶兆言《魅影的黄昏》、徐则臣《祁家庄》、鲁敏《万有引力》等，是为优秀之作，表现出当下短篇小说的创作风貌和发展态势。

乡村小说的艰难探索

关于当下的乡村小说，有人认为已然“终结”[①]，有人认为正在“扩展”[②]。其实“终结说”有点武断，“扩展说”也不尽恰当。一个不争的事实是，乡村小说正在衰退，城市小说已成主流。但乡村小说还会继续存在、发展，乡土文化作为一种精神，则会在乡村、城市乃至其他题材中扩散、加强。从2014年的短篇小说中，我们不难看到乡村与城市两种题材的巨大落差。乡村小说数量锐减，城市小说数量猛长。其比例大约在1∶4到1∶5之间。有些期刊编辑明确讲：乡村小说没有阅读市场，城市小说已成为刊物的“主打”。从乡村小说内容和主题看，也似乎没有大的拓展。尽管如此，我们也依然看到了这一传统题材的深厚根基，一些实力派作家的孜孜探索。而表现现实乡村生活，描写自然乡土世界，开掘城乡交融中的时代图画，成为当下乡村小说的表现重点。

乡村社会的现实问题、矛盾和变革，依然是作家关注的“热点”。徐则臣的《祁家庄》描绘了一幕乡村社会的荒诞剧。在城里历经坎坷

①徐坤认为：“莫言的获奖代表了乡土中国文学的终结和城市文学的兴起。”见《中华读书报》2013年1月2日。

②雷达指出：“乡土文学非但没有终结，而且正在扩展边界和空间。”见《文艺报》2014年12月15日。

的打工青年祁进步，回乡为父送丧并替父还债，想不到却为竞选村长的副村长——本家堂兄祁顺风，以公司老总的名义助了一回威。但村民看透了副村长的贪婪、野心，看破了打工青年的造假、穷酸。有人用刀子划破了祁进步的人造革皮衣，使祁顺风的竞选计划黯然落空。小说把当下农村干部的胡作非为、选举作假，打工青年的误入歧途、回乡炫耀，普通农民的愚昧麻木以及觉醒反抗，写得龙蛇变幻、触目惊心。康健的《温馨叨灯》可谓异曲同工，小说写出身暧昧的打工青年黑蛋，用富姐包养挣下的20万元钱回村做好事修石桥，却遇到了一连串不可理喻的阻碍，最后不得不把钱捐给了小寺庙，请和尚为自己的亲人修一座虚幻的“心桥”。从村主任到企业家，从赖人到村霸，已不再相信回乡者会做好事，都梦想从事件中捞到好处。作品用幽默、夸张手法，表现了乡村社会道德的沦丧、人心的变异。还有陈启文《浑然不觉》，写乡、村两级政权，政策多变，封山育林，使放羊汉哑巴走上绝路的故事；李静睿《沙河涨水》，写县里的大规模拆迁，毁掉了白沙河的风景和白点点姑娘别具风味的豆花庄的情节。都表现的是一些官僚干部的激进做法同农民利益的冲突，底层农民的懦弱和无奈，显示了现实主义文学的深刻和力量。

突出表现乡村社会的天人合一、和谐人伦以及自然风情，是当下乡村小说的一个“亮点”，也是作家的一种自觉探索。陈应松的《喊树》，篇幅精短、情节集中、语言苍劲，显示了一位现实主义作家的深厚功力。小说写山民王世堂为给城里的儿子做家具，砍掉百年老树——臭娘子树的故事。深山小村、经世大树、一群苦哇鸟，以及树下的水洼、红蛙、小蛇，早已形成了一个古老而丰茂的自然世界。但现在为了城里人，却不得不砍倒、毁掉老树。老山民自然知道这是造孽行为，因此要喊树三天，甚至请伐木老人砍断树根，但最终老山民得到了报应，去深山寻找治喉癌的草药去了。在这篇短短的小说中，作家把古老乡村的自然生态，民间的喊树风俗，大自然遭到破坏之后对人类的惩罚，写得入木三分。符利群《水上花生》，以一个小女孩的视角，展现了昔日乡村的自然景象，蓬勃的水花生，肥沃的河泥、古老的水鬼传说、淳朴的民风民情，是一个未被污染的原始水乡。

当下中国，乡村与城市的界限越来越模糊，处于一种交叉、融合乃至转换的状态。因此有评论家把这种状态称为“城乡中国”。近年来，短篇小说在表现城乡交融的生活方面，做出了卓有成效的开拓。吴克敬《油麻地》，讲述了一个城市与乡村相互缠绕的故事。一位时髦的城市女人，却跑到乡村的油麻地里生下一个男婴，青年农民石厚照，出于同情和仁义，毅然救助，于是引出一连串感人情节。作品通过城市与乡村的“拼接”，城市人与乡下人文化性格的比照，生动表现了城市与乡村的血脉关系，两种文化与人性的不同特征，使我们看到了城市社会多变而精彩的人生，也看到了乡村社会深厚而高尚的人格。余同友惯用荒诞现实主义手法，在新作《转世》中，把现实与传说相交织，表现了青山绿水的瓦市村在工业污染下的逐渐衰败，乡村女孩借助转世传说由乡进城的无情现实。

城市题材的兴盛与“贫血”

近年来城市题材短篇小说发展迅猛。“60后”“70后”“80后”作家成为主力军。不仅作品数量激增，而且涉及领域宽广。如对城市社会与人的观照，对知识分子人生与精神的探索，对现代人爱情、婚姻和家庭的揭示，对现代生活方式的反思等等，都有所深化和拓展。尽管中国的城市小说先天根基不深、发育不良，当下的城市小说还有诸多问题，特别是作家对城市文明和文化的认知上缺乏自觉意识，但它所取得的实绩是众所公认的。

对城市社会与城市人以及关系的宏观把握，是城市小说思想艺术高度上的一个标志。在2014年的短篇小说中，我们看到了作家在这方面的努力。如鲁敏的《万有引力》，作家用漫画、喜剧等手法展示了一幅万花筒般的社会百相图。其中的看门人、消防士兵、企业保安部副主任和办公室主任、税务局长、宠物店小姐姐等，既独立又相连，组成了变幻莫测的城市“生存链”，而其中使人与人之间产生引力和关系的，是不同阶层、性格的人物身上那种躁动不安的名、利、权等欲望。这是作家对城市社会的一种发现，是别具匠心的艺术创造。傒晗《颤动的日光》，则揭示了现代人不同的人生追求所形成的夫妻间的矛盾、分化乃至悲剧。妻子鲍玲是女强人，充满了对物质、金钱的热情，精神情感却是贫乏的；丈夫陈曙晖是大学哲学副教授，沉湎在对形而上问题的思索中。二人其实貌合神离，丈夫已然情感出轨、在一次车祸中与儿子不幸遇难。作品尖锐地揭示了城市人因价值观不同构成的深刻危机，乃至人生本身的虚无和荒诞，有一种哲理意味。此外如钟二毛的《旧天堂》，写一个偌大的现代大城市，竟容不下一个充满诗意的旧书店，折射出作家对城市文化的一种深深忧虑。

对知识分子人生与精神的探索，始终是城市小说的重要内容。作为一个优秀的短篇小说作家，毕飞宇每年总有几篇精品奉献给读者。新作《虚拟》写的是一个家庭里祖父、父亲、孙子——祖孙三代人，围绕祖父的死展开的家庭生活和亲情恩怨，塑造了一个突兀、鲜明而又令人崇敬的传统知识分子——祖父的形象，揭示了老一代人的理想追求对家庭、对后人的深刻影响。作家通过习以为常的父子恩怨、爷孙“隔代亲”等家庭琐事，把握住了生活深层中的理想冲突、人生观差异、代际隔膜这些关节所在，展示了社会的发展演变、突显了人的精神、理想的至关重要，是一篇令人感动、又意味深长的艺术精品。蒋一谈的《在酒楼上》，写的则是年轻知识分子的人生与精神困境。一对年轻恋人，阿亮是一位历史学博士，却只能在中学做一个平庸的历史教师，陆迪是一位报刊编辑，不满生活现状却无力改变。一个天赐良机，他们可以摆脱泥潭般的体制去做自己喜欢的事情，即继承姑姑南方小城的酒楼同时照护白痴表兄，但他们最终还是回到了固有的生活轨道。“北京实在不能给我未来的生活和事业带来更多的希望”，但也看不到另辟新路能有什么样的生机。他们“出而复归”，像鲁迅笔下的民国知识分子一样，只是走了一回无望的人生圆圈，充分显示了知识分子在社会和命运面前的懦弱与无奈。作品情节精彩，叙事从容，格调沉郁，是一篇难得的短篇佳制。另外，朱文颖《虹》写知识分子家庭各种人物的精神性格、微妙关系，深切细腻，充满才情。黄梵《聪明的，愚钝的》写高等院校打假斗士文坤的悲剧命运，情节夸张、发人深思。这些都是值得一读的小说。

对城市人爱情、婚姻和家庭生活的描写，已成为城市文学的突出主题。马小淘《两次别离》写的是一对男女相爱中的两次分手，一次是赴日旅游中男人的神秘失踪，一次是终于相见女孩的决然分手，表现了爱情的诡异，两人心灵的隔膜。林筱聆《关于田螺的梦》写的是城市人的家庭危机，不管是小说中的A先生，还是B先生，或者已婚女人田螺、包括心理医生“我”，都有难以启齿的爱情、婚姻乃至性生活问题，使各自的家庭危机四伏。“我”给患者诊断时讲得头头是道，但面对自己的个人问题，却一筹莫展，可见城市人精神病之严重。刘庆邦的《合作》写的是一种非正常婚姻。大龄青年贺品刚与离婚女人金子华，过着正儿八经的一家人生活，却仅仅是一种同居，一种事实婚姻，而非名正言顺的合法婚姻。二人有着各自的小算盘，贺是需要性伙伴，可以把金家当自家，不用花钱租房子。而金是需要贺每月的3000元生活补贴，还有贺给予她的性爱。二人并没有真正的爱情，只是一种各取所需的“互助合作”。作家用从容、冷静的笔触，揭示了城市人这种畸形家庭的实情。还有姬中宪《九指女孩》，吴君《会跳舞的雪茄》，赵剑云《你有时间吗》等，都表现了城市人形形色色的婚爱生活，揭示了他们越来越开放也越来越苦恼的精神困境。

对现代人精神家园的寻觅、重构的书写，是近年短篇小说值得关注的动向。正因城市生活的“不能承受之重”，才有现代人对诗意生活、对人伦温情的苦苦寻求。这是人性的一种美好追求，是社会的一种可贵进步。张忌《素人》中的银行职员、公务员等年轻人，每周都要抽出几天时间去外地学习古琴，正如其中苏老师告诫的“古琴不能用来娱人，它只有一个用处，那就是娱己”。在古琴声中忘却红尘、愉悦自己，这正是现代人的一种精神需要。萧潇《白雪》同样写古琴故事，在繁华京都的古琴馆里，聚集着一批精心弹琴的上流人物，其中有韩国的古琴大师，有台湾的富家少爷，有北大、清华毕业的成功人士等。他们不是附庸风雅，而是为了寻求一种宁静、自由、散漫的精神空间。王保忠的《菩提钟》写的是区文化馆馆长老周与书法的故事，正因他纯粹的书法爱好，他才能在窘迫的现实生活中淡泊明志，才能面对“欲求太多”的青年有一种宽容、慈悲的情怀。书法成为他心灵的一块净土。而在另外一些城市小说中，作家则表现出对世俗人情、人伦亲情的发掘。譬如黄咏梅《父亲的后视镜》，写儿女们对父亲的骨肉亲情，令人动容。譬如王祥夫《金色琉璃》《泣不成声》，写城市普通家庭中的母女之情、母子之情，可谓一唱三叹。

城市小说已经扬帆出航，收获丰硕。但它的成长和发展还存在诸多问题。譬如作家还缺乏更为自觉、成熟的城市意识，进而在更高的层面观照和表现城市生活、文化和城市人，以及城市的发展历史。譬如城市小说在内容和思想上，还不够多样、广阔、深厚，存在着重揭露、批判，而轻肯定、歌颂的创作倾向。譬如城市小说的表现形式和风格，还缺乏应有的独创性、鲜明性，“千人一面，千部一腔”的现象十分普遍，与西方城市小说相比，还存在着很大差距。

官场文学的悄然变化

官场文学已成为当下文坛乃至社会的“热点”，长、中、短篇小说都有众多佳作。既往的官场小说，重在揭露内幕、展示黑暗，而随着整治吏治、反腐斗争的深入，人们对官场、体制、反腐有了更深入、全面的认识，官场文学也有了明显的突破和提高。在短篇小说上，从过去的以暴露为主的写作倾向，转向了以反腐为主，且把着力点放在了揭示矛盾、发掘人性、突显文化等层面。代表性的作家有尤凤伟、杨少衡、张笑天、曹军庆等。正如王干指出的“2014年反腐小说比之以往更值得关注和研讨”①。

中国的官场庞大而复杂，真实地表现官场的生态环境，揭示官员的生存状况，发掘官员之间的复杂关系，是当下官场小说表现的重心。杨少衡是一位擅写官场小说的实力派作家，近年来创作了一大批长、中、短篇小说，显示了一个现实主义作家的忧患意识和写实功底。他的《酒精测试》描述的只是一场“顶风作案”、偷偷摸摸的“公费接待”，但作家却形象地揭橥了反腐斗争与官场规则的尖锐矛盾，巧妙地显示了官场的生态环境和利益关系，促使人们更深刻地认识官场，更积极地去变革体制。曹军庆的《请你去钓鱼》立意新颖，表现的是官员与民众的微妙关系。县领导瞿光辉包养了打工妹方小惠，还拟给她买房子，让她生儿子。瞿自以为对她真心实意、恩重如山，但方却突然不辞而别。方的哥哥鱼老板在瞿面前卑躬屈膝、细心服务，瞿也格外关照鱼老板，常来钓鱼。但鱼老板在酒醉之后的真言却让官员们心惊肉跳，他想让自己的恶狗去撕咬官员，他想用农药把鱼毒死。由此可见，在“包养”“关照”的外衣下，掩盖着的是水火不容的阶层矛盾与斗争。

官场小说向反腐小说的转变，无疑是官场文学的进步，也是值得关注的创作态势。尤凤伟多年来着力官场小说创作，发表了多篇精品力作。2014年的《金山寺》又让人眼前一亮。小说写某市委书记尚增人被双规，引起了多位官场朋僚的震动和恐慌，市政府副秘书长宋宝琦苦思冥想都觉得自己没有牵连，想不到他的一次金山寺拜佛烧香，正是在尚的安排下，一位私企老板捐了10万元香火钱，他成为不明不白的受贿者。小说情节巧妙，出人意料。尤凤伟谙熟官场，真正表现出了官场腐败的多样性、隐蔽性。更难能可贵的是，作家把官员的生活、心理，表现得那样真实、鲜活、深切。例如宋同夫人的微

---

① 王干:《2014年中短篇小说 土地·反腐·青年》,《文艺报》2015年1月14日。

妙关系，宋在酒桌上替李市长喝酒，宋在整个事件中的悲喜交加、一波三折的心理活动，写得出神入化。同时，作家还揭示了官场与佛界的复杂关系。尚增人请宋到金山寺做佛事，以为报答；而宋拜佛的目的是为本命年顺利、仕途升迁。由此可见这些官员对佛并不虔诚，都把佛当成了为己的工具。更绝妙的情节是，当市委高层在研究宋宝琦受贿一案时，却竟然“集体无语”，谁都不愿“惹佛不高兴”，于是案子不了了之。这是对官场的极大讽刺，是对社会信仰的深深忧虑。劳马的《无法澄清的谣传》则揭橥了反腐败斗争中民众的一种文化心理。县委谭书记政绩卓著，权威赫赫，省纪委通知他去开会，省委叫他去谈话，本是提拔他当市委常委兼纪委书记，但却在县里、民众中流传成了“书记被抓”。传言发酵成谣言，怎样被抓，因何被抓，家人、秘书乃至司机统统出事……传得沸沸扬扬，离“真相”越来越远，甚至背道而驰。强烈地反映了民众“墙倒众人推”的民族劣根性以及“仇官”心理。但正如西方哲学家伯特兰•罗素说的“在一切社会事务中，舆论是最终的权力。”两年之后，被提拔的谭书记真的被抓，又证实了民众谣言的预见性。作家是从社会文化、民众心理的角度去写这篇反腐小说的。还有李治邦《佛爷》写顶尖的佛爷级小偷同贪官的斗智，情节巧妙，引人入胜，但这是一种通俗小说情节，缺乏更深广的思想内涵。

底层叙事走向成熟

底层叙事的出现已有十多年时间，至今持久不衰。它的主要体裁是中篇小说和短篇小说，在短篇小说上的表现更为突出。历经多年探索，它逐渐祛除了过去暴露、控诉等倾向，显得从容、理性、深厚起来。特别是在表现更广阔的社会生活、塑造底层人物方面，有着很大进步。

表现底层社会的丰富性、独特性，是底层叙事的不懈追求。王方晨的《大马士革剃刀》是一篇市井小说，描绘了山东济南一条老街——老实街的历史变迁、民情风俗和醇厚人性。这是一个地道的底层社会、民间社会。无论是莫家大院开小百货店的左门鼻，还是新来的在刘家大院开理发铺的陈玉伋，都勤劳善良、诚实仁义，一把古旧的大马士革剃刀的三送三还，足以反映他们的君子人品。但在市场经济时代的旧街拆迁大潮中，老一代人抵挡不了政府的威逼利诱，率先跟政府签了字、拿了钱，老实街从此消失，地域文化从此断绝。小说写的大多是旧人旧事，但却有着鲜明的现实意义。柏祥伟《火烧》写的是发生在底层社会的阶层冲突。老张的火烧馅饼是地方小吃，闻名县城，而开宝马车的长头发小伙子，仗势欺人，以钱砸摊，导致老人气极而亡，又引出了儿子张小帅为父报仇的情节。在整个事件中，突出地表现了富人的横行霸道、欺世乱俗，弱者的怯懦委屈、申报无门，是社会现实的一个缩影。

塑造各种各样的底层人物形象，是底层文学走向成熟的标志。当前，短篇小说忽视人物塑造，已成为一个普遍现象，底层文学在塑造人物方面的成功经验，值得认真总结。蔡骏的《北京一夜》，以一位年轻出租车司机之口，讲述了一个严峻而浪漫的人生故事。若干年前，一片意外砸落的窗玻璃改变了两个人的命运。曾经是市三好学生的司机，历经坎坷担负起了照顾砸成植物人的女同学的重担，甚至幻想着结婚成家，以赎还儿时犯下的罪责。一个纯朴、善良、坚韧、义气的底层人物形象倏然立起。董立勃的《哑巴》，塑造了一个农场农工——哑巴朱顺的坚实形象。他高大壮实，有力气会干活，还会下棋、杀猪。但又聋又哑，不谙世事，是一个被支配、被欺辱的对象。但正是这样一个残疾人，在“文革”中救助老连长，保护老母亲、对抗造反派，是一个值得尊敬的底层人物。此外，张楚《野象小姐》中那位卑微而快乐的医院清洁工鲁叶香，余一鸣《闪电》里那位技术精湛、对美足情有独钟的年轻修足师陈和生，双雪涛《大师》中一生贫困、象棋下得名震一方的老父亲，刘庆邦《贴》里那位献身矿山、热爱生活、质朴达观的煤矿工人凌尚云，他们沉浸在社会底层，肩负着社会和人生重担，但却有着纯正的传统品格和高远的精神追求，他们是我们的社会主体和历史动力。

“80后”作家的长与短

正值“而立之年”的“80后”作家，已成为文学的生力军。他们的发展如何，关系到中国文学的未来。这是成长于市场化、世俗化时期的一代作家，他们同今天的时代没有隔膜，他们在市场社会中如鱼得水。他们的创作呈现出更鲜明的多样化、个性化特征。这一代作家的创作，既表现了他们对社会人生体验的细腻、深切，同时也反映出他们精神格局的“幽微”“狭窄”[①]。令人欣喜的是，这一代作家也热爱短篇小说，给这一文体的兴盛带来了希望。《小说选刊》2014年第9、10期，推出了“‘80后’十大新锐”专辑，集中刊发了十位作家的十篇短篇小说，尽管这些作家和作品还不足以全面反映这一代作家的创作，但依然具有一定的代表性，我们的评述就从这个专辑切入。

我们发现，“80后”作家小说中的人物，主要是他们自己这一代人。他们是真正写“自我”一代的作家。他们得心应手地书写着市场化社会和世俗生活，但却并不满足和停滞于物质世界。他们的生存压力超过了前几代人，而精神、情感的困境是他们更关注的人生“焦点”。在《小说选刊》专辑的十篇作品中，写生存和精神困境的，就有六篇之多。他们在写物质困境方面，比前代作家表现得更为深刻、锋利。宋小词《刺猬心脏》，写一位打工女青年，为了生存和金钱，在推销医疗器械的过程中，不得不付出说谎与卖身的代价，她的内心挣扎和良知的呐喊，把一位打工者的人格分裂写得淋漓尽致。郑小驴

①岳雯:《80后作家，文艺的一代》,《光明日报》2014年11月3日。

《赞美诗》，写一位残疾青年与美丽女孩合租房子的故事，把残疾人生存的艰难无望、人性中善恶的搏斗，刻画得鞭辟入里。

他们在写情感困境方面，显得更为坦率，但也更多了困惑。于一爽《每个混蛋都很悲伤》描述了白领青年张纲，夫妻关系的冷漠和婚外情的纠葛。在同情人的爱和性中，他一面感到轻松、快乐，一面也感到内疚、无聊。特别是在情人遇车祸死后，他挣扎在感伤、思念和空虚中，把一个现代城市人的欲望、矛盾、激情、理性写得缠绵悱恻。甫跃辉《坼裂》同样写的是年轻人的婚外情。乡村青年顾零洲，大学毕业留在上海工作，一面全力以赴打拼生活，一面却陷在婚外情中不能自拔。把一位“80后”青年孤独而晦暗的情感世界写得深刻有力。当然，甫跃辉的创作路子较宽，也写乡村生活小说，比他的城市小说更丰富、更诗意。“80后”作家在写精神困境方面，似乎格外心有灵犀、驾驭自如。周李立《更衣》，描写了大龄女子蒋小艾赤身裸体被关在健身房更衣室里，几个小时中的恐慌和焦灼心理。情节本身就具有象征意义。就像作者自己阐释的：我们“孤独无援地注视着自己的身体，一边忍受缺陷、无奈与无聊，一边发出无人听见的呼喊。而心之密室外，我们穿着不同的外衣，隔绝又陌生”。①文珍《普通青年宋笑在大雨天决定去死》，把笔触直接深入到了“80后”青年复杂而幽暗的精神世界中。琐碎、乏味、沉重的世俗生活，使宋笑常常滋生“一直活下去有什么意义”的念头，刚到30岁，什么事业、理想，都已经烟消云散。在疾风暴雨中他坦然地决定去死，但无意中救出一个孩子又使他改变了死的念头，成为自己想象中和人们眼睛中的一个英雄。作品出色地打开了一个青年的精神图画，让人震惊、深思。

我们发现，“80后”作家在表现社会人生方面，也做出了自己的探索和努力。他们的作品也许并不深广，但却显得自然而深切。马金

---

①周李立:《其实你从没见过我的身体》,载《小说选刊》2014年第9期。

莲已是一位成熟的新秀，她写西部乡村生活，发掘农民身上的真善美品格，形成了鲜明的创作个性。《1987年的浆水和酸菜》以一缸浆水酸菜为核心情节，展现了一幅爷爷主政、奶奶勤劳，兄弟和睦、孙辈快乐的“农家乐”图画。正是底层的、贫穷的乡村社会，依然保留着传统文化和地域风俗，它是对现代城市和文化的一种反衬和“醒世”。张怡微擅写城市生活，《春丽的夏天》以退休职工春丽的生活为主线，呈现了一个普通市民的世俗生存、人生追求以及人情人性。上海市民那种精于算计、亦好亦坏、坚韧打拼的精神性格，写得细腻入微，作者的笔已深入到民间和地域文化中了。但坦率地说，这两篇写社会人生的小说，缺乏现代思想的烛照，带有自然主义特点。蔡东的《通天桥》富有思想力度和艺术象征，小说表现在不断扩张的城市中，城乡分割中的农村和农民，是如何打破隔绝融入城市的，城市和城市人，是怎样在利益的诱惑下接纳了农村和农民的。小说中通天桥上的那道墙，就是一个象征秩序又象征“革命”的意象。笛安是一位富有想象和独创能力的作家，《洗尘》写几位亡人的灵魂聚餐，把酒谈心，道歉悔过，表现了人性中向真向善的一面，构思奇特，内涵幽远。

“80后”作家的创作正在路上，我们期待着他们走出“小我”、融入“大我”，不断进取、夯实基础、肩负使命、走向大家。

（原载《社会科学论坛》2015年第3期）

在“非经典化”的路径上

——2015年短篇小说批评

对经典小说传统的疏离

跟踪短篇小说十几年，曾有看到生机的喜悦，也有发现问题的忧虑，还有展望未来的期待。但到现在，我看到的是它在“非经典化”路径上的渐行渐远，看到的是它多症并发的积重难返。

从20世纪末期到当今的近二十年间，学界和文坛展开了一场旷日持久的文学“经典化”讨论。涉及的问题很广泛：譬如经典文学的主要特征是什么？譬如经典文学在历史长河中的命运变迁；譬如经典文学的文化传统和艺术规律；譬如当下社会的“去经典化”现象，等等。这场讨论的现实意义是，揭示和遏制现实社会中愈演愈烈的“去经典化”或“非经典化”潮流，譬如影视文学、网络文化中的“媚俗化”“快餐化”创作，重新彰显和推广经典文学的创作规律和经验，引导文学创作承传经典传统，创造新的经典。与影视文学、网络文化比较，小说无疑是一种传统文体，它的“经典化”特性更为稳定、突出。但在今天剧烈而深刻的社会、文化转变中，这种“经典化”特性也受到了冲击和挑战，发生了削弱和变异。长篇、中篇小说是这样，短篇小说也是如此。

中国当代短篇小说，历经四个时期六十多年历史，在“十七年”和“新时期”出现了两次高峰期，已构成了一种“经典化”文化传统和艺术规律，有众多出类拔萃的作品成为公认的经典。它给一代一代读者以深切的思想启迪和审美陶冶，给一代一代作家以丰富的文学资源和艺术灵感。这一“经典化”的文学传统自然是以现实主义为主体的，同时又融汇了浪漫主义、古典主义乃至现代主义文学的精神和方法，成为一种兼容互补、有容乃大的文学潮流。至于一个作家的创作，你可以运用现实主义创作方法，也可以取法现代派表现形式，还可以吸取二者精华形成全新的艺术方式，都是对“经典化”传统的弘扬，都能够创造出独具风采的优秀作品来。但不管是哪一种主义还是流派，短篇小说作为一种特别的文体，有它的基本特征和构成元素，这是不能违背和解构的。它的构成元素有四种，分别是故事情节、人物形象、主题思想、表现形式。这是短篇小说的四根支柱，砍掉任何一根，其艺术建筑都会坍塌。一篇作品，必须筑牢这四根支柱，使每一种元素都符合文体要求，充分发挥自身潜能，才有可能成为一篇优秀的、杰出的作品，才有可能进入经典文学的行列。诚然，“时运交移，质文代变”，经典文学以及它的艺术规律，并不是长久不变的老古董，它要经受历史的检验和后人的阐释。特别是创作规律和经验，更要与时俱进，不断创新。但创造和超越，必须立足于对经典文学的汲纳和继承的前提、基础上。而“去经典化”或“非经典化”式的创作，只能导致文学历史的断裂和文学创作的衰退。

20世纪90年代之后，中国社会进入一个市场化、世俗化时代，大一统的文化格局“三分天下”，影视文学和网络文化成为最庞大的接受市场。在这样一种社会和文化背景下，长篇、中篇小说率先“变革”，强化现实性、故事性、可读性，逐渐走向了读者和市场，但也付出了牺牲部分经典品质的代价。短篇小说从“五四”时期就是一种具有“启蒙”色彩的精英文体，新时期文学中又强化了这种品格。它在90年代之后的多元化时期，虽然退居边缘地带，但依然坚守着精英品格，继续着经典化式的写作。但近年来这种坚守逐渐松懈，自觉不自觉地滑向了一种无根的通俗化、自由化写作的路径上，距离短篇小说的经典化越来越远。

2015年的短篇小说，与前几年相比并没有明显不同。社会已进入市场化的常态期，文学则处在体制化的稳固期，再过若干年，短篇小说也许还会是这样一种样态。但仔细观察就会发现，在水波不兴的短篇小说领域，依然有一些微妙、幽深的变化。譬如作家队伍，20世纪三四十年代生的作家已基本退场，作为文坛中坚的五十年代作家也大幅减少，而六七十年代以至八十年代的作家成为短篇小说的主力阵容。每一代作家都有自己相对一致的社会思想和文学理念，创作队伍的更替意味着文学流向的改变，其影响是深广的。譬如创作态势，短篇小说没有停止它的探索和变革脚步，但它不是从经典文学的基点上承传和前行，而是另觅新途，努力向通俗化、自由化路径靠拢，以期走进市场和读者。譬如强化故事性，浅化思想性，放弃探索性等等。短篇小说由“大道”转向“小道”，越来越变得小巧、清浅、柔美，失去了它的经典品格和艺术力量。

短篇小说每年有数千篇作品发表，其中自然不乏优秀作品，从中可见作家们在思想和艺术上的孜孜探索。在2015年的作品中就有：任乐《棉花匠》、麦家《日本佬》、李进祥《讨白》、梁晓声《地锁》、田耳《金刚四拿》、刘庆邦《杏花雨》、周李立《力学原则》、残雪《尘埃》、邱华栋《入迷》、付秀莹《定风波》、徐则臣《摩洛哥王子》、冯骥才《俗世奇人新篇》等等。相较而言，这些作品更富有经典文学品质，在众多的平庸之作中脱颖而出，因此值得我们关注和研究。但这些作品只占短篇小说总数的百分之几，因而并不能代表当下“非经典化”的创作流向。

“好故事”的正反面效应

故事情节是短篇小说的基本元素之一，它往往是决定一篇作品成败的关键。即便是淡化情节的现代派小说，也会有一个模糊、零散、潜在的情节构架支撑文本。有一个好的故事情节，作品才会吸引、感动读者。从20世纪90年代后，小说的故事情节得到了空前重视，讲述一个好故事成为一种创作风尚。譬如1996年《北京文学》郑重提出："我们要好看小说"，所谓好看小说就是要有“好故事”；譬如1993年莫言在诺奖受奖辞中说："我是一个讲故事的人。因为讲故事，我获得了诺贝尔文学奖。"但故事情节对短篇小说来说，又有正面和反面两种效应，选取得好可以成就一篇作品，运用不当又会损害一篇作品。从2015年的短篇小说中，我们既看到了讲故事创造的成功经验，又看到了讲故事造成的失败教训。

短篇小说的故事情节有什么样的特点呢？王蒙说“机智巧妙”，这样的故事情节往往是偶然得之，还要精雕细刻，才能有效地深化主题、突出人物。这里我们要特别推荐李进祥的《讨白》，小说讲述的是战争年代，一位革命战士马亚瑟用12年时间追杀逃脱者锁拉西的故事。两位老朋友相见，前者决心执行命令处死后者，而后者安排家事，念了讨白，平静受死。前者看到后者温馨的家庭、真诚的忏悔，于是刀下留人，决然离去。这个故事简洁巧妙，但内涵极为丰厚。它表现了战争年代，那些普通战士对革命的忠心赤胆和坚定信念；即便是特殊环境下的无奈逃避，也不能宽恕。同时凸显了两位质朴、刚强、柔情、仁义的革命者形象。徐则臣的《摩洛哥王子》，写的依然是他谙熟的打工青年在京城的生存与打拼生活，“我”和另外两个打工朋友与街头歌手王枫的相遇，组织摩洛哥乐队自娱自乐，救助乞讨女孩小花，一连串的情节写得曲折井然、细腻深切。在逼真、严峻的底层生活中，我们感受到的是城市生活的驳杂、严酷，底层人物身上的温情、乐观。给人一种悲而不伤的艺术感动。此外，刘庆邦《杏花雨》写北漂男女的爱情婚姻，钟求是《慢时光》写儿子奉侍临终母亲的一段经历，都写得故事完整，结构巧妙，人物鲜明，内涵丰盈。

近年来城市小说兴盛，更受读者欢迎，一个重要原因，就是城市小说的故事扑朔迷离、人物的命运变幻莫测，强化了小说的内涵和魅力。邱华栋是一位有代表性的城市小说作家，他笔下的城市世界和中产阶层人物，更具有一种现代感和传奇性。他的新作《入迷》，写了一个奇丽而曲折的异国恋情故事。中国的大学英语教师牟宗思与美国的“洋京漂”凯蒂，在北京的美食餐馆“入迷”相遇，他们孤男寡女、志趣相投，浪漫潇洒、陷入爱河。但在评价美国插手中东局势的话题上，二人观点对立，激烈争吵，以致分道扬镳。但凯蒂绑架案的发生，使他们深入理解了对方，终于患难共度，走到了一起。小说刻画了大都市的繁花似锦、灯红酒绿，而又险象环生、变幻多端的真实情景。揭示了现代人虚幻、脆弱、多变的婚爱状态以及生活趣味、文化观念对爱情婚姻的强烈波及。城市题材小说佳作甚多。哲贵《完美无瑕的生活》描写离异的公司老板黄克拉，怎样与女友一起，精心呵护、教育独生女儿的故事；张慧雯《失而复得》讲述一位现代女性陈蔚，对丈夫自私专横的爱所导致的畸形的爱情婚姻生活；这些作品的故事情节都编织得井然有序，对现代人生的揭示也深入微妙。但城市小说题材更多地集中在爱情婚姻方面，领域不够开阔，主题也不够深刻。

近年来官场题材小说活跃，同样受到了读者的青睐，其原因则在官场题材本身的现实性、故事性和神秘感。官场题材在长篇、中篇、短篇小说上均有许多优秀之作。曹军庆的短篇小说《我们曾经山盟海誓》，描绘了一幅错综复杂的官商勾结图画，让读者窥见了一些官员怎样通过制造假民俗村而捞取政绩和财富，一些投机商人怎样通过行贿掌权者操控公司进而骗取国家资产，以及这些人因女色结下的恩怨情仇等等。小说情节庞杂，但组织得疏密有致，引人入胜。艾玛的

《有什么事在我身边发生》，以“我”——一位丧夫的女人为视角，一层一层揭开了身居高位、有口皆碑的好丈夫——钟局长的隐秘人生和腐败内幕。视角独特、情节巧妙。官场小说成果丰硕，但存在的问题也是突出的。譬如多数作品缠绕在复杂的故事情节中，难以腾出笔来刻画人物性格，发掘故事背后的社会人生意义。

文学理论家马振方指出：“情节既是人物的行动，是‘某种性格、典型成长和构成的历史’，其主要依据就只能是人物，是人物思想性格。典型情节是最富于性格特征的行动，是人物思想本质的集中表现。”[①]他主张要依据人物性格提炼情节、组织故事，实现情节的充分典型化。但当下的众多短篇小说，为了取悦读者而编织故事，导致故事情节叠床架屋、密不透风，严重妨碍了作家对人物的刻画，对主题的开掘，甚至造成了小说的虚假感。在一些较好的作品中也存在着这种现象。譬如苏眉的《白牡丹》写两代人的命运与爱情，情节复杂而主线模糊；譬如南翔的《甜蜜的盯梢》写一个家庭三代人夫妻之间的微妙关系与不同目的的盯梢，线索太多而人物成了“木偶”。对故事情节过分热衷，必然削弱小说的艺术创造。其实短篇小说的优势不是讲故事，它的文体特性决定了情节应该是单纯集中、机智巧妙，经过典型化提炼的。传统小说着力讲故事，现代小说重在写人物，热衷于在短篇小说中讲故事，其实是一种艺术的退步。

思想探索的乏力

当下是一个讳谈小说思想的时代，又是一个小说最缺乏思想的时代。“十七年”时期和“新时期”，政治意识形态倡导小说要“宏观”地、“深入”地揭示社会发展的“本质”和“规律”，由于强调过头，出现了不少概念化、说教化作品，同时也诞生了一些具有思想纵深度

①马振方：《小说艺术论》，北京大学出版社2000年版，第143页。

的力作和大作。20世纪90年代之后，文学“去精英化”“去经典化”，一谈主题思想，似乎就是“教条”、极“左”，导致了小说思想探索的弱化。小说需要思想，这是毋庸置疑的艺术规律，越是经典作品越具有博大精深的思想内涵。小说的主题是什么？正如有评论家指出的：是“……作品中的蕴含着的基本思想。与具体的题材和艺术形象结合在一起。主题是作品所有要素整合的中心和创造虚构的制约点。其表现受到作家、艺术家的立场、观点、创作意图及思想深度、生活经验和艺术表现方法的影响和制约。”[①]时下一些短篇小说所以显得平庸而无人问津，一个很重要的原因就是没有新颖而深刻的思想内涵。

2015年的短篇小说，普遍存在着思想“贫血”的现象。但也有部分作品，表现出一种可贵的思想探索，其中既有现实主义小说，也有现代派作品，而作者大抵是一些经受过经典文学熏陶的五六十年代作家。

现实主义创作，更突出地表现在乡村生活的书写中，在这类短篇小说里，我们看到了作家对社会人生的深入开掘和发现，尽管这些揭示是局部的、点滴的，但也弥足珍贵。麦家《日本佬》写的是“文革”时期农村的一幕悲剧。“父亲”因为年少时被日本鬼子逼着当过挑夫，又救过一个落水的日本军官的孩子，因此在“文革”中被审问批斗、“带帽”坐牢，全家也跟着遭难。小说深刻地揭示了所谓“无产阶级专政”的荒谬、残暴；“文革”的发生不仅来自上层同时也源于底层社会的乡村干部以及普通农民。一个卑微农民的蒙哄、反抗都是徒劳的。作家的再现、反思、审视，给人以深刻的启迪和震撼。任乐《棉花匠》对乡村社会的矛盾有新的发现。木讷窝囊的棉花匠因老婆被打，与有钱有势的村霸吴伯成打官司。官司赢了，但却既讨不到公理，又要不回赔偿，最后只好造出一个假赔偿的戏法，又为全村演了三天大戏，才挽回一点精神上的胜利。小说真实而艺术地揭橥了普

①朱立元主编:《美学大辞典》,上海辞书出版社2014年版,第673页。

通农民运用法律维权的挫败、艰难，乡村社会因贫富分化而形成的阶层矛盾的尖锐、微妙，棉花匠的形象也刻画得颇为成功。还有，余一鸣《稻草人》描写乡村衰败中老一代人的坚守，乡村记忆在年轻一代精神上的烙印；刘玉栋《回乡记》讲述乡村人伦道德的丧失，以暴发户为标志的金钱文化暴力的滋长；黄跃华《咤叫的乌鸦》揭示民间借贷和索债背后，普通农民和黑恶势力的生死博弈…… 对这些乡村问题和矛盾的揭露，无疑是具有现实意义和思想意义的，显示了现实主义创作的力量和价值。但这些揭露和思考，又是远远不够的。乡村社会问题已成为当前中国最严峻、最棘手的难题，不仅有许多局部的、微观的问题，也有许多全局的、宏观的问题。譬如农村的发展道路问题，农民特别是年轻农民的出路问题，乡村文化的重建问题等等。这既是社会学家需要思考的，也是小说家需要探索的。小说家不关注这些重大问题，不去深入底层发现新的问题，是必然写不出有思想有力量的作品的。

在现代派小说创作中，作家对社会、人生、精神的探索，显得更加尖锐、深邃。它避开了现实生活的表层物象和问题，直抵世界的深层和人的精神“黑洞”，把握的往往是一些有关人类生存的终结问题。经典文学的艺术规律和经验，不仅包含现实主义文学精髓，也涵盖现代派创作真谛。1990年代之后，中国的现代派作家几乎集体性地改弦易辙，只有残雪等几位依然在孤独前行。她在短篇小说创作上每年都有几篇佳作，2015年的《尘埃》具有更鲜明的现代派特色。作品的描写对象简直“匪夷所思”，是城市中的尘埃以及它的行踪和意识活动，荒诞、象征手法运用得出神入化，其思想内涵则是先锋的、深沉的。哲学家邓晓芒对小说作了新颖的解读：“《尘埃》是一篇象征意味极强的散文小说。说它是‘散文’小说，可它一点也不‘散’，其实是一篇贯穿着强烈自由意志和个人独立意识的平民宣言。这种平民，和中国传统的‘百姓’完全不是一回事，与时下文人动不动就自我标榜的‘草根性’也迥然各异，是一种对中国人来说闻所未闻的新型人格意识。”[1]令人高兴的是，近年来一些更年轻的六七十年代作家，逆风而行，在现代派创作道路上跨出了可喜步伐。王秀梅《见识冰块的下午》，显然借鉴了魔幻现实主义表现方法，通过一段奇幻之旅，表现了现代生活中的人们，对纯朴的乡村世界和旧式家族人物命运的一种想象和窥视。曹军庆《额上的暗物质》则充分运用了象征手法，揭示了具有透视社会人生眼光的人物——如小说中开天眼的于小强，他注定要遭遇的孤独、恐惧、幸运、不幸等曲折命运。

时代造就作家。如果说五六十年代作家长于理性的话，那么七八十年代的作家则贵在感性。后一类作家没有太多的思想重负，也不大注重理性修炼，却恰恰保持了一种敏锐的艺术感觉，使他们在看取社会人生时，反倒能直抵生活的堂奥和本质，写出一些富有思想深度的作品来。譬如黄咏梅《证据》，写一位白领家庭的全职太太，再难以忍受笼中鸟似的生活，决心自证“无病”，走出家庭，表现的是知识女性的自我解放问题；譬如王威廉《我的㹴，我的小笨鸟》，写的是一个家庭中的父子关系，揭示了儿子只有走出父亲的阴影，才能长大成人应对社会人生。尽管这些作品的主题思想不够宏大、有力，但新锐、鲜活，同样是启人心智的。但七八十年代的作家，确实面临着一个夯实思想根基，走向广阔社会的艰难任务。

人物塑造深陷“困境”

近年来短篇小说最严重的问题或者说“危机”是什么？我以为是人物塑造。这一问题1990年代就出现了，但至今没有得到有效克服，成为一种“顽症”。经典文学最重要的审美特征就是对人的高度重视和精心塑造，创造了一系列具有思想和艺术高度的性格化、典型化的人物形象。当下短篇小说对人物的忽视和淡化，可以说是对经典文学

①邓晓芒:《新型人格意识宣言》,《上海文学》2015年第6期。

的致命背离。在近年的短篇小说中，不能说没有成功的人物形象，但寥若晨星。在绝大部分短篇小说里，我们看到的人物，要么形象模糊、飘来飘去，让读者难以“聚焦”；要么性格简单、缺少内涵，不能站立起来；要么是理念的化身，接近类型化人物，少有鲜活的血肉。那种性格化、典型化的人物也偶然有之，但还达不到应有的高度。

童庆炳主编的《文学概论》中，参照福斯特划分人物的思路，把人物归纳为：“扁平”人物、表意性人物、“圆形”人物、“性格”人物、典型人物五种类型。在2015年短篇小说中，我们看到的大多是一些思想、性格较为简单、模糊的“扁平”人物；但也有一些其他类型的人物，在思想艺术上做出了探索，是值得肯定的。

“圆形”人物是一种具有多重性格特征和较丰富的社会内涵的人物。田耳《金刚四拿》中的罗四拿就是一个生动的“圆形”人物。这是一位个子低、没文化，说话虚夸、办事没长记性的农村青年；但多年的打工生涯，使他长了见识、有了智谋、平添了号召力。在为几位去世老人的送丧活动中，他灵活周密地组织16位半劳力抬棺，充分显示了他的谋略和才干。在村委会选拔接班人时，被推荐为村长助理。他有乡村青年虚夸、狡黠的负面性格，又有城市打工者善谋、担当的正面品格，凸显了一位农民工在进城打工中的成长与进步。这是一位不完美但却有着新的萌芽的人物形象。还有，陶丽群的《母亲的岛》中的母亲，性格中既有沉默和自卑，又有坚韧和决绝，是一位觉醒的母亲的形象；南翔《特工》里的共产党特工——舅舅，智慧、坚强、勇敢与自诩、享乐、好色集于一身，是一位真实而独特的特工形象；赖妙宽《拿枪的人》中的国军抗战旅长王必胜，在情场上风流、粗暴，在战场上勇猛、忘死，显示了一位年轻军人的两面性格。

“性格”人物和“圆形”人物是同一类型的人物，但“性格”人物更着力表现真实生动的性情和气质，给人以逼真亲近的感受。中国古典小说《红楼梦》《水浒传》中的人物大都具有这种特征，古代叙事理论对这种人物极为推崇。当代现实主义文学理论，融古典叙事理论和西方现实主义为一体，既强调人物个性的逼真，又主张人物共性的突显，形成一种经典化的人物塑造规律和方法，在今天依然有生命力。梁晓声的《地锁》，以某化工厂科研人员陈亦诚与工人李新宇，近半个世纪的纠葛恩怨为主线，深刻揭示了知识分子与普通工人之间的矛盾冲突和微妙关系，有力地塑造了两位不同文化不同阶层的人物形象。陈亦诚有着知识分子的清高、正直、担当的品格，但也有普通人胆大、爱色、义气的个性。李新宇作为底层工人既有无知、盲目、折腾的一面，又有技校毕业小知识分子虚荣、上进、争强的一面。两个人物的性格逼真、鲜活、复杂，二者的矛盾与关系又意味深长。冯骥才的《俗世奇人新篇》，由一组18篇系列短篇小说构成。作家在序言中说得明白："小说之所求，不就是创造人物吗？小说成功与否，往往要看掩卷之后，书中的人物能不能跑出来，立在书上。""一般有特色的地域文化只是一种表象，只有进入一个地方人的集体性格的文化才是不可逆的。它是真正的一种精灵。"这组系列小说，不仅活灵活现地描绘了天津清末民初的社会变迁、民情风俗、市井百态，同时入木三分地雕刻了众多的奇人异士，如神医王十二、"狗不理"包子铺小老板狗子、渔夫郑老汉、飞贼燕子李三、做杨柳青年画的白小宝、有喝酒特异功能的县长甄一口等等。地域文化与民间人物浑然一体、相映成趣。梁晓声与冯骥才都是20世纪40年代生的作家，崛起于新时期文学，有着扎实的经典文学功底和塑造人物的经验，他们的创作是值得青年作家学习和借鉴的。

在童庆炳的划分中，类型化人物包含在"扁平"人物里，其实二者的特征有所不同。类型化人物更显示的是阶层、类别的性格和思想，这种人物写得好同样具有艺术价值。2015年的短篇小说中有多篇历史题材作品，人物就富有类型化特点。邱华栋近年来在历史题材创作上颇有建树。《三幅关于韩熙载的画》取材于五代南唐画家顾闳中的那幅著名的《夜宴图》，把南唐灭亡前的历史艺术地再现了出来，作品主人公三朝元老韩熙载没有正面出场，但形象却历历在目，他对南唐国运的洞若观火，乱世中的明哲保身，充分显示了一个股肱老臣的悲凉晚景。《利玛窦的一封长信》从意大利传教士利玛窦的一封信切入，折射出一位西方传教士的独特思想和性格。他对耶稣基督的虔诚，对中国人事的好奇，对传播科学知识的执着，让人感动深思。作品内容是由传教士看中国，而小说文本是由作家看传教士。多重视角折射出一个斑驳而奇妙的明代世界。赵大河的《弑君者》展示的是春秋战国时期发生在晋国的一场宫廷政变，而视角人物是一个侏儒伶人，可谓别出心裁。在宰相赵盾与晋灵公的一系列矛盾冲突中，凸显出一位刚正不阿、忧国忧民，但最终背负弑君者罪名的宰相形象。历史题材是一个大有可为的领域，作家完全可以汲纳西方新历史主义理论，进而写出更新颖、更多样的历史短篇小说来。

表意型人物不注重个人性格而着力一种普遍性的情感、精神乃至理念，我们也可以称为意象型人物。近年来短篇小说中有很多这类人物，有的刻画很精彩，接近了抽象、象征高度。譬如周李立的《力学原则》，时空浓缩在一个年轻公务员推着二手婴儿车回家的路上，表现出一个淡泊、诚实的物理学研究生，面对社会、家庭、人生的那种深切的隔膜、虚幻、无力的精神状态。这种心理和精神状态，在当下的青年中是具有普遍性、典型性的。譬如陈世旭的《花·时间》，刻画了白领女性李小珺，在代表着情欲和象征着权力的两个男人之间，陷入一种纠结和矛盾之中，但最终摆脱了诱惑，像那位自尊、从容地吹黑管的街头艺人一样，去寻找自己的自由和真爱去了。这种困惑、探寻的精神状态，同样具有普遍性和代表性。作家要把握人物的一种情感精神特征，其实并不是那样容易。他要熟悉人物真实的内心世界，需要对这一世界进行提炼和集中。譬如周洁茹的《离婚》写一群新潮女性的生活和精神状态，就有对焦不准的感觉；譬如甫跃辉《乱雪》写农民父亲对城市儿子由爱到恨的复杂感情，就有过激、失真的缺憾。

形式创新的衰竭

经典文学的生命就在于不断创新，既指思想内容上的，也指表现形式上的，且二者往往是同步进行的。新时期短篇小说的艺术变革，可谓一浪接着一浪，创造了姿态纷呈的艺术景观，并带动了中篇、长篇小说乃至其他文学门类的新变。但进入1990年代的多元化时期，文学创新逐渐放缓，直到现在呈现出一种衰竭态势来。作家们闷头写作、发表，失去了创新的动力和激情。

有作家说：中外古今的艺术形式和手法都玩过了，创新已经无路可走。其实小说特别是短篇小说的叙事艺术宏大精微，有着无限的拓展空间。1990年代之后，西方的小说叙事学理论和方法源源不断地引进中国，它在小说的叙事时间、人称视角、形式结构、叙事语言等方面，打开了许多新的“窗口”，我们的探索还远远没有到位。西方的叙事学又激活了中国本土的叙事学，传统叙事学在说书人身份、结构形态、意象创造、语言运用等方面，其丰富的规律和经验，我们也没有深入进去。

从小说结构模式的运用上，就能看到小说创新和发展的态势。在2015年的短篇小说中，运用最多的是情节模式，显得颇为纯熟、精到。付秀莹已是一位成熟而富有潜力的青年作家，她的小说以故事情节为主体，但在叙事语言上“以退为进”，回到了古典小说《红楼梦》的路子上，细腻、绵密、沉稳，且是纯正的白描语言。如新作《定风波》《倒是梨花不是》《找小瑞》等，讲述乡村的日常生活和普通农民，在从容不迫的叙述中，展开了故事，突出了人物。还有，杨遥《铁砧子》描写小镇修车人的生存和竞争，夏榆《正月十五雪打灯》追述国营煤矿驱赶残疾人的悲惨故事，都情节完整，内涵丰富。人物模式小说近年来不断减少，即便立意在写人，也往往被琐碎的情节淹没。只有那些真正熟悉人物，且有塑造人物功底的作家，才能写出结实丰满的人物来。如前所述的梁晓声、冯骥才、邱华栋笔下的人物形象。此外，张生《双梦记》中的抗战老兵康力耕，周李立《往返》里的年轻画家乔远，性格虽然不够鲜明，但他们的精神情感富有代表性，是有力度的意象型人物。而那种代表“最高美学追求和理想范型”的典型人物还没有看到。意境模式小说是一种富有诗意、情景交融的艺术类型，现在渐渐消失了。马金莲的《一抹晚霞》让我们惊喜，作者在古朴、宁静的乡土风俗画中，描摹了两位回族老奶奶、老爷爷平凡而圣洁的形象，让沉醉在现代生活中的人们惊讶、感动、醒悟。我们多么期待有更多这样的意境小说。心理模式小说虽然不多，但偶然可见。王蒙的《仉仉》重拾意识流手法，写一位耄耋老人对一生的回顾、反思，蕴涵着中国历史中的惨痛教训。短小精悍，激情充沛。胡性能的《孤证》同样运用了意识流手法，展示的是一位狱警对一桩陈旧案件真相的遥想和追寻。形式巧妙，意蕴深刻。小说模式是多种多样的，只有各种模式的“百花齐放”，才有短篇小说的灿烂春天。

从小说对传统文学的继承和发展上，可以看到当下创作的态势以及未来的发展走向。文学的发展主要有两种选择，“采用外国的良规”和“择取中国的遗产”。在向西方现代派和后现代派文学的借鉴上，我们已经迈出了坚实的步伐，但现在却有减速和几近停滞的倾向。在2015年的短篇小说中，我们看到残雪、曹军庆、王秀梅、蔡骏等的可贵实践，但远远没有形成一种势头。我们需要进一步解放思想，更深入、广泛地借鉴现代、后现代派文学，推动中国文学走向世界。在向中国古典小说创作传统的择取上，已有聂鑫森、孙方友、谈歌、刘庆邦等闯出了一条通衢，发表了大量佳作。但跟进的作家还不多，对古典小说还缺乏熟悉和研究。其实古典小说中的话本、传奇、笔记等形式和手法，是一块丰厚的土壤，等待着更多的作家去开掘、去掌握。

（原载《文学报》2015年12月24日）

小说的“小道”与“大道”

——2016年短篇小说批评

春夏秋冬又一年。检视2016年的短篇小说，让人感想多多。关于当下的小说创作，有两种迥然不同的观点，一种认为现在是小说创作最好的时期，一种认为当下小说问题多多、处于“低潮”时期。其实在两种观点背后，隐藏着一种小说的价值尺度，即我们用什么样的观念和标准衡量目前的小说。小说的观念和标准，自古以来就含混不清、充满矛盾，由此形成了“小道”与“大道”的分野与争论。所谓“小道”即认为小说特别是短篇小说是一种虚构文体、轻武器，对社会人生并没有什么作用；所谓“大道”即以为小说是一种特别的、重要的文体，一种“重武器”，具有兴观群怨的社会功能。这两种观念都深刻地影响着小说的创作，也支配着小说的评价标准。我以为，当下中国的小说，虽然有坚挺的文学体制与机制的支撑，虽然优秀作家和作品不断产生，但小说在逐渐滑向“小道”而疏离“大道”，由此引发了种种问题乃至危机。这正是小说难以重振的深层原因。

小说创作总体上滑向“小道”，但也有一些作家，坚守“大道”，执着探索，创作了一批精品力作。如短篇小说有：苏童《万用表》、麦家《畜生》、邱华栋《云柜》、陈世旭《欢笑夏侯》、王祥夫《六户底》、叶弥《雪花禅》、方方《天蓝》、范小青《李木的每一天》、残雪《与人为邻》、储福金《棋语·扑》、刘玉栋《锅巴》、秦岭《寻找》、刘鹏艳《月城春》、杨遥《匠人》、韩少功《枪手》、邓一光《你可以做无数道小菜，也可以只做一道大菜》等等，从这些作品中，我们看到了短篇小说的生机，看到了小说“大道”的光明前景。

努力把握现实社会的“总体性”

小说有什么样的特性？它的表现重心在哪里？这是一个古老而不断追寻的艺术问题。正是在这个问题上，反映出两种思想观念和两种创作取向来。在中国，“小说”概念的正式出现，大都认为是班固《汉书·艺文志》中的一段话：“小说家流，盖出于稗官，街谈巷语，道听途说之所造也。”①这里所谓的“小说”，是指为朝廷搜集“舆情”的士所获得的言论、掌故和传说等等。但就是这段话，透漏了小说的基本特性：社会性、通俗性、虚构性、传播性。其中蕴含着“小道”思想，也蕴含着“大道”观念。

从古至今，小说的“小道论”和“大道论”就并驾齐驱，此起彼伏。其实，班固的小说概念含有更多的“小道”意味。因为“街谈巷语”无关宏旨，“道听途说”真假难辨。说到底小说就是“小说”“说小”，而不是“大说”“说大”。在古代，小说是上不了台面的，只是茶余饭后的娱乐消遣。小说上升为“大道”只是近现代之后的事情，而“小道论”始终深刻地影响着现当代文学创作。譬如1980年代中后期有作家就效仿西方现代派小说，倡导“无情节、无人物、无主题”的“三无小说”，批评家张志忠分析了这种创作倾向后指出：“在一味趋新炫奇的势头落潮后，许多作家在汲取西方文学经验的基础

①《汉书》卷三十，中华书局1962年版，第1745页。

上，还是回到了中国本土，回到讲故事的路数上。”[①]譬如近来，就有一些作家提出“短篇小说需要减负”的观点，有人称：“文学从来不能引领时代，最多只能指出这个时代的失落之处。”[②]不管是“三无小说”论，还是“减负”论，自有作家的思想和道理在，但它们无疑是一种“小道论”。与此同时，小说的“大道论”也“理直气壮”、生生不息。其实在班固的小说概念中，也蕴含着“大道论”，即小说具有广泛的社会性、讽喻性，它对下教化民众，对上劝诫管家。而真正使小说具有独立品格和至高位置的，是20世纪前后的事情，小说强化了它的社会性、思想性、审美性，成为一种货真价实的“大说”。中外文学家、思想家赋予了它全新的本质属性和社会意义。近代革命家、思想家、文学家梁启超，说过一段很著名的话：“欲新一国之民，不可不先新一国之小说。故欲新道德，必新小说；欲新宗教，必新小说；欲新政治，必新小说；欲新风俗，必新小说；欲新学艺，必新小说；乃至欲新人心，欲新人格，必新小说。”[③]他的这些观点自然是为他的政治改良理想服务的，夸大了小说的社会作用，但也确实看到了小说丰富而强大的社会人生意义。晚于梁启超的匈牙利美学家、文学理论家卢卡契，则提出了文学和小说的“总体性”思想，深刻指出：小说是“一个时代的史诗”，“不只是创造总体的真正客观性的唯一可能先天条件，而且也由于小说的结构类型与世界的状况基本一致，就把这种总体即小说提升为这个时代具有代表性的形式。”[④]中国的现当代小说，正是在这些思想观念的照耀下，由“小说”变“大说”，从边缘到中心，成为文学里的“重器”，成为社会人生中的“火

①张志忠:《文学批评应重视审美品格》,《人民日报》2011年3月18日。

②徐晓春:《短篇小说需要减负》,《温州商报》2016年11月11日。

③引自郭绍虞主编:《中国历代文论选》(一卷本),上海古籍出版社1979年版,第408页。

④〔匈〕卢卡奇:《小说理论》,燕宏远 李怀涛译,商务印书馆2012年版,第84页。

炬”。

长篇、中篇、短篇小说，由于容量和形制的不同，各有自己的特点，但它们的本质规律是一致的。只是短篇小说由于文体的小巧，更容易在“小道”与“大道”之间摇摆，更容易走向“小道”。

短篇小说作为一种距离现实生活最切近的文体，它所面对的表现对象是极为广阔、复杂、多变的。譬如飞速膨胀的城市社会，譬如日渐衰落的乡村世界，譬如犬牙交错的城乡矛盾与交融，譬如依然严峻的底层社会…… 短篇小说自然可以写小事情、小人物、小风波、小情趣，由点到面，构成一幅全景图画；但更需要切入广阔社会的纵深地带，把握住那些高含量的事件和人物，从而揭示出社会人生的某种本质和走向来。这样的作品才更富有现代小说的“大道”品格。

表现城市社会和现代人生活，已经成为当下小说特别是短篇小说的主潮，尽管还没有产生更多的突破性杰作，但已经有了可贵的探索和收获。而这些成功的作品大抵是遵循了小说的“大道”规律。邓一光近年来致力于城市题材短篇小说创作，越来越走进了城市生活和城市人特别是年轻打工者的世界中，实现了创作上的转型。近作《你可以做无数道小菜，也可以只做一道大菜》，描述深圳现代化社会背景下，一群来自贵州、四川的年轻人，他们的生活状态和婚爱纠葛，深重的人生孤独感和对命运的忧患感，使他们过着有些混乱和有悖伦理的情感生活，游戏在同居、竞争、多角恋的情感关系中。而这种扭曲的爱情方式，其实是潜藏着危险的。其中的朱维汉先后甚而是同时与三个女子相爱、同居，最终导致了仇杀的惨剧。作家揭示了现代城市和文化对他们的无形熏染，揭示了看似新潮的情爱方式下埋藏的悲剧种子。范小青的《李木的每一天》，表现的是她近年来执着发掘的现代人的“身份焦虑”主题。IT精英李木，在公司面对的是琐碎、机械的工作，冷漠的人际关系；在家里妻子岳母主宰家政，他处于可有可无的位置；在坐出租车、开优步车的时间中，他淹没在别人的倾诉里。他在喧嚣的世界中找不到自己的存在、自己的身份，精神和心灵停滞在当年的恋爱情景以及妻子扮演杜十娘的剧情中。作家深刻地写出了城市社会和文化，对人的压抑、扭曲和异化。此外，吴君《远大前程》写来自底层的年轻人在城市的屈辱生存，周李立《东海，东海》写城市女性的孤独感、焦虑感，赵欣《寂静岭》写雾霾气候里人的烦躁和狂暴心理，李心丽《迷藏》写上流家庭婚姻的危机与女人的抗争，都是当下城市小说中的优秀之作。

书写乡村和农民的当下处境，虽然不再是目前小说创作的主流，但作为一种源远流长的文学传统，依然有一些作家在默默坚守、寻求突破，创作出一批佳作。南翔《回乡》以第一人称“我”为叙事人，讲述的是从台湾回到故乡的大舅，与小舅、母亲以及大舅的遗腹子等团聚时，发生的种种悲喜和纠葛，表现了大舅身上的进取精神和仁义品格，小舅等身上的自私、奴性等国民劣根性，蕴含了作家的现代审视意识。舒飞廉《行人》，承传了沈从文、汪曾祺的抒情文化小说余脉，书写了一曲纯朴而感伤的田园牧歌。小说围绕年轻人宝伟即将进城打工这一事件，展现了乡村自然的、亲情的、人伦的美，展现了小夫妻俩对乡村的挚爱和对城市的向往，折射了农民在城乡之间的矛盾状态和心理。还有艾伟《小满》，写乡村姑娘为城市人代孕所引发的一系列事件和问题，表现了城乡社会的贫富悬殊和诡异关系；张林华《杨乃武之死》，写乡村重演传统皮影戏的半途而废，揭橥了重建传统文化风俗的艰难与遥远。这些作品都是对既往乡村题材小说的一种突破和超越。

揭示底层社会和民众的真实生活，是近一二十年来的一股文学思潮，至今持续不断，时有佳作。苏童《万用表》写老牌瓷厂的日益衰败，工人们的艰难生存，大鬼和小康两个青工的苦苦挣扎和下海经商以及青春的躁动和叛逆。启迪着读者对社会、人生、青春、爱情的深入思索。张乐朋《王琴的资格楼》写工厂女工王琴与上层社会何家的纠葛和博弈，深切展现了两个阶层人物的性格和精神，特别是上层人虚伪、丑陋的一面，是一篇有力度的现实主义小说。

小说的优势就在塑造人物

小说是写人的。比之诗歌、散文、报告文学等文体，小说的最大优势就在塑造人物。这本来是一个毋庸置疑的问题，但在今天却成为一个“难啃”的课题。1990年代之后，小说特别是短篇小说中的人物，出现了一种淡化、虚化甚至消失的倾向，不管是短篇还是中长篇，能让人们记住并口口相传的人物又有多少呢？作品中的人物，要么被琐碎的故事淹没，成为一种道具；要么呈现出意象化、理念化色彩，只是一个个影子；要么是一堆情感和心理活动，难以构成一个完整的形象。小说中的人物，已然渐行渐远。这种现象，自然有着复杂的社会、历史、文化根源，甚至是世界文学中的一种普遍现象。但更与作家特别是年轻作家，不熟悉生活中的各种人物，不重视人物塑造，有着密切的关系。

小说的“大道”理论，主张把客体的物和主体的人当作一种“总体”来表现。在物与人的关系上，人是重心、是灵魂。特别是现代小说，更强调写人物，写出各种各样的人物形象，写出作家自己的生命体验。当然，今天的小说在写人上已发生了深刻变化，人物种类趋向了多样化，譬如有意象化、类型化、抽象化、心理化、性格化、典型化等人物；而现在最匮乏的是性格化、典型化人物。文学史证明，这种现实主义人物依然是最有生命力的。一位优秀作家，必须把塑造人物当作自己的一种信念和追求。韩少功在最近的访谈中说：好小说的标准是“始于情感，终于人物”，“什么叫‘始于情感’？就是对笔下的东西有感觉，有情感，有某种冲动，不是搬个理念或者技巧来哗众。什么叫‘终于人物’？就是要落实于人物，把人物写得鲜活、结实、丰富，不能成为一些华丽的影子和流行的标签。”①

2016年的短篇小说，在塑造人物上没有大的突破，我们还难以看到更多的具有原创性的人物形象。但一些文学功底深厚的较年长的作家，在塑造人物上还是有扎实的探索和努力的。

多年来，我们已不再倡导人物的性格化、典型化，但文学实践标明，这种人物依然具有强劲的思想和艺术魅力。陈世旭从新时期文学以来，数十年坚持短篇小说创作，塑造了众多坚实的人物形象。近作《欢笑夏侯》刻画了一个独特的、令人深思的形象：夏侯阳光。他在青年时期，愚笨、单纯，但却嘴甜、勤快，脸上永远挂着明亮灿烂的笑容。后来幸运进入市政府机关事务管理处，提拔为副主任，成为一把手的生活大管家，于是忠心耿耿地为“我们老板”效劳，并为同学、朋友办一些不大不小的事务，广有人脉。他崇拜官员和权力，把为“老板”服务当作一种幸福和荣耀。最终卷入“老板”的腐败案中而被捕入狱。他在骨子里有一种世故、愚忠、奴性，而这正是现代文学一直揭露和批判的国民劣根性。作家立足启蒙主义立场，发掘了这一司空见惯的人物身上的寄生性、堕落性和危害性，揭示出这种人物的大量存在正是官场腐败土壤的严峻现实。这一人物既有鲜明个性，又有深刻共性，达到了一种典型高度。“70后”作家杨遥，擅长写乡镇生活和底层人物，在艺术表现上则努力融现实主义与现代派为一炉。《匠人》刻画了一位叫王明的乡镇木匠形象。这是一个诚实、勤劳、懦弱的普通人物，但又是一个心灵手巧、怀有梦想的民间匠人。他完全可以依赖自己的劳动和发明过上富裕体面的生活，但镇税务员却不仅想盘剥他的劳动成果，还觊觎乃至占有他漂亮的妻子。他忍无可忍下轧掉自己的手指，不再搞什么发明创造，紧紧守护着自己的家和妻子，宁愿过一种贫困而安宁的日子，又充分表现了他决绝、坚韧、强硬的性格特征。作家用碎片化、日常化的生活，着力展现了小

①舒晋瑜：《韩少功：好小说要“始于情感，终于人物”》，《中华读书报》2016年10月26日。

人物身上的性格、心理和精神，塑造了一位逼真、鲜活、坚实的底层人物形象。还有王凯《燕雀之志》中的战士黄顺利，丘脊梁《地盘》里的派出所联防队长老梁，欧阳黔森《武陵山人杨七郎》中的山民杨七郎，向本贵《年关》里的老母亲等，都是具有一定性格特点、给人较深印象的人物形象。

意象化、理念化的现代型人物，是近年短篇小说中最多的一种形象。应该说，这种人物是一种更高形态的人物，其依循的是作家对社会各种人物的感性体验和理性把握，具有一种诗意化和哲理化特征。但现在却成为作家写人的一种“取巧”途径，作家随意拼凑人物的一些经历和心理，再发几句议论，结果就导致了人物的平面化、碎片化以及概念化。在2016年的短篇小说中，我们看到了众多这样的人物，看过即被忘记，只有少数人物留下了较深印象。邱华栋长于写大都市的现代人形象，在《云柜》中刻画了两位上流青年。精通云计算的女商人施雁翎，经济独立、人格独立，与大学艺术系教授孔东邂逅相爱。她直截了当提出取二人的精子和卵子，让大学毕业的农村女孩曹秀云为他们代孕一个孩子，并计算好了一切过程和细节。但有着传统观念的孔东，却没有应约，导致施的计划落空，美好的爱情破灭。施雁翎是一位被现代都市和现代科技异化了的人，聪明、理性、能干，但也空虚、脆弱。孔东是一个彷徨在传统和现代夹缝中的人，优秀、精明，而却优柔、保守。他们没有细腻、丰富的个性，但却有鲜明、突出的共性。还有赵勤《海蓝宝石》里的两位城市男女“她”和“他”，他们孤独的灵魂、坦然的情欲以及对爱情的坚守，都表现出现代人一种普遍的生存状态和精神困境。

在2016年的短篇小说中，还可以看到一些富有文化性格的人物形象。人物的性格与精神是极为丰富的，而一旦具有了某种文化性格，就会使形象格外丰厚、隽永，耐人寻味。譬如储福金《棋语·扑》里的常朔、梁怀欣，是“文革”中的两位相爱的知青，在他们身上既有儒家的进取精神，又有道家的出世思想，儒道文化在不同时期有不同的作用，成为支配他们人生命运的潜在力量。譬如杨少衡《亲自遗忘》中的市政法委书记陈章，在他身上深刻反映出官场文化和游戏规则同人自身的良知的复杂冲突，但支配他的是强大的官场文化，让我们看到了一个发人深省的官员形象。我们期待着作家写出更多这样的文化性格人物。

贯通历史、现在与未来

人类的发展史是由历史、现实、未来构成的长长的因果链。作为小说，自然应该表现这种错综复杂的“总体性”历程，让历史照亮现实，让现实蕴含历史，让当下预示未来。但1990年代以来的小说，受市场经济和世俗文化的影响，更关注的是眼前、当下，忽略了对历史以至未来的探索，使小说变得轻浮、躁动，失去了小说应有的丰厚和定力。卢卡契指出：“短篇小说抑或是用大型史诗和戏剧的宏伟形式来反映真实的一种先行表现，抑或是在某个时期结束时的一种尾声，一个终点号。”[①]这就是说，短篇小说不仅可以充当反映现实的先驱，亦可担任表现历史的后卫。近年来，短篇小说在书写历史题材方面，出现了回归和突破的趋势，涌现了一些优秀作家和作品，标志着短篇小说的一种扩展和进步。这里首先需要论及的是邱华栋，二十多年来，他一手写现实题材小说，一手写历史题材小说，两个题材领域都有丰硕收获。2016年，他把自己陆续发表的3个中篇和8个短篇辑成历史小说集《十一种想象》，由上海文艺出版社出版。这部小说集涉及的历史几乎是浩瀚无边的，古今中外随手拿来，譬如蒙元时期全真教道长丘处机的万里西行，譬如古埃及法老图坦卡蒙的死亡之谜，譬如楼兰古国的突然灭亡，譬如明代进入中国的传教士利玛窦的

①《卢卡契文学论文集》(二)，中国社会科学出版社版1981年版，第554页。

一封长信…… 充分表现了作家广阔的艺术视野，超强的想象能力，丰富的史料积累。他说：“我在写这些小说的时候，有意地、尽量去寻找一种历史的声音感和现场感，去绘制历史人物的声音和行动的肖像。这可能是我的历史小说的观念吧。”①

历史小说的出现需要现实事件的触发。2015年是抗日战争胜利70周年，2016年是红军长征结束80周年，2016年又是“文革”爆发50周年。这些现实的“火花”触动作家走进了中国的现代历史和当代历史。

20世纪20—40年代，是中国历史上最波澜壮阔、艰苦卓绝的一个时期。二三十年代的民主革命，三四十年代的抗日战争、解放战争，都有发掘不尽的历史故事和历史人物。2016年的短篇小说，在这些方面均有可喜开拓。朱山坡《革命者》，写的是二三十年代民主革命时期一个大户人家的历史变故。这个久远而富裕的银姓家族，在时代的风雨中日渐衰败，主人们纷纷投身革命，有的丢掉了性命。特别是大伯，表面上是一个纨绔子弟，实际上是一个勇敢的革命者，借用亲手画的裸体画暗传着信息和命令，折射着那个时代“山雨欲来风满楼”的时代景象。秦岭《寻找》写的是30年代红军长征时期西路军的转战历史。小说以“我”为叙事人物，描述了父亲当年埋葬牺牲的红军连长的曲折经历以及新中国成立后遭受的种种批判和磨难，表现了西部农民为红军、为国家付出的沉重代价，刻画了一个忠贞、坚韧又不乏智慧的父亲秦球球形象，是对被歪曲的西路军历史的重新发现与艺术再现。房伟《中国野人》，写的是40年代抗战时期、一位山东高密农民被日军掳到北海道做苦工，冒险逃出在雪原生活了13年之久，最终重返祖国的传奇故事。这是一篇纪实小说，表现了这位普通农民深厚的思乡爱国感情、坚强的生命意志和对日本侵略者的不屈抗争，从一个层面折射了中华民族的韧性性格和反抗精神。

---

①邱华栋：《十一种想象》，上海文艺出版社2016年版，第280页。

中国当代史已走过67年时间，并不遥远的过去成为尘封的历史。还原历史的真实，辨析经验与教训，校正前行的方向，营构未来的理想，不仅是历史学家的使命，也是小说家的职责。2016年的短篇小说，探求的触角伸向了1950年代后期的“大跃进”运动，1960年代中期后的“文革”浩劫。刘玉栋《锅巴》，以从容的笔调，客观的叙事，再现了1958年山东农村大办食堂的全过程。故事以青年农民大春和小白夫妻俩的生活为线索，展现了整个村庄每户人家因吃食堂掀起的一连串波折，深刻表现了政治运动中从上至下的狂热和激进，以及在饥饿灾难中人们的艰难求生和人性中的善良仁义。让人触目惊心，深长思之。“文革”的历史是不可回避的，许多作家把他们的笔墨深入这一题材领域。韩少功《枪手》，篇幅简短，情节集中，以“我”的亲身经历，回溯了“文革”武斗、“我”被流弹打伤而引发的三个同龄人的人生遭遇。造反派夏如海是肇事者，一面表现出一种盲目、狂热，一面又显得侠义、担当；其妹妹夏小梅，既泼辣、执拗又柔情、坚强；而“我”则是一个逍遥、理智、诚实的中学生，后来成为知青。作家没有多写武斗的过程和细节，而是把镜头对准了人的行为、性格和人性，写出了特殊年代真实、鲜活的众生相。董立勃《米椒》，同样是少年视角、回忆叙事，展现了偏远的新疆农场，“文革”中发生的一幕荒诞、惨烈的悲剧。十几岁的阿坡、阿强、阿水，是三个形影不离的小伙伴。只因阿水的父亲老宋是地主出身被批斗，三个孩子的友情彻底破碎，分裂成对立的两个阶级，阿水不堪忍受自缢身亡，阿强与老宋斗争被无辜杀害，老宋在自家放火自尽。“文革”中的“阶级论”“成分论”引发了多少人间惨剧，给人们的心灵上造成多少创伤啊！还有唐颖《套裁》写那个时代对人们爱美的粗暴压抑，叶兆言《江上明月》写尝试文学创作的重重危险，麦家《畜生》写对“阶级敌人”的公审和枪毙，郭雪波《郭尔罗斯和洛水》写五七干校“牛鬼蛇神”们在管制下的劳动情景等等，都从不同侧面发现、反思、批判了“文革”，都对今天有着积极的启迪和警示意义。

营造独特的“形而上”世界

涉足短篇小说研究多年，越来越深切意识到：短篇小说中不仅有一个有形的、形象的世界，同时还有一个无形的、精神的世界，而这后一个世界往往决定着一篇作品的成败得失。古今中外的经典作品，仔细品味，无不创造了一个独特而丰富的形而上世界，才使其代代相传、脍炙人口的。当下的短篇小说创作，存在着重事不重人、重形不重神、重技不重道的种种倾向，导致了短篇小说形而下世界膨胀，形而上世界薄弱的普遍现象，一个重要原因就在作家不懂得短篇小说中还有形而上世界，或者没有努力去营造那个世界。

关于短篇小说中有形世界的创造，譬如故事、人物、结构、语言等，已有无数的作家、理论家做过广泛、细致的论述。而关于短篇小说中无形世界的营构，譬如感情、理性、审美等，论述却相对较少。而把文本中形而上世界作为一个有机整体的研究，更是凤毛麟角。这是一个还未被深入认识的艺术“黑洞”。中外文学家、理论家，对文学中的形而上世界已有过一些精辟的阐述。如波兰现象学美学家罗曼·英加登，就认为文学作品最高的审美价值是灌注在其中的“形而上学性质”。如中国哲学家庞朴很赞赏卡尔·波普尔的“第三世界”观点，这个世界就是思想的、艺术的世界。作为小说家的王安忆说得更明白：“小说不是现实，它是个人的心灵世界，这个世界有着另一种规律、原则、起源和归宿。但是筑造心灵世界的材料却是我们所赖以生存的现实世界。”[①]这就是说，小说中有形的、物质的世界，与无形的、精神的世界，相互依存、激荡，才构成了小说蓬勃的生命和无穷的魅力。形而上世界又是一种独立、有机的存在，是由作品的感性层次、理性层次和神性层次相互作用形成的。它是文本中的形象世

①王安忆:《心灵世界》,复旦大学出版社1997年版,扉页。

界孕育出来的，也是作家的心灵和生命赋予的。

在2016年众多短篇小说中，自然也有一些精品。而精品的标志，就是拥有一个别具一格的形而上世界。

短篇小说的感性层面并不难理解，它包括作品独特的形象世界和情感格调等，是直接作用于读者的感性体验的。短篇小说的理性层面也好理解，但却往往受到作家的排斥和轻视。而凡是有艺术力量的作品，总是具有一种精深、阔大的思想意蕴。譬如王祥夫《六户底》，只写了一个偏远的小村子，从青年四如到四个精壮后生、又到老村长因喝假酒而死亡的故事。但小说却表现了村民的纯朴和愚昧、生命的欢乐与脆弱、人与庄稼和土地天人合一的情境，其中渗透着作家纵横捭阖的理性感悟与思索。王祥夫并不是一位思想型作家，但他感悟式的理性支撑着小说的形象世界。叶弥《雪花禅》，描绘了抗战时期的一幕情景。背景是日军兵临城下，大批民众在逃亡，少数爱国者挺身反抗。近景是身居豪门、崇尚自由的文人何文涧，却陷入了“我要活，何其难”的困境中。作家在创造艺术意境的同时，倾注了深沉的理性思考，揭示了战争的恐怖与残酷，审视了文人对现世的留恋和懦弱的天性，让读者看到了战争中颤栗的人性，从而批判了日本侵华战争反文明、反人性的本质。

短篇小说的神性层面也可称之为审美层面。所谓神性，是指小说中的精神气象、艺术风格、审美意蕴等，是作品中的至高化境。譬如刘鹏艳《月城春》，作家用温润、灵动的画笔，描绘了一幅淡雅、斑驳的底层社会风俗画：南方小城边，老旧的棚户区，开着一家家水果店、理发店、修车铺，住着普通市民、打工者、小乞丐…… 虽然贫穷、散乱，但民性纯朴、人际和睦，高高的望月桥上常常传出咿呀的胡琴声，矮矮的小平房里不时响起琅琅的背诵英语单词声。就在这样的氛围中，作家精心刻画了两个动人的小乞丐形象。老盲安静、整洁、真诚、自尊，心里暗恋着李婶家的高中女儿小妹，用美妙的胡琴声换取微薄的生活费用，过得自足而快乐；跛子虽然有点莽撞、流气，但面对理发妹被欺辱时，挺身而出、手刃恶人，一身侠义和正气。把底层社会写得这样质朴、温暖，把小乞丐的形象写得如此亲切、美好，就在作家创造了一种化腐朽为神奇的艺术妙境。此外，王甜《雾里行军》写后人对抗战时期一支失踪队伍的苦心寻踪，王萌萌《熊迹与莲花》写藏北牧民与野熊的对峙与放生，都写得情景交融、意蕴丰沛，具有特别的审美意味。

内容寻求形式，形式塑造内容。短篇小说要创造独辟蹊径的形而上世界，还要创新叙事形式和表现方法。在2016年的短篇小说中，我们看到了作家在这方面的精心求索。譬如吴昕孺《去武汉》运用儿童叙事方式，其语调、想象、构思等，绘声绘色，充满童趣；譬如残雪《与人为邻》以喜鹊的眼睛看世界、看人类，作家对人类自身行为进行了深刻反省，是一篇地道的中国式的现代派小说；譬如方方《天蓝》写灵魂附体、母女重逢，匠心独运地使用了荒诞派写法，把母爱主题表现得动人心魂。

短篇小说发展到今天，应该容纳更丰富的世界和思想，应该具有更高超的形式和手法，我们需要知难而上，锐意探索，创造出大批具有“大道”特质的短篇小说来。

（原载《文学报》2016年1月12日）

“大时代”与“小时代”的纠缠

——2017年短篇小说述评

小说文体与“时代观”

阅读、梳理2017年的短篇小说，让人油然想到近年来关于“大时代”与“小时代”问题的争鸣。2008年郭敬明出版了系列长篇小说《小时代》，后来又改编成电影、电视剧，由此引发了一场持久而广泛的讨论。有人认为我们正置身于一个前所未有的大时代，文艺应该表现出这个大时代的广度和深度来；有人则以为这个时代也有小的一面，无数人的小时代就构成了大时代。近年来的短篇小说，出现了两种倾向：一种是努力表现时代之大，虽有一些精品力作，但并不多；一种是痴迷表现时代之小，整体倾向出现了问题，但也不乏优秀篇什。如何认识、表现当下时代，已成为小说乃至整个文学的一个突出问题。

文学中的“时代”问题，既是一个创作实践问题，也是一个思想理论问题。什么是时代？《辞海》的解释是：“历史上依据经济、政治、文化等状况来划分的社会各个发展阶段。”但马克思主义的时代内涵要复杂深刻得多，《共产党宣言》中指出：“每一历史时代的经济生产以及必然由此产生的社会结构，是该时代政治的和精神的历史的基础。”[①]只有马克思和恩格斯才第一次对时代概念做出了科学的论述，揭示了时代的本质，并形成了他们完整而科学的“时代观”。所谓时代观，就是人对不同时代特别是当下时代的感受、认识、评价。这对作家来说至关重要，它是作家世界观、人生观、价值观中的关键部分，它支配、制约着作家对社会人生的把握和表现。但作家的时代观又是一种极为复杂、不断变化甚至充满矛盾的思想倾向。它的广度和深度、新颖与滞后、成熟与幼稚，决定着作家作品的思想艺术品格和价值。短篇小说是一种小文体，但它同样要表现出社会人生之大来，作家的时代观与短篇小说的这种“小”和“大”息息相关。

一个作家的时代观，体现在他的言论中，也蕴含在他的作品里，只有把二者进行比照、互证、结合，才能把握作家完整的时代观。但这是一种困难的探索和研究。众所周知，莫言的时代观、社会观是复杂的，他很少完整地表达对时代的看法，但他却从人的角度，表达了自己的时代观：“我曾经说我是一个讲故事的人，实际上我是一个观察人、研究人，包括观察我自己、研究我自己的人。只有理解了别人才能理解自己；当然，也只有理解自己，才能更好地理解别人。而小说从根本上说写的是人与人之间的关系，只不过更错综复杂。”[②]这就是说，表现时代首先要写出人物、写出人际关系，写好人物是写好时代的基础。2017年莫言重现文坛，奉献了两篇短篇小说。在赓续民间立场、荒诞写法的基础上，更强化了小说的现实感和社会性，体现了50年代作家的思想风貌和批判立场。《故乡人事》由三个短章组成，刻画了数位人物，但人物背后却有着深广的社会背景。《地主的眼神》描写了一位被冤枉、被管制，精明能干但未必善良的地主孙敬贤的形象。《斗士》刻画了两位好斗的人物，信奉阶级斗争的老支书方明德，贫困命贱而破罐子破摔的恶人武功。《左镰》塑造了一位学

①《马克思恩格斯选集》(1)，人民出版社2012年版，第380页。

②莫言：《一切来自土地的都将回归土地》，《小说选刊》2017年第11期。

习好、会干活，因偶然事件失掉右手、又因成分不好而终身潦倒的田奎的悲剧形象。小说以“我”为视角，展现了不同时代农村的阶级斗争、人际关系、农民命运、日常生活，力透纸背、发人深思。而范小青对当下时代有着深切的感受和反思，她说：“当下正是一个说不清道不明的时代，却是一个作家创作的好时代。说不清道不明意味着你可以从各种角度去诠释这个时代”。“作为一个写作者，非常需要在这个时代有所警醒。”①近年来，她始终关注和探索着现代社会人的身份焦虑、即人的异化问题。《千姿园》中两家房屋中介公司，都有一个王伟，他们的个人信息、联系客户等，竟然一模一样，引出了一连串喜剧和闹剧，表现了现代社会对人的“格式化”。《你的位子在哪里》是一篇难得的喜剧小说，写的是官场会议中的“替会”现象，揭示了官场游戏规则中严重的形式主义，所带来的弄虚作假、以假当真、人格消弭的政治生态。青年作家杨遥说：“现实就是如此荒诞、诡异，像八卦中的阴阳鱼游来游去，一种巨大的虚无和无聊淹没了我。我怀疑生活哪来的那么多意义，哪来那么多伟大可歌可泣的事情，其实每个人就像花草树木一样，渴望阳光、雨露，春天发芽，秋天枯亡，因为品种的不同，又摇曳千姿、各有百态。”②这种时代观是作家在现实生活中形成的，同时受到了西方现代主义文学思想的影响，它深切地体现在作家的新作《补天余》中，小说描述了“我”——一位从底层调到省城、业余玩奇石的年轻教师，王二——一个不务正业、期望贩卖奇石致富、但最终一事无成的普通农民。小说中的社会、人生真正逼近了那种细微、琐碎、世俗的境地，但在这种真切的写实中，又呈现出一种诡异、荒诞的真相来。

短篇小说中的时代感，可以清晰、强烈，也可以模糊、薄弱。这是由作家的时代观和一篇作品的审美要求决定的。但历史是由一个一

①《范小青谈文学与当下社会：写作者在这个时代要有所警醒》，中新网2017年7月15日。

②杨遥：《真实与荒诞》，《西湖》2010年第2期。

个时代的交错、衔接构成的，作家就需要对每个时代做出自己的判断、表现。在2017年的短篇小说中，出现了不少描述历史特别是“文革”历史的作品。譬如何立伟《昔有少年》，描绘了一群年幼无知的少年的野生野长和性意识的萌芽；樊健军《穿白衬衫的抹香鲸》，表现了一批林场孩子在游戏中的争斗和一位知识分子出身孩子的无辜丧命；肖克凡《天堂来客》，展现了天津大杂院底层市民之间，猜疑、暗斗、背叛、殉情等种种令人震惊的矛盾纠葛。这些作品对时代的把握是精准、深刻的。表现当下时代的生活，往往比表现历史生活更有难度。因为现实社会是变动不居的，而人们对当下时代生活的看法总是纷杂不一。这就更需要作家有一种深邃的洞察力和高超的艺术表现力。刘庆邦是一位出色的短篇小说作家，他往往能在精短的篇幅中，表现广阔的社会生活和结实的人物形象。他的《英哥四幕》，写的是乡村的戏剧文化对一代一代农民的深刻影响，以戏剧《秦香莲》的四幕戏为引子，牵出了宋楼村爷爷宋国成、父亲宋景辉、孙子宋阳三代人的婚姻、爱情和家庭生活。如果说传统戏剧中的道德、伦理，化解了爷爷、父亲的婚姻危机的话，那么在新一代的宋阳身上，传统文化已经完全失效。小说结构巧妙、人物突出、内涵丰盈，把半个多世纪以来不同时代的农村文化和风俗都表现了出来。现在一些年轻作家在揭示时代生活奥秘方面，也做出了可贵的探索。刘汀的《速记员》，写了被社会忽略的速记公司和速记员，以及同掌握话语权的文化体制以及上层人物的复杂关系。那些大大小小的速记员生活在社会底层没有任何话语权，但他们通过巧妙修改各种会议发言中的“关键词”，改变着上层人物的声音乃至他们的命运，同时影响、扰乱着社会的运行和秩序。作品借鉴了一些侦探小说的写法，故事新颖、思想敏锐，读来启人心智。

当下社会究竟是大时代、还是小时代？其判断和认识，取决于作家的生活阅历和思想视野。今天的中国正处于一个剧烈而深刻的社会转型期，它无疑是一个大时代，但正如宏观世界中有微观世界，物质世界之外有精神世界。退到后一种世界，就是一种小时代。但在不少年轻作家那里，小时代变成了自我圈子、杯水风波。文珍是一位创作勤奋的80后作家，她写的大都是现代城市和同龄人生活。她对时代的认识是："我所想写的，也许就是城市里每个普通人都可能遇到的困境，以及这种看上去十分正常、实际上隐藏着巨大的反人性的现代城市生态。——城市的种种便利让孤独个体变得似乎更容易存活。但同时，也放任孤独者更无法自我改变，更难以互相安慰。"①在她的短篇小说《你还只是一位年轻人》《风后面还是风》中，用冗长的篇幅描述了年轻夫妻在生孩子问题上的纠结与矛盾，相恋男女在爱情上的痛苦煎熬，放大了自我的悲欢、扩张了个体的孤独，成为一种真正的小时代生活。这样的作品也许对包括作者在内的小资们是一种发泄、抚慰，但对广大社会和民众来说是微不足道的。

置身在"大时代"的浪潮中

近年来，狄更斯长篇小说《双城记》中的开头一段，在文坛上颇为流行："这是最好的时代，这是最坏的时代，这是智慧的时代，这是愚蠢的时代，这是信仰的时期，这是怀疑的时期，这是光明的季节，这是黑暗的季节，这是希望之春，这是失望之冬，人们面前有着各种事物，人们面前一无所有，人们正在直登天堂，人们正在直下地狱。"这部现实主义经典作品创作于1859年，表现的是英国和法国从封建主义向资本主义过渡时期狂风暴雨般的社会生活，狄更斯用他的如椽之笔，一开篇就袒露了他充满困惑和矛盾的时代观。想不到却同今天的中国作家发生了心灵共鸣。当下中国的社会转型，是从传统的农业文明和社会向现代工业科技文明和社会的蜕变，涉及经济、政

①何晶：《文珍：写下萦绕内心、无法消化的事》，《文学报》2016年11月24日。

治、文化、道德等所有领域，是古老中国的再造与新生。它与19世纪之交的欧洲社会变革，虽然性质不同，但都处于历史转折的节点上，都充满了各种各样的艰难与阵痛。两个时代都是沧海桑田般的大时代。对置身于大时代的中国作家来说，坦率地讲，还难以提出并表现出那种有关国家、民族乃至人类的大课题。但越来越多的作家正走近它、深入它，认识并表现出了它的宏大、深刻、复杂。但有的则回避它、远离它，退回到个体、内心，感受并描写着自己的小时代。

当下的短篇小说，在表现不同题材、领域方面，呈现出不同的特点和态势。描写乡村和农民生活、地域特色和文化生活，倒往往表现出大时代特征；而表现城市、官场题材生活，则常常呈现出小时代特点。但也有一些作家能够突破题材的局限，显示出一种大时代神韵。

乡村小说创作，从20世纪90年代以来开始衰微，由文学的主流变为支流。但作为一种具有深厚传统的文学潮流，依然时有佳作，且有再度活跃的迹象。譬如夏鲁平《吃喜儿》写乡村愈演愈烈的攀比风，曹多勇《盖楼记》写因盖楼引起的家庭不和，都表现了农村新的社会问题和矛盾。譬如李云雷《我们去看彩虹吧》塑造了一位命运坎坷、怀揣理想、不断打拼的农村姑娘小锐的奋斗者形象；钱静《显微镜》刻画了两位在孤独中寻找人生道路的探寻者形象。都揭橥了现实农村青年一代的生存与精神状态。譬如余同友《雾月的灰马》写城市以及城市人对农民的盘剥与排挤，那匹由城到乡、在乡村被汽车撞伤的灰马，象征了农民在城市化进程中的悲剧命运。雷默《祖先与小丑》以“我”为叙事人，叙述了父亲的死、儿子的生，以及日常生活中渗透的乡村伦理、人世亲情，意在发掘乡村社会那种看不见的传统文化。譬如陈玺的《一抹烟尘》，再现了旧时代长工与地主的生活和关系，描绘了长工栓栓与村姑晴儿纯朴而真挚的爱情悲剧，让人们看到了传统乡村的古老、贫困以及底层农民执着、深沉的精神情感。这些作品题材并不大，人物很平凡，但却有着广阔的社会背景，淳厚的审美意境，因此依然有着某种大时代特色。

在2017年的短篇小说中，有两篇格外值得关注。朱辉的《七层宝塔》，书写的是乡村变为城镇、农民成为新城市人之后，城镇社会出现的新现象和新问题，居民之间紧张的人际关系以及他们精神情感的震荡。原来乡村的房子是平地散落的，现在的楼房是叠加立体的，它给农民的生活和行动带来了很多不便，给邻居之间平添了诸多磕碰。原来的乡村有土地、山河、树木，特别是有镇村之宝宝音寺和七层宝塔，现在的城镇集中在几条狭窄的街道上，古寺古塔也终于因城市建设而被拆毁了。小说精心刻画了一位传统农民唐老爹的形象，他本是原来村里的乡贤，知书达理、德高望重，主持公道、受人尊敬。但在新的城镇环境中，他难以适应这种封闭、杂乱、互扰的生活空间。特别是在同本家侄子阿虎因居住、做生意发生的矛盾中，在同居委主任、不法开发商因拆毁七层宝塔爆发的冲突中，他干预、抗争，但却显得软弱、无助，终于突发心脏病住进了医院。这是一个乡村文化的捍卫者，也是一个城市文明的牺牲者。小说尖锐地提出了乡村社会和文化还要不要保留、如何保留的问题？传统农民能不能、怎样能成为现代城市人的问题？值得全社会思考。莫言的《天下太平》，再一次以孩子的行动和视角，展现了广阔的社会生活，各种各样的农民和公家人形象。小说的主要情节，是留守儿童小奥被外村人捕捉的老鳖咬住手指到获得解救的整个过程。这一情节有点滑稽、荒诞，但却巧妙地贯穿了众多的情节、细节、环境、人物。小奥是一个纯朴、机灵、善良，热爱自然、乡村、有着朦胧的环保意识的孩子。围绕着他的遇险，作家刻画了众多的人物，有爷爷、父子打鱼人、村干部张二昆、村医星云、胖子和瘦子警察等十几个人物。每每着墨不多，但形象鲜活。透过这个有惊无险的喜剧情节，小说艺术地表现了这个村子的经济落后、环境污染、文化贫乏、村政权变质等一系列严峻问题。故事结尾有人发现，老鳖的背壳上有“天下太平”字样，而这个村子就叫“太平村”。是个具有匠心的反讽情节。作家揭示了改革发展中的农村，存在的种种问题和危机，启迪人们去关注、思考、变革。一个短篇小说能容纳这样丰富的内容和思想，在当下的创作中并不多见。

地域题材小说常常混杂在乡村题材小说中，但它其实有自己的表现领地和审美特征。在2017年短篇小说中，读者看到了多篇优秀地域题材小说。阿成《你方唱罢我登场》，用老到的笔墨刻画了哈尔滨“道外”北三道街的街头一景：一帮老人老阿、范爷、西人、老五、学者等，在茶博士的茶摊上边喝茶、边谈古论今、下棋唱戏，潇洒快活、乐天知命。但城市改造正在大规模推进，茶摊、商铺都将拆迁、消失。小说表现了古老街巷与地域风俗在现代化浪潮中的脆弱、无力。郭宏冰《大师》描绘的是小镇图画，老旧的理发店，传说中的金剃刀，手艺高超但默默无闻的剃头匠王师傅。但剃头作为一种传统手艺，正在现代社会中消失。李进祥《奶奶活成孙女了》写的是西北农村少数民族家庭的独特风情，这里生活古朴、家庭和睦、老人长寿、儿孙孝敬，显示了偏远乡村生活美好、温馨的一面。

城市题材与官场题材小说，容易受故事情节的限制，而被写小，但在一些成熟作家的手里，同样可以表现出大时代的某些方面来。付秀莹的《那边》，描述了从芳村一路奋斗到京城的小裳，做了富人老边的小三，身居豪宅中的精神情感活动。这样的情节极易写成小时代式的作品。但作家自然地穿插了主人公的人生经历、爱情故事、校园苦读等生活情景，展现了一个年轻女性在情感、欲望、理想之间的矛盾与选择，使作品具有了丰富的时代内涵。赵欣《透析》，刻画了一个下台官员吴世雄，沦落世俗生活后的重新做人、艰苦打拼，折射出人世的艰难，人与人之间的关爱。邵丽的《蒋近鲁的艺术人生》，塑造了一位极具个性的县委书记蒋近鲁的独特形象。他工作能力超强，颇有开拓精神，管人用人有方，但有严重的家长作风。他有政治头脑、人生理想，但又善于玩弄权术。这样的官员是官场里的异数，但又能够叱咤风云，我们需要思考和追问的是，什么样的政治机制和文化土壤，孕育了这种非典型官员？如上几篇小说都是着力书写人物的，人物站立起来了，小说自然就有了丰厚的时代蕴含。

短篇小说要表现大时代，当然需要生动曲折的故事情节，但好故事并不一定能反映出大时代，重要的是作家对时代、对历史的熟悉和把握。正是在这一点上，一些年轻作家常常显得力不从心。旅居香港的70后作家葛亮，在一篇创作谈中说："我们不是生活在大时代里的人，没有经历革命的烽火洗礼，也没有翻云覆雨般的社会变迁。五四，抗战，'文革'，没有一环扣住了我们的个人生活。""后来我逐步发现，平凡本身有着独立的审美价值。我们身边，当下微小的生活，也有很多可书写的东西。问题不在于生活本身如何，而在于你怎样去表达。"①这些话表现了他创作上的困惑和认识上的偏颇。譬如他的近作《罐子》，写了两个独特人物和一个传奇故事，涉及"文革"、知青运动、反腐败斗争等等，但小说却并没有写出这些时代的真实情景和同当下生活的内在关联，而是把笔墨集中在了两个人物开小饭馆和女主角蓄谋报仇的琐细过程中，使富有社会人生内涵的小说变成了一个通俗故事。

"小时代"后面须有大背景

"大时代"与"小时代"之间，有一种复杂而微妙的关系。小时代这一概念，应该说有两种内涵。第一种内涵指的是，它是与宏观世界相对应的微观世界，物质形态之外的精神形态，社会生活之内的个体生活等。现代哲学思想和文学思想，已经打破了唯物主义理论和现实主义创作的藩篱，开拓出了崭新的精神世界、微观世界乃至非理性世界，并在文学创作中得到了充分的表现。宏观与微观、物质与精神、社会与个体，本是紧密相依、息息相通的。大时代中有小时代，小时代里也有大时代。如同现代物理学中量子力学所证实的，物质中

①葛亮:《葛亮创作谈——小说说小》,《青年文学》2008年第11期。

的两位以上的粒子，在同一系统中可以形成一种纠缠状态，在无限远的距离下实现瞬间互动。精神、灵魂甚至鬼魂都可以独立存在。就像六百多年前的思想家王阳明所悟到的："你未看此花时，此花与汝心同归于寂。你来看此花时，则此花颜色一时明白起来。便知此花不在你的心外。"①心与物相通，心与物同在，心创造了物。正是现代思想理论、现代科学研究、古人思想智慧，推动着人们对世界和人自身的深入认识，对时代与社会的重新理解。这些思想观念的进步，又深刻地影响着作家对时代的理性认知和艺术表现。

小时代的第二种内涵指的是，现代人无力应对外面的宏大世界，难以解释关于政治、文化、道德等方面的现实问题，于是退回到个人的世俗生活和情感生活中，退回到自我的精神心理世界中，自行封闭、自己折腾，"螺蛳壳里做道场"，把这样的生活视为小时代。这种小时代与大时代是隔绝的，它虽然也能折射出一些社会的、时代的、生命的光影，但却十分有限。它更主要的是一种个人习俗、情趣、欲望等。譬如那种琐碎的物质生活，譬如那种矫情的爱情方式等。郭敬明《小时代》中，那些年轻人的爱情和成长故事，就具有这样的特点。这个时代太宏大、太剧烈，新新人类们宁愿退居边缘，享受物质化的小时代。这个时代太严密、太精巧，新新人类们只能坚守"岗位"，难以走进更广阔的大时代。狭隘的小时代是宏阔的大时代结出的一颗涩果。当下众多的80后、90后作家，写作了大批的小时代式作品。譬如80后作家孟小书的《满月》，是一篇现代小说，描述"我"以及一些新潮青年，逃到泰谷的潘安小岛，效仿嬉皮士，练瑜伽、吸大麻，过着一种艰苦、粗糙的原始生活，期望获得灵魂的净化和升华。读者在作品中看到的，只是这些年轻人荒唐的行动、怪异的举止、非理性的心理；难以看到当下社会的经济、政治、文化、道德等对他们的影响、制约，难以看到个体生命人性的沉浮、情感的纠

①王阳明撰、邓艾民注：《传习录注疏》，上海古籍出版社2015年版，第231页。

结、灵魂的矛盾，活生生的人物成为木偶人、面具人。这也许正是西方现代主义文学中被异化的“空心人”吧？70后作家骆平的《狻猊》，用18000字的篇幅，细腻而深切地描述了一位中年女官员杜安静的爱情、婚姻、家庭生活，特别是与丈夫的无性婚姻，与同事的婚外情感，以及同母亲、婆婆、闺蜜等的日常交往，把一个现代职业女性的生存与精神困境写得纤毫毕现。但作者太痴迷于描写人与人之间的幽暗关系，夫妻之间的心理博弈了，淹没了人生背后广大的社会舞台，一个人的社会身份和她的主体性格，使人成为一种病态人物。80年前，鲁迅就批评一些青年作家的作品：“所感觉的范围颇为狭窄，不免咀嚼着身边的小悲欢，而且就看这小悲欢为大世界”。“从率直的读者看来，就只见其有意低回，顾影自怜之态了。”①今天的一些年轻作家，再一次堕入了“小我”的泥沼里。

如前所述，衰微中的乡村生活往往表现出一种大时代的特征来，而发展中的城市社会则常常显示出一种小时代的味道来。这是当下文坛值得关注和反思的一种文学现象。20世纪90年代以来，中国社会变化最快最大的领域就是城市。无数大中小城市在膨胀式发展，小城镇在农村的土地上神速生长，现代工业和现代科技在爆炸式推进，电脑、电视、手机等传媒终端全方位普及，大众文化、通俗小说和严肃文学多元共荣…… 尽管城市的兴盛也带来了诸多社会问题，各种各样的精神和心理疾病不断滋长；但中国的社会转型集中体现在城市的发展上，现代城市正引领国家走向强大，这是众所公认的事实。21世纪之交的城市发展，是中国大时代的主旋律。尽管当下的长中短篇小说，在表现城市生活方面有了丰硕的成果，但相距城市的迅猛进程、广大读者的阅读需求，依然差距甚大、道路漫长。

短篇小说书写城市题材，自然不能为了体现大时代而贪大求全，但它可以通过“小事件大背景”的表现方法，折射出大时代的某些本

---

①鲁迅:《〈中国新文学大系〉小说二集序》,《鲁迅全集》(6),人民文学出版社1991年版,第242页。

质和特征来。在2017年的短篇小说中，可以看到作家在这方面的艺术探索。哲贵《每条河流的方向与源头》，写的是一个职业女性——吴旖旎的人生探寻历程，小说一方面表现了一个名门之后的教养与风采，另一方面又揭示了作为个体生命的精神世界中的冲突。作为出色的电视主持人，代表了她的自我；作为成功商人的情人，又显示着她的本我；作为无师自通、出手不凡的业余画家，又象征了她的超我。她在自我、本我和超我中探索、挣扎、升华，充分表现了一个现代人精神世界和潜意识世界的汹涌波涛。作家显然研习过弗洛伊德的精神分析理论。张惠雯《梦中的夏天》，写了两位赴美年轻人"梦想"的破灭。"我"厌倦了国内大学工作的疲惫、虚伪，前往美国大学实验室从事研究；"她"在国内银行前景美好，却因爱情失败逃匿美国，期望重新开始自己的人生。但他们的人生"梦想"渐渐破碎。小说表现的是现代人理想的虚幻、人生的荒诞。苏童的《玛多娜生意》，精心刻画了一个业余诗人、美术设计师庞德，在经商中耽于幻想、在爱情上自由放浪，最终落得一败涂地的狂妄者形象，表现出作家鲜明的反讽态度和批判意识。

在短篇小说中，表现城市底层人物的作品，显得更为开阔、丰富，更具有时代特色。张怡微《过房》写了城市一位小职员悲苦的一生，虽然平庸、贫困、孤单，但他深切体验到了被亲人关爱的幸福、他关爱亲人的快乐，显示了城市底层人物一种超然的人生境界。汤成难的《搬家》从作家"我"的角度写农民工李城；农民工纯朴、乐观、向往理想的性格和精神，深深感染和影响了作家，使作家走出生活的阴影，变得坚强起来。张翎近年来的短篇小说创作十分活跃，她的作品内涵丰富、人物突出、语言锐利，真正切入了城市社会的纵深之处。《都市猫语》写了一男一女两位城市打工者，同居一屋发生的种种故事。一位是年轻的出租车司机茂盛，另一位是洗脚女兼卖身的农村姑娘小芬。他们身上有粗俗、有算计、有欲望，但更有善良、爱心、义气、自尊。从他们身上，看到了现代城市底层的沉重与艰难。

作家的另一篇作品《心想事成》，写的则是公司女白领在工作重压下的人生挫折，在夸张的喜剧情节中，让人感受到了上层社会生活的别一种沉重与艰难。人物是现实生活的主体，是社会关系的总和，写好各种人物，就写出了大时代的气象和特征。

强化小说的艺术表现力

一个作家在他运用短篇小说文体创作时，总是期望这一文体有强劲的艺术表现力。其实短篇小说的表现力，一方面依赖题材本身隐藏的思想艺术潜能，另一方面依赖作家采用的表现形式和手法。多样的、新颖的艺术形式，可以给文本插上有力的翅膀，使表现对象飞得更高；而单一的、陈旧的表现形式，可以导致有价值的内容和思想，委顿于泥土。当下的短篇小说，在创作方法上，多数作家坚守的是现实主义。但现实主义在今天面临着困境，弱化了变革、创新的能力。传统的现实主义手法，似乎已经全部用过，不再有新鲜东西；西方现代主义表现形式，也已然悉数尝试，感觉“不服水土”。现实主义是一种不断生长的文学思潮和方法，现在处于“前不着村后不着店”的境地。2017年的短篇小说，一如往年，虽不断有一些佳作，但整体上处于消沉状态。其中一个重要原因，就是在艺术形式上趋于保守、封闭。短篇小说的重振、兴盛，道路只有一条，就是继续借鉴西方现代后现代主义艺术形式，同时取法中国古典主义文学的经验与写法。

在短篇小说沉闷的版图上，依然看到一些作家在艺术形式上的孜孜探索，以及结出的美丽果实。

向西方现代主义小说借鉴，始终不绝如缕，而借鉴最多的是荒诞手法和象征手法，它已化入中国的现实主义文学中，在今天已经显得熟能生巧了。王祥夫的《怀鱼记》，写的是人与鱼的关系、人与自然的关系。由于水的污染、工业的发展，一条“胖江”变瘦、变脏，江里的鱼几近绝迹，江边的地成为禾田。对鱼、对江感情深厚的老村长老乔桑，想鱼成疾，竟感到自己的肚子里生出了大灰鱼，闹得沸沸扬扬，最后竟做了一场取鱼的假手术。癔症中的老村长，与昔日的鱼融为一体，渴望腹中的鱼唤回江里的鱼，唤回村民对鱼的感情。但不管是同代人，还是小辈人，已不懂他的心。人肚里怀鱼，一个匪夷所思的情节，却把老一代人同鱼的休戚与共、现代人对自然环境的疯狂剥夺，写得入木三分。譬如曾皓《追赶影子的将军》，写一位老将军在最后的日子里，孤独无聊，与自己的影子的故事。影子不再是一个虚幻的存在，而成为一个拟人化的形象，成为老将军的朋友、诤友。他在同影子的对话、辩论、游戏中，认识了自己现在的糊涂、过去的错失、一辈子与士兵和故乡的深情。一个荒诞情节，折射出老将军的人格、精神，以及个性、情感中真实的一面。譬如甄明哲《京城大蛾》，写一个北漂青年酒醉后变为一只大蛾，暗示着他在京城的盲目折腾只能是“飞蛾扑火”，借鉴的是卡夫卡《变形记》的手法。

象征手法、心理剖析手法，也是短篇小说创作中常见的手法。譬如胡迁《大象席地而坐》，用断腿大象只能坐在地上背后的沉重与痛苦，来象征颓废青年内心的沉郁、痛楚、悲怆。象征的运用强化了小说的艺术表现力。譬如张怡微《度桥》，以“我”为视角人物，展示了现代青年的艰难生存和曲折暗淡的内心活动。作家对人物的精神、情感、心理，进行了细腻的展示、剖析、反思，让读者窥见了新一代人全景式的心理图画。心理剖析手法的选择，凸显了人更逼真的心理世界。象征手法和心理剖析手法，已成为中国作家驾轻就熟的表现形式。

向古典小说取法，可以说还没有走上正途。新时期以来的几代作家，曾自觉地借鉴过西方现代主义文学，其思想观念和艺术形式深刻地影响和改变了中国文学。但对中国古典小说的汲纳，虽然也有部分作家在探索和运用，却并未形成一种自觉实践、文学思潮。中国古典小说历史，如果从已经成熟的魏晋时期算起，至今已有一千七八百年。它留下了数不胜数的经典作品，积累了宏富精深的艺术经验与写法。遗憾的是，几代作家在古典小说修养方面都较薄弱，从文坛到作家还没有把继承发展古典文学传统作为一种文学使命。众多学者在古典小说研究上成果累累，但没有转化为当下小说创作的宝贵营养。仅从古典小说的类型和写法看，就有史传、传奇、话本、章回、笔记等多种模式。新时期文学以来，已有一些功底厚实的作家，如汪曾祺、王蒙、冯骥才、贾平凹、聂鑫森、孙方友等，吸纳古典写法，创作了面目一新的笔记、传奇、话本小说，其经验和写法，是值得总结和研究的。

古典小说创作传统没有得到全面承传，但古典小说的表现形式和手法，却在部分作家的作品中得到了使用。如中国的史传小说、笔记小说，都主张事件、细节、人物的真实性，反对虚构性，形成了中国古典小说中的纪实方法。这种方法后来又演变成报告文学、纪实文学等新文体。但作为小说创作中的一种基本手法，始终持续不断。譬如马原曾经是先锋派作家，但现在转向了小说的纪实手法。在新作《小心踩到蛇》里，作家用白描式的笔法，记录了“我”隐居山林、回归自然的日常生活。写出了“我”与女人在大自然中的劳动、创造、辛苦、喜悦，让人不由想到陶渊明的《桃花源记》《归去来兮辞》。譬如莫言《故乡人事》，记叙“我”回到高密故乡的行程，所遇到的人事，虽然难免有虚构，但运用的完全是纪实的视角、笔调、语言。给读者一种信赖感和亲切感。

“传奇”既是古典小说的一种文体，又是古典小说的一种表现手法。作为表现手法，它突出的是故事情节的离奇曲折，人物命运的变幻莫测。在2017年的短篇小说中，可以看到作家对传奇手法的喜爱和运用。譬如房伟的《杀胡》《红龙》，前篇写抗战时期山东农民与日军俘虏之间的奇异婚姻，后篇写香港“文革”时期两位陌路男女的乱世情缘，都是历史题材，情节奇特、人物神秘，读来扣人心弦。譬如严泽《萝卜》，其中的祖父是一位象棋高手，他在40年代的抗战时期、60年代的困难时期，因下棋祸福缠身，刻画了一位棋手的传奇人生。譬如李浩的《自我、镜子与图书馆》，写的是阿根廷一座古堡图书馆的神奇故事。主人公豪尔赫谋职图书馆，博览群书，寻找一本关于“自我”的图书，在他打开“巴别塔之梦”的古书时，却人与书掉入地下的洞穴里。小说似在表现书籍与家族、血缘与遗传病、寻找与毁灭这样一些哲理主题。虽然晦涩难懂，但却像迷宫一样诱人。

以现实主义创作方法为主体，汲纳、融合西方现代主义和中国古典主义的表现形式和手法，是小说特别是短篇小说的一条广阔道路。

（原载《文学报》2018年1月18日）

在“对话”中“求真”

文学发展与核心价值观的审视与对话

段崇轩　王春林　傅书华　陈坪

亟待厘清的文学概念

段崇轩（山西省作家协会专业作家）：近来，理论界、媒体上正在热烈讨论重建核心价值观念的问题。这是一件关系到国家和民族精神文化兴衰的事情。核心价值观是一个民族区别于其他民族的文化性格，是一个民族团结全体成员的凝聚力量，是一个民族生存与发展的精神支柱。每当社会变革和转型的时期，文化价值观念的重建就会被提出和凸显出来。文学作为文化中的“尖端”“重器”，更需要反思和建构自己的核心价值观念。而这一根本性问题，我们过去并没有理论上的自觉，更谈不到实践上的自觉。因此我们要旗帜鲜明地提出：把核心价值观念这一概念，引入文学创作和文学理论，使它成为文学的“尺度”和“灵魂”。什么是文学的核心价值观念？这是一个很复杂的问题。新时期以来，不少学者就文学的价值问题做过探讨和研究，如敏泽、党圣元就有专著《文学价值论》，写得全面而深入，但在文学核心价值观问题上，论述还不明确。我的理解是，文学价值观念是指一种文学和一部作品，它在题材内容、思想意蕴、艺术形式、审美取向等方面，表现出来的一种文化倾向和文化意义。它是文本所描写的社会人生所自然蕴含的，也是作家思想文化观念所赋予作品的。这是作家主体和生活客体的一种水乳交融。而核心价值观念就是文学和作品呈现出来的那些最主要、最重要的文化理念。它是文学的一种“内核”和“生长点”。可以说文学的核心价值观也是文化核心价值观的重要体现。当然，文学的价值观首先是艺术的、审美的，是通过艺术的、审美的形式和方法表现出来的文化价值观念。

王春林（山西大学文学院教授）：文学的核心价值观这一命题的提出，对于当下中国文学的发展有着相当重要的意义。我个人有两个方面的思考。第一，我所理解的文学核心价值观念，就是指在一部文学作品中明显地处于主导地位、最终对作品的思想艺术品格起根本支配作用的文化价值理念。它是我们在衡量与判断一部文学作品价值时一个不容忽视的文化标准。第二，核心价值观念只能够以一种“内置”的方式存在体现于文学作品之中。读者阅读一部文学作品，首先接触到的是作品的语言与艺术形式层面。潜藏于语言与艺术形式层面之下的，则是作品的思想内涵层面。而核心价值观念，则应该潜藏于作品的最深层，对于以上两个层面发挥一种根本的支撑作用。

陈坪（山西省社会科学院文学所研究员）：“文学的核心价值观念”提法很新颖。这一概念如果能成立，那一定是建立在我们对人的深刻理解的基础上的。文学是特殊意义上的一种“人学”，文学理论是对文学做规律性研究的一门学科。现在要将文学的核心价值观念引入文学理论的讨论，就不能作凌空蹈虚之议，需要从一些最基本的原则出发，否则就会是无源之水、无本之木了。我认为，哲学人类学关于人的本质和构造的见解恰好可以为包括文学理论在内的人文、社科研究提供一种理论基础。不从本质上弄清楚人是什么，谈什么文学价值？更遑论核心价值了。

傅书华（太原师范学院文学院教授）：我们对文学核心价值观念的讨论，不要“凌空蹈虚”，而要从具体的“现实境遇”出发，从

“问题”出发。现在的“问题”是什么呢？是价值迷茫。文学在其意识形态色彩淡化后，思想界对新的时代处于“失语”状态，也可以称为是“无中心”的“众语喧哗”状态；商业话语虽然在实际上极大地左右着文学发展，但在价值形态上，却不被社会各阶层所认可。核心价值观念的提出，就是意识到这一危机，想在价值观念上，认清、把握我们这个时代的一次努力。

审视现当代文学

傅书华：对中国现当代文学中的核心价值观，我觉得要从一个比较广阔的视野来做考察。我不大赞成时下流行的用“启蒙”文学思潮、革命文学思潮来概括那个时代文学的观点。我觉得，以鸦片战争为标志，中国传统社会超稳定结构系统的崩溃，不是外部西方强力所致，而是其自身发展的必然。新的社会结构系统，首先发生自南方，而且受西方资本经济形态的影响，不是偶然的。这一经济形态中生成的人的存在形态、精神形态，是其时文学的核心价值，主要有三个方面：第一是人的个体意识的觉醒，譬如“五四”时代的“人的文学”的提出，譬如巴金的《家》，等等。第二是对资本摧残人的抗争，譬如国统区中的左翼文学，如茅盾、老舍、丁玲等等。第三是对消失的传统文明的怀念，譬如沈从文的《边城》、戴望舒的《雨巷》等等。这些都是在上述新的社会结构系统内部发生的。检视这一历程，我们或许可以发现，中国传统社会结构系统“崩溃”所导致的“离家”“出走”，新的社会结构系统与个体存在的“冲突”，在“冲突”中对个体意识或个体利益的坚守，冲突之后的不知向何处去的“漂泊”，在“漂泊”中的“迷茫”“罪感”“无根”的“孤独感”等等，可能是这一个历史时期体现其文学核心价值的一种意象表征。体现了这一核心价值、精神表征的作家作品，往往是大作家大作品，至少是优秀的作家作品。譬如鲁迅的《过客》、周作人的《乌篷船》、巴金的《家》、老舍的《骆驼祥子》、曹禺的《雷雨》等等。

段崇轩：关于解放区文学的研究，近年来持续升温，甚至成了一门显学。其中最值得关注的是赵树理文学现象。赵树理有一句广为传播的名言，说他的作品是要“老百姓喜欢看，政治上起作用”。我们可以把它视为赵树理的文学核心价值观。这一价值观是朴素的，但也是深刻的，甚至是伟大的。“老百姓喜欢看”，反映了他的“民本主义”思想和民间立场；“政治上起作用”显示了他的社会责任和政治理想，但他所谓的政治，既包含着共产党的政治任务，也蕴含着他的社会理想。他在新中国成立前写的《小二黑结婚》《李有才板话》，新中国成立后的《“锻炼锻炼”》《三里湾》等，都充分而艺术地体现了他的文学价值观。特别是他作品中所表现的底层社会的生活情景与文化传统，人物形象身上的民间性格与文化精神，艺术形式上的民族风格与大众语言，更是值得我们珍视和继承的文学遗产。

傅书华：“十七年”文学其实与解放区文学是有着根本上的区别的，主要是“时代语境”不同。解放区文学在与国统区、沦陷区的“对抗”和“张力”中，构成了自己的积极意义。但“十七年”文学，伴随着“语境”“张力”“对抗”的消失，其主要矛盾就是“整体”与“个体”之间的冲突。在这一冲突中，“十七年”的主流文学，是渐次用“整体”遮蔽“个体”，“个体”在“十七年”文学中，基本上处于“碎片”“边缘”状态。这种“整体”与“个体”、主流与“碎片”的“张力”“对抗”关系，是那一时代文学的核心价值观的一种体现。

段崇轩：我赞成把20世纪70年代末到80年代末的文学称为“新时期”文学，把90年代初到现在的文学命名为“多元化”时期文学。其依据是两个时期的文学价值观念大不相同。80年代前后的新时期文学，确实是一个波澜壮阔的文学时代，强有力地推动了改革开放的历史进程，涌现了众多黄钟大吕式的精品力作。今天重读那些脍炙人口的优秀作品，依然让我们心潮难平。因此人们把它同“五四”文学相媲美，称为中国的“文艺复兴”时代。譬如“伤痕”“反思”“改革”文学的一些作品，譬如“寻根”“先锋”文学中的一些作品，已经成为那一时期的文学经典，久传不衰。而新时期文学的这种巨大成就，又直接源于文学价值观的“拨乱反正”、破旧立新。譬如破除了文艺为政治服务的观念，确立了文学的审美属性；譬如批判了文艺的功利主义思想，探求了文学的“文化之根”；譬如扬弃了僵化的教条主义，融合了西方现代主义乃至后现代主义的方法和手法。尽管新时期文学还存在着芜杂、粗放、稚嫩乃至激进的诸多缺陷，但它的价值观是新颖开放的，思想艺术是蓬勃向上的。

傅书华：我注意到了程光炜等人在“重返八十年代”，我认可他们的努力，就是要认识到20世纪80年代文学的复杂性，尤其要认识到八十年代有哪些“不足”，使得我们在90年代后，丧失了对时代的发言能力。我认为新时期文学的核心观念，是“人的苏醒”。你只要看看那个时代文学争论的两大中心话题就会明白，这两个话题一个是人性和人道，一个是文学与政治的关系。它们都是围绕着“人的意识”的苏醒，围绕着“人”脱离僵硬框架的束缚而发生的。只是新时期文学中的人，不是鲜明的“个人”，而是一种很复杂的混合体，也许分析清楚这种混合体的构成元素，应该是“重返八十年代”题中应有之义吧。

王春林：尽管已经过去了十多年的时间，但要想真正地说清楚20世纪90年代的文学究竟是怎么一回事儿，真还是一件困难的事情。但我觉得，与其把这个时代的文学称作是“多元化”时期的文学，反倒不如干脆看作是“市场化”时代的文学更有道理一些。我们必须看到“市场化”时代的到来，对于文学创作的某种解放作用。尽管说市场化时代也有市场化时代的新问题在不断地生成，比如说越来越严重的消费主义问题，但是，对于“市场化”所导致的历史性进步，我们却不可不察，更不应该对此轻易否定。我的个人的看法是，尽管文学在经济时代被边缘化了，但假若从创作实绩来看，这个时期突出的文学成就恐怕是无法被无视或者忽略的。尽管经济显然是这个时代的中心话题，但就文学创作而言，在所谓核心价值观念问题上，这一阶段与八十年代其实都属于缺失的状态。

如何看待评价当下时代文学现状的问题？我们这个时代的文学到底是糟得很，还是好得很？我觉得，我们应该持有一种一分为二的辩证立场。一方面，由于经济时代一种物质化现实的严酷存在，确实有许多作家只是一味地从市场利益出发炮制大量的垃圾作品。但在另一方面，我们也得看到，还有一大批对于文学抱有虔敬之心的作家在不断地推出他们的思想艺术高端作品。我觉得，衡量一个时代的文学，绝不能够紧紧盯着那些低端作品，而应该把高端作品看作评价的依据。从这个角度出发，我对于当下时代文学创作的总体看法倒没那么悲观。我认为，有了30多年的文化与文学积累之后，中国文学在当下时代似乎正在出现一批具有经典意味的优秀作品。

就文学的价值观念而言，当下时代的文学创作中，确实出现了一种在经济全球化背景下重构中国传统文化价值体系的趋势。其他不说，单就长篇小说创作来说，21世纪以来一批旨在表现乡村生活的作品中，比如贾平凹的《秦腔》与《古炉》、铁凝的《笨花》、葛水平的《裸地》等作品中，就已经或多或少地出现了一种张扬宗法制文化传统的强烈趋向。毫无疑问，这样一种创作趋势的形成，显然会在很大程度上有助于中国传统文化价值体系的重构。但需要引起我们高度警惕的一种观念是，在肯定中国传统文化价值的同时，对于“五四”开其端的启蒙现代性的否定和怀疑。一个迫在眉睫的现实问题，恐怕就是如何实现中国文化传统的现代性转换。

展望未来的文学

陈坪：讨论文学核心价值观的建构问题，要直面人的现实处境。人是靠符号思维来理解和把握世界的。符号意味着“可能”而非“事实”。以文化哲学的眼光看，人是永远力图超越有限的现在、向往着无限的未来的存在物。人可以借助符号思维用“可能”的理想未来之光观照有限的现在而生发出不满足。而缺乏符号思维的人将缺乏处理“可能”事物的愿望和能力。只有充分考虑到人有为自己设计理想未来图景的需要、有超越一切社会现实的境况去寻找自己使命的神圣本性，文学核心价值观念的建构才能对文学事业的健康发展起到真正的促进作用。

傅书华：如果说，“五四”时代是一个“辟人荒”的“人的文学”的时代，解放区文学、十七年文学是一个“人民文学”的时代，不管这个“人民文学”的时代，最初是如何通过“整体”的解放赢得“个人”的解放，还是后来造成了“整体”与“个人”的紧张。20世纪80年代我们暂且将之命名为“人的苏醒”的文学时代。那么，今天这个时代，我们是否可以建立一个真正具有人民性的文学时代。人民性的具体内涵，我们还需要探讨，但总之，它应该是对应于我们这个具体社会具体的历史时空的“个人”。

段崇轩：通过这次对话我更深切地意识到，当下文学在核心价值观念上的匮乏和混乱，建构文学核心价值观念的紧迫和重要。我们的文学应当成为推动社会发展的重要力量，成为最广大人民群众的“精神家园”，成为现代中国文化发展壮大的基本元素。因此，它必须具有现实性、人文性、现代性、民族性等这些特质。而当下的文学，在这些方面还存在着诸多问题有待解决。譬如文化价值观念的混乱、思想内涵的“缺失”、中西方负面文化思潮的盛行等等。

王春林：在充分肯定核心价值观念重要性的同时，我以为，正如同我们以上对于“十七年”与八九十年代的文学讨论已经昭示的那样，具体到某一个文学时段，恐怕还是倡导一种开放、多元、宽容的核心价值理念要更好一些。道理并不复杂，文学是最讲究原创性的一种事物，只有在一种多元观念共存的文化语境中，文学创作才能有更理想的发展。

（原载《人民日报》2012年6月12日）

打通批评、理论与学术间的壁障

——关于当下文学评论的对话

主持人：段崇轩（山西省作协文学评论委员会主任、评论家）

对话人：杜学文（山西省作协主席、评论家）

傅书华（太原师范学院教授）

杨　矗（太原师范学院教授）

一、批评与理论的“分裂”状态亟待改变

段崇轩：在一次文学评论会上，我反思了自己近40年的研究与写作，说今后要从文学批评向文学理论倾斜。杨矗说这是一个评论家应该有的“使命意识”。我本来谈的只是今后的写作想法和计划，让他这么一说倒真有了一点“使命意识”。我写作数十年，研究的课题也比较宽，但基本上是围绕当代作家作品、文学思潮和现象、小说史演变等进行的，是一种“典型”的文学批评。现在我深切感到，我需要从当代文学的现实土壤上，向文学理论的广大空间探索、提升。同时，当下文学中许许多多悬而未决和“崭露头角”的理论问题，也需要我们去研究、破解。当然，“隔行如隔山”，从批评向理论倾斜或者

转型，并不是一件容易的事情。

当下的文学评论，队伍宏大、园地繁多、作品海量；从政治体制到文学体制，都在扶植文学评论。我们似乎进入了一个“评论的时代”。但文坛上又常常响起“评论的失语”“评论的缺席”这样的声音。其中的原因自然很多，但有一个核心的原因，就是文学批评与文学理论，长期以来各自为政，处于疏离甚至是“分裂”的状态。文学批评不积极地借鉴哲学社会科学的思想资源，不主动地汲纳文学理论的观念方法，甚至不遵循文学批评的思想艺术标准，按照一种陈旧的、模式化的思想套路，去阐释、评判作家作品和文学现象；尽管批评文章满天飞，但我们却把握不到当下文学的态势和问题，触摸不到作家作品的艺术奥妙。而文学理论既不那么关注当下的文学现场与走势，更不愿意理睬文学批评积累的思想发现和艺术判断，依然使用着数十年前的教条理论和囫囵吞枣的西方文论，对既往的文学理论问题做不出新的阐释，对新的文学理论问题拿不出独到的解答。我真不知道这些年文学理论有哪些独特建树、有哪些新的观点。譬如前些年从西方引进的“主体间性”理论，并没有什么反响；譬如近年来提出的“本土经验”“文化自信”“中国故事”等，也显得大而无当。文学批评和文学理论都根植于现实的和历史的文学，文学批评依据文学理论、从文学创作中进行概括总结；而文学理论从文学批评中获取思想和艺术“资料”，进而提炼、升华成普遍理论。二者是相辅相成、循环往返的。但现在二者的脱节、分离，造成了整个文学评论的贫血、混乱，也导致了整个文学的失衡、衰微。

杜学文：关于文学批评与文学理论的关系，我的观察和感受，第一是近年来文艺理论的建设比较滞后。最突出的特点是介绍移植外来文艺理论比较多，可以说汗牛充栋，流派纷呈。这本来是一件很好的事情，因为它大大拓展了文学的表现领域与表现手法，在很大程度上解放了人们的思想。不过其中也存在许多问题。如对传统美学的疏离、隔膜，影响了理论的融合及对创作实践的引导；介绍多，而结合创作进行理论重建少等等。是不是可以这样说，目前在文艺理论的建设方面，是移介大于重建。这也就带来第二个问题，在批评实践中，既有的理论资源乏于运用，新的资源还没有形成，移用外来理论与方法就成为最便捷的渠道。虽然这种移用具有非常积极的意义，可以拓展理论与评论的领域，然而终归还没有融合成一种完善的体系。但是，一定的理论总是在一定的历史文化条件，包括审美习惯、审美范式下形成的。如果脱离了这样的历史文化背景，简单的移用就会出现水土不服、生搬硬套的现象。这样的批评看似与理论结合得比较紧密，但是难以发挥持久的作用。第三是，由于理论资源的缺乏，就强化了感悟描述式评论。这样的评论可以写得很生动、很鲜活，应该说也是非常具有特点，具有感染力的。其积极的意义是把枯燥的批评转变为生动的描述，拉近了读者与批评的距离。但其问题是缺乏坚实的理论背景，疏离了作品、读者与理论的关系。以至于在很多时候模糊了文学的基本规范，许多基本的理论成为创作者与欣赏者很模糊的概念。

傅书华：我很认可崇轩刚才说的，现在文学批评界一个很大的缺陷是不积极地借鉴哲学社会科学的思想资源。大家都是伴随着中国新时期文学走过来的，都还记得1985年，正是因为对西方现代文艺理论资源的引进，激活了当时的文学批评，也因为文艺批评方法、观念的变革，极大地推动了文学创作的转型。现在文学批评的无力，很大程度上是因为不注重汲取新的理论资源，举其要者有三：第一，大家知道，当下的中国，由于转型，新的社会问题真是太多太多了，每个人身处其中，感同身受，无须多说。面对这些社会问题，中国思想界形成了几个主要的思想派别，依据各自的理论资源，针对现实问题，争论激烈，相持不下。但这些思想资源以及争论，文学批评界很少汲取、介入，这使中国当下的文学批评，给人一种“不在场”感，而“五四”以来中国文学批评的一个强大的传统，就是“在场”与社会生活密切相关。第二，对马克思主义文论研究不够。从表面上看，似乎对马克思主义文论特别重视，相关研究机构纷纷成立，课题导向也大幅度倾斜，但正如崇轩刚才所说，还是一种陈旧的模式与套路，又由于研究模式的陈旧与套路，导致许多人将这种陈旧的解说当成马克思主义文论本身，从而对马克思主义文论产生误解与反感。其实，产生于资本积累时代的马克思主义文论，对于中国今天资本积累中出现的文学创作，是具有极大的现实意义的。第三，对中国传统文论的理论资源注重不够。从事中国当代批评的学人，普遍缺乏中国传统文论的功底，从事中国古代文论的学人，又普遍看不起中国当下的文学创作，学界几次会议呼吁打通古今学界的壁垒，但一直没有得到回应，更谈不到产生实际效果。

杨矗：今天，我们看到的文学评论大多是一种无理论的“理性言说”，其中还掺揉着许多个人感受性的东西，结果对作品的评论就更多地胶着于一种“我注六经”的状态，大多是谈作品的人物、情节、叙事特点，其价值目标就主要锁定在“作品是什么”这样一种认识论的格局，以客观、还原、说清事实为要务，而相对缺乏“作品该怎样”的可能性追究。也就是说“还原性的阐释多”，“批评性的建构少”。造成这种状况的原因是批评者的“主体意识”不强，再深一步说则是批评者的“理论意识”不足导致的。换言之就是批评与理论的“分裂”、脱节现象。

王国维曾说过：“诗人对宇宙人生，须入乎其内，又须出乎其外。”文学评论也存在“入和出”的问题，批评者既要入乎作品之内，又要出乎作品之外。“入内”看它是什么，“出外”言它应是什么。而“应是什么”就需要理论的支持了。因为“是什么”相对地看主要是说“事实”，“应是什么”就主要是说可能的“逻辑”，而合理的成体系的“逻辑”就是富有理想色彩的“理论体系”。这个体系的缺乏就使批评者在文学评论的建构诉求方面不自觉、不擅长了。

二、文学评论是一种严肃的学术创造

傅书华：文学评论作为一种学术创造，我觉得离不开三种元素，一种是思想性，一种是文学批评的学术体系，包括概念、方法、评价标准等等，一种是审美感受能力。远离当下的缺乏思想性精神性的文学评论是没有生命力的。其实，不论是中国传统的载道派言情派，还是中国现代的《人的文学》，抑或是西方各种批评派别的不断更新，从结构到解构，从现代到后现代，其实都体现着某种对世界对人生的不同的认知，是有着强烈的思想性的。文学批评的各种学术体系，譬如神韵、形神、言意、味、空等中国传统文论概念，则是长期文学经验的理论提升，只有依据并结合新的文学经验，丰富这些学术体系，才能使文学批评因为具有历史的纵深而具备学术的深度。但我更想强调的是，文学评论作为一种独特的学术创造，需要审美感受能力，而恰恰是这一点，在当下中国的文学评论中，是十分缺少的。这与当下从事文学评论的人，阅读古今中外文学经典作品不足有关。我们常常可以看到，从事当下文学评论的人，平常大多读的是文学理论著作、当下的文学作品以及自己关心的当下的文学评论，却很少去读古今中外文学经典作品，即使读，也是读西方新出版的文学经典之作。这种阅读的缺失，导致了文学评论者审美感受能力的单一与弱化，我们也很少能够看到，当代文学评论者在评论当下的文学作品时，能够以古今中外经典名作为参照为例证。

段崇轩：作为社会科学中的文学评论，自然属于学术范畴，那就应当遵循学术规律和纪律。现在学界有一种说法：搞古典的看不上搞现代的，搞现代的看不上搞当代的，搞文学理论的看不上搞文学批评的。总之是越到下游越滥。为什么呢？因为越到下游越缺乏学术性。所谓学术是指一种专门的、系统的学问；而学术性就是一门学问的基本特征和品格。文学评论的学术性体现在哪些方面呢？我觉得大致有四个方面。一是客观性，即在开阔的视野下对评论对象做出实事求是的评判；二是公正性，以评论的价值标准为尺度做出中肯的定位和判断；三是思想性，体现出评论者深广的思想穿透力；四是创新性，在评论对象中发现新的思想和艺术特点，提出新的理论问题。坦率说，用这样的学术标准衡量当下的文学评论，有许多论文论著是不合格的。此外，陈寅恪说过：“我认为研究学术，最主要的是要具有自由的意志和独立的精神。”“自由意志（思想）”和“独立精神”，这是学术的一种至高境界，体现了学者的一种博大胸怀和崇高人格。我们现在的文学评论家，有多少人还在坚守这种学术精神呢？

杜学文：不过现实中人们对评论还是有很多希望，似乎与“严肃”“学术”有距离。比如，人们总是说，评论文章没人看，因为太“严肃”，说的道理太多。言外之意就是说过于学术化。一般而言，那些感悟式、描述式的评论比较好读，因为其中有许多细节、描写，甚至故事。这当然改变了评论僵硬、死板的面貌。但是，并不是因为存在这样的评论，就可以忽略其中隐含的理论追求与学术品格。即使把评论写得很生动、很鲜活，也应该艺术地保持评论的“严肃性”“学术性”，或者说评论不能脱离基本的理论背景与学术品格。生动与鲜活只是一种风格，一种形式，而理论才是其实质、根本。从这样的角度来看评论，我们就会得出一些基本的看法。首先，评论自然是严谨的，强调逻辑推理的，但也应该是追求表达的通俗、人性、活泼的，这样才会有更多的读者接受。其次，不论评论如何鲜活生动，其本质是一种理性思维，是需要有理论背景的。这种所谓的理论背景，从其无意识层面来看，蕴含了评论者对作品基本的判断标准；从其显性的层面来看，必然通过作品来讨论相应的问题，并得出理论性结论。因此，也就是说，在评论的过程中，评论者已经进行了理论的探讨，从对作品的分析中指向了学术。当然，这还不是一般的学术研究，而是说，具备了理论或者学术的品格。评论在对作品与创作现象的研究中，发现了具有普遍意义的规律，并对这种规律进行论述阐释，从而使针对具体作品的评论表现出对这些作品的超越，升华为学术性的概括。这就是评论的理论贡献。

杨矗：我同意诸位的观点，我想补充的是，文学评论应该是“及物”的，及“作品”这个“物”。还应该是及“学术”的和及“理论”的，当然还应该是“文学”的，即还应该有“美文化的”表达、好读。我这里重点要谈文学批评的“及理论性”。什么意思？意思是说，文学批评应有一定的“理论含量”和“理论目标”追求，这是由文学批评和文学理论的关系所决定的，同时也是“专业批评”区别于非专业大众批评之“学术性”所要求的。

大家都知道，文学批评不是文学理论，文学理论也不等于文学批评，但是两者是有内在性的密切关联的，表现在：文学批评是侧重于应用的“弱理论形式”，理论在批评中已转变为零碎的不具有严密系统形态的观念、观点、方法，是批评者对其暗自携带的某种比较逻辑化的“解释系统”的选择性提取、化用的产物，而文学理论则是“批评的弱形式”，它的任务是建构逻辑的理论体系，其中也会以文学作品的批评为例证，但基本形态则是概念、逻辑、理论体系。如此来看，批评的理论性升华、建构就成理论，而理论的灵活摄取、化用就成批评。此外，批评与作品的结合度要远远高于理论对作品的依持关系。或从功能上来看，批评主要侧重于对作品意义和价值的阐释，理论主要侧重于对于理想文学观念的建构和守护。或者还可以这样做比较，作品以“形象肉身”来暗示“文学观念”，批评以与作品紧密互动的“阐释骨架”来表达文学观念，文学理论则以“理论体系”来建构文学观念，它们具有同一个家族的“家族相似性”，不同的只是具体的骨骼形貌。

三、文学评论家要有全面、深厚的思想理论修养

杜学文：确实，文学评论这一专业，要求评论家要有特殊的全面

的修养。首先，评论家应该与作家一样，有对现实生活的敏感性。如果对现实生活没有认知，就难以把握时代发展的趋势，难以对作家所表现的生活做出有价值的判断。所以，评论家也应该深入生活，关注现实，感受时代，并从中发现那些最有意义的东西。其次，评论家应该有比较好的艺术判断力。这种能力来自两个方面。一是自身的天赋，二是后天的积累。他们应该是比一般人具有更为深厚的文艺理论方面的修养，并且能够运用到艺术鉴赏之中。但是，我在这里特别强调的是，要做好评论，仅仅依靠艺术方面的修养、积累还是非常不够的，评论家还应该有更多的人文知识方面的积累。比如对历史知识与文明演变规律的了解，对哲学思想的了解，以及心理学、经济学、科学技术、军事知识等诸多事物的了解。文学评论最基本的是要完成对作家作品的解读。但是，仅仅局限于此是非常不够的。优秀的评论家应该站在解读文本的基础之上，在探寻艺术规律的同时，表达自身对社会人生的认知，揭示社会生活的普遍规律与人生命的终极价值。

杨矗：从批评和理论的关系可以看出，一个专业的批评家，或一个好的、理想的批评家不能没有好的理论修养和禀赋，尽管你的批评言说、批评话语不该是理论的，但你的言说内涵、“话里的话”却不能不涉及“文学观念”“文学尺度”“能自圆其说的解释体系”，而这些无一不来自文学理论，它们正是构成文学理论的一些基本要素。我们现在许多文学批评为什么会与理论脱节？原因我想大概有三条：第一，批评者进入批评之前缺乏系统的文学理论准备，没有科班的文学理论学习、训练的背景，或也看过一些理论书籍、文章，但却始终未形成系统的“体系性认知”和应有的“透彻性把握”。第二，有理论准备却缺乏运用自如的化用能力，导致理论和批评“隔河相望”，无法汇通，所以每每会处于“有需要”却无法上手的囧局。第三，受感受批评、印象批评之风的影响，觉得这类批评生动好读，有较高的阅读率便积极跟进，而有意无意中便淡忘、淡化了“批评理论化”的理想要求。

段崇轩：我觉得当下文学评论的种种问题，与评论家文化修养的残缺和学术贯通能力的匮乏有密切关系。十几年前，我写过几篇文章，论述了文学评论“三分天下”的问题。在文坛上引起一些讨论，《文艺报》做了专门报道。现在这种“三分天下”的格局，不仅没有改变，而且出现了固化倾向。譬如学院派往往用宏大理论谱系去套鲜活的作家作品，所写的文章与评论对象“风马牛不相及”；譬如协会派总是用当下的肤浅感受阐释作品，难以从理性上更深更广地把握作品；譬如媒体派一般从流行的观念和趣味上推介作家作品，很多观点都是过眼云烟。另外还有自发派评论，这里不再赘述。现在知识爆炸，而行业分工越来越细，评论家的思想知识面越来越窄，这就很容易形成坐井观天、以偏概全的批评现象。因此在今天做一个评论家十分困难，更需要有全面而坚实的思想理论修养，更需要有打通派别、知识壁障的能力，进而成为一个既博大又精深的评论大家。

傅书华：关于媒体派、协会派、学院派批评的问题。据说，一些从事与文学批评毫无关系工作的人，曾经说自己是野生派、自由派、草根派什么的，我觉得如果一定要给个命名，倒是叫民间派比较妥帖。我觉得这其中，是不是有这么几点值得我们注意：一个是不能机械地用职业来划定派别，不能说我在高校任教，我就是学院派，我在报社编副刊，我就是媒体派。但是另一点，这些不同的批评派别，又确实有着自己各自的特点，我在这里不做细致的学术性论说，我只打个比方。就好像是旅游，媒体派是把游客引领到景点，放着好景点，或者你有眼无珠，或者你被利益驱使，你不去引领，你引领错了，那就是你的失职。好的眼力，好的操守，是对你基本的要求。作协派批评呢？你需要给景点制作者、游览者说出这个景点为什么好，好在哪里，原因是什么。学院派批评则需要从学理上讲清楚好在哪里，哪怕一般游客对此不感兴趣。我还想强调一点，学院派需要对被评论者有一定的距离，有自己独立的价值立场，现在，这两点在学院派批评中，都比较缺乏。民间派的特点是作为一个游客，可以随心所欲走马观花，觉得哪个景点甚至不是个景点只是片景色适合自己，就沉浸其中品味把玩。这四个批评形态当然是可以相互学习相互融合的。我特别提出民间派的价值，因为在其他三种批评形态中，现在都多少被各种规训、体例、谱系所束缚，是各种各样的“话”在说“我”，而民间派是“我”在说“话”。

四、文学评论要成为整个文学的强大“引擎”

杨矗：无论是从文学批评还是文学理论的功能看，文学创作都离不开文学评论，在我看来，文学批评对于文学创作具有三大基本功能：第一，阐释作品的意义和价值，充当读者理解、接受作品的“专业之桥”。因为作品的形态是“沉默的肉身”，它的内涵和意义是隐藏着的，等待批评家通过“意义阐释”的二次加工来转化，这样才便于读者更好地从作品获得“意义营养”。第二，去蔽除幻、激浊扬清、推陈立新。文学批评要用先进的、理想的“文学观念”来观照作品，或发现作品的问题和不足，用鲜明的“批评声音”来对创作者提出警示，或理清与作品有关的浑浊复杂的文学“浑水”，让文学的现实变得更加山清水秀，明朗和谐。另外，还可以及时地对作品中蕴含的有价值的“文学新理想、新观念”予以发掘、提炼以形成“自觉的理论化认识”，为新的理论建设添砖加瓦。第三，向社会大众宣传、推介作家作品。加拿大文学理论家弗莱曾一针见血地指出：“我们是无法阻止批评家好歹也成为教育的先锋和文化传统的缔造者的。莎士比亚和济慈如今享有多大声誉，同样是批评界开展宣传的结果。”斯言不虚，文学评论的确是作家作品社会化传播的利器、重器、加速器、推进器。比如，《红楼梦》的广泛社会化“普识度”就与红学家们声势宏大的“红学批评”分不开；当年茅盾先生对小说《百合花》的肯定让茹志鹃更坚定地走上了文学创作之路；孙绍振关于“新的美学原则”的发现也让新起的“朦胧诗群”有了合法的“文学入场券”。德国接受美学家认为，文学历史应是“文学接受”的“效果史”，而这“接受效果史”的形成和优化就离不开积极的、理想的文学批评。

杜学文：刚才杨矗说的是文学评论的功能，关于文学评论的价值，实际上也有很多说法。其中之一就是作家不需要评论。这种说法有一定的道理。因为评论不能为创作提供思想启迪的话，当然从事创作的人也就不需要评论了。但不管人们怎么议论评论，说它有没有用，评论仍然存在着。这种存在实际上就是说，评论有自己独立的价值。这种价值首先就表现在对作品文本的分析上。但我认为这还是比较低的一个层次。评论在完成对文本艺术性的分析之后，还应该有更艰巨的任务，这就是要揭示作品所表露出来的思想与价值观。优秀的作品并不能仅仅等于艺术表达的优秀，还体现在其思想的深刻、对社会生活揭示的准确、典型形象的永恒等方面。就评论而言，对文本艺术特色的分析只是初步的工作，而对作品思想性的研究才是更为重要的工作。如果我们仅仅认为卡夫卡在其《变形记》中以荒诞的手法塑造了格里高尔这个形象，我认为这样的分析是非常简单的。如果评论没有揭示出人个体在社会重压之下的人格扭曲，就基本上没有完成文学评论的任务。而优秀的评论家不仅要指出这种扭曲，还要找出之所以如此的社会原因、人格原因，并告诉读者应该如何进行自己的选择。评论家的这种揭示并不等于作家在创作之初已经有了这样的认知。很可能作家也是在自己无意识的情况下实现了一种极具意义的表达。但是，当评论家以自己对生活及艺术的敏锐感受感觉到这种意义时，将无疑会对创作产生积极的影响。从这样的角度来看，评论当然是创作的强大引擎、助推器，是对社会生活产生积极意义的思考者、表达者、推动者。

傅书华：现在的文学评论对文学创作的指导性功能有着太多的不能令人满意之处。我略举三点。第一，对中国古代文学经典作品阅读的缺失格外严重。不但青年批评家是如此，现在的青年一代作家，大多读的是西方现代主义的经典作品，然后，学习他们的方法，讲述自己在中国现实生活中感受到的故事。对中国古代的经典性作品，则读得不多，很少看到他们借鉴史记、志怪小说、笔记小说等写作资源进行创作的小说。青年批评家呢？也大多缺少足够的对中国古代经典作品及文论的阅读经验，而多是借用西方现代主义的理论及对西方现代主义作品的阅读经验，来评论新一代作家的创作，没有能力指出他们缺失中国古代文学写作经验的不足。如此一来，中国古代文学作品的创作资源写作经验就都被忽略了。但随着中国的发展，要用中国话语讲述中国故事，对中国古代文学写作经验创作资源的忽视，这个问题就比较突出了。从文化现象来说，现在的国学热，对中国传统文化糟粕的传播远远大于对中国传统文化精华的弘扬，那原因，也在于学界没有用现代眼光对传统文化真正的重视与研究。第二，在时代的转型期，作家感受力与理解力的落差是世界性的普遍现象。批判现实主义文学中的经典作家就是巴尔扎克与托尔斯泰，在中国新时期文学长篇小说创作中的借鉴也很突出。陈美兰老师曾经专门撰文谈及此种现象，名曰“斜线的行走”，这在创作界如果可以理解的话，那么，面对这样的创作，评论界没有能力指出这种不足，则是评论界的失职。第三，深入生活是创作界一个老生常谈的话题，现在大有旧话重提之势。但评论界却没有能力给创作界指出用什么样的新的思想视野来观察生活，并因了这新的视野，赋予生活以怎样新的形态新的意义。譬如南方的一些小城，譬如山西晋城、高平这样的比较富裕的小城，如何在现代与传统、都市与乡村的冲突中，赋予这样的小城生活小城人生以新的全然不同于现代与传统、都市与乡村的时代意义。

段崇轩：文学评论与文学创作的关系，从文学新时期到多元化时期，发生了根本性变化。过去我们把文学评论看作是文学创作的衍生物，是一种依附、从属的关系。现在文学评论变成了一种独立自主的学科，它与文学创作平起平坐、二分天下，是一种平等、互为的关系。如果把整个文学事业看作一架巨大的飞机，而文学评论与文学创作就是这架飞机的两个“引擎”。文学评论对整个文学肩负着推动、引导的重要功能。而当下的文学评论，并没有很好地发挥这种功能。现在人们越来越清晰地意识到，一篇和一部作品的发表，并不等于大功告成，它还需要批评家的判断、解剖、阐释，还需要理论家的概括、提升、定位等等，并把这些认识和观点传播到广大读者中，以引导人们的阅读、鉴赏，这时才可以说作品基本完成了。从作品——评论——鉴赏，是一个文学生产的逻辑链，文学批评在其中确实责任重大。愿我们在文学评论的重建中努力共勉！

（原载《长江文艺评论》2017年第6期）

回归经典　重建经典

——山西评论家对话之一

段崇轩　杜学文　王春林　傅书华

一、当下文学“非经典化”现象日趋严重

段崇轩（主持人，山西省作家协会一级作家，以下简称“段”）从20世纪末期到现在，学界和文坛展开了一场持久不衰的文学“经典化”讨论。讨论的目的无非有两个，一是回眸过去检视经典文学的传统、经验以及潜在的问题，二是放眼当下审视新的文学的“缺失”、推进文学的经典化建构。这场讨论的意义，应该说是现实的、深远的。我注意到，山西评论家也涉足了这场讨论。譬如春林发表在《光明日报》的《关于当代文学经典化问题的一点思考》，论述了长篇小说创作中的经典化表现和经验。再如我发表在《文学报》的《2015年短篇小说批评》，集中论述了当下短篇小说的“非经典化”倾向。还有学文、书华在多篇文章中，都论及了文学的经典化问题。

讨论文学的经典化，涉及一个敏感的、严峻的问题，那就是对当下文学特别是小说的评估问题。有人认为1990年代之后的多元化时期文学，硕果累累，不乏经典。而有人以为文学处于边缘、衰落时

期，泡沫飞溅、没有经典。最近王安忆在一次访谈中说：“现在中国的长篇小说真的很差。”“出了那么多长篇，对作家来说是一种伤害。”孟繁华在答记者访问时说：长篇不错，中篇优秀，短篇糟糕。短篇小说创作“让我非常担忧。”我跟踪短篇小说十几年，也很不乐观。窃以为深层原因，就在于背离了文学经典的优秀传统和经验，在一条自发的、盲目的、狭窄的路径上渐行渐远。我认为，当下文学就创作规模、平均水准看超过了过去几个时期。但在市场化、世俗化的社会环境下，它还缺乏应有的经典追求和精品意识，确实存在着“有高原没高峰”的问题。也许这种状态还要继续存在下去。请诸位就这些问题发表看法。

杜学文（山西省作家协会，文学评论家，以下简称“杜”）我以为，所谓文学经典，就是文学发展进程中在社会思想、文化价值及艺术追求诸方面具有标志性意义的作品。具体而言，可能会涉及这样几个方面。一是其表现的情感与思想是或一时代精神的反应；二是这样的作品在艺术表达方面有对既有手法的创新与拓展，或是达到了极为完善的程度；三是能够表现特定地域、民族的社会生活及文化环境；四是其对读者情感与内心的冲击力具有非同一般的强度；五是经过了时间的检验。但是，现实当中，这几个方面并不是都能够实现，很可能一部作品只是在某一方面表现得非常突出，也往往被人视为经典。同时，我们需要强调的是，经典是由历史来证明的，而不是当下由人们命名的。或者说，经典需要时间的检验。新时期以来，文学出现了百花齐放、乱花迷眼的生动局面。过去被定为一尊的创作模式被更多的可能改变。其中最主要的是外来表达方式及艺术观念大量引进，使中国的文学变得丰富起来。这无疑是非常积极的。经过差不多三十年的引进、实践、创新，文学表达的可能性大大拓展，创造力得到激发。但是，另一方面的问题是，文学以及其他门类越来越呈现出趋同的倾向，或者说，出现了“非经典化”倾向。小说与散文的区别、纪实与虚构的区别、韵文与非韵文的区别等越来越不明显。这种现象引发人们关于文学的焦虑与思考，也就出现了“经典化”的话题。事实是，在文学的表达方式越来越丰富多样的同时，我们也应该更深入地思考，文学的特性是什么？或者更具体地说，小说的基本特征是什么？散文、诗歌等文学样式的基本特征是不是仍然存在？比如，在出现了大批的不以人物、情节、细节为主要特征的小说之后，小说是什么？小说还是小说吗？我们的小说是不是应该为文学的殿堂提供典型人物？其结构的主体是不是仍然应该以情节为主？那些具有经典意义的理论与经验还有没有价值？这些问题对文学而言至关重要。

王春林（山西大学文学院教授，以下简称“王”）：我对当下时代文学尤其小说创作的总体看法倒不那样悲观。强调这一点，并不是说我就无视文坛的确充斥着大量糟糕的垃圾作品这样一种现象。坚持这样一种态度的根本理由在于，我们一定要在一个更为宏阔的时空背景下来理解看待文学创作。无论任何时代，优秀的经典总是少而又少，极其罕见，大量存在的肯定是那些最终被文学史残酷淘汰的垃圾作品。你根本不可能奢望在一个或者若干个自然年度内都会有经典作品生成。道理说来也非常简单，明清文学最具代表性的文体无疑是小说，细细检点，两个朝代加起来能够被称为经典的小说作品，也不过是《红楼梦》《金瓶梅》《三国演义》《水浒传》《西游记》《儒林外史》《聊斋志异》，以及“三言二拍”这些有限的数量而已。如果说四五百年明清两代叠加后方才能生成这样有限的一些经典，那又怎么可以奢望相对短的历史时期就会有经典作品大量生成呢？也因此，我觉得，一方面我们固然应该看到当下时代文学创作“非经典化”现象的存在，另一方面却也没有必要为此而过度焦虑。因为，从一个宏阔的时空背景来看，“非经典化”可能正是文学存在的一种常态形式。文学的经典实际上正潜隐于这一片看似“非经典”的作品之中。

傅书华（太原师范学院教授，以下简称“傅”）在今天，谈当下文学“非经典化”的话题，我首先想到的是，这表现了一种“焦灼”情感，这种焦灼情感，一方面是因为中国目下已然成为一个经济大国，迫切地希望着成为一个文化大国，因而产生出来的对当下文学的一种期待；一方面是中国当代文学界对于自身价值认可的一种急切追求，希望着当代文学能够进入经典化过程；再一方面是对当下大众文化潮流的一种恐惧。谈当下文学的非经典化，其积极意义是可以让我们正视当下文坛的弊端，但我们也要避免另外一种负性作用，那就是被今天整个时代整个民族的“浮躁”情感所同化。我想表达的另外一个意见是，谈当下文学的非经典化，是我们在用一个原有的经典的标准作为我们做出这一判断的参照系，所以，带来的一个问题就是，什么是文学经典。我觉得，今天对于中国当代文学是否有经典性作品，或者说，中国当代文学什么样的作品可以算经典，在这方面的分歧，正是当前中国价值动荡价值多元的一个必然反应。在这一时代语境中，谈论什么是中国当下文学的经典，或者谈论当下文学的非经典化问题，实际上是想在当下的价值动荡中，厘清价值向度，张扬一种价值导向，这当然是非常有意义的事情，只是我们在做这样一件事情时，要考虑到我们是用什么样的经典资源和经典标准来确定当下的经典是否存在。我举三个例子：一个是《平凡的世界》，这样的反映中国现实人生的作品算不算经典作品？可在许多人眼中，只是因为它少了一些所谓现代小说的技法，就把它广受欢迎的原因归之于是所谓的“成长小说”的吸引力。第二个例子，王蒙的作品。我觉得王蒙及其作品，在体现文学与政治关系这样一个历史时代的文化生态及由此带来的文学形态上，在体现中国人圆熟、世故的生存智慧及价值选择上，都非常有典型性，这算不算文学经典性之一种？第三个例子，莫言小说获诺奖，确实标志着文学的某种经典性，但因此在我们判断当下文学是否具有经典性时，是不是也带来了某种“错把杭州作汴州”的错觉？

二、文学经典的传统、经验以及局限

段：我以为，今天应当明确地、响亮地提出“回归经典”的口号，然后逐步达到“重建经典”的目标。文学经典中的优秀传统、经验以及写法，是一代一代作家经过探索、取舍、总结缓慢地凝结而成的，是一代一代读者和研究者经过阅读、淘汰、阐释渐渐地获得共识的。它具有稳定性、神圣性乃至真理性。当然，随着历史的前行，经典以及经验会出现种种变动。譬如有些作家在评价上会发生沉浮、替换，如现代文学史上的沈从文、张爱玲就经历了由隐到显的变化；譬如有些经典创作经验，如“十七年”时期的“理念化”写作，新时期文学中的纯技巧实验，在今天就应当扬弃。但是，经典文学中那些基本规律和方法，还是稳定的，应当努力继承和发展的。就拿小说创作来说，努力揭示社会人生的深层脉动和真谛，倾力刻画富有个性和深度的人物形象，苦心营构巧妙、独特的人物形象，精心打造风格化的叙事语言等，均是典范化的写作传统和经验。不管是长中篇小说，还是短篇小说，都应当努力遵循。但现在的小说创作，这些经典写法都逐渐扬弃了。主题浅薄、人物虚化、故事庞杂、语言粗糙，成为普遍现象。这样的作品怎么能打动读者？怎么能传之久远？

杜：一个时代有一个时代的经典。但是，不同时代的经典仍然具有其相同或相近的特征。否则，我们就无法进行讨论。而由于作家个人的人生经历、审美倾向等不同，作品所呈现出的风格又是丰富多彩的。对经典的追求，我以为，首先是对社会生活的表现及对人的思想情感表达深度的追求，以及建立其上的对人的精神世界的提升。之后才是对传统表现手法的继承与新变。或一时代的经典，是那一时代文学所能够达到的高度。但是，这个所谓的高度将随着时间的变化而变化。经典传统的许多方面将呈现出或此或彼的新变。这种变化在许多情况下是非常积极的。就山西的文学而言，以赵树理等为代表的“山药蛋派”作品成为一种具有非常代表性的经典。这一流派对中国文学产生了十分重要的影响，以至于今天我们仍然需要从中汲取营养。但是，我们的文学肯定不可能在同一个平面来重复它。正常的发展路径应该是，在吸纳其有益因素的基础上，进一步接纳其他创作方法中的元素，使文学得到发展进步。就“山药蛋派”而言，很多人从所谓的“乡土”来考虑，并强调其“政治性”，或者只学习其皮毛，或者认为应该舍弃。但是，这批作家对普通民众的尊重、热爱，以及他们与生俱来的人民性却被忽略了。他们对中国社会的关切、表达的深刻性，以及其中所包含的文化价值被遮蔽了。他们对中国文化所做出的巨大贡献还有待今天的人们进一步研究、认知。即使是在创作方法上，这些作家对人物性格的刻画、细节及个性化语言的熟悉及运用，仍然不是一般人所能够达到的。中国文学在经过了三十多年的众语喧哗、各争其艳之后，确实是到了一个应该再反思、再整合，从而创作出属于这个时代的文学经典的时刻。

王：关于“回归经典”与“重建经典”的问题。首先是一时代有一时代的经典。先秦时代的经典是《诗经》与屈原，唐代诗歌的经典就是李白杜甫白居易以及其他一流诗人的优秀作品。将视野进一步扩大至世界文学，则各个不同的国家民族又有各自不同的文学经典。既然如此，那“回归经典”中的“经典”又是什么样的一种经典？是中国的经典，还是另外哪一个国家民族的经典？是先秦时代的经典，还是唐代抑或明清的经典？依照我个人的一种逻辑，既然一时代有一时代的经典，那么，一种站得住的提法就应该是“打造经典”，也即通过当代作家的积极努力，打造独属于我们这个时代的文学经典。

傅：我觉得，当下文学“非经典化”中的一个最大的失误在于细节上的现实真实性的消失，许多的作品，立意、情节、人物命运的设计上，都还不错，一些批评家对此粗略了解一下，也就据此展开评论。但这些作品，没有大量的血肉丰满的充满现实真实性的细节作为支撑，不可读，更经不住反复阅读，所以，难以构成经典性。这一方面说明了作家缺少深入准确把握现实生活的能力，一方面是由于作家创作的浮躁心态，还有一个原因，就是对细节上的现实真实性不重视，不知道这是作品得以成立的最根本的基础，是小说现代表现方法的基础。马尔科姆·考利多次告诫那些热衷于用现代小说技法进行创作的写作者说：如果不真实，就不可能是象征；如果不成故事，就更不成神话；如果一个人活不起来，它不可能成为现代生活的原型。这话说得是极有道理的。

三、在创新与背离之间

杜：回归经典，或者重建这一时代的经典，对今天的文学而言，似乎是一种考验，但也是文学自身发展的必然。在经过一段时间的探索、创新之后，人们应该归于冷静，梳理那些能够支撑我们前行的路径与方法。我以为，这样几个方面是非常重要的。首先是作家到底是干什么的？或者说，其责任是什么？如果这个问题不解决，仅仅在技巧方面下功夫，还是不行的。因此，我们应该突出地强调作家个人对社会的责任，即从情感与精神的层面提升人的操守、情怀及人文素养。应该在艺术的表达中创造出美的境界，并以此来感染人、引导人与世俗的、低级的、功利的价值选择说再见。其次是作品的深度从哪里来？现在，很多人已经回避谈深度的问题了。他们认为文学就是作者个人的表达。虽然我们不能否认这一观点，但在对这种所谓的“个人表达”的理解上还是要强调，这个所谓的“个人”所表达的是什么品质的内容？是否具备了相应的历史深度与人文情怀？在他们的作品当中是否能够给人以启示、思考，或者揭示出人类追求美好世界的可能性与现实性，以及人类发展的某种必然？如果今天的文学还肯定这种追求的话，我以为，一方面是要对我们生存的社会现实有非同一般的体验与了解，另一方面是要对历史有相应的认知。这样，才能站在现实的土壤上，洞察人类的未来。人们才能够从我们的文学中获得信心与力量。其三，作品的魅力在哪里？或者说，文学对读者的吸引力从何而来？简单地说，当然是从作品的艺术表达而来的。但是，在文学出现了许多新的表现手法以及迥异于前的类型之后，我们是不是应该反思一下，那些最具魅力的艺术表达是什么？那些最生动典型地体现了文学的根本特征的东西是什么？如果这些重要问题解决好了，文学，将重新获得力量，获得走向未来的永恒魅力。

傅：我觉得，我们还是应该从如何应对、面对当下中国的价值危机价值需求这样的价值论层面，来谈论如何面对作为文学经典的创作资源。譬如说，中国的文学传统在价值流向上，有两大流向，一个是以整体利益作为价值本位的，是主流的，一个是以个体生命作为价值本位的，是民间的。后一个价值流向，源自诗经，经由汉乐府、李商隐杜牧、柳永直达《红楼梦》。在中国新文学中，则是胡适周作人梁实秋徐志摩老舍张爱玲赵树理等人。我觉得，面对中国市场经济下新的人生形态的形成，对于上述的民间传统的继承学习是当务之急，它可以使我们在今天应对如何面对个体生命日常生存的价值危机，从而让我们看到中国当下文学世界中个人化写作以及书写个体生命日常生存的那些作品的意义与不足。譬如说，面对西方古今诸多的文学思潮，中国当下最为需要的，我觉得，还是现实主义，但是这个现实主义，不应该是以社会现实为本体构成的中国式的现实主义，而应该是经历了浪漫主义洗礼过的，以个体生命为本体构成的西方经典的现实主义。对于这两种创作资源的重视不够研究不足，是中国当下文学创作“非经典化”的一个主要原因。

段：当下文学有着丰厚的创作资源，主要有四个方面。一是中国的古典文学，二是西方的现代派乃至后现代派文学，三是中国的现代文学，四是当代六十多年的文学。其中都积淀着丰富的经典文学传统。1990年代以至新世纪文学，到底继承和发展了哪些文学传统？值得反思。今天的文学自然也有探索和创新，譬如对人的精神情感世界的开掘，譬如对大众化叙事方法的借鉴，譬如具体的表现形式和技巧等等；但表现更突出的是对经典传统的背离。我在对短篇小说的述评中，列举了几个方面，如："好故事"的负面效应，思想探索的乏力，人物塑造的"困境"，形式创新的衰竭等。不知这些判断是否准确？1990年代之后，短篇小说虽然退居边缘地带，但依然坚守着精英品格，继续着经典化式的写作。但近年来这种坚守逐渐松懈，自觉不自觉地滑向了一种通俗化、自由化写作的路径上，距离短篇小说的经典化越来越远。

王：我个人认为，当下时代的文学实际上面对着三个方面的文学传统，一是中国的古典文学，二是西方现代以来的文学，三是中国现代文学。在这里，段老师的中国现代文学局限于习惯上的"中国现代文学三十年"，而在我的理解中，中国现代文学的范围其实一直延伸到了"文革"结束之后。也即是说，我所谓的中国现代文学的时间，其长度显然已经是六十年。以上三个方面的文学传统，都在不同程度上充分地滋养着当下时代的文学创作。创新，自然是指思想艺术上一种新的创造。背离，指的则是背离了某种优秀的文学传统。若非如此，谈论文学传统也就失去了意义。在我看来，任何时代的文学创作，要想真正有所创新，都需要作家既具备突出的思想发现与掘进能力，也具备出色的艺术表现能力。但这两方面能力的不足，是否就可以被看作是对文学传统的一种背离呢？实际的情形我以为恐怕没有如此简单。即以我自己更熟悉一些的最近一个时期长篇小说的创作状况而言，我还是可喜地看到了积极探索创新的努力。那就是一种可以被称之为"小长篇"的新的艺术形式的出现。一些作家不再迷恋所谓"宏大叙事"，开始以一种深刻、犀利的笔触直插生活的某一纵深处。

四、重建经典的可能性与艰难性

杜：就文学自身的发展而言，还需要做更多的努力。因为我们对这个急遽变革的社会缺乏深刻、生动的表现。但是，对文学，我们并不悲观。尽管文学的影响力已然不能与曾经有过的辉煌相比，但是，文学的力量从来没有消失，仍然在积蓄着燃烧的力量。我们已经有了一段极为丰富生动、变动不止的现实，为文学的表达提供了最为广阔的舞台与素材。同时，经过数十年的吸收、接纳与消化，我们的文学观念、创作手法得到了极大的丰富、拓展。更重要的是，经过几十年的创作实践，我们的文学已经积累了非常可观的经验，能够使我们在一个比较扎实的基础上进行回顾、反思、梳理，从而汲取那些最具民族特色、最富艺术表现力的元素，以及最能够使我们已有的文学接受吸纳的经验，从而创造出属于我们这个时代的具有经典意义的鸿篇巨著。它将成为这个时代滚滚向前的历史洪流中最为壮观的浪花，与这个民族一起奔向未来。

段：一个时代的文学，总是以青年作家的创作为主体、为潮流的。他们的写作状态和创作发展，决定着一个时代的文学命运。当下的作家队伍，“60后”“70后”以及“80后”作家已经成为中坚力量，而三四十年代的作家基本退场，五十年代的作家逐步减少。而正值风华正茂的中青年作家，在创作上既表现出他们独特的优势和长项，也暴露出他们突出的劣势和短处。从山西新锐作家群的创作中，也可以看到这种正面和负面的现象。他们的优势和长处是，更长于表现置身其中的市场社会和城市生活，更谙熟同代人的精神情感世界，更善于营造一种通俗的、自然的文学文本等等。他们的劣势和短处是，生活领域狭窄，思想视野局促，文学功底浮浅，表现方法单一等等。他们当中自然有佼佼者，但这些缺陷无疑是普遍存在的。这是不是当下文学“非经典化”现象的一个直接原因呢？

傅：我觉得，当下文学如果努力重建经典，有几个问题是应该引起重视的：第一个，要汲取思想界特别是史学界的研究成果，这特别地表现在那些书写历史场景的作品中。一个阶级斗争的大时代已经成为历史，书写这个大时代应该产生经典性的史诗性的作品，但我们现在在这个领域里，譬如书写抗日斗争的作品，书写农村变革的作品，书写国内战争的作品，无论从对历史事件的反映，还是对一个时代历史风云人物的刻画，更多地看到的还是把教科书给以形象化的文学版本。第二个，小说界要汲取近年来国内外非虚构写作的成果。国外2001年的诺奖得主奈保尔，今年的诺奖得主阿列克西耶维奇，都以非虚构写作而著名。受国外的这一影响，也是中国本土发生的需要，近些年来，国内的非虚构写作风生水起，或者说，近些年来中国文学界的思想标高和精神标高，在非虚构写作中有着鲜明的体现，但小说创作界对此学习不够。第三个，对新的文学形态产生文学经典可能性的关注。譬如网络写作、科幻写作。就前者说，新的文学形式对新的文学内容及由此带来的新的文学经典要素的作用不可小视。就后者说，犹如红色经典曾经培育了我们这一代人，很难说，科幻文学会对今天科技时代一代新人会产生怎样的影响，所有这些，都是我们用原有文学经验所不能轻易臧否的。

王：要想打造独属于当下时代的文学经典，其所依托的创作主体到底是所有的中国作家，还是青年作家或者中青年作家，我给出的答案是前者而不是后者。这里的一个前提是，文学创作其实与年龄无关。之所以强调这一点，是因为我不太同意单单指出青年作家存在创作上的劣势和短处。与其说存在着不同年龄段的作家的差别，莫如强调存在着优秀作家与非优秀作家的区别。不论是生活领域狭窄、还是思想视野局促，不论是文学素养匮乏、还是表现方法单一，所有这些，都只能说是属于那些不够优秀的作家，而不能说是属于哪一代作家。至于当下时代文学的痼疾究竟何在，我认为，其中最大的症结恐怕还是在于作家能不能对于生活或者说存在有独到的发现与开掘。究其根本，这是一切伟大文学创造得以实现的一个基本前提。

当然，说到当下时代文学经典的打造，我给出的判断应该说还是乐观的。以我所集中关注的21世纪以来的长篇小说创作为例，虽然还不可能判断出哪些作品已经称得上是经典，但诸如《古炉》《天香》《农民帝国》《春尽江南》《圣天门口》《蛙》《繁花》《笨花》《平原》

《迷冬》《陆犯焉识》这样一些作品中，经典性因素的具备，还是有着相当的可能性。这一点，在我的《新世纪长篇小说地图》中已经进行过相当充分的思想艺术分析。

段：尽管文学“非经典化”现象突出，文学的外部环境和内部因素问题多多，但我对文学“重建经典”仍然抱有期待和信心。一是社会发展的推动，当今中国正处在一个剧烈的历史转型期，其深刻、复杂、广大为文学创作提供了丰富的资源和强劲的动力。二是文学发展的大势，新时期文学到多元化时期文学将近四十年了，我们经历了思想、思潮、流派、方法等各种各样的变革和演化，积累了大量的精品、经验和教训；它将呼唤、促进文学的经典化进程，超越既往的经典文学作品，进而创造出我们这个时代的经典作品和经典经验。

（原载《文艺报》2016年4月29日）

平庸的文学时代要淡化文学评奖

——答《大众日报》记者问

马清伟（《大众日报》记者，以下简称马）：如果从1981年茅盾文学奖设立算起，中国的文学奖已经走过了30多个年头。一个让人颇为哭笑不得的情况是，早期人们关注的都是评选出来的“好作品”，像姚雪垠的《李自成》、张洁的《沉重的翅膀》，周同宾的《皇天后土》、铁凝的《永远有多远》等；但现在正好相反，获得关注的都是像梨花体、羊羔体、打油诗这样的作品，那种引起一致好评、受到广泛关注的一部都没有了。您觉得文学从80年代到现在，发生了什么样的变化？我们的时代又发生了什么样的变化？

段崇轩（山西省作家协会一级作家、文学评论家，以下简称段）：新时期的文学生态与“多元化”时期的文学生态有着极大的不同。我把20世纪90年代之后的文学称为“多元化”文学。文学评奖是文学历史中的重要现象和事件，因此其命运和遭遇也迥然不同。新时期的文学评奖其实是从1979年开始实施的“全国优秀短篇小说评选”启动的，至今已有35年了。全国短篇小说奖从1977年的作品开始起评，最初每年一届，后来改为二年一届，每次评出的作品有25篇甚至30篇之多。到了1983年，才有了全国诗歌、中篇小说、报告文学奖。

而在1981年，又设立了茅盾文学奖·长篇小说奖。新时期的文学评奖，自然也有许多局限、问题，但那是一个精神的、文学的时代，是文学同广大民众、同时代甚至政治息息相通的时代。文学享有崇高的位置，处于社会的中心地带。文学奖的评委都能出以公心，很少考虑文学之外的其他因素。每届、每类获奖作品中，都有一些出类拔萃之作，引领文学潮流，深受人们的喜爱。自然也有一些一般的、有缺点的作品，但人们往往忽略不计了。今天应当总结新时期的文学评奖经验，借鉴当时的一些好的做法。

鲁迅文学奖是1997年开始实施的，接续的是全国优秀短篇小说等的评奖，至今已评过六届。开始几届，社会、读者的反响和评价还不错。最近两届，就受到了广泛的质疑和批评。我想其中有两个重要原因。一是在当下浩如烟海的文学作品中，缺乏那种具有很高的思想艺术高度的力作和精品。平庸之作泛滥，杰作、大作鲜有。而这又与整个时代的文化精神状态有关。我们正置身在一个市场化、世俗化时代，文学逐渐成为时代的附庸，很少去进行独立、自由的探索和创造了。当下的文学，也许在内容的广度上、表现形式的成熟上、作品的数量上，超过了新时期文学，但在思想、境界的探索上却逊色于新时期文学。我们已进入一个平庸的文学时代。这是我的一个基本判断。整个文学是这样一个样子，文学评奖怎么能评选出让人满意的作品来呢？二是当前的读者、民众同文学乃至文学体制，处于一种脱节、对立关系。由于当下的文学、作家，已不能代表时代精神和民众情绪，读者、民众也不再尊重、热爱文学。因此他们不关注评出的那些好作品、好作家，只注意评出的平庸的、有问题的作品，或者评奖中的失误、问题等等。是抱着一种挑刺、挑战的态度对待官方的文学评奖的。这一社会现象值得深思。

马：就这次鲁奖风波，终审得了四票的梁衡在接受媒体采访时表示："连日来对鲁奖的质疑已超出文学，而涉及公平、正义和导向。"一个时代的文学可以说代表了人们精神上的风向标，但近年来文学本身越来越不受重视，相反每次文学奖的评比都遭到了几乎全民性的质疑和“吐槽”。两者对比如此鲜明，您认为反映了我们这个时代怎样的一种精神状态？

段：我觉得，获奖作品应当能代表一个时期文学创作的高度和态势。但在一个“多元化”文学时期，一个平庸的文学时代，要选拔出真正的优秀作品，确实不易。我做过“鲁迅文学奖”评委，做过省里的“赵树理文学奖”评委，深感现在的文学评奖太难了。要选出让评委众所公认的、又能代表当前文学高度的作品，实在是一种美好的奢望，只能是“矮子里面拔将军”。但在一批差不多高矮的作品里，你努力评选出一篇作品，其他作品的作者就不买账，认为不公平、不公正，或者走了后门。其实，当下文学评奖的“乱象”以及水准，正是当下文学真实状态的一种反映。我以为，通过人们对评奖的质疑和批评，应当深刻反省一下当下文学评奖存在的问题，深刻反思一下文学创作内在的“危机”。中国作协不应采取回避、沉默态度，不宣传作品、不回答问题，好像办了什么错事似的。这种应对做法是有害无益的。

马：从跑奖、买奖丑闻，到评委、官员获奖，再到梨花体、羊羔体、打油诗等种种争议，近年来茅奖、鲁奖等文学奖深陷舆论漩涡，一些人激进地表示：“不如取消文学奖。”您认为文学奖存在的意义是什么？它对一个社会的精神文化生活，究竟能起到什么样的作用？

段：“取消文学奖”的说法，在民间一直不断出现。应该说，文学评奖与文学创作是有密切关系的。评得好就会起促进作用，譬如新时期文学中的全国短篇小说、中篇小说、诗歌、报告文学的评奖。在引领文学发展、提高读者鉴赏乃至推进社会变革等方面，作用巨大。但评不好就会起促退作用，譬如当下的“鲁奖”“茅奖”。耗费大量的人力财力评出几部作品，却引来一片批评、声讨声。对文学的发展、变化，反而弄得更加糊涂了。我以为，官方的文学评奖，有还是比没有好，但要淡化它，不要把它看得那么高、那么重，动不动就是“中国具有最高荣誉的文学奖项之一”，给予高规格的名誉表彰和丰厚的金钱奖励。让获得该奖的作家，在工作、创作乃至生活上获得无穷的“红利”。实际上，“盛名之下其实难副”，有的作品可以说实至名归，但有相当一部分作品是名不副实的。这就势必会引起不少作家的内心不平衡，也让读者、民众感觉不公平、不公正。我们要用平常心看待评奖，“鲁奖”“茅奖”也只是一种平常的评奖，“巧妇难为无米之炊”，没有那么多真正的精品和力作，自然评不出令人信服、振奋的好作品来。由于体制、机制、程序乃至人际关系等多种原因，还有可能评出平庸和问题之作来。我们必须清醒地认识到这一点。对这样的获奖作品，我们就不必把它奉为代表国家水平的经典，也不必兴师动众地去颁奖、去宣传。我们应该做的是，通过评奖认真研究一下当下的文学现状，通过评奖深入总结一下文学创作的经验、教训。文学评奖现在五花八门，譬如刊物奖有《小说月报》“百花奖”“人民文学奖”等，譬如学会奖有散文、报告文学奖等等。就没有那么多争议、批评，我看评得也不错。一成为政府奖、官方奖，由于分量太重，期望值太高，问题就来了。这是很不正常的。

马：本次鲁奖借鉴上次茅奖，都采用了实名投票并公示的方法，意在解决被广为诟病的“圈子化”、潜规则、人情票等问题。但像诺贝尔文学奖、法国龚古尔文学奖等都是匿名投票，而且在一般人的想法里，匿名投票似乎要比实名投票更加公正。实名制的过激做法，体现了文学奖评选中存在的哪些机制和程序问题？它们跟我们的整个文学创作、管理方式有着什么样的关系？

段：“鲁奖”“茅奖”过去都用的是匿名投票，开始也没有什么问题，后来发现有“暗箱操作”之嫌，就对它实行了“改革”。实名投票自然是一种进步，上届“鲁奖”结果公布后，各方面都给予了肯定。但这一届“鲁奖”人们又发现它同样存在问题。譬如梁衡认为他的散文《洗尘》获得四票是其中有“猫腻”，而阿来以为他的报告文学《瞻对》获得零票是不公正的、让人愤怒的。其实，得票多少，并不能完全代表评委的意见，它是评委在讨论中平衡、妥协、协商的结果。我们不必把它太当回事。我觉得，两种投票方法都各有利弊。匿名投票可以比较自由地表达评委的意志，评出那些名不见经传的作者的翘楚之作来。它的弊端是容易出现“暗箱操作”现象，这是很可怕的。实名投票有利于公众对评委的监督，实现评奖的透明、公正。但容易出现“保守”倾向，评委集中地把票投向“保险”的成名作家的作品上，而贻误了对新人新作的推出。同时“暗箱操作”也难以避免。我以为，不管是哪一种投票方式，首要的是投票之前的阅读作品和“民主评议”，要做得扎实、充分、自由，形成较统一的意见，给最终的投票打好基础。

马：在去年的全国两会上，阿来曾直言：“国内有的文学奖项到后来都不是在评作品了，有点像是在评先进……一次得奖十几个人，甚至几十个人，大家就可以拿着证书去评职称、调工资了。这样的文学奖对个人有好处，对文学却是一种伤害。”文学奖应该是对文学本身的认可和褒扬，但现实中“人”的因素却占了很大的一个部分。您认为文学奖应该如何尽量摆脱人情关系和利益的枷锁，以重获公正性、权威性和影响力？

段：束缚、伤害文学评奖主要有两个方面的原因。一是规则的设置。作为官方的评奖，最终结果要报请主管部门批准，它在倡导主旋律的同时，限制了作品的思想内容。这种做法可以理解，但副作用很大。同时，评奖规定每四年进行一次，每个门类评几部作品。这是典型的计划经济思维，这种“分配指标”的做法很不科学。有时佳作较多，但却不能如愿全上；有时庸作充斥，也只好“滥竽充数”。这些设置必须改革。二是文学评奖中复杂的人际关系。中国是一个人情、人际社会，这种文化特点也带到了文学评奖中，使评奖增加了许多非文学因素。我在参加全国和省里的文学评奖中，发现“民主评议”大家谈论最多的是：哪个作家应该获奖了，哪个作家已经获过什么奖了，哪个省应该有一篇，哪个作家是少数民族、残疾人，应该照顾一下…… 而评委作为个人，也在内心权衡着人际关系、文坛派别、小圈子利益…… 而对作品的思想艺术价值、作品之间的比较等等，谈论却往往浅尝辄止。这样就使评奖充满了变数，获奖成为一种偶然，结果就很难让人心服口服。我想，文学评奖也应该去行政化，使它真正回归文学。建立一个比较超然、相对独立的文学评奖机构，聘请一些德高望重的专家、学者组成评委会，每年和数年评一次，以艺术质量为标准，不限数量、宁缺毋滥。就像瑞典皇家学院的文学评奖委员会一样，庶几文学评奖才有可能重获公正性、权威性吧？

（原载《大众日报》2014年8月27日）

给短篇小说插上“形而上的翅膀”

周李立　段崇轩

周李立（80后作家，以下简称“周”）：段老师你好，我注意到近年来你一直跟踪关注着短篇小说的创作，多年坚持写短篇小说年度述评，最近又出版了《中国当代短篇小说演变史》专著，在与你同代的评论家中，这比较特殊。据我了解，现在50后、60后乃至70后作家大部分都着力在长篇小说创作上，文学期刊版面上的短篇小说写作者就多为年轻作家或刚起步写小说的作者。评论家也一样，注意力多在长篇小说上，尤其是名家的长篇新作上，多数评论家对短篇似乎并不那么在意。相较于这种对短篇小说的“不在意”，你对短篇小说的“在意”有什么原因吗？

段崇轩（评论家、山西省作家协会一级作家，以下简称“段”）：我与短篇小说有缘。从20世纪70年代的“文革”到“新时期”，我很盲目地写过几年短篇小说；从80年代到90年代，我辗转两家文学刊物一直做短篇小说编辑；从2000年到现在，我的文学评论的核心课题是短篇小说研究。40年来与短篇小说一路相随，“就是块石头也温热了”，因此便有了一种特别的感情。2006年我开始写《中国当代短篇小说演变史》，60余万字，断断续续写了8年时间才完成。2009年曾被列入中国作协重点扶持项目，2014年入选国家社科基金后期资助项目，由中国社会科学出版社出版。在长期的阅读和探索中，我对短篇小说有了一种很深切的感受和认识：在所有的文学门类中，短篇小说是一种特别而重要的艺术文体。它的沉浮兴衰，关系到文学乃至艺术的演变与发展。我们要推进文学的变革和前行，就要充分发挥短篇小说“引领”和“提升”文学的重要作用。

你说得不错，当下短篇小说的生态环境不好，短篇小说自身的问题也不少。绝大部分文学刊物不再把短篇小说作为重要的、支柱性的首要文体，出版社更不愿出版可能赔钱的短篇小说集；大多数中青年作家把短篇小说作为中长篇小说创作之余的“副业”，文学评论家“在意”短篇小说文体以及发展的十分稀少。短篇小说真有点“被出局”的情势。而短篇小说自身的局限、问题也格外突出，譬如在内容和思想上缺乏新的拓展、探索，在形式和手法上已失去了创新的激情、动力；譬如在对经典短篇小说传统的继承、发展上，也存在着虚化历史、功底浅薄、不思变革等种种现象。短篇小说的发展态势堪忧！其实这种文学现象也不难理解。我们已进入一个市场化、世俗化时代，这样的时代就是要追求名利效益，崇尚世俗享乐的，而短篇小说固有的精神向度和精英品格，与这个时代的需求是恰恰错位的。但是，作为文学、作为作家，越是在市场化、世俗化时代，越需要坚守精神的价值和立场，揭露现代社会的阴暗和弊端，为“人性的复归”而尽力。短篇小说应当也可以成为“民族精神的火炬”。

周：这样说来，我觉得短篇小说就像一个让你心疼的孩子，因为偏爱才赋予它更多冀望。其实我在写短篇小说的过程中，有一种强烈的感受，就是它是一种特别自足的文体。不和长篇小说比，只是和中篇小说比，短篇与中篇的文体差异也相当大，简直是完全不相干的两回事。反而中篇小说和长篇小说的距离还更近一些。短篇小说因为无法呈现一个相对独立、完整的事件与世界，它内部必须“留白”，我想正是“留白”使其有了层次丰富的可能，那是短篇小说引人联想、体悟的地方，也是短篇小说与中长篇之间的最大区别。你如何看待它们的区别呢？

段：关于短篇、中篇、长篇小说的特征以及区别，是一个老话题，但又是一个纠缠不清的问题。短篇小说确实是一种特别自足的文体。从表面看，它的基本要素如故事、人物、结构、语言等，与长篇小说、中篇小说没有什么不同；但它的风貌、形态、意蕴、精神等，又迥然有别。区别在什么地方呢？就在短篇小说有一种特别充沛、自在的诗性品格。许多作家、评论家，如汪曾祺、王蒙、史铁生等，都认为短篇小说是一种诗性文体。甚至有作家说：应当把短篇小说从小说家族中独立出来，自成一体。既是叙事写人的小说，又是抒情表意的诗歌，这就是短篇小说的特别之处。但现在不少作家，把短篇小说当成了讲故事的叙事文体，淡忘了它的诗性品格，导致了短篇小说审美境界的下降。短篇小说的基本特征是什么呢？海明威用“冰山原理”来形容它，认为显现出来的是八分之一，八分之七是在水面以下。铁凝把短篇小说与人生联系起来谈，说长篇小说写的是人生的“命运”，中篇小说写的是人生的“故事”，而短篇小说写的是人生的“景象”。他们的观点都很有道理。不管是“八分之一”还是人生的“景象”，都如同国画中的“留白”，未表现出来的远远大于、多于表现出来的，给短篇小说创造了无限的想象空间。

长篇小说是小说家族中的“重型武器”，叙述的是广阔的生活画面、漫长的历史跨度、众多的人物形象、复杂的矛盾冲突，因此可以成为一个时代的宏大“史诗”。这种特征似乎已经定型，没有多少异议。而中篇小说文体的特征，长期以来一直是模糊的、误解的。一种观点认为它是一种小于长篇、大于短篇而具有中等规模的叙事作品。另一种观点认为它有独特的结构形态和叙事方式，或写一个人物琐碎的生平、或记叙一地域独特的生活状态、或展示一种心理情绪、一段日记记载、几份往来书信…… 表现出“中篇小说自己的特色：高细节、低强度；过程漫长、而结论弱化”。（杨劼：《普通小说学》）事实上新时期以来的中篇小说，绝大部分是前一种模式，只是小型化的长篇小说，并无自己独特的艺术属性。而真正具有中篇小说特征的作品，我们却鲜能看到。我觉得，作家一定要对短篇、中篇、长篇小说的特征和规律做一点研究，这样你的创作才会更加自觉，更容易走向成熟。

周： 其实正是短篇小说的诗性品格、留白的运用或说“八分之一”的呈现，决定了它对读者存在着一种要求。我想在这里借用传播学中“冷媒体”和“热媒体”的概念，冷媒体提供的信息不全面，它需要受众参与，才能实现传播，比如报纸，需要阅读，比如广播，没有画面，也需要听众用想象填补视觉信息。而热媒体提供的信息是完整的，比如电视，它几乎不需要受众主动参与，就能实现传播。冷媒体比热媒体传播的效果往往还更好一些，只是对受众的要求也会高一些，如看报纸就有识字的要求。我想好的短篇小说应该是“冷”的，它需要读者参与才能最终完成。

段： 现代传媒中既有“冷媒体”也有“热媒体”，但大众更青睐的是“热媒体”，因而造就了大批的懒汉受众，长此以往这些受众会变得思想简单、目光短浅、情感偏激。这样的事实其实早已发生。在这样的大众审美潮流中，如同“冷媒体”一样的短篇小说，自然会遭到冷落。我想在这样的时代背景下，短篇小说要有所作为，一方面要顺应读者的审美趣味，譬如增加故事性和趣味性、突出描述的画面感、变革艺术形式和手法等；另一方面要提升读者的鉴赏能力，譬如加强思想性和知识性、运用更多的雅俗共赏的表现方法和技巧等。但能够做到二者的成功结合，确实很难。

周： 这让我想到通俗文学、故事之类近似短篇小说的东西，就比较“热”了，它们对读者的参与要求没有那么高。你如何看待短篇小说与故事之间的区别？

段： 短篇故事和短篇小说，其实是两种文体。只是到了现代才相互交融、变得复杂起来。公元3世纪开始的魏晋时期的“志怪”和

“志人”文学，是中国古代短篇小说的滥觞；14世纪中期的《十日谈》，是西方短篇小说的发端。它们都是以故事的面貌和形态出现的。一直到19、20世纪，真正意义上的现代短篇小说才成长起来。古老的短篇故事依然存在，因取材丰富多变的现实生活而长青不老；而现代短篇小说一方面借鉴讲故事的长处，另一方面丰富自身的元素和形式，构成了一种开放、高雅、多变的新型文体。应当说，短篇小说是短篇故事发展到一定程度的一种进步和超越。从“五四”文学到今天的多元化文学时期，短篇小说走过了一百年的历史，创造了丰富多姿的艺术模式和表现形式，形成了宝贵的经典文学传统和经验。但在1990年代之后，随着社会的变迁和文学的分化，作为精英文体的现代短篇小说开始衰弱，传统的故事小说出现复苏。譬如《北京文学》杂志很早就竭力倡导有故事的“好看小说”，而许多著名作家也在强调小说的“故事性”和“可读性”。这一潮流没有错，但发展过头就会出现问题。于是短篇小说的故事性逐渐膨胀，“小说性”则日益流失，导致了短篇小说的萎缩、变异、衰退。其实现代小说有着极丰富的艺术模式和表现形式，譬如除了故事型小说外，还有着力塑造人物的人物型小说，深入发掘人物心理意识的心理型小说，重在营造环境氛围的意境型小说，乃至象征型、荒诞型、哲理型小说等等。而今天我们满眼看到的是故事型小说。一个时代的短篇小说发展如何？要看它在内容和思想、形式和手法上有多少新的创造，我们需要回到短篇小说的历史和经典，努力继承，再创新局。

周：今天我们满眼看到的是故事型小说，确实这样。我想其中一个原因在于忽视了短篇小说中的“形而上的世界”，这也是你在一篇文章中提出的观点，我非常赞同。我也听一位作家说过相似的话，是短篇小说必须要插上“形而上的翅膀”。缺少这对“翅膀”的短篇小说，读来总觉得不满足、不过瘾。能简单谈谈短篇小说中的“形而上世界”吗？

段：给短篇小说插上“形而上的翅膀”，这句话说得真好。我在

《中国当代短篇小说演变史》的许多章节中，都论述了小说要有独特的精神世界、审美世界。后言犹未尽，又专门写了一篇《小说形而上世界的猜想》，集中探索了这个课题。关于这一艺术问题，古今中外的许多作家、理论家都有所涉及，但系统阐述的似乎不多。我们在小说特别是短篇小说阅读中，感受最强烈、印象最深刻的是什么呢？其实往往不是那些事件、环境、人物等有形的东西，而是情感、精神、思想等无形的东西。这就说明，好的短篇小说不仅有一个可见可感的形而下世界，还有一个悬浮其上的虚无缥缈的形而上世界。中西文论史上有许多精辟的观点启人心智。如波兰美学家罗曼·英加登说："文学的艺术作品只有在形而上学质的显示中，才达到了它的顶点。"如中国近代理论家王国维说："词以境界为最上，有境界，则自成高格，自有名句。"不管是"形而上学质"还是"境界说"，都指明了文学作品中确有一个由有形世界升华出来的无形世界的存在。王安忆在她的《心灵世界》一书中说道："小说不是现实，它是个人的心灵世界，这个世界有着另一种规律、原则、起源和归宿。但是筑造心灵世界的材料却是我们赖以生存的现实世界。"她的话揭示了小说文本中现实世界和心灵世界的同时共存，以及二者相互依存的关系。关于短篇小说中的形而上世界，还是一块刚刚开垦的土地，我们对它的探索、认识远远不够，因此只能是一种"猜想"。我觉得这是一个虚幻、朦胧、神秘的世界，但又是一个有规律、有层次、有生命的世界。我把它分为三个层面：一是作家创造的富有个性的感性层面，包括作品中的色彩、画面、情调等等；二是作家赋予文本的理性层面，有作品蕴含的思想、理念、哲理等等；三是作品生成的神性层面，如精神气象、审美意境、风格特征等等，它是作品中的至高化境。当然这仅仅是我的个人构想，不知道有几分道理？我觉得短篇小说就是要有丰盈、强劲的形而上世界，引领读者在这个世界中遨游、欣赏、畅想。

周：既然谈到短篇小说的三个层次，这就涉及短篇小说的创作手法层面了。对短篇的创作手法，我一直觉得它不适合正面去写一件事，有作家说过“小说从故事结束后开始”，“小说是写大事发生之后的事情”，这些不同的说法，意思是近似的。短篇小说更像一个谜面，表面上是一回事，事实上作者要说的谜底，却是另一回事。现在一些短篇只有谜面，没有谜底，或者只写了谜底，没有谜面。而一些经典作品就是在巧妙处理好了谜面与谜底的问题。能谈谈你对经典短篇小说的创作方法的理解吗？

段：优秀短篇小说确实有点像精彩的谜语，它让读者使劲想象、猜测，但答案却往往出人意料，让你回味无穷。谜面与谜底构成一种微妙的张力关系。文学史上流传下来的经典短篇小说，大抵具有这样的艺术特点。这大概就是短篇小说的一种魔力吧。谜面与谜底，说到底就是故事情节与主题意蕴，文本世界与历史背景的关系。这里面的关键，是作家的思想认识能力和对社会人生的选择提炼能力。譬如鲁迅的《风波》写的只是江南农村因一条辫子引起的小风波，但却揭示了辛亥革命的不彻底和农民的愚昧麻木。故事与主题、事件与背景，形成一种巨大张力。再如汪曾祺的《大淖记事》写的是底层社会一对青年男女的爱情悲喜剧，但作家却表现了民间社会的生机与力量，年轻人爱情的美好与生命的欢乐。其主题意蕴远远大于故事情节。现在我们的一些短篇小说缺乏有意味的谜底，一方面是作家不善于选择和营造具有纵深感的历史背景，另一方面是作家把握不住社会人生的深层规律。不知我这样的理解是否准确？

周：正如您所言，短篇小说自身有着传统、延续和发展。一些经典作家比如欧·亨利的短篇，我现在读来就觉得单薄，缺少层次，更像是寓言。契诃夫的某些短作品也是。从海明威开始，一直到雷蒙德·卡佛、理查德·耶茨、理查德·福特、科尔姆·托宾、威廉·特雷佛……短篇小说发展的方向脉络似乎是往越写越复杂的“反寓言”的方向在走。这造成的结果是一些读者会认为上述作家的一些好短篇根本“看不懂”，“不知道在写什么”，“好像什么也没写”。你如何看待这个问题？还有青年作家与经典文学的关系问题？

段：说到短篇小说的传统，我们现在面对的至少有四种传统。一种是西方现实主义、现代派直至后现代派文学传统，每一潮流都有代表性的短篇小说作家和作品。中国文学传统则有三种不同的形态，古典小说传统、“五四”现代小说传统、当代小说传统。每个历史时期均有优秀的短篇小说作家和作品。文学的发展总是在继承和变革前代传统的基础上创造出来的。譬如“五四”小说之于西方现实主义小说，“十七年”小说对于解放区小说，新时期小说之于西方现代派小说，皆有鲜明的承传关系。现在中国文学已进入一个全新的多元化文学时期，我们面对着更为久远、多样、开放的文学传统，却似乎迷失了方向、弄丢了方法，不知该承传什么？怎样发展了？西方那些现实主义经典作品似乎太老了，已不适应今天的市场经济社会了；西方那些现代派后现代派作家思想上钻牛角，形式上玩神秘，也与中国的语境水土不服。中国的古典小说博大精深，在写法上有传奇、话本、笔记等许多种，只有少数中老年作家在效法，大多数青年作家修养不够，热情不高。短篇小说创作呈现出一种自发的、无序的、无根的状态。我以为，在这样的情势下，应该响亮地提出“回归经典，重构经典”的口号。作家特别是青年作家要潜心阅读经典作品，汲纳富有生命的经典精神、经验和写法，创造出当下时代的文学经典。评论家、翻译家要精心研究、译介古典小说和西方现代后现代派小说，为广大读者和作家提供完备的、高质量的经典文学作品。重振短篇小说，也只有鲁迅指出的：“采用外国的良规”和“择取中国的遗产”两条路子。

关于当下青年作家的创作，譬如“70后”“80后”的短篇小说创作，我没有系统、深入的研究，只是一直跟踪短篇小说创作，注意到一些活跃的青年作家的作品以及创作动向，有一些感受和思考。我以为，在今天这样一个物质化、功利化的社会，依然有一批青年作家在坚持短篇小说写作，且涌现了一批优秀作品，这是令人欣慰的。这些青年作家的文化素养颇高，熟悉现代社会和城市生活，在创作和审美上有自己的理念和追求，代表着中国文学的前行路向和未来。同时，他们在创作上直面现代社会的阴暗面和各种现代人的精神困境，探索社会与人生的出路和梦想，自由地运用着多种表现形式和纯熟的叙事语言，呈现出一种现代小说的风貌和质地。譬如蒋一谈的小说，有一种新经典小说的风范；譬如徐则臣的作品，创造了一个独特的悲而不伤的打工青年的生存世界；譬如付秀莹的创作，用传统叙事描绘了永恒的乡村风景；譬如你的写作，在浓缩的空间和情节中，蕴含和象征了现代青年的境遇和命运…… 这些作家的作品，代表着当下短篇小说的一种态势和标高。同时我也看到，这批作家的创作还存在着诸多局限和问题。比如生活领域的狭窄、生存压力的沉重，导致他们的作品内容和空间上的捉襟见肘；比如理论修养的浅薄、思想视野的有限，造成他们的创作思想意蕴上的混沌浮泛；比如经典文学学养的欠缺和创作经验的不足，形成他们的写作在艺术规律上的无章可循。在短篇小说的一些重要规约上，如思想内涵的精深、人物塑造的鲜活、表现模式的多样、叙事语言的个性等方面，暴露出他们的短板和劣势来。短篇小说虽小，但它是一座险峰，要登临它，还需要付出更多的辛劳和汗水。

（原载《文学报》2016年9月8日）